Ursula
Die Ve

Bisher von Ursula Poznanski im Jugendbuchprogramm des Loewe Verlags erschienen:

Erebos

Saeculum

Die Verratenen
Die Verschworenen
Die Vernichteten

Layers

Elanus

Aquila

Thalamus

Erebos 2

URSULA POZNANSKI

DIE VERRATENEN

Loewe

FSC
www.fsc.org
MIX
Papier aus verantwortungsvollen Quellen
FSC® C014496

ISBN 978-3-7855-7920-6
6. Auflage 2019 als Loewe-Taschenbuch

Umschlaggestaltung: Christian Keller
Redaktion: Ruth Nikolay
Printed in the EU

www.ursula-poznanski.de
www.loewe-verlag.de

Liebe Mami, dieses hier ist für dich!

1

Ich weiß, dass etwas Furchtbares passiert sein muss, als Tomma den Raum betritt. Sie weint nicht, sie schreit nicht, doch ich sehe es an ihrem Blick, der mich findet und sofort wieder von mir wegschnellt wie ein scharf geworfener Ball von einer Wand. Ich sehe es an ihren blassen Lippen, an der dunklen Haarsträhne, die ihr achtlos ins Gesicht hängt, vor allem aber an ihren Händen, die so fest verschränkt sind, dass die Fingerknöchel weiß hervortreten.

Ich unterbreche meine Rede, sie war ohnehin nicht gut, und Grauko, mein einziger Zuhörer, schenkt mir keine Beachtung mehr. Er hat sich zur Tür gewandt. Sollte er aus Tommas Verhalten das Gleiche lesen wie ich, lässt er es sich nicht anmerken. Sein Ton ist gelassen wie immer.

»Ja?«

»Es gab … es war …«

Ich beobachte Tomma, wie sie nach Worten ringt, und fühle, dass meine Kehle sich verengt. Ist eine Kuppel eingestürzt? Gab es wieder Angriffe auf die Außenwachen?

»Die Expedition …«, stößt Tomma endlich hervor. »Sie sind tot. Alle drei.«

In mir wird auf einen Schlag alles kalt. Ich gehe in die Knie, bevor mir schwindelig werden kann. Mein Herzschlag dröhnt in meinen Ohren ebenso laut wie Tommas Worte.

Ihre Lippen zittern, in ihren Augen sammeln sich Tränen, und als sie weiterspricht, entgleitet ihr auch die Stimme. »Raman, Curvelli und Luria. Ein Überfall, gleich nachdem sie … ausgestiegen sind. Die Prims müssen es gewusst haben, sie haben auf der Lauer gelegen –«

»Tomma!« Grauko ist blass geworden und seine Ermahnung wegen des verpönten Ausdrucks Prims fällt weniger scharf aus als gewöhnlich. Er hat Curvelli und Lu unterrichtet, es muss ihn genauso treffen wie mich.

Tomma korrigiert sich nicht, wie sie, wie wir alle es normalerweise machen würden. Sie weint und ich möchte das Gleiche tun. Mein Atem geht zittrig und ich kann kaum schlucken.

Lu, denke ich und sehe ihr Gesicht vor mir, so lebendig wie vor drei Tagen, als wir gemeinsam die Pilze in den Zuchtgewölben untersucht haben. Sie hielt ihre Stablampe mit den Zähnen, während sie Proben nahm und in Glasröhrchen füllte. »Du wirst sehen«, sagte sie, als wir fertig waren, »von draußen bringe ich mehr davon mit. Sie sagen, es gibt wieder neue Spezies, weiter im Süden.«

Die Expedition sollte den Höhepunkt ihres letzten Ausbildungsjahres bedeuten. Nicht ihren Tod.

Tomma geht, die Konturen ihrer Silhouette verschwimmen, obwohl ich mit aller Kraft versuche, meine Tränen zu unterdrücken. Lu. Innerhalb eines Monats hatte sie sich in der Reihung drei Plätze vorgearbeitet und jetzt …

Ich weigere mich, es zu glauben. Es wäre nicht die erste Falschmeldung; vielleicht stellt die Nachricht sich schon heute Abend als Irrtum heraus.

»Ria? Ist alles in Ordnung?«

Ich reiße mich zusammen. Nur eine Träne findet den Weg bis zu meinem Kinn und ich wische sie fort, bevor sie zu Boden fallen kann. Grauko sieht mich mit schief gelegtem Kopf an, er schreibt innerlich mit, wie immer. Speichert jede meiner Reaktionen gedanklich ab.

»Es geht wieder.« Ich nicke ihm zu und will Tomma folgen, vielleicht weiß man in der Zentralkuppel schon mehr.

»Bleib bitte da, wir sind noch nicht fertig. Ich möchte, dass du eine weitere Rede hältst. Die, bei der du vorhin unterbrochen wurdest, war nicht besonders gut.« Er streicht über seinen kurzen dunklen Kinnbart. »Noch einmal von vorne.«

Ich starre ihn an. Meint er das ernst? Jetzt? »Ich bin nicht in der richtigen Verfassung. Es sind Freunde von mir –«

»Deine Verfassung kannst du dir nicht aussuchen. Du musst in jeder Lage fähig sein, dich zu sammeln und die Menschen zu überzeugen.« Sein Lächeln ist voller Verständnis und Schmerz. »Niemand hat gesagt, dass es leicht ist. Und weißt du was? Ich mache es jetzt noch schwerer für dich, ich gebe dir ein neues Thema. Es lautet: Den Clans und Stämmen zu helfen ist unsere Pflicht. Wer die Außenbewohner diskriminiert, hat den Sinn der Sphären nicht begriffen.«

Grauko ist mein Lieblingsmentor. Von niemandem lerne ich so viel, vor niemandem habe ich so viel Respekt. Doch im Moment würde ich ihn gern anbrüllen: Den Clans zu helfen ist unsere Pflicht? Sie töten unsere Forscher, zerstören unsere Arbeit, überfallen unsere Transporte, brechen den Frieden immer und immer wieder. Und wir? Schicken Hilfspakete.

Der Gedanke muss aus meinem Kopf, sonst kann ich Graukos Aufgabe nicht erfüllen. Lu muss aus meinem Kopf und das Bedürfnis, denen da draußen mit einem Stein den Schädel einzuschlagen, jedem Einzelnen. So, wie sie es wahrscheinlich bei Lu getan haben.

»Stell dir vor, du wärst in Sphäre Neu-Berlin 3. Dort ist es mit den Attacken wirklich schlimm, kein Vergleich zu hier, es gibt regelmäßig Tote auf beiden Seiten. Du sollst den Bewohnern klarmachen, dass Gewalt als Antwort nicht infrage kommt. Du vertrittst die Position des Sphärenbundes.«

Die Trauer um Lu nistet sich in meinem Körper ein, sie gräbt Höhlen in meinen Magen und in meine Brust. Ich bin sicher, sie zeichnet ihre Spuren auch in mein Gesicht, obwohl dort nicht mehr zu sehen sein darf als verständnisvolle Bekümmertheit. Würde.

Ich denke an eine weiße Wand. Atme durch.

»Wir sind privilegiert«, beginne ich. Meine Schultern sind gerade, meine Stimme fest. Ich erlaube einem kaum merkbaren Lächeln, sich auf meine Lippen zu stehlen. Jetzt müsste ich zuversichtlich wirken. »Unsere Ernten waren gut in diesem Jahr und es ist uns gelungen, zwei neue Sphären zu errichten und zu besiedeln. Wir sind gegen Sturm, Kälte und Tiere geschützt, wir verfügen über Medikamente, moderne Technik und sauberes Wasser. Mit jedem Tag, der vergeht, macht die Wissenschaft unser Leben leichter.« Ich lasse meinen Blick von links nach rechts schweifen, als wäre der Raum voller Menschen. »Ich weiß, dass die meisten von uns der Ansicht sind, all das verdient zu haben. Damit habt ihr recht, zumindest zum Teil. Unsere Vorfahren haben die Sphären aufgebaut. Sie haben an das geglaubt, was Melchart vorhergesagt hat, und auf diese Weise sich selbst und uns gerettet. Sie haben das Wissen der damaligen Zeit bewahrt und weiterentwickelt, um der Zivilisation eine Chance zu geben. Wir sind privilegiert, aber es muss uns auch klar sein, wie viel Glück wir hatten.«

»Dafür schuften wir aber auch Tag und Nacht!«, fällt Grauko mir ins Wort und imitiert dabei die Sprachfärbung der Sphäre Neu-Berlin 3.

»Ja, wir arbeiten hart«, stimme ich ihm zu. »Du, ich, jeder Einzelne von uns. Die Erde hat den Ausbruch noch nicht verkraftet und es wird viel Zeit vergehen, bis es so weit ist. Aber sieh dich an. Sieh an dir hinunter. Findest du Frostbeulen? Hungerödeme? Hat ein Wolf dir ein Bein abgerissen? Nein. Doch für die Menschen außerhalb der Sphären ist das Normalität und an ihrer Stelle würdest du auch alles tun, um dein Leben erträglicher zu machen.« Kein Vorwurf in der Stimme, das ist das Schwierigste dabei. Keine Selbstgerechtigkeit, sonst verliert man die Zustimmung. Ich habe den richtigen Ton gefunden, wie mir Graukos leichtes Nicken bestätigt.

»Wir arbeiten so hart«, fahre ich fort, »damit wir die, die ohne die Sphären überlebt haben, irgendwann bei uns aufnehmen können. Im Moment wäre das verhängnisvoll für uns alle – zu wenige Lebensmittel, zu wenig Platz. Aber wir nähern uns diesem Ziel jeden Tag ein Stück weiter an. Dass die Clans nicht warten wollen, ist verständlich. Mir ginge es an ihrer Stelle ebenso.«

»Nicht warten wollen und uns töten sind aber zwei verschiedene Dinge«, brummt Grauko, nach wie vor in der Rolle eines Neu-Berliners.

Wieder habe ich Lu vor Augen. Sie war so sehr auf der Seite der Clans, ihr Verständnis und ihre Nachsicht für die Raubzüge und Überfälle waren echt. Als ich weiterspreche, habe ich das Gefühl, dass es ihre Worte sind, die über meine Lippen gleiten.

»Sie wissen es nicht besser. Wir in den Sphären haben uns die Art der Zivilisation bewahrt, wie man sie vor dem Ausbruch kannte. Die Menschen außerhalb haben neben allem anderen auch das verloren. Ihr nennt sie Prims, aber sie sind nicht primitiv, sondern der Welt in ihrer ganzen Härte ausgeliefert. Das müssen wir uns immer wieder bewusst machen, auch wenn es schwerfällt. Denn wir sind es, die sie auf Abstand halten. Nicht für alle Zeit, aber doch so lange, bis wir einen Weg gefunden haben, sie zu uns zu holen, ohne dabei unterzugehen.« Eine kurze Pause, wieder ein Blick quer durch den Raum. Mitgefühl in die Stimme legen. »In der Zeit, die wir dafür brauchen, sterben draußen bei jedem Sturm, jeder Welle, jedem Beben Hunderte Menschen. Dafür geben die Clans uns die Schuld, und auch wenn das falsch ist, sollten wir dafür Verständnis aufbringen. Es ist nicht leicht, fair zu sein, wenn man verhungert oder erfriert. Wir haben es nicht mit Wilden zu tun, sondern mit Not leidenden Menschen, denen wir helfen müssen, so gut wir können. Wenn wir ihnen ihre Lage erträglicher machen, werden die Überfälle weniger werden. Das steht außer Frage.«

Beinahe habe ich mich selbst überzeugt und Graukos Miene entnehme ich, dass er ebenfalls zufrieden ist.

»Du kannst gehen«, sagt er. »Das war viel besser als dein erster Versuch. Nicht deine beste Rede, nicht gut genug für Punkte. Aber ausreichend für eine Ansprache vor Minenarbeitern.«

Er hat recht. Ich nicke.

»Was du bewiesen hast, ist, dass du deine Fähigkeiten auch in extremen Situationen einsetzen kannst. Das freut mich ganz persönlich.«

Ein Lob aus Graukos Mund ist selten und kostbar, das Beste,

was ich im Moment erwarten kann. Wenn man in der Reihung so weit vorn steht wie ich, gibt es Punkte nur noch für Übermenschliches.

Er entlässt mich mit einer beiläufigen Handbewegung.

Ich trete auf den Gang, beginne zu rennen. Jetzt kann, darf ich weinen, aber es kommen keine Tränen, nur ein Wimmern, das auch von meiner Atemlosigkeit herrühren kann.

Ich laufe aus dem Akademieblock hinaus, an der Bibliothek, an den inneren Quartieren und am Medcenter vorbei.

Lu ist tot, denke ich bei jedem Schritt. Lu. Ist. Tot. Lu. Ist. Tot.

Die beiden anderen habe ich kaum gekannt. Raman hing immer nur mit den Physikern herum und Curvelli war lediglich ein Mal im gleichen Selbstanalyseseminar wie ich und fiel dort nur durch beharrliches Schweigen auf, jedes Mal wenn die Sprache auf seine Wünsche und Ziele kam. Er war wortkarg und sehr von sich überzeugt. Meistens zwischen 20 und 25 gereiht. Jemand, auf den die Mentoren ein Auge hatten, ein potenzieller künftiger Leiter des Physikalischen Forschungszentrums. Tot jetzt.

Es heißt, in extremen Kälteperioden fressen die Prims auch Menschenfleisch.

Laufen. Links, rechts, schneller. Ein Sonnenstrahl bricht sich über mir an der Hermetoplastkuppel und mischt sein Licht mit dem der Leuchten zu beiden Seiten des Verbindungsstegs. Es ist nicht mehr weit, nur noch quer durch Kuppel 9a, doch mein Salvator beginnt schon zu piepsen, als ich den ersten Schritt hinein mache. *Puls 182, anaerober Bereich*, zeigt das Display an.

Ich bremse ab und merke erst jetzt, wie hektisch mein Atem geht. Eine Arbeiterin aus der Großwäscherei lächelt mir grüßend zu, während sie an mir vorbeieilt, die Arme voll beladen mit weißem, gestärktem Stoff. Kenne ich sie? Ich bin mir nicht sicher und das ist ein übles Zeichen.

Den Rest des Weges gehe ich in normalem Tempo und lege mir meine Worte zurecht. Ich werde es den anderen sagen müssen, aber auch darin bin ich geübt. Schlechte Nachrichten zu überbringen war eine der ersten Lektionen, die ich von Grauko erhalten habe.

2

Die Studenten sitzen um die Plexiglastische im Café Agora und unterhalten sich leise. Ich umrunde das Denkmal unseres Sphärengründers Melchart, genau in der Mitte der Zentralkuppel. Gleich daneben, nur geringfügig kleiner, ragt die Säule auf, die Richard Borwin gewidmet ist, dem Konstrukteur der Sphären. Nach ihm ist unsere Akademie benannt.

Aureljo sitzt mit dem Rücken zu mir, sein Haar hat die Farbe von Löwenfell, und ich kann nicht anders, ich muss es jedes Mal berühren, wenn ich ihn sehe. Glatt und fest.

Er dreht sich zu mir um und ich weiß, dass ich nichts mehr sagen muss. Man hat ihn informiert – ich hätte es mir denken können. Seit Monaten führt er die Reihung an; wenn einer von uns auf dem Laufenden gehalten wird, dann er.

»Ria.« Er zieht mich auf seinen Schoß und ich schlinge meine Arme um seinen Hals. Als Aureljo scharf einatmet, lockere ich erschrocken meinen Griff.

»Tut mir leid.« Er muss noch Schmerzen haben, wieso habe ich daran nicht gedacht? Weil ich mich so schnell an sein neues Gesicht gewöhnt habe, wahrscheinlich. Nein, nicht neu. Natürlich nicht.

Wähle deine Worte sorgfältig, höre ich Grauko in meinem Kopf.

Sein *verändertes* Gesicht also. Die Blutergüsse sind kaum mehr zu erahnen und die Narben sowieso nicht. Die Chirurgen des Medcenters wissen genau, wie sie die Spuren ihrer Arbeit unsichtbar machen und dabei gleichzeitig die gewünschte Wirkung erzielen. In Aureljos Fall bedeutete das: die Nase eine Winzigkeit verkürzen, die Augenbrauen heben, ebenso wie die Mundwinkel, die Wangenknochen verstärken, das kleine runde Muttermal neben dem linken Auge entfernen.

Vor dem Eingriff war es ein gutes Gesicht voller Freundlichkeit, jetzt ist es bezwingend. Man sieht Aureljo an und vertraut ihm, möchte ihm nahe sein, möchte ihm zuhören. So ist es gedacht. Noch bevor er ein Wort sagt, werden die Menschen ihm recht geben wollen.

Ich lege vorsichtig meine Stirn gegen seine Schulter. »Du hast es auch schon gehört?«

Er nickt. »Es ist entsetzlich.«

»Und ist es offiziell bestätigt?«

»Ja. Sie bringen die Leichen heute Abend zurück. Nur zwei allerdings. Curvellis Körper war nicht aufzufinden, den dürften die Täter mitgenommen haben.«

Das Warum, das mir auf der Zunge liegt, schiebe ich schnell beiseite.

Aureljo streicht mir übers Haar. »Es tut mir sehr leid wegen Lu«, flüstert er.

Tränen, endlich. Der mittelblaue Stoff von Aureljos Hemd färbt sich an der Schulter dunkelblau.

»Wir sollten kurzen Prozess mit ihnen machen.« Tudor, der schräg gegenüber sitzt, hat unser Gespräch mit angehört, was nicht verwunderlich ist, denn die anderen Gespräche am Tisch sind mittlerweile verstummt. Nun beugt Tudor sich vor und

Mit einer leichten Berührung lenke ich seine Aufmerksamkeit auf mich. »Siehst du den Sentinel unterhalb von Tafel 3?«

»Ja. Warum?«

»Zu welcher Staffel gehören die ohne Farbe? Kommando? Ich dachte immer, deren Kragen wären golden.«

»Sind sie auch.« Sein Blick bleibt an den drei Männern hängen. »Du hast recht. Das ist ungewöhnlich. Er muss ein Gast aus einer anderen Sphäre sein. Vielleicht aus dem Ausland.«

»Gilt dort denn eine andere Farbregelung?«

»Eigentlich nicht. Vielleicht ist er erst kürzlich hierher umgesiedelt worden und wird erst noch zugeteilt? Ich habe ihn noch nie gesehen.«

Das ist möglich, obwohl das gebieterische Gebaren des fremden Sentinel für mich etwas anderes aussagt. Er verhält sich wie ein Beamter des Sphärenbundes, doch die tragen keine Uniformen.

Auch Tudor lässt den Mann nicht aus den Augen und sein Atem geht etwas schneller. Interessant.

»Ich vermute, dass Ria richtigliegt«, sagt er. »Kommando. Möglicherweise hat er seine Farben abgelegt, um zu verhindern, dass Gerüchte die Runde machen.«

Mein Puls beschleunigt sich und ich atme betont ruhig, damit mein Salvator nicht anspringt. Tudor hat recht. Die Sentinel vom Kommando lassen sich hier nur dann blicken, wenn Gefahr droht. Wie damals, als die Prims die Außenhülle von Kuppel 17a gesprengt hatten. Oder zwei Jahre davor, nach den Überfällen auf die Lebensmitteltransporte aus Sphäre Genua 4. Gelegentlich begleiten sie auch wichtige Persönlichkeiten, wenn diese von Sphäre zu Sphäre reisen.

Schweigend beobachten wir, wie der Fremde weitergeht, zur

nächsten Tafel. Wieder zeigt er hinauf und ich bin mir sicher, er deutet auf Lus Namen. Jetzt, da er näher bei uns steht, schwindet mein letzter Zweifel an Tudors Worten.

Seine Haltung, seine Miene, die Selbstverständlichkeit seiner knappen Bewegungen. Der Mann ist es gewohnt zu befehlen.

Sie schicken jemanden vom Kommando wegen drei toter Studenten, denke ich und mir wird warm, weil es eine verdiente Würdigung für Lu, Raman und Curvelli ist. Doch dann fällt mein Blick auf Tudor. Er muss sich unbeobachtet fühlen und hat für wenige Augenblicke seine Emotionskontrolle vernachlässigt. Hinter seinem ironischen Lächeln und den lässig gehobenen Augenbrauen sehe ich plötzlich nackte, blanke Angst.

3

»Ich bin darauf trainiert, so etwas zu erkennen«, protestiere ich.

Aureljo läuft zwei Schritte vor mir, und obwohl ich nur seinen Hinterkopf sehe, weiß ich, dass er nachsichtig lächelt.

»Wir sind doch alle beunruhigt.« Er bleibt stehen, dreht sich um und nimmt mich in den Arm. »Tudor war mit Raman befreundet, wusstest du das? Er trauert, auch wenn er es nicht zeigt.«

»Er hat Angst.« Wie soll ich Aureljo den Unterschied klarmachen? Es ist, als wollte man jemandem, der keine Noten beherrscht, erklären, wie er eine Partitur lesen muss. Die Gefühlsäußerungen eines Menschen, offen oder unterdrückt, sind wie Orchestermusik, es passiert unglaublich viel gleichzeitig. Wenn man nur auf die Augen, die Hände oder die Stimme achtet, wird man leicht getäuscht.

»Er war wütend und traurig, das stimmt. Aber dann …« Ich suche nach den richtigen Worten. »Als Tudor diesen Sentinel gesehen hat, ist er innerlich zurückgewichen. Sein Kiefer hat sich angespannt, seine linke Hand hat die rechte umfasst. Er hat häufiger geblinzelt.« Ich seufze und zucke mit den Schultern. »Er ist erschrocken und hatte Angst. Glaub es oder lass es.«

Aureljo beugt sich zu mir und legt seine Stirn gegen meine. »Ich glaube dir, ich weiß, wie gut dein Auge für Menschen ist. Aber kannst du dir erklären, woher seine Angst kommen sollte? Das

Kommando ist doch dazu da, uns in Krisensituationen zu beschützen.«

Darauf habe ich keine Antwort. Müsste ich eine Einschätzung abgeben, würde ich sagen, dass sich Tudors Angst auf diesen Sentinel, seine Person, bezog, nicht auf einen drohenden Überfall. Natürlich könnte ich ihn direkt fragen, doch meine Lust auf höhnisches Lachen und grobe Bemerkungen hält sich in Grenzen.

»Vielleicht weiß er etwas, das wir nicht wissen.« Erst nachdem ich es ausgesprochen habe, wird mir klar, dass das wahrscheinlich die Wahrheit ist.

Wir trennen uns vor dem Eingang zu den äußeren Quartieren. Aureljo biegt nach links ab, ich nach rechts. Die Sentinel der Quartierwache nicken mir grüßend zu und ziehen ihre Scanner über den Identifikationscode, der seitlich an meinem Salvator angebracht ist. Der Anwesenheitszähler springt auf 145, jedenfalls vermute ich das, denn die mittlere der Leuchtziffern flackert und erlischt immer wieder. Ersatzteile fehlen, der letzte Transport wurde überfallen. Ich frage mich, was die Prims wohl mit Leuchtdioden anfangen.

Dass sich um diese Zeit schon so viele Studenten in ihren Quartieren befinden, muss an der schlechten Nachricht liegen. Niemand geht unvorbereitet auf eine Trauerfeier, denn theoretisch kann jeder dazu aufgefordert werden, das Wort zu ergreifen.

Meine Wohneinheit liegt in der zweiten Etage, ich schließe die Tür hinter mir, ziehe die Schuhe aus und lasse mich auf das Sofa fallen.

Seit ich unter die ersten zehn gereiht bin, verfüge ich über zwei Zimmer, ganz für mich allein. Es gibt Tageslicht und sogar ein

Fenster, durch das man nach draußen sehen kann. Richtig hinaus, nicht nur in den Himmel oder auf einen der Höfe zwischen den Kuppeln. Hier in der Sphäre Hoffnung sind solche Räume selten – meistens hat man das Gefühl, man befände sich in den verschlungenen, blasenförmigen Organen eines transparenten Tieres. Aber in meinem Quartier ist es anders. Von meinem Sofa aus kann ich die schwarzen Umrisse der Sentinel beim Patrouillieren beobachten, sie heben sich gegen den Schnee ab wie aus Dunkelheit geformte Schatten. Hinter der Mauer, die die Sphäre umgibt, weit, weit entfernt, liegt ein Hügel, der sanft ansteigt und wieder absinkt. Wenn ich nicht schlafen kann, sitze ich oft am Fenster, ziehe mit Blicken seine geschwungene Form nach und suche am nächtlichen Himmel nach dem Mond. Perfekte Schönheit, nicht von Menschenhand gemacht, anders als alles, was mich sonst umgibt.

Bis zur Trauerfeier habe ich noch vierzig Minuten, informiert mich die Nachrichtentafel an der Wand. Ich schäle mich aus meinen Sachen und dusche mir den Tag von der Haut, bevor ich in die Robe für offizielle Anlässe steige. Rot wie Feuer und grau wie Asche. Die Farben des Sphärenbundes.

Aus dem Spiegel sieht mir mein blasses Gesicht entgegen, das Haar ist noch feucht und klebt mir an Kopf und Schultern. Kastanienbraun, so hat Lu die Farbe immer genannt. Einer dieser altmodischen Begriffe, die sie so liebte, weil sie geheimnisvoll klingen. Wie Kastanien ausgesehen haben, wusste sie aber auch nur von alten Abbildungen.

Ich schließe die Augen und stelle mir vor, mein Haar wäre nass vom Regen. Ob ein Regenguss sich wie eine Dusche anfühlt? Ich habe Beschreibungen gelesen, die alten Romane sind voll von Regen, doch selbst erlebt habe ich ihn erst zwei- oder dreimal. Er war laut, knallte auf die Oberfläche der Kuppeln und verschleierte sie mit Wasser. Ganz anders als der stumme, sanfte Schnee, der fast täglich fällt.

Keine Zeit für Träumereien. Ich binde das Haar zu einem Knoten, während ich fast automatisch vor dem Spiegel meine Übungen mache. Undurchdringliche Miene, dann ein wenig Mitgefühl hineinlegen. Missbilligung. Verständnis. Versteckte Ablehnung. Offene Ablehnung. Vertrauen. Wertschätzung.

Duldsamkeit fällt mir schwer, wie immer, und ich breche mitten in der Übung ab. Fixiere meinen Blick im Spiegel und frage mich, ob sich die Akademieleitung überlegt hat, auch an meinem Gesicht etwas zu ändern. Bisher habe ich keinen Bescheid erhalten und ich weiß nicht, ob das ein gutes oder ein schlechtes Zeichen ist. Vermutlich wissen sie noch nicht, wo ich eingesetzt werde – vor oder hinter den Kulissen. Oder sie wollen nicht riskieren, dass ich mit einem veränderten Gesicht alle Regungen neu einstudieren muss.

Meine Stirn könnte höher, mein Kinn spitzer, meine Nase schmäler sein. Die Augenfarbe ist gut, sagt Grauko oft, Hellbraun wirkt vertrauenerweckend. Ich nicke mir zu und lege Vertrauenswürdigkeit in meine Züge.

Wenn du so aussiehst, würde ich dir meine tiefsten Geheimnisse verraten, hat Lu letztens zu mir gesagt. Der Gedanke an sie drückt mich mit einem Mal fast zu Boden. Lu, die zu allen freundlich war und von denjenigen ermordet wurde, denen sie helfen wollte. Ich drehe mich vom Spiegel weg, lege meine Hände übers Gesicht und tue, was ich schon die ganze Zeit tun möchte: weinen, bis keine Tränen mehr kommen.

Ich bin eine der Letzten, die in der Festhalle eintreffen. Es ist ruhig, Gespräche werden nur im Flüsterton geführt, als wolle man die, die in den Särgen auf dem Podium liegen, nicht stören. Drei metallene Kisten, eine davon leer. Ich frage mich, welche es ist. Ihr Anblick macht mich schwindelig, besonders die Tatsache, dass sie geschlossen sind.

Üblicherweise dürfen die Trauernden einen letzten Blick auf die Gesichter der Toten werfen, bevor sie verbrannt werden. Will man diesmal darüber hinwegtäuschen, dass nur in zwei Särgen Körper liegen? Oder sind die Gründe andere?

Ich suche nach Aureljo und entdecke ihn ganz vorne. Er starrt den Boden an und sieht erst auf, als ich dicht neben ihm stehen bleibe.

»Setz dich zu mir«, flüstert er und nimmt meine Hand.

»Warum sind die Särge geschlossen?« Die Frage lässt mich nicht los.

Aureljo schüttelt den Kopf. »Ich weiß es nicht.« Doch auch er vermutet etwas, möchte es mir aber nicht mitteilen, lächelt meine Hand in seiner an, weil er mir nicht in die Augen sehen will.

Das, was niemand ausspricht, wird plötzlich zu Bildern in meinem Kopf. Eingeschlagene Gesichter. Zerbrochene Schädeldecken. Entstellungen, Verstümmelungen. Will man uns schonen? Damit die Angst vor Außenmissionen nicht übermächtig wird?

Ich schmiege mich an Aureljo und vergrabe mein Gesicht an seiner Brust. Der Hass gegen die Prims ist mit einem Mal wieder da, er schnürt mir die Luft ab. Was Grauko nie deutlich sagt, was ich aber oft aus seinen Worten heraushöre, scheint mir plötzlich unmöglich: dass es meine Aufgabe werden könnte, zwischen den Menschen innerhalb und außerhalb der Sphären zu vermitteln.

Um uns herum verstummt das Geflüster, Aureljos Rücken strafft sich und auch ich richte mich auf. Gorgias, der Rektor unserer Akademie, ist zwischen zwei der Särge getreten und streicht sich über seinen haarlosen Kopf, bevor er zu sprechen beginnt. Ich höre nur die Hälfte von dem, was er sagt, ich kann meinen Blick nicht von dem Sarg losreißen, in dem sich – so habe ich es für mich beschlossen – Lu befindet. Aufmerksam werde ich erst, als Gorgias den Tod der drei Studenten als Unglücksfall bezeichnet und nicht als barbarischen Mord, wie es richtig wäre. Am liebsten möchte ich aufstehen und aus dem Saal rennen.

»Wir trauern um Raman, benannt nach dem indischen Nobelpreisträger, in dessen Fußstapfen er hätte treten können. Wir trauern um Luria, benannt nach dem bahnbrechenden Mikrobiologen, in dessen Sinn sie geforscht hat. Und wir trauern um Curvelli. Seine Begabungen waren vielfältig, er hätte sie als Forscher ebenso wie als Staatsmann einsetzen können. Indem sein Benenner die Namen Curie und Machiavelli miteinander verschmolz, wurde beiden Möglichkeiten Rechnung getragen. Nun sind diese Möglichkeiten einer bitteren Realität gewichen. Doch unsere Ziele bleiben die gleichen. Wir werden nicht von Rachegedanken geleitet, sondern von Vernunft.«

Aureljo drückt meine Hand, Gorgias spricht ihm aus der Seele. Ich lasse ihn nicht aus den Augen, unseren Rektor, warte auf den einen Lidschlag zu viel, den einen falschen Ton, der verrät, dass er nicht meint, was er sagt. Aber entweder ist er hervorragend trainiert oder einfach ehrlich.

Nach ihm hält der stellvertretende Vorstand unserer Sphäre seine Ansprache und meine Aufmerksamkeit lässt erneut nach. Er ist ein kleiner Mann mit einer leisen Stimme, dessen Stärken in der Klimaforschung liegen, nicht darin, seine Zuhörer zu fesseln.

An der Wand hinter den drei Särgen stehen fünf Sentinel aufgereiht, den Blick starr geradeaus gerichtet. Unwillkürlich suche ich nach dem Sentinel von heute Nachmittag, dem, der Tudor so beunruhigt hat. Doch er ist nirgendwo zu sehen.

Wir bleiben, bis die Särge in die Feuerhalle gebracht werden. Niemand hat erwähnt, dass einer davon leer ist, kein Wort wurde über den Verbleib von Curvellis Leiche verloren.

Curie und Machiavelli. Ein Physiker und ein machtbesessener Politiker. Ich frage mich, ob diese Kombination Curvelli gerecht geworden ist, und gleichzeitig, wie schon unzählige Male zuvor, welche Aufgabe mein eigener Name mir auferlegen wird.

Aus Eleonore von Aquitanien und Ariadne, Tochter des kretischen Königs Minos, haben meine Namensgeber Eleria gemacht. Eleonore war eine der mächtigsten Frauen des Mittelalters; Ariadne diejenige, die die Idee mit dem roten Faden hatte, der einem den Weg zurück durchs Labyrinth zeigt. Soll ich später einmal an der Spitze einer Sphäre stehen? Oder im Hintergrund bleiben und die Fäden in der Hand halten?

Auf dem Weg zurück zu unseren Quartieren lasse ich Aureljos Hand nicht los. Für ihn ist es einfach, sein Name ist eindeutig. Ein Anführer, weise und gütig wie der römische Kaiser Marc Aurel. Die Nummer 1 in der Reihung, wahrscheinlich wird das sein ganzes Leben lang so bleiben.

Kurz bevor wir die Sentinel vor dem Quartiereingang erreichen, bleibt er stehen. Neue Schneeflocken haben ihren stummen Tanz über den Kuppeln begonnen.

»Wollen wir noch spazieren gehen?« Aureljo deutet in Richtung des Atriums, der kleinen, dreieckigen Fläche, wo die Kuppeln 6a, 6b und 6c zusammenstoßen. Die Tür wird von zwei Sentinel bewacht, die jeden registrieren, der nach draußen geht.

Sie lassen uns durch, grüßend und lächelnd. Aureljo ist überall beliebt und sein verändertes Gesicht lässt die Menschen noch freundlicher auf ihn reagieren.

Wir treten hinaus und augenblicklich schneidet mir die eisige Luft in die Haut. Mein Atem formt Wolken, auf meiner Stirn landen kalte, feuchte Flocken. Am liebsten würde ich sofort zurückkehren in die gereinigte, gewärmte Luft der Sphäre, aber Aureljo schlingt seine Arme um mich und drückt mich an sich, so fest, dass ich seinen Herzschlag spüren kann.

»Halte es aus«, sagt er leise in mein Ohr. »Nur fünf Minuten. Oder vier.«

Ich presse mich an ihn und vergrabe mein Gesicht in seiner Halsgrube. Von außen müssen wir wirken wie zwei Menschen, die nicht voneinander lassen können und einen einsamen Moment unter freiem Himmel suchen, um das Universum in seiner ganzen Unendlichkeit zu spüren.

Zum Teil stimmt das sicher. Doch vor allem will Aureljo, dass ich mir der Kälte bewusst werde, dass ich fühle, wie sich die Luft ihren Weg rau in meine Lungen bahnt, wie eisig der geschmolzene Schnee in Rinnsalen meinen Nacken hinunterläuft.

Ich verstehe, was er mir sagen will: für mich fünf Minuten, für andere ein ganzes Leben.

Ich soll mir kein Urteil anmaßen.

Aber Lu ist tot, will ich protestieren, und Raman und Curvelli. Ich löse mich von Aureljo und trete einen Schritt zurück.

»Ich weiß«, sagt er. »Ich finde es auch schrecklich. Aber wir dürfen dem Hass nicht freie Bahn lassen, sonst bestimmt er unser Denken.«

Zum ersten Mal, seit ich die furchtbare Nachricht gehört habe, möchte ich lächeln. Aureljo hat sich selbst übertroffen, er hat in meinem Gesicht gelesen, als wäre es ein Buch.

Grauko wäre stolz auf ihn.

4

3 Einheiten Eiweiß, 5 Einheiten Kohlehydrate, 1 Einheit Fett, zeigt der Salvator an, als ich ihn zum Schlafen abnehmen will. Ich lockere die breite Manschette und wische über das handtellergroße Display. Die Buchstaben blinken rot – wenn ich nicht auf Ausgleichen gehe, wird die Information ins Medcenter geschickt. Das fehlt mir gerade noch.

Der Gedanke, jetzt noch etwas zu essen, verursacht einen Aufruhr in meinem Magen und ich beschließe, auf den Ausgleich zu pfeifen. Niemand profitiert davon, wenn ich kostbare Lebensmittel auskotze.

Das Gerät pfeift schrill und protestierend, als ich es per Knopfdruck in den Ruhemodus schalte, ohne zuvor zu tun, was es von mir verlangt.

Dann ist es still um mich herum. Ich drehe das Licht im Zimmer auf die unterste Stufe, stelle mich ans Fenster und sehe den Sentineln dabei zu, wie sie auf der Mauer ihre Rundgänge machen. Die dicken Mäntel lassen sie wie Tiere wirken, die ich nur aus Büchern kenne.

Drei Röhrchen Blut kostet mich mein Ungehorsam, von der Zeit, die ich im Medcenter verschwende, ganz abgesehen. Ich bin mitten aus einer Geologie-Lektion geholt worden und werde meine

Gesteinsschichtenanalyse später nachholen müssen. Entsprechend großartig ist meine Laune.

Der Arzt, dessen Namen ich nicht kenne, hält mir drei Päckchen Eiweißkekse unter die Nase, doch bevor er seine Ansprache über die Ernährungsrichtlinien beginnen kann, springe ich vom Stuhl auf.

»Ich habe gestern eine Freundin verloren und erwarte Verständnis dafür, dass mir das den Appetit verdirbt.« Mein Ton ist scharf und ich habe nicht die geringste Absicht, ihn zu mäßigen. Der übereifrige Doktor soll ruhig merken, dass ich sauer bin, egal ob er dreimal so alt ist wie ich. Prompt beginnt er, sich zu verteidigen.

»Wir werden dafür verantwortlich gemacht, wenn einer von euch zusammenklappt«, erklärt er. »Und wenn es einer der ersten zehn ist, umso schlimmer. Ihr seid das wichtigste Kapital der Borwin-Akademie, auf euch müssen wir ein besonderes Auge haben. Aber du ersparst dir einen weiteren Besuch hier, wenn du dich an das hältst, was dir dein Salvator vorgibt.«

Ich werfe einen Blick auf die Kekse in meiner Hand. Luftdicht verpackt in blaugrauer Folie. »Niemand von uns leidet an Mangelernährung«, gebe ich zurück. »Wir werden ausgebildet, Verantwortung zu tragen, und wenn ich es für richtig halte, eine Mahlzeit auszulassen, weil ich einen schweren persönlichen Verlust erlitten habe, dann will ich, dass das respektiert wird. Mein medizinisches Wissen reicht aus, um beurteilen zu können, ob mir das schadet oder nicht.« Ich lasse ihn nicht aus den Augen. Beim nächsten Mal soll er sich genau überlegen, ob er mich herzitieren lässt wegen ein paar nicht konsumierter Kalorien.

Der Arzt rutscht unbehaglich auf seinem Stuhl herum. Es ist

nicht mein Ton, der ihn aus der Ruhe bringt, es ist meine Reihung. Mit der 7 werde ich später auf jeden Fall einen hohen Posten im Sphärenbund bekleiden, er will es sich mit mir nicht verscherzen, obwohl es ihm sichtlich nicht leichtfällt, sich von einer Achtzehnjährigen abkanzeln zu lassen.

Er schluckt, blickt auf seine Hände, dann lenkt er ein. »Tut mir leid. Aber es war nicht als Schikane gedacht. Wir sorgen uns, wenn Unregelmäßigkeiten auftreten.«

»Beim nächsten Mal sorgen Sie sich bitte erst, wenn mit meinen Werten etwas nicht stimmt. Dann werde ich bereitwillig hier antanzen und mir Blut abzapfen lassen.« Ich überlege, ob ich die Kekse schwungvoll auf den Tisch werfen soll, entscheide mich aber dagegen. Ich bin schon zu weit gegangen, habe den Arzt gedemütigt, obwohl er nichts anderes getan hat, als die Vorschriften zu befolgen. Nur weil ich demonstrieren wollte, dass ich mich nicht bevormunden lasse. Nicht wegen einer solchen Kleinigkeit.

»Du bekommst deine Ergebnisse in drei Stunden«, murmelt er, ohne mir in die Augen zu sehen. »Du musst nicht herkommen, ich schicke sie auf deinen Salvator, wenn du einverstanden bist.«

»Gut.« Er hat nachgegeben, so wie ich es wollte, und nun merke ich, dass Scham in mir hochkriecht und sich in meinem Nacken festsetzt. Aureljo würde sich nie so verhalten, nie seine Position als Nummer 1 der Akademie dazu nutzen, einen anderen zurechtzuweisen. Verdammt. Ich atme tief durch und will gerade gehen, als die leise Stimme des Arztes mich innehalten lässt.

»Luria war oft bei mir. Mich trifft ihr Tod sehr. Sie wollte ein Praktikum im Medcenter beginnen, wusstest du das?«

»Nein.« Ich sehe ihn an, entschuldige mich stumm.

»So jung, so gesund«, murmelt er. »So begabt.«

Ich nicke. Unter den Augen des Doktors zeigen sich erste Ansätze von Tränensäcken und mit einem Mal möchte ich ihm über sein ordentlich gescheiteltes Haar streichen.

Er könnte mein Vater sein, wenn ich einen hätte.

Der Nachmittag gehört den Gewächshäusern in den äußeren Kuppeln 19 und 20. Die jüngeren Studenten suchen die Pflanzen auf Schädlinge ab, während wir Stichproben für die chemische Analyse vorbereiten.

Ich stehe zwischen Tudor und Aureljo, die heute ungewöhnlich schweigsam sind. Jedes Mal wenn auf der Galerie, die sich hoch über unseren Köpfen an die Wände schmiegt, Sentinel in unser Sichtfeld kommen, hebt Tudor den Kopf. Ich weiß, wonach er Ausschau hält, aber der farblose Sentinel ist mir seit gestern Nachmittag nicht wieder begegnet.

»Warum fragst du nicht Morus?«, erkundige ich mich, als Tudors Blick einmal mehr hochzuckt, wie elektrisiert vom Geräusch der Schritte über uns.

»Was?«

»Morus. Deinen Mentor. Er wird wissen, was es bedeutet, wenn ein Sentinel keine Farben trägt, er wird es dir –«

»Lass das! Hör auf, so zu tun, als wüsstest du, was in meinem Kopf vorgeht!«

Diese heftige Reaktion habe ich tatsächlich nicht kommen sehen und weiche einen Schritt zurück, was Tudor mit Genugtuung zur Kenntnis nimmt.

Sofort ist Aureljo an meiner Seite. »Achte auf deinen Ton, ja? Ria war freundlich, du hast kein Recht, sie anzuschreien.«

Wieder Schritte über uns. Tudor hat seine Augen immer noch

auf mich gerichtet und ich kann beinahe fühlen, wie schwer es ihm fällt, nicht nach oben zu blicken.

»Warum fragst du ihn nicht einfach?«, wiederhole ich.

Tudor schüttelt den Kopf. Richtet seine Aufmerksamkeit wieder auf die Tomatenpflanze, die er gerade untersucht. Etwas an seiner Haltung lässt mich vermuten, dass er nicht fragen will, weil er die Antwort bereits kennt.

Die Sentinel haben bereits mehrfach ihre Runde über den Steg an der Kuppelinnenseite gemacht, als ein Mädchen sich einen Weg durch die Bepflanzungsreihen bahnt und auf mich zusteuert. Sie ist jünger als wir, fünfzehn, höchstens sechzehn, und ich kenne sie vom Sehen, aus einer der Gemeinschaftsküchen in den äußeren Quartieren.

»Ria!« Sie winkt, schenkt Aureljo ein strahlendes Lächeln und Tudor ein schüchternes, bevor sie mich am Arm nimmt. »Sie brauchen dich auf der Auffangstation. Es sind drei diesmal, zwei davon noch ziemlich klein. Terissa möchte, dass du kommst.«

Ich wische meine erdigen Hände an einem Leinentuch ab und folge dem Mädchen, dessen geflochtener Zopf auf seinem Rücken hin- und herschwingt. Rotes Haar. Selten wie Sonnenschein.

Die Auffangstation ist in Kuppel 2d untergebracht, nicht weit von den Quartieren der Sentinel. Sie sind es, die die winzigen Bündel während der Patrouillengänge finden, sie in ihre dicken Mäntel wickeln, mit ihren Körpern wärmen und in die Sphäre bringen.

Eine der Kinderschwestern hält mir die Tür auf, sie lächelt und sagt etwas, das ich nicht verstehen kann, so laut ist das Gebrüll hinter ihr.

»Es sind drei«, wiederholt sie auf meine Nachfrage hin. »Zwei Jungen, ein Mädchen.«

Ich gehe in den Raum, in dem ich mit den Kleinen allein sein und sie kennenlernen kann. Hierher komme ich gern, alles erinnert mich an meine Kindheit: alte Polstermöbel, Teppiche, an den Wänden Bilder von grünen Pflanzen unter einer hellen Sonne. Ein ähnliches Bild gab es in der Sphäre Neu-Colonia, wo ich aufgewachsen bin. Es hing an der Wand schräg gegenüber von meinem Bett und zeigte eine weite Fläche voller Blumen, die sehr hoch und sehr gelb waren. Sonnenblumen nannte Baja sie und ich fand den Namen wunderschön, auch wenn er natürlich erfunden war.

Die Schwester bringt mir das brüllende Kind als Erstes, es windet sich, als sie es mir in die Arme legt. Dunkle Locken kleben an seiner Stirn, in dem aufgerissenen Mund kann ich noch keine Zähne entdecken. Das Gesicht ist rot wie ein Warnlicht, die Fäuste rudern gefährlich nah an meiner Nase vorbei.

Ein Mädchen. Fünf Monate, vielleicht sechs. Mager.

»Hat sie getrunken?«, frage ich die Kinderschwester, die schon wieder halb aus der Tür ist.

»Ja. Eine ganze Einheit. Dafür hat sie sogar kurz mit dem Schreien aufgehört.«

Babys zu lesen ist schwierig. Sie verstellen sich nicht, kein Stück. Doch es sind gerade die Fehler, die winzigen Ungereimtheiten der Verstellung, die am meisten aussagen.

Das Mädchen in meinen Armen schreit, während ich mit ihm spreche, ihm den Bauch massiere, mit ihm durch den Raum gehe. Ihre Haut ist warm und sie krümmt sich nicht, sie schreit nicht vor Schmerz. Doch egal, was ich tue, sie hört nicht auf, denn ich bin die Falsche. Das Kind schreit nach seiner Mutter und es wird weiterschreien, bis es vor Erschöpfung einschläft.

Ich schaukle es, singe und küsse das rote, verkrampfte Gesicht. »Sie hat dich weggegeben, damit du es gut hast. Warm, sicher und geborgen. Wir kümmern uns um dich, mach dir keine Sorgen.« Ich spreche mit der Kleinen, als würde sie mich verstehen, wiege sie und erzähle ihr von den Spielkuppeln in der Sphäre Neu-Colonia, wo die Kinder klettern, sich Höhlen bauen oder Wände bemalen dürfen. Irgendwann hört sie auf zu schreien und sieht mich an.

»Du wirst nicht allein sein«, sage ich zu ihr. »Nie wieder wirst du im Schnee liegen und frieren und die Wölfe heulen hören. Du bist jetzt eine von uns.«

Sie schließt die Augen, ihre Fäuste lockern sich. Es ist sicher nicht meine Stimme, die das bewirkt, sondern die Erschöpfung. Trotzdem.

Als Terissa hereinkommt und mich fragend ansieht, so wie sie es jedes Mal tut, habe ich meine Entscheidung getroffen. »Schick sie zu Baja, dort passt sie hin.« Ich drücke ihr das schlummernde Mädchen in die Arme, streiche ihm eine Haarsträhne aus der Stirn. Baja wird sie mit ihrer Wärme umfangen, so wie sie das bisher bei allen getan hat, uns Vitros und den Aufgelesenen, ohne Unterschied. Von anderen Ziehmüttern habe ich gehört, dass sie die Vitros bevorzugen, als wäre künstlich gezeugtes Leben wertvoller. Jemand Besseres als Baja kann der Kleinen nicht passieren.

Mit den beiden Jungen ist es viel einfacher. Der eine quietscht die ganze Zeit vor Vergnügen und reißt mir büschelweise Haare aus, der andere schmiegt sich an mich und schläft innerhalb von Minuten ein.

»Der Erste könnte sich in der Sphäre Bozen wohlfühlen«, empfehle ich Terissa, als sie ihren Kopf wieder durch die Tür steckt. »Der Zweite sollte eventuell nach Spessart 3 oder nach Neu-Konstanz, die ruhige Atmosphäre dort wird ihm gefallen, denke ich.« Ich lege ihr vorsichtig das schlafende Kind in die Arme, das sich kurz regt, aber nicht aufwacht.

»Danke«, flüstert Terissa und trägt den Jungen hinaus.

Ich bleibe noch einen Moment sitzen, atme den Babygeruch ein und frage mich, warum ich mich nicht zufriedener fühle. Ich habe die drei Kleinen nach bestem Wissen zugeteilt, etwas, das ich schon oft getan habe. Beim ersten Mal war ich zwölf. Bisher habe ich fast immer richtiggelegen, nur zwei der Kinder, die durch meine Hände gingen, mussten später umgesiedelt werden.

Das schreiende Mädchen geht mir nicht aus dem Kopf. Seine wütende Verzweiflung, seine Einsamkeit.

Nur die Ruhe, sage ich mir. Du hast für sie getan, was du konntest. Sie wird es warm haben und nicht hungern, und wenn sie begabt ist, wird sie die gleichen Chancen haben wie ein Vitro. Aus Kindern, die vom Sphärenbund aufgezogen werden, wird das Beste herausgeholt.

Und außerdem, versuche ich mich zu beruhigen, hast du sie zu Baja geschickt, die sie lieben und verwöhnen und sie gleichzeitig fördern wird. So wie sie es bei dir getan hat.

Auch dieser Gedanke sticht. Es dauert eine Sekunde, bis ich begreife, dass es Sehnsucht ist. Nach der Sphäre meiner Kindheit, dem Geruch der Küche, des Studierzimmers, der frischen Bettwäsche. Nach Baja. Wenn ich könnte, würde ich mit dem sechs Monate alten Mädchen tauschen.

Vor der Auffangstation sitzt Tomma auf dem Mäuerchen, das den Gehweg von den Schienen für die Transportkarren trennt. Es hat ganz den Anschein, als würde sie auf mich warten.

»Sie haben mich für heute freigestellt«, erklärt sie.

Beim Näherkommen bemerke ich ihre geschwollenen Lider und die roten Äderchen im Weiß ihrer Augen. Sie muss geweint haben. Ihre Nase läuft noch immer.

»Was ist passiert?«

»Nichts. Ich … ich muss mich beim letzten Außengang erkältet haben«, murmelt sie und hustet ein wenig, als wollte sie mir etwas beweisen.

Ich setze mich neben sie. Lege einen Arm um ihre Schultern, die sofort zu beben beginnen.

»Nachdem du weg warst, haben wir weitergearbeitet. Es lief wunderbar, die Analyseergebnisse waren so vielversprechend, der Weißkohl wird so gut wie noch nie.«

Wenn Tomma das sagt, kann man die Hand dafür ins Feuer legen. Sie kann aus Pflanzen lesen wie ich aus Menschen.

»Aber dann …« Sie senkt den Blick. »Dann dachte ich, ich sehe Lu. Links, bei den Tomatenstauden. Ich wollte auf sie zulaufen, da hat sie sich umgedreht und … es war bloß ein Mädchen, das ihr von hinten ähnlich sah. Ich … ich habe zu weinen begonnen. Einfach so. Konnte nicht mehr aufhören.« Ein Tropfen fällt auf ihre Hose, malt einen dunkelgrünen Punkt auf den hellgrünen Stoff. Grün, das wir alle tragen, um an das fruchtbare Land zu erinnern, das es nicht mehr gibt. Ich drücke sie fester an mich.

»Was, glaubst du, haben sie mit ihr gemacht?« Die Tränen fallen weiter, doch ihre Stimme klingt klar.

»Ich weiß es nicht.«

»Wieso sagt uns niemand etwas? Wenn wir wenigstens wüssten, welcher Clan sie getötet hat!«

Daraus würden wir einiges schließen können, aber vielleicht ist es besser, wenn wir es nicht wissen. So schlafen wir ruhiger.

Als ich klein war, erzählten die älteren Kinder uns nachts Geschichten über die Clans und Stämme, um uns Albträume zu bescheren. Dass die Nachtläufer die Zähne ihrer getöteten Feinde in alte Rohre füllen und auf diese Weise Rasseln bauen, die sie für ihre Kriegsrituale verwenden. Dass die Weißen Greifer sich in Schneehöhlen verbergen, verirrte Wanderer zu sich hinabzerren und ersticken. Dass der Clan Schwarzdorn seine Kinder nackt durch Dornenhecken treibt und nur die Überlebenden großzieht. Über die Schlitzer wurde nichts erzählt – da genügte schon die Erwähnung des Namens, um uns alle in Tränen ausbrechen zu lassen.

Wenn wir am nächsten Tag zu unseren Zieheltern liefen und uns beklagten, dann trösteten sie uns, doch kein einziges Mal bezeichneten sie das Erzählte als Unsinn. Nicht einmal Baja. Sie knöpfte sich die Größeren zwar vor, doch über die Geschichten verlor sie kein Wort.

»Sie haben die Särge nicht geöffnet«, flüstert Tomma, »damit wir nicht sehen, dass ihnen die Zähne und die Ohren fehlen. Oder dass sie … zerquetscht wurden.« An ihrer Hand klebt noch Erde, die sie nun im Gesicht verschmiert, als sie sich die Tränen von den Wangen wischt. »Es gibt einen Clan im Osten, der mit schweren Steinen … mit großen Steinen Menschen zerdrückt, als wären sie Schaben.«

»Unsinn«, entgegne ich energisch. Wäre unsere Expedition ihnen zum Opfer gefallen, hätte nicht nur ein leerer Sarg auf dem

Podium gestanden, sondern drei. Das behalte ich jedoch für mich.

»Ich bin sicher, sie sind schnell gestorben«, versuche ich sie zu beruhigen. »Sonst hätten die Sentinel noch eingreifen können. Der Überfall muss überraschend gekommen und in wenigen Sekunden vorbei gewesen sein.«

Tomma glaubt mir, weil sie mir glauben will. Sie schnieft getröstet und verwischt weitere Erde in ihrem Gesicht. »Du hast recht.« Mit einem Ruck stößt sie sich von dem Mäuerchen ab, hält einen Moment inne und dreht sich dann zu mir um. »Ich werde die Sphäre nicht mehr verlassen, nicht, solange da draußen noch Prims herumlaufen. Die gehören weg. Alle.«

5

Ich gehe nicht zu den Gewächshäusern zurück, sondern direkt in mein Quartier, wo ich mich auf dem Bett ausstrecke und die Augen schließe. Die letzten Wochen waren hart, wir sind alle angespannt, das ist sicherlich auch ein Grund für Tommas harte Worte. Wir hätten die Entscheidungen, die anstehen, gerne schon hinter uns. Es wird nicht mehr lange dauern bis zu unserem Abschluss. Die Akademie verlassen, eine Laufbahn wählen aus den Möglichkeiten, die uns vorgelegt werden. Je kleiner die Zahl, desto schwerer die Wahl, sagt Zilla immer. Ich war viel zu lange nicht mehr bei ihr, dabei könnte ich psychologische Unterstützung im Moment gut gebrauchen. Die 7 ist ziemlich klein.

Mein Hunger auch. Trotzdem, und weil ich mein Versäumnis von gestern wiedergutmachen will, stehe ich noch einmal auf, halte den Salvator unter den Scanner und warte auf das Piepsen, das anzeigt, dass er alle wichtigen Daten gelesen hat und diese nun an die Küche schickt. Dann erst lege ich mich wieder aufs Bett.

Draußen, auf der Mauer, ziehen die Sentinel ihre Kreise. Ihr Anblick hat mich schon als Kind beruhigt und ich spüre, wie meine Lider schwer werden.

Dass ich eingeschlafen bin, wird mir aber erst klar, als der schrille Ton meiner Türklingel mich weckt. Ich nehme der Küchenhilfe das Tablett aus der Hand, sage ein paar Worte, an die ich mich Sekunden später nicht mehr erinnere, und stelle das Essen auf den Tisch. Dort liegen noch die Geschichtsbücher, die ich morgen in die Bibliothek zurückbringen muss. Kostbare alte Werke, echtes Papier. *Der Zweite Weltkrieg 1939–1945. Der Nahostkonflikt. Die Wasserkriege 2036–2040. Die Sphärenattentate 2092.*

»Wenn wir regieren wollen, müssen wir wissen, welchen Gefahren es auszuweichen gilt«, sagt Aureljo oft. Er weiß alles über die Kriege: wann und warum sie begonnen haben, wer davon profitiert und wer besonders darunter gelitten hat.

Regieren nennt es Aureljo, herrschen Tudor, und es beeindruckt ihn gar nicht, wie oft Herrscher im Laufe der Geschichte einen Kopf kürzer gemacht worden sind.

In meinem Essensbehälter finde ich Gemüsebrei, ein Stück Huhn und einen großen Klacks gekochte Weizenkörner. Kein Gebäck – der letzte Transport, der Mehl hätte bringen sollen, wurde von Prims geplündert.

Ich esse alles auf und schicke den leeren Behälter zurück. Jetzt habe ich frei. Endlich. Ich stelle die Geschichtsbücher weg und lade mir einen Roman auf mein Terminal, einen von früher. Ich liebe die Beschreibungen von Tieren, von frei stehenden Häusern, von Wiesen – und alles leuchtet in sonnenbeschienenen Farben. Eines Tages wird es wieder so sein. Es heißt, wenige Hundert Kilometer südlich von hier beginnt der Schnee zu schmelzen, monatelang liegt der Boden frei, jeden Sommer ein bisschen mehr.

Ich habe kaum fünf Seiten gelesen, da summt die Kommunikationsanlage.

»Besuch«, vermeldet der diensthabende Sentinel.

Jetzt noch? »Wer ist es?«

»Nur ich«, sagt eine andere, wärmere Stimme. Aureljo.

»Sie können öffnen.«

Ich höre Aureljo die Treppen hinauflaufen und erwarte ihn an der Tür, schlinge meine Arme um ihn und ziehe ihn ins Zimmer.

»Ich dachte, du kommst noch mal zurück«, sagt er atemlos. »Ich habe mir Sorgen gemacht.«

Meine Hände streicheln sein Gesicht, vermeiden die Narben am Haaransatz, vermissen das Muttermal neben dem Auge. »In der Auffangstation hat es länger gedauert. Danach wollte ich lieber allein sein.«

Er legt einen Arm um meine Schultern und zieht mich zum Sofa. »Erzähl mir von den Kindern.«

Sein Interesse ist echt, immer. Nicht nur, wenn es um mich geht. Aureljo umfängt die Menschen mit seiner Aufmerksamkeit und hüllt sie darin ein, weshalb er auf die meisten wie ein Magnet wirkt. Es kostet ihn keine Mühe, denn es ist seine Natur. Ich kenne niemanden, der nicht gern in seiner Nähe ist, und ich frage mich immer wieder, wieso er gerade mich liebt.

Ich lege meinen Kopf an seine Schulter. »Es waren drei. Zwei Jungen, die sich wunderbar zurechtfinden werden. Fröhlich und zufrieden. Das Mädchen dagegen wird Zeit brauchen. Ich habe es nach Neu-Colonia geschickt.«

»Das war sicher richtig.« Aureljos Hand spielt mit meinem Haar. »Waren sie gut ernährt?«

»Zu dünn, alle drei.«

Sein Brustkorb hebt sich, er seufzt. »Weißt du was, Ria? Ich kann es kaum erwarten, die Akademie abzuschließen. Wir werden an Schlüsselstellen sitzen und dann werden wir die Welt verändern.«

Liegt mein Kopf so wie jetzt auf seiner Schulter, kann ich seine Worte gleichzeitig hören und spüren. Schließe ich dabei noch die Augen, glaube ich sie sogar. Wir werden Lösungen für alle Probleme finden: Essen, Wärme, Sicherheit. Keine unterernährten Kinder mehr, die im Schnee ausgesetzt werden. Keine Überfälle auf Studenten mehr, die nach neuen Nahrungsquellen forschen. Aureljo glaubt daran und ich denke oft, dass er an erster Stelle gereiht ist, weil er diesen Glauben auf andere übertragen kann. Nicht so sehr, weil ihm jemand zutraut, diese hochgesteckten Ziele wirklich zu erreichen.

»Soll ich heute Nacht hierbleiben?«, murmelt er.

Ich überlege kurz, dann schüttle ich den Kopf. »Ich bin keine gute Gesellschaft im Moment. In meinem Kopf ist so viel, das ich ordnen möchte.« Dass ich außerdem allein sein will, mit der Nacht außerhalb der Kuppel, den lautlos herabsinkenden Schneeflocken und den Schatten der Sentinel, die draußen ihre Runden ziehen, das behalte ich für mich.

Später, als Aureljo fort ist, bereue ich meine Entscheidung. Der Roman mit all seinem Sonnenschein und den Problemen einer längst vergangenen Welt macht mich wider Erwarten traurig. Ich lade ein anderes Buch herunter, einen Kriminalroman, in dem es um eine Mordserie in Sphäre Neu-Berlin 1 geht, doch die Geschichte ist flach und vorhersehbar. Also spare ich Energie, schalte das Licht neben meinem Bett aus und versuche zu schlafen.

Am darauffolgenden Tag sind wir mitten im Körpertraining, als mir die abgelaufene Leihfrist wieder einfällt. Wenn ich die Bücher nicht innerhalb der nächsten halben Stunde in die Bibliothek zurückbringe, verliere ich das Privileg, alte Werke mit in mein Quartier nehmen zu dürfen. Außerdem bedeutet es ein Wochenende lang Ordnerdienst. Zurückgegebene Bücher einsortieren, Regale putzen, Leseterminals auf unerlaubte Dateien hin überprüfen. Und all das in der grell orangefarbenen Ordneruniform, zur Unterhaltung der jüngeren Jahrgänge.

Ich überhole Tomma, die vor mir ihre Runden dreht, lege die Gewichtsmanschetten ab, die ich um Handgelenke und Fußknöchel trage, dann sprinte ich – mit einem Mal viel leichter – auf dem kürzesten Weg durch die Kuppeln 5 und 7 zu meinem Quartier.

Wenn ich mich beeile, halte ich nicht nur den Rückgabetermin ein, sondern bin auch pünktlich zum Mittagessen in der Mensa. Mein Salvator wird keinen Grund haben, eine Meldung zu schicken, und alle sind zufrieden.

Alte Bücher bekommt man nur in einer Schatulle aus Metall ausgehändigt, in der man sie aufbewahren und transportieren soll. Ich klemme mir den schweren und unhandlichen Kasten unter den linken Arm, so geht es, obwohl die Kanten sich unangenehm in meine Achselhöhle drücken.

Wenn ich die Wahl zwischen kostbarem, bedrucktem Papier und einem Download auf mein Datenterminal habe, entscheide ich mich meistens für das Buch, auch wenn es unpraktischer ist. Besonders dann, wenn es um Geschichte geht. Die Seiten vermitteln den Eindruck, als hätten sie all das, was auf ihnen geschrieben steht, selbst miterlebt. Andere haben lange vor mir ihren Blick auf die gleichen Zeilen gerichtet und manchmal kommt es mir so vor, als könnte ich ihre Gedanken hören.

Das Buch über die Wasserkriege hat auch Lu gelesen, vor ungefähr zwei Monaten, sie hat mir kopfschüttelnd davon erzählt. *So weit kann es heute nicht mehr kommen, nicht, solange der Sphärenbund besteht*, hat sie gesagt. Wenn ich den ausgebleichten Buchrücken berühre, um den auch sie ihre Hände gelegt hat, ist es, als könnte ich Kontakt zu ihr aufnehmen.

Ich bin schneller gewesen als vermutet, ich werde es rechtzeitig schaffen. Vorbei am Medcenter, das die ganze Kuppel 7 für sich beansprucht, vorbei an den inneren Quartieren. Da ist die Bibliothek, ich habe noch Luft, nehme zwei Stufen auf einmal und erreiche die Rückgabestelle fünf Minuten vor Ablauf der Frist.

Eine der jüngeren Studentinnen nimmt die Bücher entgegen, legt sie auf das Lesegerät, dessen Licht vier Mal grün aufleuchtet. »Gerade noch so«, meint sie. »Willst du dir etwas Neues raussuchen?«

Nein, nicht heute. Ich schüttle den Kopf und schlage den Weg zu den Lesesälen ein. Durch den hinteren Ausgang ist es kürzer zur Akademie.

»Nicht dort entlang«, ruft die Ordnerin mir nach. »Es ist abgesperrt, die kleinen Lesesäle und Bücherspeicher werden renoviert!«

Seufzend mache ich kehrt. Von hier aus noch mal zum Hauptausgang zu gehen bedeutet einen riesigen Umweg.

Nachdem ich um die nächste Ecke bin, sieht die diensthabende Studentin mich allerdings nicht mehr. Es ist nur eine kleine Verletzung der Regeln. Ich werde nichts anfassen und nichts schmutzig machen.

In dem Gang, der zu einer der Hintertreppen führt, ist es kalt und wie ausgestorben. Leitern lehnen an den Wänden, daneben stapeln sich leere Behälter, in denen sich einmal hellgrüne Farbe befunden hat. Eine große Kunststoffwanne, voll mit Schutt, steht neben der Treppe, die ich hinuntergehen will. Ich setze meinen Fuß auf die erste Stufe und halte mitten in der Bewegung inne. Hinter mir höre ich eine Stimme, zwar unterdrückt, aber trotzdem sehr deutlich. Und sehr ungehalten.

»… für eine Besprechung nicht der richtige Ort!«

Ich drehe mich um, aber da ist niemand. Die Stimme muss aus einem der frisch renovierten Räume kommen und ich glaube zu wissen, wem sie gehört. Diese Art, die harten Konsonanten auszuspucken, kenne ich von Gorgias.

»Es ist für den Anlass der denkbar beste Ort.« Die Stimme, die antwortet, kenne ich nicht. Keiner meiner Mentoren, so viel ist sicher. Sie klingt verhalten, fast wie ein Zischen, und ungeduldig.

Ich versuche herauszufinden, hinter welcher der Türen die beiden Männer sich befinden – noch nie habe ich Gorgias so reden gehört. Hektisch, unwillig, als würde er unter Druck gesetzt. Seine Unruhe steckt mich an. Ist die Akademie vielleicht in Schwierigkeiten? Ist die Regierung des Sphärenbundes mit den Ergebnissen, die wir liefern, unzufrieden?

Vorsichtig setze ich einen Fuß vor den anderen, dankbar, dass ich noch immer meine Laufschuhe trage. Meine Schritte sind lautlos.

Dann eine dritte Stimme, deren Sprecher ich unzweifelhaft erkenne: Morus.

»Lassen Sie uns zur Sache kommen«, verlangt er.

Sie müssen in dem Raum hinter der weiß gestrichenen Tür sein, von mir aus gesehen ist es die zweite von links. Sie ist zu, aber das Schloss ist noch nicht wieder eingesetzt, durch die Öffnung dringt jedes gesprochene Wort bis zu mir. Etwas stimmt nicht – und einen Moment später weiß ich, was es ist. Gorgias' persönliche Sentinel fehlen. Wie Wachtürme stehen sie normalerweise vor jedem Raum, in dem er sich aufhält. Um seine Wichtigkeit zu betonen, wie Tudor meint.

»Wir haben es mit einer Verschwörung zu tun.« Wieder die raspelnde Stimme des Unbekannten. »Der Präsident nimmt den Fall sehr ernst. Er will, dass es schnell erledigt wird.«

»Wie ich Ihnen vorhin schon gesagt habe, ist das Unsinn!«, braust Gorgias auf. »An meiner Akademie gibt es keine Verschwörung, hier studiert die Elite des gesamten zentraleuropäischen Sphärenbundes. Der Präsident selbst hat diese Schule absolviert!«

Das Wort hat sich sofort in mir festgehakt. *Verschwörung.* Im ersten Moment will alles in mir Gorgias zustimmen – niemand hier würde sich gegen den Sphärenbund wenden. Im Gegenteil, wir fiebern alle dem Tag entgegen, an dem wir endlich das einsetzen können, was wir an der Akademie gelernt haben. Wir wollen die bewohnbare Welt vergrößern, verbessern, verstärken. Nicht zerstören.

Andererseits … ich kenne auch nicht jeden Einzelnen hier. Für die breite Masse kann ich meine Hand nicht ins Feuer legen.

»Das wäre ein Skandal«, murmelt Morus. »Unvorstellbar, Sie müssen sich irren –«

»Es ist völlig nebensächlich, was Sie für vorstellbar halten und was nicht«, zischt der Unbekannte. »Wir haben es mit einem Plan zu tun, der den gesamten Bund zerstören könnte. Was wir erfahren haben, übersteigt die Befürchtungen der Regierung bei Weitem.«

»Aber … das …« Gorgias stammelt nur noch.

Ich kann ihn verstehen, meine eigene Kehle ist trocken und wie zugedrückt, etwas ganz weit hinten könnte zu einem Hustenreiz werden. Doch das darf nicht passieren, ich muss hören, worin genau die Gefahr besteht, die uns droht.

Gorgias scheint sich wieder gefasst zu haben. Als er nun spricht, klingt seine Stimme lauter und viel energischer. »Das ist unmöglich. Alle meine Studenten sind dem Sphärenbund treu ergeben. Sie absolvieren regelmäßig psychologische Tests, wir stellen sie bei Auswärtsmissionen auf die Probe, wir wissen, worüber sie sich unterhalten und was sie bewegt. Eine Verschwörung wäre von uns enttarnt worden, bevor sie dem Präsidenten zu Ohren hätte kommen können.«

Etwas an Gorgias' Verteidigungsrede irritiert mich. Ich brauche einen Augenblick, bis ich es zu fassen bekomme. *Wir wissen, worüber sie sich unterhalten.* Tatsächlich? Woher?

Das werde ich nachher mit Aureljo besprechen, unter vier Augen – hoffe ich wenigstens –, doch jetzt beansprucht das gedämpfte Lachen des Unbekannten meine ganze Aufmerksamkeit.

»Ich zweifle nicht daran, dass Sie gut informiert sind. Aber unsere Quellen sind doch ein wenig vielfältiger. Der Verdacht, den ich angesprochen habe, besteht schon längere Zeit. Nun hat er sich bestätigt.«

Eine Pause entsteht, in der ich mein Herz klopfen hören kann. Wenn der Fremde recht hat und es Verräter an der Akademie gibt, kenne ich sie wahrscheinlich. Zumindest vom Sehen, vom Einanderzunicken auf den Gängen. Oder wir haben in der Mensa gemeinsam angestanden.

Vor meinem geistigen Auge sehe ich Graukos missbilligendes Gesicht. Ich arbeite seit meinem ersten Tag an der Akademie daran, Lügen zu erkennen, Lügner zu identifizieren, die Absichten anderer zu durchschauen. Wenn es eine Verschwörung gibt, hätte ich davon etwas mitbekommen müssen, sonst waren alle meine Lektionen umsonst.

»Ein Verdacht«, höre ich Morus sagen, »ist die eine Sache. Beweise sind eine andere. Ich vermute, Sie haben Beweise?«

Der Fremde schweigt. Ich sehe ihn nicht, ich kenne ihn nicht, trotzdem bin ich davon überzeugt, dass es keine Verlegenheit ist, die ihm die Sprache verschlägt. Nein, er setzt eine Pause, in der er Morus vermutlich mustert, von oben bis unten. Nach einigen Sekunden kommt die Antwort, eisig.

»Selbstverständlich. Sind Sie sich der Bedeutung von *Jordans Chronik* bewusst?«

Leises Summen. Mein Salvator vibriert, er meldet einen ungewöhnlichen Pulsanstieg. Wenn ich nicht aufpasse, wird er zu piepsen beginnen. Ruhig also. Ich atme tief und langsam ein und aus, versuche einzuordnen, was der Unbekannte gesagt hat. *Jordans Chronik?* Das klingt wie einer dieser Erlebnisberichte, die manche Autoren über ihre Reisen zwischen den Sphären verfassen. Von dieser Chronik aber habe ich noch nie gehört.

Mein Puls senkt sich allmählich auf den normalen Wert. Zur Sicherheit mache ich trotzdem ein paar vorsichtige, geräuschlose Schritte zurück zur Treppe. Falls das Notsignal des Salvators doch losgehen oder die Tür plötzlich aufspringen sollte, kann ich wegrennen. Mich vor Gorgias oder Morus zu verantworten traue ich mir zu, doch dem Mann mit der raspelnden Stimme will ich nicht gegenübertreten.

»Natürlich bin ich mir der Bedeutung bewusst, aber das kann doch nicht Ihr Ernst sein.« Gorgias' Stimme klingt mit einem Mal ganz heiser. »Legen Sie uns die Beweise vor.«

»Natürlich.«

Ein dumpfes Geräusch, das wohl daher rührt, dass etwas auf einen Tisch gelegt wird. Dann die Abfolge von drei Tönen, die anzeigt, dass jemand sein Datenterminal eingeschaltet hat. In der Stille, die darauf folgt, kommen mir meine Atemgeräusche plötzlich viel zu laut vor.

Weit entfernt, in einem anderen Teil der Bibliothek, fällt etwas polternd zu Boden.

Die Stille dauert lange an und das Erste, das Minuten später bis zu mir dringt, ist ein lang gezogenes Stöhnen. »Damit … damit hätte ich nie gerechnet.« Die Worte klingen gepresst und so leise, dass ich sie kaum verstehe. »Unvorstellbar, dass jemand zu so etwas fähig ist.« Gorgias atmet tief durch. »Besteht kein Zweifel?«

»Nicht der geringste.«

Ich würde drei Plätze in der Reihung dafür geben zu sehen, was Gorgias gerade sieht. Beweise für eine Verschwörung – das müssen Schriftstücke sein, Nachrichten an Rebellen, Hinweise darauf, wo die Sphären ihre Schwachpunkte haben. Hat jemand von uns heikle Informationen an die Prims weitergegeben? Ist diese Chronik vielleicht ein Buch, das Lücken in unserem System aufführt?

Dass Studenten bereit sein könnten, uns den Clans auszuliefern, indem sie solche Informationen weitergeben, macht mich zu fassungslos, um wütend zu sein. Doch die Wut wird kommen, ich weiß es.

»Eine Katastrophe«, höre ich Morus leise sagen, es klingt ehrlich erschüttert. »Das bedeutet …«

»Die Betreffenden müssen getötet werden.« Der Fremde teilt das so nüchtern mit, als ginge es um einen Belüftungsfilter, der ausgetauscht werden muss. »Schnell und ohne großes Aufheben darum zu machen. Alles andere wäre zu riskant. Je weniger Bewohner erfahren, wie gefährlich diese Sache für uns hätte werden können, desto besser.«

Ohne es richtig wahrzunehmen, habe ich mich zusammengekauert, mich klein gemacht auf der obersten Treppenstufe. Töten. Ohne Prozess? Im Sphärenbund werden nur selten Menschen zum Tode verurteilt, doch die bekommen zuvor die Chance, sich zu verteidigen und ihre Unschuld zu beweisen. Was der Mann mit der rauen Stimme vorhat – ein schnelles Töten, ohne Aufsehen –, wird nicht möglich sein. Das Fehlen der Studenten wird den anderen auffallen, sie werden Fragen stellen.

Ich werde Fragen stellen.

Die Worte des Unbekannten müssen Gorgias für einige Minuten die Sprache verschlagen haben, jetzt räuspert er sich auf die gleiche Art, wie er es immer tut, bevor er einen von uns Studenten zurechtweist. Ich erwarte, dass er protestiert, es geht schließlich um junge, hervorragend ausgebildete Menschen, die sich in seiner Obhut befinden. Er wird nicht zulassen, dass sie hingerichtet werden, ohne dass alles seine Richtigkeit hat. Auch, wenn sie uns verraten haben. Es gibt Gefängnisse, weit im Norden. Ein hartes Leben voller schwerer Arbeit, aber besser als ein Schuss ins Genick. Ich erwarte, dass Gorgias in etwa das sagen wird, was ich gerade denke, doch als er spricht, kommt nur ein einziges Wort über seine Lippen.

»Wer?«

Ein Seufzen. Offenbar ist das Gespräch an einem Punkt angekommen, den der Fremde gern umschifft hätte. »Das wird Sie ein wenig schmerzen. Ist nicht leicht zu verkraften.«

»Wer?«

Wieder bringt mein Herzschlag den Salvator zum Summen, ich

muss mich auf meinen Atem konzentrieren, notfalls die Luft anhalten. Es kommt jetzt auf jedes Wort an, das in dem Raum gesprochen wird, kaum zehn Schritte von mir entfernt.

Wenn ich weiß, wer es ist, was werde ich tun? Werde ich diejenigen beobachten und versuchen, mehr über die Verschwörung zu erfahren? Werde ich sie warnen?

»Es sind fünf. Nein, sechs.«

So viele. Ich schlucke an etwas Großem, das mir in der Kehle steckt. Ich werde jemanden davon kennen, ganz sicher, mindestens einen, vielleicht mehr, vielleicht alle. Ich will die nächsten Worte des Fremden nicht hören, trotzdem lausche ich so gebannt wie nie zuvor in meinem Leben.

»Die Nummer 114, die 89, die 65.«

»Nein«, stöhnt Morus. »Das ist einfach furchtbar.«

89, wer ist das nur? Bei den Studenten, die über 100 gereiht sind, weiß ich die Nummern nur selten, aber die 89 kenne ich bestimmt und die 65 … ist Tomma, von der 66 aufgestiegen durch Curvellis Tod.

Es ist wie ein Schlag in den Magen, ich höre mich nach Luft schnappen, ein hoher, erstickter Laut. Haben die Männer ihn auch gehört?

Tomma doch nicht. Niemals. Das muss ein Irrtum sein, ein Versehen, ganz bestimmt. Sicher ist die alte 65 gemeint, Ephrim. Ich werde mit Gorgias und Morus sprechen und alles wird sich aufklären.

Ssssrrrr macht der Salvator. Am liebsten würde ich ihn abschalten oder ihn mir vom Handgelenk reißen, aber das würde er mit noch lauteren Signaltönen quittieren. Ruhig atmen, ruhig, ruhig, ruhig.

»Wer noch?« Gorgias' Stimme hört sich an, als hielte er sich eine Hand vor den Mund.

»Die 32«, sagt der Fremde. »Und leider auch zwei Ihrer besten Studenten.« Erstmals macht es den Eindruck, als täten ihm seine Enthüllungen leid.

Ich presse die Lider zusammen, bis ich weiße Blitze sehe. Fleming ist die 32, und wenn die anderen beiden noch besser gereiht sind, dann sind es Freunde von mir, und dann …

»Die 7«, sagt der Unbekannte. »Und die 1.«

Mein gedämpfter Aufschrei geht in dem lautstarken Protest von Gorgias und Morus unter. Sie reden durcheinander, ich verstehe kein Wort, das Blut in meinem Kopf rauscht wie verrückt, mir ist schwindelig, gleich werde ich umkippen. Mein Salvator beginnt zu piepsen, noch ist der Ton leise, ich kann ihn mit meiner schweißnassen Hand dämpfen. Eine Minute lang. Dann müssen meine Körperfunktionen im Normbereich sein oder er wird Alarm schlagen und dem Medcenter meine Position funken.

»Es muss eine andere Lösung geben!«, ruft Gorgias.

»Nein. Die Regierung will einen Schnitt, sauber und endgültig.«

»Unmöglich.«

»Das haben Sie nicht zu entscheiden.«

Das Piepsen wird lauter, gleich wird einer der drei nachsehen, woher das Geräusch kommt, und mich hier vorfinden, zusammengekauert und starr vor Entsetzen. Ich kämpfe mich auf die Beine, mir ist übel.

»Wann?«, fragt Morus.

Ein Seufzen. »Es muss bald geschehen. Wir kümmern uns um alles.« Kurze Pause. »Es tut mir leid.«

Mein Salvator vibriert wieder, gleich wird das Piepsen von einem Heulen abgelöst werden. Ich halte die Luft an, presse mein Zwerchfell nach oben, das verlangsamt den Herzschlag. Eine Stufe, noch eine … Leise, oh bitte, leise.

Ich weiß nicht, ob meine Schritte zu hören sind, ob meine Hand das Geländer umfasst, ob der Boden unter meinen Füßen wirklich existiert.

Der nächste Treppenabsatz. Hinter mir ist niemand, vor mir auch nicht. Alles riecht nach frischer Farbe, gleich werde ich mich übergeben.

Ich atme die angehaltene Luft vorsichtig aus, sauge frische ein. Noch kein Alarm, nur ein leichtes Vibrieren. Wieder Luft anhalten. Eine Stufe, noch eine. Ich muss mich konzentrieren, ruhig bleiben, sonst verliere ich die Kontrolle über den Salvator.

Ein schneller Blick nach hinten, innehalten, lauschen. Nein, keine Verfolger. Die Stimmen der drei Männer sind weit weg und unverständlich, sie fließen aufgeregt durcheinander. Je weiter ich mich entferne, desto schwerer ist die Melodie ihrer Worte zu deuten, man könnte meinen, sie hätten sich beruhigt. Dem Tonfall nach könnten Gorgias, Morus und der Fremde nun über alles sprechen – über die steigende Temperatur außerhalb der Kuppeln, die neue Sphäre Schwarzwald, die jährlichen Beförderungen –, aber sie sprechen über meinen Tod. Und über eine Verschwörung, die es nicht gibt.

Die letzte Treppenstufe, da ist der Ausgang, eine transparente Schwingtür, die mit Klebeband versiegelt ist. Egal. Ich reiße das Band entzwei, verlasse die Bibliothek, laufe nach draußen, halte mein Gesicht nach oben und starre durch die Kuppel in den Himmel.

Die 7. Und die 1.

Das ist einfach nicht möglich. Niemand kann ernsthaft glauben, dass Aureljo und ich uns gegen den Sphärenbund verschworen haben. Das ist so lächerlich, dass ich kaum Worte dafür finde. Und doch …

Meine Lunge platzt beinahe, ich atme aus und ein – mir wird schwindelig.

Flucht nach vorne, beschließe ich, lasse meinem Puls freien Lauf und schlage die entgegengesetzte Richtung ein. Nicht zur Mensa, wie ursprünglich geplant, sondern direkt zu Kuppel 7.

Als der Salvator zu heulen beginnt, stehe ich schon fast vor dem Medcenter.

Ortet mich, denke ich. Ortet mich jetzt.

6

Der Arzt ist der gleiche wie beim letzten Mal und ganz offensichtlich freut er sich nicht, mich zu sehen. Er nimmt mir den Salvator ab und speist die Daten in seinen Computer ein. Dass er mir eine Frage gestellt hat, bekomme ich erst mit, als er sie wiederholt.

»Hat dich etwas erschreckt?«

Zu Tode. Ich schüttle gespielt nachdenklich den Kopf. »Eigentlich nicht. Ich musste nur an Lu denken und dann ging es mir plötzlich schlecht.« Schluckt er das? Sieht so aus.

»Manchmal setzt der Schock nach einem so furchtbaren Ereignis mit Verzögerung ein«, sagt er. »Halte mal deine Hände flach nach vorne.«

Ich tue, was er verlangt, und meine Hände zittern, als würde jemand Strom hindurchleiten. Der Arzt nickt, als hätte er nichts anderes erwartet.

»Dein Salvator hat eigenartige Kurven aufgezeichnet«, meint er und zeigt mir das Diagramm auf dem Monitor. »Am liebsten würde ich dich über Nacht hierbehalten, um sicherzugehen, dass wir es nicht mit einem organischen Problem zu tun haben.«

»Nein!« Meine Antwort kommt zu schnell. Doch die Vorstellung, in einem fremden Bett liegen zu müssen, allein mit meinen Gedanken, ohne die Möglichkeit, Aureljo von dem Gespräch, das ich belauscht habe, zu erzählen, versetzt mich in Panik.

»Nein«, wiederhole ich ruhiger. »Das ist nicht nötig. Ich fühle mich wohler, wenn ich in meinen eigenen vier Wänden bin.«

Der Arzt sieht mich lange und forschend an. Ich setze seinem ernsten Blick ein Lächeln entgegen und schließlich nickt er und legt mir den Salvator wieder ums linke Handgelenk.

»Gib der Trauer eine Pause«, sagt er, während er die Kontakte in die richtige Position bringt, »versuche, dir etwas Gutes zu tun, verbring zum Beispiel den Rest des Tages mit deinen Freunden, lache ein wenig – und dann denk an Lu.«

Auch wenn seine Worte furchtbar kitschig klingen, treiben sie mir die Tränen in die Augen. Nicht wegen Lu, wie ich mir eingestehen muss, sondern weil der Arzt wahrscheinlich von einem meiner letzten Tage spricht.

Einen Moment lang wird der Drang fast übermächtig, ihm alles zu erzählen, was ich heimlich belauscht habe. Ihm zu versichern, dass nichts davon wahr ist, dass es keine Verschwörung gibt, an der ich beteiligt bin. Als wäre es wichtig, dass er mir glaubt. Als könnte er etwas ändern. Ich bremse mich, gerade noch rechtzeitig.

»Ja. Danke.«

Er sieht mir nach, als ich hinausgehe, ich spüre seinen Blick im Rücken. Was für ein Glück, dass er nicht bei Grauko ausgebildet wurde.

In der Mensa ist fast niemand mehr und die Küchenhilfen räumen gerade das restliche Essen weg. Im ersten Moment bin ich erleichtert, als würde mir das die versäumte Mahlzeit ersparen. Es wird furchtbar, jetzt etwas hinunterzuwürgen, doch Tatsache ist, ich muss. Außer, ich will gleich wieder im Medcenter antanzen.

Der Automat, aus dem wir außerhalb der Essenszeiten Nahrung beziehen können, liest meine Salvatordaten und lässt mir die Wahl zwischen angereichertem Hummus und einem Proteinshake. Ich wähle die zweite Option und setze mich mit dem Becher an den hintersten Tisch im Speisesaal, wo mir niemand beim Nachdenken zusehen kann.

Es gab also monatelang einen Verdacht, der sich nun bestätigt hat, deshalb ist der Fremde hier. Das, was sich dahinter verbirgt, ist angeblich so schlimm, dass es den Sphärenbund zerstören könnte.

Sind Sie sich der Bedeutung von Jordans Chronik *bewusst?*

Ich versuche, meinem Gehirn Erinnerungen an jede einzelne Literatur-Lektion abzupressen, an jedes Buch, das ich je gelesen habe. *Hawlers Chronik* fällt mir ein, ein Bericht über die Reise zwischen zwei nördlichen Inseln, über tagelanges Wandern auf gefrorenem Wasser.

Aber *Jordans Chronik*? Jordan? Mir fällt kein Autor ein, der so heißt.

Ich reibe mir die Augen. Was könnte in dieser Chronik beschrieben sein? Wie unsere Klimasysteme funktionieren? Wie man die Lüftungs- und Heizungsanlagen lahmlegt? Das würde sich höchstens auf eine Sphäre auswirken. Schlimm genug, aber zu verhindern. Oder wie man eine Bombe konstruiert? Manche der Studenten könnten das, keine Frage. Ich gehöre nicht dazu, ebenso wenig Aureljo oder Tomma.

Nein, es muss etwas anders sein. Vielleicht wichtige Forschungsergebnisse, kostbare Erkenntnisse, die jemand an die Menschen außerhalb der Sphären weitergegeben hat. Etwas Ähnliches ist schon früher passiert, zwei Fälle sind mir bekannt. Einmal, vor etwa siebzig Jahren, waren es bedeutende Forscher der Sphären, die plötzlich alle Werte und Gesetze missachteten und verschwanden, um sich mit den Prims zu verbünden. Jedoch nicht, ohne einige der wertvollsten Besitztümer des Bundes zu stehlen: wissenschaftliche Errungenschaften, an denen jahrelang gearbeitet worden war. Sie wurden gejagt, aber nur einen konnte man fassen und hinrichten. Die anderen fielen später der Kälte zum Opfer.

Die zweite Verschwörung fand vor rund vierzig Jahren statt. Es war eine Gruppe von Sentineln, die den Plan gefasst hatte, die Regierung zu stürzen und selbst die Macht zu ergreifen. Sie hatten fünfzehn der mächtigsten Stämme mit dem Versprechen auf ihre Seite gezogen, dass sie jede Sphäre, die sie erobern würden, übernehmen dürften.

Der Plan flog auf, die Verräter wurden hingerichtet. Es gibt Dokumentationsfilme über die Hintergründe dieser Verschwörung, die wir alle schon mehrmals gesehen haben, und einmal im Jahr feiern wir den Tag, an dem die Sphären gerettet wurden.

Verräter müssen sterben, sagt das Gesetz; wer die Existenz der Sphären aufs Spiel setzt, hat sein Leben verwirkt. Der Bund ist uns Vater und Mutter zugleich, aber Abtrünnige dürfen nicht mit Nachsicht rechnen.

Je länger ich darüber nachdenke, desto weniger kann ich mir erklären, wie dieser Irrtum über eine angebliche Verschwörung zustande kommen konnte. Ich habe mein ganzes Leben lang noch kein Wort mit einem Prim gewechselt. Aureljo dagegen ... er hat mehrmals an Außenmissionen teilgenommen und Versorgungspakete verteilt. Gut, er hat sie bloß aus der Magnetbahn geworfen, aber wer weiß ... Könnte er dabei in Kontakt mit der Bevölkerung gekommen sein? Sich verdächtig gemacht haben?

Mit den Handballen reibe ich mir die Augen, diesmal so kräftig, dass es fast wehtut. Nein, solche Fehler macht Aureljo nicht, er ist nicht umsonst die Nummer 1 in der Reihung. Wenn er allerdings stirbt … wird Tudor diesen Platz einnehmen.

Der Gedanke sickert langsam in mein Inneres und breitet seine hässlichen Tentakel aus. Ist es denkbar, dass Tudor … dass er Aureljo auf diese Weise aus dem Weg schaffen will? Vielleicht sogar mit Morus' Hilfe? Er unterrichtet zwar beide, aber Tudor ist sein erklärter Favorit.

Nein, das traue ich keinem von beiden zu. Und noch weniger traue ich ihnen zu, fünf weitere Leute in die Sache mit hineinzuziehen, die zudem hinter Tudor gereiht sind und ihm nicht gefährlich werden können.

Mit einem Mal habe ich Angst, ich könnte die Zahlen vergessen haben. Die 1, die 7, die 32. Dann kam die 65 – Tomma. Ich konzentriere mich, rufe mir den Moment vor Augen, als der unbekannte Mann die Nummern genannt hat, überzeugt davon, dass ihn in dem verlassenen Trakt niemand hört: 89, 114.

Der Shake schmeckt wie Kleister, über den jemand einen Apfel gerieben hat. Ich schütte alles auf einmal in mich hinein, warte, bis ich sicher sein kann, dass es unten bleibt, und verlasse die Mensa.

Das Café Agora ist bis auf den letzten Platz besetzt. Es gibt nur wenige Orte in unserer Sphäre, wo man so sehr den Eindruck von Weite hat, wo man das Gefühl, sich in den Eingeweiden eines riesigen Tieres zu befinden, beinahe vergisst.

Hoch über mir wölbt sich die höchste der transparenten Kuppeln unserer Sphäre, alles hier ist in Weiß gehalten und strahlt selbst im trüben Tageslicht. Normalerweise hebt meine Laune sich schlagartig, jedes Mal wenn ich hier stehe. Heute fühle ich mich ausgeliefert und ungeschützt. *Die Betreffenden müssen getötet werden.*

Mein Puls beginnt sofort wieder zu rasen und ich denke an Baja, an das Bild mit den gelben Blumen, an die Geschichte von dem Mädchen mit den drei Wünschen, die sie uns immer erzählt hat, wenn wir Angst hatten.

Es hilft.

An einem der überfüllten Tische entdecke ich Aureljo, lachend, und auch das hilft. Doch bevor ich zu ihm gehe, muss ich noch etwas in Erfahrung bringen.

Die vier Tafeln, von denen man die Reihung der ersten hundert Studenten ablesen kann, sind in den unteren Hälften der Kuppelwände angebracht, sie sind weiß und die Anzeigen, die sich je nach Fortschritt oder Versagen ändern, leuchten in strahlendem Blau. Die erste Tafel kenne ich auswendig, hier verschiebt sich nur selten etwas. Ich finde Aureljo auf der 1 und mich auf der 7, wie schon seit Monaten. Zum ersten Mal wünsche ich mir, es wäre anders.

Um die nächste Nummer zu überprüfen, muss ich ein Viertel der Kuppel abschreiten – wäre sie eine Uhr, so befänden sich die vier Tafeln auf der Zwölf, der Drei, der Sechs und der Neun.

Meine Erinnerung hat mich nicht getrogen: Die 32 ist Fleming, spezialisiert auf Medizin, mit einigen beachtlichen Arbeiten in Mikrobiologie. Vor drei Wochen erst hat er einen Vortrag im Medcenter gehalten. Ich kenne ihn nicht besonders gut, ich weiß nicht, ob ihm ein Bündnis mit den Prims zuzutrauen wäre.

Auf dem Weg zur dritten Tafel queren zwei grüne Sentinel meinen Weg und neigen lächelnd den Kopf. Ich grüße zurück, die

Fröhlichkeit in meinem Gesicht ist so aufgesetzt, dass sie wehtut, aber es scheint ihnen nicht aufzufallen.

Den Ereignissen der letzten Tage ist schon Rechnung getragen worden. Curvellis Tod hat Tomma auf Position 65 aufsteigen lassen. Tomma, die viel zu ängstlich ist, um auch nur an eine Verschwörung zu denken, die den Regelkatalog der Akademie auswendig aufsagen kann, die keine freiwillige Sonderaufgabe auslässt. Darüber hinaus ist sie eine der besten Botanikerinnen aller Jahrgänge. Wenn es jemand schafft, Getreide aus gefrorenen Erdschollen zu ziehen, dann sie – der Sphärenbund müsste für ihr Talent dankbar sein. Aber ich habe es gehört, der Fremde hat 65 gesagt, ich bin mir absolut sicher.

Ich gehe weiter zur nächsten Tafel. Auf der 89 ist jemand namens Tycho gereiht, der mir gänzlich unbekannt ist. Das ist etwas merkwürdig, denn normalerweise kennt man die Studenten, die den Sprung unter die ersten hundert schaffen. Sie sind meist in den höheren Semestern und haben ein gewisses Ansehen an der Akademie. Dass ich von Tycho noch nie gehört habe, lässt darauf schließen, dass er entweder erst kürzlich von einer der anderen Akademien zu uns gestoßen ist oder dass er sich unglaublich schnell hochgearbeitet hat. Beides macht ihn zu einer Unbekannten in der Gleichung.

Um die 114 zu identifizieren, muss ich in die Vorhalle gehen. Die Tafeln hier sind wesentlich kleiner, umfassen aber mehr Einträge. Nummer 114 ist jemand namens Dantorian, das ist auf jeden Fall eine Namenskombination, und ich vermute, der erste Teil bezieht sich auf Dante, den italienischen Dichter. Das lässt auf einen Studenten schließen, der mit Sprache zu tun hat, wahrscheinlich kenne ich sein Gesicht aus einem der Vortrags- oder Schreibkurse. Er muss gut sein, wenn er sich mit einem künstlerischen Studium bis fast an die 100 herangearbeitet hat.

Ich gehe zurück in die Kuppel; auf meinem Weg schaue ich denjenigen, die mir entgegenkommen, nicht ins Gesicht, sondern versuche, gegen jede Vernunft, einen Blick auf den Teil ihres Salvators zu erhaschen, der unter dem Ärmel hervorlugt, und den dort eingravierten Namen zu erkennen. Aber es gelingt mir kein einziges Mal. Ich werde Tycho und Dantorian auf andere Weise ausfindig machen müssen.

7

Die Diskussion zwischen Aureljo und Tudor dreht sich um die Landwirtschaftssphären Camargue 3 und 4. Von dort beziehen wir Kohl, Tomaten und Gurken, doch in letzter Zeit gab es so viele Überfälle, dass ständig Lieferungen ausfallen. Wie immer plädiert Tudor dafür, hart durchzugreifen, während Aureljo vorschlägt, einen Teil der Ernte an die Außenbevölkerung zu verteilen und damit nicht nur deren Lebensbedingungen zu verbessern, sondern auch die Überfälle einzudämmen.

»Sicher«, erwidert Tudor mit schiefem Grinsen. »Du gibst ihnen ein paar Kohlblätter und dafür lassen sie dich in Ruhe.« Er nimmt einen Schluck aus seinem Glas. »Der edle Aureljo. In deinem Kopf klappt das alles ganz hervorragend, ich weiß, doch die Realität sieht anders aus: Egal, was du ihnen gibst, es wird ihnen nicht genügen. Sie werden mehr wollen, immer mehr.«

Ich stehe neben dem Tisch, es ist weit und breit kein Stuhl mehr frei. Aureljo will mich auf seine Knie ziehen, aber ich sträube mich. Ist es möglich, dass er diese Gedanken schon mal in die Tat umgesetzt hat? Dass er unerlaubterweise etwas von unseren Vorräten verteilt hat und dass uns das jetzt in Schwierigkeiten bringt?

Wir wissen, worüber sie sich unterhalten, hat Gorgias gesagt. War der Beweis, den der Unbekannte vorgelegt hat, ein Gesprächsprotokoll? Doch wenn die Akademie uns belauscht, hätte Gorgias von dem Verrat doch wissen müssen.

Ich schaffe es nicht, die Fäden zu verknüpfen, aber ich habe riesige Lust, Aureljo anzubrüllen. Er muss der Schlüssel zu dem Desaster sein, in dem wir stecken. Wie oft hat er mit mir über die Prims gesprochen, immer verständnisvoll, ganz gleich, ob sie gerade eine Sphäre belagert oder eine Sentinel-Brigade überfallen und halb ausgelöscht hatten. Ich hätte mich entschiedener dagegenstellen müssen, so wie Tudor es tut. Ihn hat der Fremde nicht auf seiner Todesliste, natürlich nicht.

»Was ist denn los?« Aureljo greift nach meiner Hand und ich ziehe sie blitzschnell weg.

»Tudor hat völlig recht.« Ich erkenne meine Stimme fast nicht wieder, ein tonloses, wütendes Zischen. »Sie hassen uns, verstehst du? Die da draußen, mit ihren Bögen und Schleudern und ihren unmenschlichen Ritualen. Sie wollen nicht unsere Freunde sein, sondern das haben, was uns gehört, und sie werden keine Ruhe geben, bis die Rollen vertauscht sind.«

Aureljos Augen sind groß geworden, er sieht mich an, als wäre es das erste Mal, und ich kann die Enttäuschung in seinem Blick lesen. Meine Wut will abklingen, aber das darf ich nicht zulassen, sonst bleibt nur noch Angst. *Die Betreffenden müssen getötet werden.*

Wenn es wahr ist, dass die Akademie unsere Gespräche abhört, dann kennt sie jetzt meinen Standpunkt. Ich habe mich laut und überdeutlich von Aureljo distanziert und könnte vor Scham im Boden versinken.

Als er erneut versucht, meine Hand zu ergreifen, lasse ich es zu. Undeutlich nehme ich wahr, dass die Gespräche an den Nebentischen verstummt sind. Die 1 und die 7 kriegen sich selten in die Haare, das ist etwas, worüber man sich später flüsternd unterhalten kann.

»Ich weiß doch, wie schwierig es ist«, murmelt Aureljo in die entstandene Stille hinein. »Vielleicht *zu* schwierig. Aber ich kann mir keinen anderen Weg vorstellen als einen friedlichen. So steht es doch auch in den Gesetzen des Sphärenbundes.«

Damit hat er recht. Der Bund will keine Auseinandersetzungen zwischen der Bevölkerung innerhalb und außerhalb der Sphären. Keine von Aureljos Äußerungen kann man als verräterisch bezeichnen. Und selbst wenn er Zucker oder Mehl nach draußen geschmuggelt und dort verteilt hätte, wäre er höchstens heruntergestuft und zu Strafdiensten verurteilt worden. Aber was ist es dann? Was wirft uns der Fremde vor, wenn nicht eine Verschwörung mit den Prims?

Unvorstellbar, dass jemand zu so etwas fähig ist, hat Gorgias gesagt. Das klang ernst und nicht so, als ginge es bloß um fehlgeleitete Sympathie gegenüber den Außenbewohnern. Meine Wut auf Aureljo ebbt ab und macht Platz für Wut auf mich selbst. Anstatt das Gehörte sachlich zu interpretieren, habe ich mich von meiner Panik leiten lassen.

Am Nebentisch ist jemand aufgestanden und Tudor hat mit einer schnellen Bewegung den Stuhl gepackt und ihn an unseren Tisch gezogen. »Du siehst nicht gut aus, Ria, setz dich hin.«

Ich tue, was er sagt, mein Körper fühlt sich an, als würde ihn jemand anders steuern.

Wahrscheinlich handelt es sich doch um einen Irrtum. Mein Salvator hat mich zur Flucht gezwungen, ich konnte das Gespräch zwischen Gorgias, Morus und dem Unbekannten nicht bis zum

Ende verfolgen. Möglich, dass sich das Ganze schon längst als Missverständnis herausgestellt hat. Oder eben doch als Intrige. Ich sehe Tudor an, den ehrgeizigen Tudor, der meinen Blick erwidert, ernst und herausfordernd zugleich.

»Ja?«, fragt er. »Wolltest du etwas sagen? Mir danken, eventuell?«

Ich würde am liebsten erzählen, was ich gehört habe. Alles, jedes einzelne Wort wiederholen, vor allen hier im Café. Wenn Tudor dahintersteckt, könnte ich das von seiner Miene ablesen, da bin ich mir sicher. Er hat nur wenig Emotionstraining erhalten, seine Selbstkontrolle ist nicht wasserdicht.

Ich versuche es ohne Worte. Lege die Anklage in meinen Blick. Ein winziges Nicken mit dem Kopf: Ich weiß, was du getan hast.

Tudor zuckt nicht einmal mit der Wimper, legt nur interessiert den Kopf schief. »Alles in Ordnung mit dir?«

»Wie man's nimmt.« Gestern noch, im Gewächshaus, konnte ich Tudors Angst regelrecht spüren, heute wirkt er, als könnte ihm nichts etwas anhaben. War es nur der farblose Sentinel, dessen Anwesenheit ihn so aus dem Gleichgewicht gebracht hat? Es hat ganz den Anschein.

Der Gedanke kommt wie selbstverständlich, und noch während er Form annimmt, frage ich mich, wieso er sich so lange Zeit gelassen hat. Ist es möglich, dass der Fremde, der meinen Tod gefordert hat, und der Sentinel ohne farbliche Kennzeichnung ein und dieselbe Person sind? War Tudor deshalb so erschrocken, ihn zu sehen? Kennt er ihn und weiß, was sein Auftauchen zu bedeuten hat?

»Ria?« Tudor schnippt mit den Fingern vor meinem Gesicht herum. »Gibt es einen Grund, warum du mich so anstarrst?«

Ich kann ihn nicht zur Rede stellen, nicht hier, nicht vor so vielen Leuten, deshalb schüttle ich stumm den Kopf, während gleichzeitig eine neue Gewissheit in mir aufsteigt, dunkel wie Asche. Ich werde mit niemandem über den Fremden reden können, nicht, wenn es stimmt, was Gorgias gesagt hat. Dass unsere Gespräche abgehört werden.

Nur wie, das hat er verschwiegen. Erstattet ihm einer der Studenten, die in Hörweite sitzen, heute noch Bericht? Sind an den Tischen Sender angebracht? Oder, viel wahrscheinlicher, überträgt mein Salvator jedes Wort, das ich spreche, in eine geheime Abhörzentrale?

Ich bin so an meinen Salvator gewöhnt, dass ich ihn normalerweise nicht spüre, flach und leicht liegt er an der schmalsten Stelle meines Unterarms. Meist verschwindet er unter dem Ärmel und erinnert mich nur an seine Existenz, wenn er Signale abgibt. Doch auf einmal fühlt er sich schwerer an und engt mein Handgelenk ein. Mein Puls steigt auf 86, auf 92, während ich die Anzeige betrachte. Das Gerät ist mit einem Lautsprecher ausgerüstet, über den es seine Warntöne abgibt – sehr gut möglich, dass es auch über ein Mikrofon und einen Sender verfügt. Ein tragbarer Spion.

»Dir geht es heute nicht so gut.« Aureljos leise Stimme holt mich ins Café zurück und mir wird bewusst, was für einen Eindruck mein Verhalten machen muss. Als wäre ich durcheinander und geistig abwesend. Oder als hätte ich ein Geheimnis.

»Du hast recht.« Ich zwinge ein Lächeln auf mein Gesicht. »Ich habe letzte Nacht schlecht geschlafen. Die Sache mit Lu, du weißt ja.«

»Natürlich.« Er klingt erleichtert, wie ich es erhofft hatte. Meine

Vorwürfe gegen ihn, meine Zerstreutheit, all das lässt sich gut unter Traurigkeit verbuchen. Hoffentlich sehen das die, die uns beobachten, ebenso.

»Ich gehe besser, ich bin heute keine gute Gesellschaft«, sage ich und stehe auf. Rücken gerade, Schultern locker, jetzt den Kopf noch ein wenig senken, dann sollte das Bild stimmen: bedrückt, aber gefasst. Behelfsmittel aus Graukos Programm für Notsituationen. Ein paar Sekunden klappt es hervorragend, dann betreten drei rote Sentinel die Kuppel. Außenwache. Sie sehen sich um und kommen in unsere Richtung.

Getötet werden, müssen getötet werden, raspelt die Stimme des Unbekannten in meinem Kopf. Unwillkürlich drehe ich den Kopf weg, als ob ich so verhindern könnte, dass die Wachen mich entdecken.

Auf Morus' Frage, wann es so weit sein würde, war die Antwort des Fremden *bald*. Das kann alles bedeuten. Morgen, in drei Tagen, in vier Wochen. Jetzt. Aber würden sie es hier tun, vor allen Leuten?

Natürlich nicht, rufe ich mich zur Ordnung. Aber sie könnten uns unter einem Vorwand hier wegholen. Uns befragen, zu einer Verschwörung, von der wir nie etwas gehört haben, und uns dann …

Ich lasse den Satz in meinem Kopf unvollendet, das letzte Wort ungedacht.

Die Sentinel sind inzwischen an uns vorbeigegangen, sie haben die Kuppel nur durchquert und sind im Verbindungsgang zur Nachbarkuppel verschwunden.

Nicht erleichtert ausatmen. Den gleichen Gesichtsausdruck beibehalten, den Tagesablauf ja nicht ändern. Ich habe mich für heute

Nachmittag zum Dienst im Recyclingcenter gemeldet. Der Gedanke, mehrere Stunden neben den laut rüttelnden Maschinen verbringen zu müssen, scheint mir im ersten Moment unerträglich. Dann aber zeigt sich in seinem Windschatten eine Idee, die mir einen Teil des Gewichts von den Schultern nimmt. Ich tippe Aureljo an.

»Ich gehe arbeiten. Kommst du mit?« Der Ton, den ich anschlagen wollte, ist mir gelungen. Leicht. Als wäre die Antwort Nein kein Problem. Dabei drücke ich meine Finger, so fest ich kann, gegen sein Schlüsselbein und hoffe, dass er die Botschaft versteht.

»Sicher.« Er dreht sich zu mir um, sein Lächeln ist eine Spur zu strahlend, um echt zu sein. Er hat begriffen, dass etwas nicht stimmt.

Wir winken einmal in die Runde und drängen uns dann zwischen den Stühlen des Cafés hindurch zum nächsten Kuppelausgang.

»Was ist –«, beginnt Aureljo, kaum dass wir allein sind. Ich unterbreche ihn augenblicklich.

»Angeblich ist gestern eine riesige Ladung Gebrauchtkunststoff angeliefert worden. Ich glaube, sie freuen sich über zusätzliche Leute beim Sortieren.« Ich nicke ihm zu. Er soll darauf einsteigen. Und er tut es, ohne zu zögern.

»Natürlich.« Seine Augen sind groß und fragend, ich möchte mich um ihn schlingen und mein Gesicht in seiner Halsbeuge vergraben. Stattdessen fahre ich fort, Nichtigkeiten vor mich hin zu plaudern.

»Es heißt, sie haben eine alte Deponie gefunden, eine wahre Schatzgrube. Ein großer Teil davon lässt sich zu Hermetoplast verarbeiten, vielleicht bekommen wir bald neue Kuppeln.«

»Das wäre großartig.« Aureljos Gesicht ist eine einzige Frage, doch er behält sie für sich. Ich danke ihm mit einem Lächeln und versuche verzweifelt, das Gespräch oberflächlich zu halten.

Doch während wir an den Familienquartieren vorbeigehen, den bunten Einheiten, in denen die natürlich gezeugten Kinder mit ihren Eltern wohnen, geht mir der Gesprächsstoff zum Thema Recycling aus. Also erzähle ich Aureljo von dem Kriminalroman, den ich zur Hälfte gelesen habe – Morde in Sphäre Neu-Berlin 1. Ich spekuliere, dass der Mörder einer der grünen Sentinel von der Quartierwache ist. Falls uns jemand abhört, muss er sich erbärmlich langweilen. Aber in Kürze wird es für ihn noch viel schlimmer werden.

Das Recyclingcenter liegt in einer der äußeren Kuppeln an der Nordseite der Sphäre. Bei Schlechtwetter peitschen Sturm und Schnee hier am heftigsten gegen die Wände, doch auch wenn es draußen ruhig ist, so wie heute, versteht man in der Nähe der Maschinen kaum sein eigenes Wort.

Wir ziehen die dunkelblauen Arbeitsoveralls über und lassen uns vom Werkshallenleiter Plätze am Transportband zuweisen. Sie liegen nebeneinander, mit so viel Glück habe ich gar nicht gerechnet.

Die verschiedenen Kunststoffarten, die auf dem Band an uns vorbeifahren, in farbige Behälter zu sortieren, ist einfach, wenn man es schon mal gemacht hat. Ich kann meine Gedanken spazieren gehen lassen, während meine Hände ihre Arbeit verrichten; normalerweise entspanne ich mich dabei. Heute versuche ich, mir Worte zurechtzulegen, mit denen ich Aureljo das Wichtigste mitteilen kann. Ich muss ihn überzeugen, ohne dass er viele Gegenfragen stellt. Er muss begreifen, dass es ernst ist. Dass man uns für

Verräter hält. Dass uns der Sphärenbund, der uns gezeugt, von der ersten Zellteilung an aufgezogen, ausgebildet und behütet hat, nun plötzlich töten will.

Meine Hände sortieren alte, kostbare Plastikfunde; mein Kopf sortiert Sätze.

Als nach einer Stunde der Pfiff durch die Halle schrillt, der die fünfminütige Pause einleitet, und Aureljo mit den anderen in den Nebenraum gehen will, halte ich ihn an der Schulter zurück. Ich lege meine Arme um seinen Hals und bringe meinen Mund ganz nah an sein Ohr.

»Lächle«, bitte ich ihn. »Tu so, als würde ich dir romantische Dinge zuflüstern. Lass dir nichts anmerken, egal, was du gleich von mir erfahren wirst. Wenn du mich verstanden hast, nicke.«

Ich spüre seine Kopfbewegung, ein wenig zögernd.

»Ich habe ein Gespräch belauscht, heute Mittag. Gorgias und Morus haben jemanden in der Bibliothek getroffen, in dem abgesperrten Trakt, der gerade renoviert wird. Ich glaube nicht, dass ich den Mann kenne. Wahrscheinlich war es ein Abgesandter der Regierung.«

Aureljo drückt mich an sich und signalisiert mir durch ein weiteres Nicken, dass er bisher alles verstanden hat.

»Das Erste, was du wissen solltest, ist, dass Gorgias meinte, er wüsste, worüber seine Studenten sich unterhalten. Ich glaube, die Akademie hört uns ab. Oder es gibt Spione, jedenfalls dürfen wir über das, was ich dir gleich erzählen werde, nicht offen sprechen. Auch nicht, wenn wir uns unbeobachtet fühlen.«

Aureljo nickt wieder, aber zurückhaltender diesmal. Dass wir unter Überwachung stehen sollen, schmeckt ihm nicht. Er wird Beweise dafür wollen und ich habe keine Ahnung, woher ich die nehmen soll. Als ich weiterspreche, überschlagen sich meine Worte, eins stolpert hektisch über das nächste. »Sie haben von einer Verschwörung gesprochen, die so bedrohlich ist, dass sie den ganzen Sphärenbund zerstören könnte. Laut dem unbekannten Mann ist es nötig, die Beteiligten zu töten, und zwar bald.«

Aureljos Armmuskeln spannen sich an, doch ich bin sicher, er hält sein Lächeln aufrecht. Er ist gut in diesen Dingen. Wenn es darauf ankommt, schlägt er uns alle. Ich hoffe inständig, dass er sich auch noch beherrschen kann, wenn er gehört hat, was ich als Nächstes sagen werde.

»Die Verschwörer sollen Studenten der Akademie sein. Sechs Studenten. Hör mir jetzt genau zu. Unter den Reihungsnummern, die der Fremde genannt hat, war auch meine. Und deine.«

Ich warte, schmiege mich noch enger an Aureljos Hals und halte die Luft an, um zu hören, ob er etwas sagt.

Zittriges Einatmen. Lächelt er noch? Seine Hände wollen mich fortdrücken, wahrscheinlich will er mir ins Gesicht sehen. Denkt er, ich mache Scherze?

Ich weiche ein Stück zurück, strahle ihn an, lache, als hätte er mir etwas Anzügliches zugeflüstert. Seine Miene ist starr, aber nicht entsetzt. Eher so, als hätte ich ihm einen Witz erzählt, den er nicht verstanden hat.

Zwei Arbeiter in grauen Overalls gehen an uns vorbei, ihre Blicke sind scheu, aber aufmerksam. Ich begebe mich zurück in Aureljos Umarmung und sofort ist sein Mund an meinem Ohr.

»Das ist sicher ein Irrtum«, flüstert er. »Wir und eine Verschwörung, das ist doch absurd! Mit welchem Ziel? Und wer sind die anderen?«

Ich beginne mit dem, was ich weiß. »114, 89, 65, 32. Und wir beide. Ich habe die Nummern überprüft. Fleming und Tomma sind dabei, außerdem zwei, die ich nicht kenne: Tycho und Dantorian.«

»Aber –«

»Natürlich ist es Unsinn. Der Fremde hat nicht gesagt, was wir angeblich geplant haben sollen. Kein Wort. Allerdings hat er Gorgias und Morus etwas gezeigt, als sie ihn nach Beweisen gefragt haben. Danach haben sie sehr überzeugt gewirkt.« Die Erinnerung packt mich wieder mit aller Schärfe, wie ein Eissturm, der durch unzählige Kleidungsschichten bis zur Haut vordringt.

»Sie wollen uns umbringen, Aureljo, obwohl wir nichts getan haben. Weißt du etwas von einer Verschwörung, irgendetwas?«

»Natürlich nicht!«

Ich streiche ihm übers Haar, küsse die Stelle neben seinem linken Auge. Das Rütteln der Maschinen wird lauter, gleich kommt der Pfiff und das Ende der Pause.

»Bist du sicher, dass es kein Irrtum ist?«, fragt er. »Du könntest etwas falsch verstanden haben.«

»Ich wünschte, es wäre so. Aber ich habe jedes Wort genau gehört. Gorgias war erschüttert, aber er hat sich gefügt. Morus hat es ruhiger aufgenommen.« Immerhin favorisiert er Tudor schon seit Langem und nun ist die Spitze der Reihung für ihn zum Greifen nah.

Der Pfiff. Gleich werden aus dem Nebenraum die anderen wieder hereinströmen, Arbeiter und Freiwillige wie wir. Im Moment beneide ich jeden Einzelnen von ihnen brennend und wünsche mir, ich könnte meinen Platz in der Reihung gegen den schmutzigsten Job hier eintauschen.

»Eins noch. Hör mir gut zu.« Um uns herum wird es lauter und ich versuche, jedes Wort so deutlich auszusprechen, dass Aureljo es keinesfalls missverstehen kann. »Kennst du *Jordans Chronik*? Hast du je von einem Buch gehört, das so heißt? *Jordans Chronik?*«

Er ist über den Themenwechsel spürbar irritiert. »*Jordans* … nein. Kenne ich nicht.«

Wir lösen uns aus unserer Umklammerung, Aureljo lässt seine Arme sinken und tritt einen Schritt zurück, fast elegant. Ich bin froh, dass er sich so gut im Griff hat, auch sein Lächeln wirkt natürlich. Vielleicht ein wenig kämpferischer als nötig.

»Ich werde den Vortrag heute nicht besuchen«, verkündet er über den Lärm der Maschinen hinweg. »Mir ist eben eingefallen, dass ich noch mit einem unserer Mentoren sprechen muss.«

Er hat die Nachricht schon verarbeitet. Sie verdirbt ihm möglicherweise den Tag, aber ich kann ihm ansehen, dass er denkt, ein Gespräch mit Morus würde die Dinge wieder geraderücken. Aureljo glaubt, dass ich die Fehlerquelle bin, dass ich etwas missverstanden habe, und freut sich darauf, mir bald meine Sorgen nehmen zu können.

Ich würde es auch nicht glauben, wenn ich nicht alles selbst mitangehört hätte.

Während ich weiterarbeite, versuche ich mir verschiedene Versionen des Gesprächs zwischen Aureljo und Morus vorzustellen und sehe es jedes Mal in einer Katastrophe enden. Morus lehrt Durchsetzung und Verwirklichung, sein ganzes Denken dreht sich um das Erreichen von Zielen. Schnelles Handeln ist eins seiner Grundprinzipien, und wenn er von Aureljo erfährt, dass wir wissen, was in der Bibliothek besprochen wurde, wird er nicht lange fackeln und tun, was er für nötig hält. *In Krisen ist nur eine schnelle Reaktion eine gute Reaktion*, das habe ich ihn mehr als einmal sagen hören. Er könnte uns wegsperren, dann verlieren wir jede Chance, die Wahrheit herauszufinden, und vor allem verlieren wir Zeit. Und in der Folge unser Leben früher als erwartet.

»Du solltest Morus nicht mit solchen Kleinigkeiten behelligen.« Wir haben unsere Arbeitskleidung abgelegt und sind auf dem Weg zurück zur Akademie, wo der Vortrag über Klimabeeinflussung stattfindet. Wir sind nicht allein, vor und hinter uns schlendern ebenfalls Studenten, die sich über Nichtigkeiten unterhalten; ich schlage den gleichen Plauderton an wie sie. »Manche Probleme löst man besser selbst. Besonders, wenn sich absehen lässt, dass der Mentor die Frage … nicht mögen wird.«

Aureljo blickt geradeaus. »Vielleicht ist der Mentor aber auch dankbar, wenn man ein Missverständnis aufklärt.«

Ich wünschte, ich hätte eine Aufzeichnung des Gesprächs. *Der Präsident nimmt den Fall sehr ernst. Er will, dass es schnell erledigt wird.* Gorgias' und Morus' Ungläubigkeit. Drei Töne, als das Datenterminal eingeschaltet wurde. Was dort zu lesen war, muss beide Mentoren völlig überzeugt haben.

Besteht kein Zweifel?

Nicht der geringste.

»Ich halte deine Entscheidung für falsch«, erwidere ich kühl, statt, wie ich es am liebsten tun möchte, Aureljo an den Schultern zu packen und ihm ins Gesicht zu schreien. Dass er auf keinen Fall mit Morus sprechen darf, dass ich Angst habe.

»Es ist das einzig Sinnvolle.«

Aus seiner Sicht mag das stimmen. Dass Aureljo die Reihung anführt, liegt unter anderem daran, dass seine Entscheidungen meistens richtig sind.

Für einen Moment schließe ich die Augen und versuche mir vorzustellen, dass das auch diesmal so sein wird. Alles wird sich aufklären. Ich habe die drei Männer falsch verstanden.

Aber ist es möglich, die Worte *Die Betreffenden müssen getötet werden* falsch zu verstehen?

Nein. Ich darf mich nicht verrückt machen lassen. Sprache und Kommunikation sind meine größten Stärken. Ich habe mich nicht geirrt.

Der Gang wird enger, wir stehen kurz vor dem Portal zu Kuppel 5, hier ist es um diese Tageszeit immer voll, weil alle zu den Quartieren zurückströmen. Während wir uns in winzigen Schritten vorwärtsbewegen, studiere ich Aureljos Profil. Er ist entschlossen, ich kann mir jede weitere Mühe, ihm die Sache auszureden, ersparen. Hätte ich nur nichts gesagt.

»Wird mein Name fallen?« Wenn jemand uns abhört, spitzt er jetzt garantiert die Ohren.

»Nein. Das ist nicht nötig und ich bin sicher, du möchtest es auch nicht.«

»Da hast du recht.«

Kann sein, dass Morus Aureljo gar nicht mehr gehen lässt, ihn gleich den Sentineln übergibt und ich ihn nie mehr wiedersehe. Ich möchte gern mit dem Finger die Linien seines Gesichts nachziehen, jede einzelne, sie mir einprägen.

Ich traue Morus nicht über den Weg. Ebenso wenig wie Tudor. Kein anderer Student hat die Prinzipien zur Erreichung von Zielen bis ins kleinste Detail so studiert wie er. Laufen wir ihm gerade ins Messer?

Ich taste nach Aureljos Hand, groß und kühl umfasst sie meine. »Hast du an Tudor gedacht?« Die Formulierung ist bewusst schwammig, sie kann alles bedeuten, aber Aureljo versteht mich richtig.

»Ja, kurz. Das ist natürlich eine Möglichkeit, aber keine, an die ich wirklich glaube.«

Vor der Festhalle bleibt er stehen. »Hör du dir den Vortrag an und erzähl mir später davon.«

Mein Herz schlägt so heftig, dass der Salvator schon wieder zu vibrieren beginnt. »Viel Erfolg. Erwähne keine Bücher, ja? Auf keinen Fall, bitte. Achte auf deine Worte. Und merk dir jedes von seinen.«

8

Das Klima ist etwas, das uns alle interessiert. Die Rednerin kommt aus einer Sphäre, die südlicher liegt, und man kann die Aufregung im Saal regelrecht spüren. Die Hoffnung auf gute Nachrichten ist in vielen Gesichtern zu lesen, auch in Tommas. Sie strahlt mich an, als hätte vor zwei Tagen Lus Sarg nicht auf derselben Bühne gestanden, auf der jetzt das Rednerpult aufgebaut ist. Ich habe plötzlich Lust, ihr zu sagen, dass sie auf einer Todesliste steht, und zuzusehen, wie ihr Lächeln in sich zusammenfällt. Mein unvorsichtiger Gedanke erschreckt mich.

»Wollen wir uns nebeneinandersetzen?« Tomma zieht mich vorwärts und deutet mit der linken Hand auf einige freie Plätze in der dritten Reihe. Das ist mir heute entschieden zu weit vorne.

»Nein, ich suche noch jemanden.« Ich mache mich los und dränge mich gegen den Strom zurück in Richtung Ausgang. In der letzten oder vorletzten Reihe muss ich mein Gesicht nicht permanent unter Kontrolle haben.

Einige der Zuhörer, denen ich versehentlich auf die Zehen trete, sehen mich finster an. Egal, ich entschuldige mich nicht, sollen sie mich doch für arrogant halten. Hauptsache, sie machen Platz.

Ich habe mein Ziel fast erreicht, als mich etwas herumfahren lässt …

»Tycho! He!«

Derjenige, der ruft, kommt mir vage bekannt vor. Ich glaube, es ist einer der Studenten, die sich auf Datentechnik spezialisiert haben. Er winkt und versucht sich bemerkbar zu machen, doch außer mir scheint ihn niemand zur Kenntnis zu nehmen.

»Tycho! Ich habe Elka versprochen, dass du ihr die Prinzipien der verschiedenen Sphärenleitungen erklärst!«

Ich versuche zu erkennen, wen er meint, aber es ist einfach zu viel los, jeder der mir unbekannten Studenten, die gerade versuchen, sich in eine der vorderen Reihen zu drängen, könnte Tycho sein.

Doch dann sehe ich etwas springen. Jemanden. In einer schwungvollen Flanke setzt er über einen leeren Stuhl und klettert über mehrere Stuhlreihen, ohne groß Rücksicht darauf zu nehmen, ob dort jemand sitzt oder nicht. Er ist klein, so blond, dass er fast weißhaarig wirkt, dünn und gelenkig. Die ärgerlichen Äußerungen, die er erntet, scheinen ihn zu belustigen, geht man nach dem schiefen Lächeln in seinem Gesicht.

»Keine Chance, Elka versteht nicht mal, wieso es dunkel wird, wenn sie die Augen schließt«, höre ich ihn sagen.

Noch bevor er den Kerl erreicht, der nach ihm gerufen hat, bin ich ebenfalls über eine Stuhlreihe geklettert und fange ihn ab. »Du bist Tycho?«

Er richtet sich auf. Von Nahem betrachtet sieht er aus wie höchstens vierzehn. Die Wimpern um seine dunkelblauen Augen sind so hell wie sein Haar, aber ungewöhnlich lang.

»Bin ich.«

»Unter den ersten hundert, habe ich gesehen. Wieso kenne ich dich nicht?«

Falls er die Frage seltsam finden sollte, lässt er es sich nicht anmerken. »Weil ich zu schnell für deine müden Augen bin. In drei Monaten knacke ich die 50, wirst sehen, und jetzt lass mich weiter, ich muss die Lücken stopfen, die die Akademie bei der Ausbildung der Minderbegabten hinterlässt. Immer das Gleiche.« Er spricht schneller als jeder andere, den ich kenne, und drückt sich seitlich an mir vorbei. Ich mache ihm Platz, lasse ihn aber nicht aus den Augen. Ohne Umschweife beginnt er, auf Elka einzureden, unterstreicht jeden Satz mit ausladenden Handbewegungen und achtet nicht darauf, ob er dabei vorbeilaufende Studenten trifft.

Das, was ich von seiner Erklärung mitbekomme, ist so präzise und brillant einfach formuliert, dass sogar Elka es verstehen wird, deren Spezialität eigentlich die Optimierung von Nahrungsmittelzusätzen ist.

Ich nehme den nächsten freien Stuhl und setze mich endlich hin. Rundum ernte ich befremdete Blicke, denn für gewöhnlich sammeln sich die niedrigen Nummern in den ersten zwei Reihen, schon um zu demonstrieren, wie interessiert sie am Vortragsthema sind. Lianna, nach Tudor die Nummer 3, sitzt neben ihm, direkt gegenüber dem Rednerpult. Pelayo und Libby haben es sich daneben bequem gemacht. Libby hat ihre langen Beine ausgestreckt und sieht sich nach allen Seiten um. Ich vermute, sie hält Ausschau nach Aureljo. Auf dem Platz zu ihrer Linken hat sie etwas abgestellt, das sie blitzschnell unter ihren eigenen Stuhl befördern würde, sollte er sich zeigen.

Als wenig später die Referentin den Raum betritt, ihre Unterlagen auf dem Rednerpult ausbreitet und das Licht gedämpft wird, räumt Libby den Nachbarstuhl und lässt es zu, dass eine rundliche blonde Studentin sich setzt, die es kaum wagt, Libby anzusehen.

Auf der Projektionswand wechseln sich Bilder und Diagramme ab. Zugefrorene Seen, Dauerfrostboden, Temperaturstatistiken. Ich frage mich, was Aureljo gerade tut, behalte dabei aber den Salvator im Auge. Sollte meine Fantasie mit mir durchgehen und meinen Puls in die Höhe treiben, werde ich mich einfach ganz schnell auf die Durchschnittstemperaturen der letzten zwölf Jahre in Neu-Bozen konzentrieren.

Aureljo ist alles andere als dumm. Er wird bei Morus nicht mit der Tür ins Haus fallen, sondern versuchen, das Gespräch unauffällig auf die Themen Verschwörung und Verrat zu lenken. Nur wird Morus ihm nicht abkaufen, dass das Zufall ist. Nicht nach dem, was er vor ein paar Stunden erfahren hat.

Was wird er also tun? Aureljo beschwichtigen? Ihn unter einem Vorwand wegsperren lassen? Mit Gorgias kann er sich erst nach dem Vortrag besprechen, denn der Rektor sitzt oben auf der Bühne und betrachtet voller Interesse das eben auf die Wand projizierte Bild eines Feldes, von dem der Schnee teilweise getaut ist. Darunter ist dunkle Erde zu sehen. Mit einem Pointer weist die Rednerin auf hellgrün schimmernde Stellen.

Ich lasse Gorgias mehrere Minuten lang nicht aus den Augen. Hört er wirklich zu? Oder beschäftigt ihn das Schicksal der sechs angeblich verräterischen Studenten? Anhand seines Profils kann ich keinen klaren Schluss ziehen und für einen kurzen, köstlichen Moment schaffe ich es, mir vorzumachen, dass alles lediglich ein Irrtum war. So wie Aureljo es gesagt hat. Dass ich das Gespräch missverstanden habe. Es wird uns nichts passieren, weil dem Sphärenbund keine solch kapitalen Fehler unterlaufen. Hätte ich heute nicht die Abkürzung durch den abgesperrten Bibliothekstrakt genommen, hätte ich das Gespräch nicht gehört und würde nun Hand in Hand mit Aureljo in der ersten Reihe sitzen. Alles wäre normal, nein, alles *ist* normal und wird seinen üblichen Gang gehen …

In diesem Moment sehe ich ihn. Den Sentinel ohne Kennungsfarben. Er steht oben auf der Bühne, ein Stück neben Graukos Stuhl, regungslos und beinahe völlig im Schatten.

Was die Referentin erzählt, scheint ihn nicht ansatzweise zu interessieren. Sein Blick ist auf das Publikum gerichtet, er wirkt hoch konzentriert. Ab und zu werfen die Projektionen helle Reflexe auf sein Gesicht. Ein harter Mund, eng stehende Augen. Ein Soldatengesicht, passend zur Soldatenhaltung: breitbeiniger Stand und auf dem Rücken liegende Hände.

Ich versuche nachzuvollziehen, worauf sein Blick gerichtet ist, und finde Tycho, der dem Vortrag voller Hingabe lauscht, leicht nach vorn gebeugt und mit halb offenem Mund.

Mein Salvator vibriert. Einatmen, sage ich mir, tief einatmen. Puls 108, 102, 94. Ausatmen.

Es hat keinen Sinn, mich weiter selbst zu belügen. Was ich gehört habe, habe ich gehört.

Die Betreffenden müssen getötet werden.

Es muss bald geschehen.

Aber ich werde mich nicht töten lassen. Ich habe nichts Verbotenes getan, im Gegenteil, ich arbeite jeden Tag daran, wertvoll für den Sphärenbund zu sein.

Diesmal ist es Wut, die meinen Puls beschleunigt. 110. Verdammt noch mal!

Auf den Vortrag konzentrieren hilft, wenigstens fürs Erste. Ich werde mit Tycho sprechen, er ist schnell im Kopf, er wird alles begreifen, auch wenn ich es nur vorsichtig umschreibe. Ich sehe noch einmal zu ihm. Meine Güte, er kann wirklich kaum älter als fünfzehn sein. Wer kann allen Ernstes glauben, dass er sich an einer Verschwörung beteiligt?

Plötzlich ist da dieses Kribbeln. Ich habe keine Ahnung, wie es entsteht und welche Naturgesetze dafür verantwortlich sind, aber ich weiß mit absoluter Sicherheit, dass ich beobachtet werde.

Ich sehe hoch und mein Blick trifft auf den des farblosen Sentinel. Er nickt mir zu, es ist nur ein kurzes Senken und Heben seines Kinns.

Ich weiß, was er tut. Er sucht sich die Gesichter zu den Nummern, die er Gorgias und Morus genannt hat. Zumindest zwei davon hat er schon gefunden.

Obwohl ich gern wegsehen möchte, kann ich es nicht. Ich starre dem Fremden in die Augen, ich will, dass er den Blick zuerst abwendet.

Irgendwann tut er es. Doch zuvor bleckt er die Zähne zu einem Lächeln.

Als der Vortrag zu Ende ist, laufe ich zu den äußeren Quartieren, ich warte nicht, bis der Applaus im Saal abklingt, sondern dränge mich durch die Reihe, an den noch Sitzenden vorbei und stürze aus der Halle.

Aureljo muss seine Unterredung mit Morus längst beendet haben. Ich durchquere die nächsten zwei Kuppeln in Rekordzeit, achte kaum auf meinen Salvator.

Vor dem Aufgang zu dem Trakt, in dem Aureljo wohnt, stehen drei grüne Sentinel. Einer hebt grüßend die Hand, als er mich kommen sieht. Sie kennen mich, sie wissen, zu wem ich will.

»Ist Aureljo wieder zurück?«, stoße ich keuchend hervor.

»Aber ja«, sagt einer der Wachhabenden. »Er hat bereits angekündigt, dass du wahrscheinlich noch zu Besuch kommst.«

Ich laufe die Treppe hinauf. Aureljos Räume sind ganz oben, er hat drei davon, purer Luxus. Diesmal vibriert der Salvator, weil ich mich überanstrenge, also steige ich die letzten vier Treppenabsätze langsamer hoch.

Aureljo ist zurück. Das ist ein gutes, ein sehr gutes Zeichen. Vielleicht weiß er jetzt mehr. Oder er konnte die Sache aus der Welt schaffen.

Er steht schon in der Tür, als ich oben ankomme. »Wie war der Vortrag?«, will er wissen, noch bevor ich ein Wort sagen kann.

Dass er mir mit seiner Frage zuvorkommt, bedeutet, dass er die Möglichkeit, abgehört zu werden, nicht mehr ausschließt. Er will verhindern, dass ich mit der Tür ins Haus falle und etwas Falsches sage. Als ob ich das in dieser Situation tun würde.

»Hochinteressant, jede Menge neue Erkenntnisse. Du hast wirklich etwas verpasst.«

»Ja, schade.« Er zieht mich in sein Apartment. Hier kann man von drei Seiten in die Welt hinaussehen, es ist fast, als wäre man im Freien. Ich habe das immer sehr schön gefunden, doch heute wären mir blickdichte Wände lieber.

»Und dein Abend?«, frage ich. Wenn ich lächle, klingt meine Stimme sofort unbeschwert.

»Ebenfalls interessant. Möchtest du etwas trinken?«

»Ja, gute Idee.« Ich halte meinen Salvator über das Lesegerät, bekomme ein Kalziumgetränk mit Orangengeschmack empfohlen und drücke die Eingabetaste. Der Bildschirm meldet eine Lieferzeit von acht Minuten.

Merkwürdig. In meinem Quartier steht der Bringdienst meistens drei bis fünf Minuten nach Aufgabe der Bestellung vor der Tür. Ist der Weg zu Aureljo so viel weiter? Oder will man meinem Getränk heute noch etwas beifügen? Eine Prise Kaliumzyanid – dann wäre es eine Verräterin weniger.

»Erzähl mir von deinem Abend«, murmele ich und wünsche mir, ich hätte den Gedanken mit dem Gift nicht gehabt.

»Ich war bei Morus, wie ich es vorhatte«, berichtet Aureljo, »und habe ihn gefragt, wie er meine Zukunft sieht. Was er mir raten würde.«

»Was hat er gesagt?«

»Ich solle so weitermachen wie bisher, ich sei auf einem sehr guten Weg.«

»Das ist doch schön.« Eine wirklich hübsche Worthülse. Ich hoffe, man hört den sarkastischen Unterton nicht, der sich in meine Stimme geschlichen hat. »Aus Morus' Mund ist das geradezu eine Auszeichnung«, füge ich ernster hinzu.

»Finde ich auch. Ich habe ihn dann gefragt, ob es etwas gibt, das ich noch besser machen könnte. Ob die Akademieleitung noch Schwächen sieht. Egal in welcher Hinsicht. Morus hat kurz darüber nachgedacht und dann gemeint, verbessern könne man sich immer. Aber ich sei den anderen bereits einige Schritte voraus.« Aureljo hebt kurz die Schultern. Er kann Morus' nichtssagende Antwort nicht deuten. Ich leider auch nicht. Normalerweise bekommen wir ausführlichere Bewertungen von unseren Mentoren, wenn wir danach fragen.

Einige Schritte voraus – das kann man auf verschiedene Weise verstehen. Wenn die Schritte zur Urnenhalle führen, ist es kein ermutigender Gedanke.

»Als ich noch einmal nachgefragt habe«, fährt Aureljo fort, »ob er tatsächlich keinen weiteren Rat für mich hätte, wurde er ungeduldig. Ich sei doch sonst nicht so versessen auf sein Urteil.«

Das stimmt leider. Morus muss erstaunt gewesen sein, dass Aureljo ausgerechnet ihn um Rat bezüglich seiner Zukunft fragt. Ausgerechnet heute.

»Ich habe ihm erklärt, dass genau das der Grund sei. Von meinen anderen Mentoren wüsste ich, wie sie mich sehen. Bei ihm nicht so recht.«

»Und?«

Aureljo zögert. »Morus sagte ... soweit es ihn beträfe, hätte ich keinen Grund, mir Sorgen zu machen. Die Schienen für meine Zukunft seien bereits gelegt und mein Weg werde vermutlich weniger schwierig und mühevoll sein, als ich es mir im Moment vorstelle.«

Das gibt meiner Angst neue Nahrung. Es ist weder schwierig noch mühevoll, sich töten zu lassen. Ist es das, was Morus gemeint hat?

»Sonst noch etwas?«

»Nein. Ich hatte den Eindruck, dass seine Zeit knapp war und er mich schnell wieder loswerden wollte. Aber er war sehr freundlich.«

Ich wünschte, ich wäre dabei gewesen. Ich hätte aus Morus' Miene mehr ablesen können. Ein schlechtes Gewissen. Ein mühevoll unterdrücktes Geheimnis. Trauer.

»Dann ist ja alles gut«, sage ich und lasse es fröhlich klingen. Aureljo wirkt einen Wimpernschlag lang überrascht, bis er begreift, dass meine Heiterkeit nicht echt ist.

»Ja«, stimmt er mir zu und schließt mich in die Arme.

Als kurz darauf mein Kalziumgetränk gebracht wird, nehme ich es strahlend entgegen und lasse es im nächsten Moment fallen. Das Glas bleibt ganz, aber die blasse orangefarbene Flüssigkeit ergießt sich über den Boden und spritzt auf die Schuhe des jungen Manns vom Bringdienst.

Ich setze ein betretenes Gesicht auf. »Das tut mir schrecklich leid. Nein, bitte, Sie können ruhig gehen, ich wische das selbst auf.«

Die Ungeschicktheit von Nummer 7 wird für Gesprächsstoff beim Bringdienst sorgen.

9

Die düstere Ahnung, die uns beide den restlichen Abend über begleitet, ohne dass wir es wagen, die Dinge beim Namen zu nennen, ist zumindest bei Aureljo am nächsten Tag verschwunden. Gorgias hat ihm aufgetragen, eine Rede zu Ehren des Präsidenten vorzubereiten, der in zwei Monaten unsere Sphäre besuchen wird.

»In zwei Monaten«, sagt Aureljo, wobei er jedes Wort betont.

Wider besseres Wissen fühle auch ich mich erleichtert. Gorgias ist immer darauf bedacht, solche hohen Besuche in präziser Perfektion ablaufen zu lassen. Er würde nicht die Rede, die das Aushängeschild seiner Akademie ist, in die Hände einer Person legen, von der er weiß, dass sie in der Zwischenzeit sterben wird.

War es also wirklich ein Missverständnis, das sich inzwischen aufgeklärt hat? Oder bekommen wir einen Aufschub von zwei Monaten? Und wenn ja, warum? Ich wünschte, ich könnte jemanden fragen. Doch der einzige Mentor, dem ich ausreichend vertraue, ist Grauko, und er weiß nichts von der Unterredung in der Bibliothek. Jedenfalls glaube ich das.

Die Vormittagslektionen sind für heute vorbei, wir sitzen an den verschrammten Tischen der Mensa, jeder vor seiner Ernährungszusammenstellung. Ich löffle etwas Breiiges in mich hinein, obwohl mein Magen sich vor Nervosität klein und hart anfühlt.

Hoch oben klettert ein Säuberungsteam über die Kuppel und putzt die Hermetoplastscheiben, kratzt gefrorenen Schnee ab.

Der Unterhaltung der anderen folge ich heute nicht, ich suche den farblosen Sentinel. Ich möchte ihn in ein Gespräch verwickeln, wenn auch nur ganz kurz, und seine Stimme hören. Wenn es die gleiche ist wie die des Fremden in der Bibliothek, habe ich zumindest ein Rätsel gelöst.

Den Sentinel entdecke ich nirgendwo, dafür aber Tycho, der mehr auf seinem Stuhl hockt als sitzt und mit der Gabel etwas in sein Essen zeichnet. Die fünf, die mit ihm den Tisch teilen, beobachten ihn fasziniert.

Zwei Löffel noch, den Rest kann ich guten Gewissens zurückgehen lassen. Ich nehme meinen Teller und bringe ihn zur Geschirrstation, dabei mache ich einen Umweg an Tychos Tisch vorbei.

»... ist eine Schaltung, die die Kuppeln miteinander verbindet und die Temperatur überall gleich hält«, höre ich ihn sagen. Das, worin er mit der Gabel malt, muss Spinatersatz sein, es ist grün und zieht Fäden. »Angenommen, man legt einen dieser Sensoren lahm, dann heizt das System die ganze Sphäre weiter und weiter auf, bis ...«

Sensoren lahmlegen?

Ich stütze mich mit beiden Händen auf die Tischplatte und lächle strahlend in die Runde. »Es tut mir leid, aber ich muss euch Tycho für ein paar Minuten entführen, ich habe eine Aufgabe für ihn.« In meinem Gesicht sollte nichts als Unbeschwertheit zu lesen sein, gemischt mit ein wenig Ungeduld. Es soll wirken, als würde ich Tycho holen, um ihn zu einem der Sonderdienste einzuteilen – das dürfen die älteren Studenten. Dementsprechend grinsen die anderen mitleidig, als ich den Ärmel seines hellblauen Studentenhemdes packe und ihn von seinem Stuhl ziehe, hinaus aus der Mensa.

Tycho protestiert nicht, gibt keinen Ton von sich. Das muss die Verblüffung sein. Erst als wir den Weg zu den Sporträumen einschlagen, beginnt er, sich zu wehren.

»He! Lass mich los, 7.«

»Keine Chance.« Ich zerre ihn weiter, bis die metallischen Geräusche der Trainingsgeräte störend werden. Außerdem dringt Musik bis auf den Gang hinaus – bestens.

Ich bleibe stehen, drehe Tycho zu mir herum und packe ihn an den Schultern. »Worüber hast du gerade gesprochen?«

»Was?«

»Die Schaltung, die die Kuppeln miteinander verbindet, und was passiert, wenn man einen Sensor außer Betrieb setzt.«

Er grinst schief. »Ich habe zwei technischen Nieten das Heizsystem der Sphären erklärt.«

»Und ihnen beigebracht, wie man es sabotiert?«

Jetzt begreift er, worauf ich hinauswill. »Sabotiert? Quatsch! Ich habe nur deutlich gemacht, wo die Schwachstellen sind.« Seine Augen werden schmal. »Das ist Lernstoff, übrigens. Ich staune, dass du das nicht weißt, 7.«

»Ich habe keine technischen Fächer belegt. Und ich heiße Ria, 89.«

»*Noch* 89.« Er streckt sich ein wenig. »Bei den nächsten Leistungsproben springe ich mindestens fünf Plätze vor, wenn nicht mehr.«

Ich sehe ihn an, ohne zu lächeln. »Vielleicht.«

»Nein, das steht fest.«

»Nichts steht fest.« War es sein unvorsichtiges Geschwätz, das ihn auf die Liste der angeblichen Verschwörer gebracht hat? Aber wieso dann auch Aureljo, Tomma, Fleming und mich?

Ich senke meine Stimme. »Kennst du jemanden, der Dantorian heißt?«

»Ja«, antwortet Tycho, ohne zu zögern. »Keine Gefahr für mich. Oder dich. Er schreibt Gedichte, erforscht alte Worte und malt merkwürdiges Zeug. Die Mentoren finden ihn großartig. Ein zweiter Picann, sagen sie.«

Das ist ganz schön hoch gegriffen. Picann gilt als Genie, er ist der Künstler, der die Lange Nacht für die Nachwelt festgehalten hat. In Bild und Sprache.

Wenn es stimmt, was Tycho sagt, wird die Sache immer rätselhafter. Sollte Dantorian wirklich ein solches Ausnahmetalent sein, würde der Bund ihn nicht so einfach opfern. Keinen Künstler, die gelten als völlig harmlos, als bunte Vögel. Sie würden ihn umerziehen lassen oder notfalls in den Norden schicken, bis er seinen Fehler einsieht, aber sie würden sein Talent nicht einfach zerstören.

Tycho regt sich in meinem Griff, er versucht, seine Schultern aus meinen Fingern zu befreien, lässt es aber bleiben, als ich den Kopf schüttle. Die Geräusche der Trainingsgeräte zerhämmern metallisch meine Gedanken.

»Was hast du gemeint mit ›Nichts steht fest‹?«, versucht Tycho sie zu übertönen.

»Leise!«

»Aber –«

»Sprich leise, okay? Wie lange bist du schon an der Borwin-Akademie?«

Er antwortet nicht gleich, sondern studiert mein Gesicht. In seinem Blick liegt Vorsicht, was generell gut ist.

»Seit etwas mehr als fünf Monaten.«

»Wo warst du vorher?«

»An der Wittgenstein-Akademie. Sphäre Neu-Aachen.«

Eine Akademie mit gutem Ruf. Sie zu absolvieren genügt im Allgemeinen für einen hohen Posten. Dass sie Tycho trotzdem zu uns versetzt haben, bedeutet, dass sein Können weit über dem Durchschnitt liegen muss.

»Hast du Kontakte zu Außenbewohnern?«

Sein Kopf zuckt eine Winzigkeit nach oben, ich muss einen wunden Punkt getroffen haben. Als ich ihn an seinem Hemd näher zu mir ziehe, sträubt er sich.

»Hast du?«

»Nein!«

Ich glaube nicht, dass er lügt, aber er verschweigt etwas. In seinen Augen steht Trotz. Wieso? Ich brauche einen Moment, dann begreife ich.

»Du bist kein Vitro.«

Wieder versucht er, sich aus meinem Griff zu winden, und diesmal lasse ich es zu.

»Ja. Na und? Ich stecke euch trotzdem alle in die Tasche.«

Ich habe noch nie zu denen gehört, die die Aufgelesenen für Sphärenbürger zweiter Klasse halten. Ich denke an das schreiende Mädchen, das ich vor wenigen Tagen in den Armen gehalten habe, und überlege, wie alt Tycho wohl war.

»Was soll die Fragerei?« Er hat sich gefangen und geht zum Gegenangriff über. Aber immerhin nimmt er sich meine Mahnung zu Herzen und spricht leise.

Etwas in mir möchte ihm alles erzählen. Er ist intelligent, er könnte Schlüsse ziehen, auf die ich bisher nicht gekommen bin. Und er ist schon einmal von denen im Stich gelassen worden, die für ihn verantwortlich waren. Er wird mir glauben, wenn ich ihm sage, dass es vielleicht gerade ein zweites Mal passiert.

Ich lege die Hand, an der sich mein Salvator befindet, auf den Rücken und gebe ihm durch eine Geste zu verstehen, er soll das Gleiche tun. »Kannst du dir irgendeinen Grund vorstellen, warum man dich für einen Verräter halten könnte?«

Irritiertes Blinzeln. Tycho antwortet nicht gleich, sondern wägt die Frage genau ab, um am Ende den Kopf zu schütteln. »Für unvorsichtig schon«, meint er. »Für jemanden, der die Regeln nicht immer ernst nimmt. Aber nicht für einen Verräter.« Das Wieso spricht er nicht aus, aber es steht ihm ins Gesicht geschrieben.

»Kann sein, dass es trotzdem jemand tut. Offenbar gibt es Hinweise, dass du Teil einer Verschwörung bist, die den gesamten Sphärenbund bedroht.«

»Wer hat das gesagt?« In seiner Stimme liegen weder Angst noch Unglaube, nur ehrliches Interesse.

Ich werde auf keinen Fall Namen nennen. »Jemand, der genug Macht hat, um dich hinrichten zu lassen.«

Das Wort lässt seine Augen groß werden. »Ich habe nichts mit einer Verschwörung zu tun!«, beteuert er, diesmal ein wenig zu laut für meinen Geschmack.

»Schhh. Okay, etwas anderes: Wann hast du *Jordans Chronik* gelesen?« Es ist ein Bluff, aber ich will ihm eine spontane Reaktion entlocken.

Tycho stutzt und denkt nach. »Habe ich gar nicht. Sollte ich? Ist das ein Standardwerk?«

Ich schüttle leicht den Kopf. »Nein, schon gut. Aber denk noch mal genau nach. Es muss einen Grund geben, wieso du verdächtigt wirst. Wenn dir etwas dazu einfällt, egal was, dann –«

Er legt den Kopf schief. »Du auch, nicht wahr? Dich halten sie auch für eine Verräterin.«

Es muss die Dringlichkeit in meiner Stimme gewesen sein, die ihn die richtigen Schlüsse hat ziehen lassen. Ein cleveres Kerlchen, keine Frage.

Ich streite es nicht ab und er nickt. »Wer noch? Ah, deshalb hast du mich nach Dantorian gefragt. Das ist doch aber lächerlich. Was soll er schon groß tun? Die Sphärenwände rot pinseln, damit die Prims leichter darauf zielen können?«

Ich muss lachen, es fühlt sich gut an. »Ich weiß es nicht. Genau das ist das Problem. Ich habe keine Ahnung, was sie uns vorwerfen, denn niemand stellt uns zur Rede.« Ich drücke den Arm mit dem Salvator fester gegen meinen Rücken, reibe ihn gegen den Stoff meines Hemdes. Das müsste für Störgeräusche sorgen.

»Es ist gut möglich, dass es dabei bleibt«, fahre ich fort. »Dass es keinen Prozess gibt, nichts dergleichen.«

Tychos Zähne graben sich in seine Unterlippe, dann nickt er kurz. »Nur eine Hinrichtung also.«

Drei Minuten später trennen wir uns. Ich habe ihm noch in kurzen Worten die Umstände geschildert, unter denen ich alles erfahren habe, und ihm gesagt, dass wir möglicherweise abgehört werden. Tycho hat es zur Kenntnis genommen, ohne Gegenfragen zu stellen, ohne ungläubig oder panisch zu reagieren. Nur aufmerksam.

Den Nachmittag verbringe ich im Sprachzentrum der Akademie. Ich übersetze vom Russischen ins Spanische und zurück, denke mit Wehmut daran, dass ich mich für Schwedisch-Lektionen angemeldet habe. Meine zwölfte Fremdsprache, die zu lernen ich vermutlich nicht mehr die Zeit haben werde. Einmal mehr rufe ich mir die Stimme des Fremden ins Gedächtnis, die Art, wie er das Wort *getötet* ausgesprochen hat. Ich weiß, dass ich es gehört habe, trotzdem zweifle ich zwischendurch an meiner Erinnerung, denn um mich herum ist alles wie immer. Die Studenten, die über ihren Datenterminals brüten, das leise Summen der Belüftung, das fahle Licht, das durch die Kuppelscheiben fällt. Ich weiß, was mich bedroht, und kann es dennoch nicht glauben. Aber das ist ein Fehler, ich darf der Normalität nicht auf den Leim gehen, sondern muss aufmerksam sein, aufmerksamer als je zuvor.

Am frühen Abend werde ich ins Medcenter gerufen, neue Nahrung für mein Misstrauen. Man könnte meine Tötung als medizinischen Unfall inszenieren – eine falsche Injektion, ein fehlerhaft dosiertes Medikament und die Todesliste schrumpft auf fünf.

Was können sie von mir wollen? Ich war gestern erst dort, seitdem habe ich keinen Alarm mehr ausgelöst, habe mich nach Vorschrift ernährt und ausreichend geschlafen. Auf dem Weg zu Kuppel 7 gehe ich alle Szenarien durch, die mir einfallen. Dass sie jemanden zum Analysieren und Etikettieren einer Sonderlieferung von Blutkonserven brauchen – es wäre nicht das erste Mal. Doch dafür werden üblicherweise Studenten mit medizinischem Schwerpunkt und geringerer Reihung rekrutiert.

Dass jemand krank geworden ist und mich sehen will.

Ich wünschte, ich würde unter den Menschen, die mir entgegenkommen, Aureljo entdecken. Ich möchte ihm sagen, wohin ich gehe, damit er nach mir fragen kann, falls ich nicht wiederkomme. Vielleicht würde er mich sogar begleiten.

Die einzige Möglichkeit, die ich habe, um ihn zu informieren, ist, ihm eine Nachricht auf sein Datenterminal zu schicken: *Muss ins Medcenter, versuche pünktlich zum Abendessen in der Mensa zu sein.*

Mehr wage ich nicht. *Habe Angst, traue keinem*, verkneife ich mir.

Vielleicht injizieren sie mir eine Wahrheitsdroge. Etwas Derartiges gibt es, ich erinnere mich an den Vortrag einer Ärztin.

Das wäre großartig.

Der Gedanke trägt mich die restliche Strecke zum Medcenter. Sie sollen mich unter Einfluss dieser Droge befragen, dann ist meine Unschuld erwiesen. Ich bin keine Verschwörerin, sondern unterstütze den Bund auf jede denkbare Art. Ich kann mich entlasten, Aureljo, die anderen. Es wäre die perfekte Lösung.

Doch in dem Untersuchungszimmer warten drei Chirurgen auf mich, zwei Frauen und ein Mann. Sie freuen sich ganz offensichtlich, mich zu sehen, setzen mich auf einen Stuhl und betrachten mich von allen Seiten.

»Eine leichte Betonung der Wangenknochen.«

»Das Kinn stärker herausarbeiten, aber nur einen Hauch.«

»Das Haar auf jeden Fall so lassen, dieses rötliche Braun ist ideal. Kürzer muss es werden, natürlich, aber sonst …«

»Die Nase ist gut. Wenn wir sie zwei Millimeter schmäler machen, ist sie perfekt.«

Eine der Chirurginnen, eine dunkeläugige, blasshäutige Schönheit, ist vor mir in die Hocke gegangen und zieht probeweise eine meiner Augenbrauen in Richtung Schläfe. »Du wirst hinreißend aussehen. Schon die Ausgangsbasis ist sehr gut, aber wenn du in einigen Jahren Sprecherin des Präsidenten werden solltest, musst du makellos sein.«

Das ist es also. Sie wollen mich operieren, das ist ein gutes Zeichen. Wozu sollten sie sich die Mühe machen, wenn ich kurz darauf abgeschlachtet werden würde?

Außer, die Operation ist ein Vorwand genau dafür: *Auf dem OP-Tisch gestorben, während der Narkose, ein Herzstillstand. Damit hat niemand gerechnet, wir bedauern es sehr …*

Ich tue alles, um mir meine Zerrissenheit nicht anmerken zu lassen, bringe ein paar fröhlich klingende Worte heraus und stelle die Frage, die mich bewegt, wie nebenbei. »Ich wusste gar nicht, dass es schon so bald so weit ist. Von wem kommt denn die plötzliche Anweisung?«

Der Chirurg sieht von seinem Terminal auf. Er muss selbst operiert sein; ein so ebenmäßiges Gesicht ist selten Zufall.

»Vom Rektor persönlich. Er findet, du hast dich außergewöhnlich entwickelt, und deshalb wirst du wohl früher in die Öffentlichkeit treten als die meisten anderen.«

Von Gorgias also. Die Information muss ich sickern lassen. Während ich mich strahlend dafür bedanke, klebt mein Blick auf den manipulierten Fotografien, die den Tisch bedecken. Zehn-, zwanzigmal mein Gesicht, auf jedem Bild einen Hauch anders.

Gorgias lässt mich operieren. Kann sein, dass er mich als mögliche künftige Sprecherin des Präsidenten sieht, nachdem ich mich bewährt habe.

Oder als bleichen, leblosen Körper unter einer grünen Operationsabdeckung.

Jedes Wort, das die Ärzte äußern, kann zwei Bedeutungen haben. Dass alles in Ordnung ist, dass ich eine Zukunft habe. Oder dass die Akademie einen unauffälligen Weg gefunden hat, um mich zu beseitigen.

»Gibt es schon ein genaues Datum für die Operation?«, frage ich die dunkelhaarige Ärztin.

Sie drückt auf ihrem Terminal herum. »Wir haben einen Termin in sieben Wochen fixiert. Bis dahin ist ausreichend Gelegenheit für uns, jeden Schnitt genau zu überlegen.« Sie sieht mich an, ihre perfekten Lippen lächeln über perfekten Zähnen. »Nicht nervös sein. Du hast noch Zeit, dich darauf einzustellen.«

10

Du hast noch Zeit. Die Worte kreisen in meinem Kopf, bestimmen den Rhythmus meiner Schritte, als ich den Weg zur Mensa einschlage. Noch Zeit. Zeit.

Aureljo, wie meistens umgeben von einer Schar Zuhörer, springt auf, als er mich kommen sieht. »Ist alles in Ordnung?«

»Ja.« Ich suche mir einen unbesetzten Stuhl. Heute scheinen Linsen Hauptbestandteil des Abendessens zu sein. »Es ging nur um mein Gesicht.«

Er atmet erleichtert aus und ich weiß, seine Gedanken sind die gleichen wie meine vorhin, aber in Kürze wird ihm dämmern, welche Bedeutung die geplante Operation noch haben könnte.

»Mach dir keine Sorgen.«

Ich drehe mich um und da steht Tomma, lächelnd und ahnungslos.

»Sie werden dich nicht verunstalten, keine Angst. So etwas passiert ihnen nicht.«

Ich brauche einen Moment, um aus meinen Gedanken aufzutauchen und zu antworten. »Natürlich. Das weiß ich doch.«

»Warum siehst du dann so nervös aus?«

Blitzschnell kontrolliere ich meine Gesichtszüge und korrigiere sie. Hebe die Mundwinkel und lege Aufmerksamkeit in meinen Blick. »Wie kommst du darauf, dass ich nervös bin?«

»Deine Hände«, erklärt Tomma. »Du knetest sie, als würde dich etwas beschäftigen.«

»Ich versuche nur, sie zu wärmen«, entgegne ich lächelnd, während in meinem Kopf alle Alarmglocken schrillen. Eine solche Situation, egal wie bedrohlich sie auch sein mag, darf mich nicht so sehr aus der Bahn werfen, dass ich meine Körpersignale nicht mehr unter Kontrolle habe. Ich knete meine Finger und merke es nicht, meine Güte, für diesen Fehler hätte Grauko mir schon vor fünf Jahren Sonderlektionen aufgebrummt.

»Ich muss etwas essen, dann wird mir sicher wärmer«, sage ich und stelle mich in der Schlange vor dem Lesegerät an. Offenbar verbrauche ich durch meine ständige Anspannung massenhaft Energie, denn neben den Linsen gesteht mir der Ausgabecomputer sogar einen halben Apfel zu, plus ein Glas Vitaminlösung.

Auf dem Weg zurück zum Tisch laufe ich beinahe in einen großen, sehr schlanken Studenten hinein, erkenne ihn aber erst, als ich abrupt stehen bleibe, um einen Zusammenstoß zu verhindern, und er mit einer schnellen Handbewegung mein Glas vor dem Umkippen rettet.

Fleming. Die Nummer 32. Wir kennen uns flüchtig, haben schon gemeinsam Blutkonserven sortiert, aber im Moment kommt mir die Beinahe-Kollision wie ein irrwitziger Zufall vor.

Du sollst auch sterben, wusstest du das schon?

»Danke«, murmele ich heiser.

»Gern geschehen.« Er hält mein Glas ein wenig länger fest als notwendig und sieht mich unverwandt an. Als würde er etwas in meinem Gesicht suchen. Oder als wollte er mich etwas fragen, ohne die richtigen Worte zu finden.

Sein Zögern ist es, das mich denken lässt: Er hat ebenso viel

Angst wie ich. Er kennt die Todesliste, er weiß, dass sein und mein Name darauf stehen. Deshalb der Blick, der eine Verbindung schaffen oder eine stumme Frage stellen soll: Weißt du es?

Vielleicht habe ich aber auch bloß noch Marker im Gesicht, dort, wo die Chirurgin mit zartem Grün Linien gezogen hat, probehalber. Ich habe sie abgewaschen, trotzdem ist möglicherweise etwas davon übrig geblieben.

Fleming nickt mir zu und wirkt enttäuscht, wenn ich seinen Ausdruck richtig lese – ich traue mir heute nicht mehr über den Weg, schließlich knete ich auch meine Hände, ohne es zu merken.

Er wendet sich ab und geht zu einem der hinteren Tische, wo Ärzte in Ausbildung und Studenten gemeinsam ihr Essen einnehmen. Meistens unterhalten sie sich dabei lautstark über ihre Vorgesetzten oder über Forschungsergebnisse.

Sie kommen ins Gespräch mit Patienten, die zur Behandlung von weit her angereist sind, und das macht die Mediziner zu einer der bestinformierten Gruppen in der Sphäre. Hat einer von ihnen etwas von einer Verschwörung erwähnt? Weiß Fleming deshalb davon?

Wenn er überhaupt etwas weiß. Womit ich wieder am Anfang stehe.

Ich muss endlich aufhören, meine Gedanken im Kreis rotieren zu lassen.

Der Weg zurück zu unserem Tisch kommt mir unendlich lang vor und ich stelle fest, dass meine Konzentration immer noch nicht ganz das ist, was sie einmal war, denn ich übersehe einen Klacks Linsen auf dem Boden, trete hinein und falle beinahe hin.

Aureljo springt auf und nimmt mir mein Tablett ab. Der Saft ist übergeschwappt und hat sich zu einem guten Teil über den Teller ergossen, und obwohl das keine Katastrophe ist, spüre ich, wie mir Tränen in die Augen steigen.

Ich dränge sie zurück. Denke an Eis, Nacht und Frost. Ziehe die Kälte in mein Inneres. Vor fünf Jahren rutschte eine Studentin von Platz 11 auf Platz 42 ab, wegen eines Weinkrampfs mitten in einem Vortrag über Schmelzwasserkraftwerke.

Ich bin nicht so. Ich bin Graukos beste Schülerin.

Die Linsen schwimmen in Vitaminlösung, aber ich esse sie bis auf den letzten Bissen auf.

Es stört nur die Zunge, nicht den Magen, hat Baja immer gesagt, wenn sie uns mithilfe des Notprogramms ernähren musste. Ich befehle meiner Zunge, sich nicht so anzustellen.

Während ich einen Löffel nach dem anderen in mich hineinschiebe, ruht Aureljos Blick unverwandt auf mir. »War das eben nicht Fleming, mit dem du gesprochen hast?«

Ich nicke. Wieder hängt etwas unausgesprochen in der Luft und ich wünschte, ich könnte so frei sprechen, wie ich es bis gestern getan habe.

»Worüber habt ihr euch unterhalten?«

»Über nichts. Wir sind nur fast zusammengestoßen.« Das ist die reine Wahrheit. Was auch immer es war, das ich in Flemings Augen zu sehen geglaubt habe.

Der Teller ist leer und die Linsen liegen schwer in meinem Magen, ein klebriger, vitamingetränkter Klumpen. Den halben Apfel werde ich später essen. »Ich gehe in mein Quartier und lege mich schlafen.«

Tomma schließt sich mir an, wir wohnen nur wenige Türen voneinander entfernt. Während ich meine Schritte zähle und schweige, wirkt sie wie aufgedreht. Sie erzählt von kältebeständigem Weizen und einem neuen Düngemittel, das ihn schneller wachsen lässt. Ich höre ihr nicht richtig zu, viel lieber würde ich mit ihr über die Liste sprechen und ihr ungläubiges Gesicht betrachten, wenn sie erfährt, dass der Sphärenbund ihr zutraut, dass sie sich mit den Prims verbündet hat.

Die beiden Sentinel am Eingang zu den Quartieren winken uns durch, freundlich wie immer. Ich erwidere ihren Gruß und schwöre mir, dass das die letzten Worte sein werden, die ich heute spreche – mein ganzes Gesicht schmerzt davon, es locker und gelöst erscheinen zu lassen.

Ich falle auf mein Bett. Es ist noch früh, das Licht, das von draußen hereinfällt, ist hellgrau.

Auf dem Nachttisch liegt mein Datenterminal. Den Katalog der Bibliothek aufzurufen und *Jordans Chronik* einzugeben wäre eine Sache von Sekunden. Wenn das Buch im Verzeichnis aufgelistet ist, finde ich eine Kurzbeschreibung, Informationen über den Autor und die Leihbedingungen. Aber ich hinterlasse auch eine Spur. Jeder Suchvorgang wird aufgezeichnet, unverschlüsselt. Wenn Gorgias davon Wind bekommt, muss er nur noch zwei und zwei zusammenzählen und weiß, dass ich das Gespräch mit dem Fremden belauscht habe.

Nein. Es muss einen anderen Weg geben, Genaueres herauszufinden.

Immer noch halte ich den halben Apfel in der Hand. Eine der Geschichten, die uns Baja oft vor dem Schlafengehen erzählt hat, handelte von einem Mädchen, das an einem Apfel starb. Ihre Ziehmutter hatte ihn vergiftet, weil sie das Mädchen zu schön fand.

Ich lege den Apfel auf den Nachttisch, direkt neben das Datenterminal.

Schneewittchen hieß die Geschichte, und so vertraut mir Schnee von klein auf war, so merkwürdig erschien mir das Wort Wittchen. Jahrelang habe ich mich gefragt, was es wohl bedeuten mochte. Als ich begann, Fremdsprachen zu lernen, fiel mir die Ähnlichkeit zum englischen witch, also Hexe, auf. Ein Schneehexchen, vergiftet von denen, die es aufzogen.

Ich glaube nicht, dass ich den Apfel essen kann.

Die beiden nächsten Tage verstreichen zäh und träge, als wären sie zu erschöpft, um die Zeit in normalem Tempo ablaufen zu lassen. Doch vermutlich bin ich es, die erschöpft ist.

Grauko peitscht mich durch zwei Stunden Umstimmung und Überredung. Er hält dabei so hart dagegen, dass ich mich am Ende der Lektion, um nicht umzukippen, auf den Boden setze und den Kopf zwischen die Knie stecke.

»Es war gut« ist alles, was er sagt. »Zwei Punkte diesmal für dein Durchhaltevermögen.«

Ich nicke, den Kopf immer noch gesenkt. Ich fühle mich, als wäre ich einen halben Tag lang durchs Freie gelaufen.

»Ria?«

Ich hebe den Kopf.

»Etwas ist anders, nicht wahr?«

Ich möchte es ihm sagen, mit allem herausplatzen, was mir auf der Seele liegt. Sein vertrautes Gesicht mit den Fältchen in den Augenwinkeln, dem Bart, in dessen Schwarz sich erste graue Spuren mischen. Dem klügsten Blick, den ich je bei einem Menschen gesehen habe.

Ich wähle die Worte meiner Antwort sehr sorgfältig. »Das ist möglich, aber ich bin nicht sicher.«

Seine Augen werden schmal, bei Grauko ein untrügliches Zeichen von gesteigerter Aufmerksamkeit. »Oft sind es Veränderungen im Innern, die uns am übelsten zusetzen.«

»Ja. Und manchmal stoßen äußere Ereignisse das Innere so heftig an, dass es den Halt verliert.« Damit habe ich viel mehr gesagt, als ich wollte. Wenn Grauko auch nur die geringste Ahnung von der Verschwörung hat, weiß er jetzt, dass ich davon erfahren habe. Wenn nicht …

»Du leidest noch unter dem Verlust von Lu.« Es ist eine Feststellung, in deren Schatten eine Frage mitschwingt.

In mir löst sich etwas. Grauko hat anscheinend doch keine Kenntnis von dem, was der Fremde Gorgias und Morus anvertraut hat. Und er kann auch nicht wissen, dass ich seit Tagen kaum noch an Lu gedacht habe.

»Sie fehlt mir. Sehr.« Mehr zu sagen wäre nicht angebracht. Unwillkürlich streiche ich mit den Fingern über mein Gesicht, das schon bald ein anderes sein wird, und frage mich, wie ich je wieder Ruhe finden soll.

Bald, erinnere ich mich an die Stimme des Fremden.

Wenn in zwei Monaten, beim Besuch des Präsidenten, noch niemand von uns tot ist, heißt das dann, dass die Akademie es geschafft hat, uns zu entlasten? Oder muss ich das nächste halbe Jahr auf der Hut sein, vielleicht sogar ein ganzes? Für immer? Jedem Apfel misstrauen?

»Mentoren sind auch dazu da, um ihren Studenten in Krisen beizustehen«, äußert Grauko wie nebenbei. Es ist das deutlichste Hilfsangebot, das er mir je gemacht hat.

Ich stehe auf. »Das weiß ich zu schätzen.« Ich suche in seinem Gesicht nach einem ermutigenden Lächeln. Vergeblich. Er sieht mir an, dass mich etwas Ernstes beschäftigt. Natürlich. Wer, wenn nicht er?

»In drei Tagen«, er markiert einen Termin auf seinem Terminal, »zwei Studieneinheiten. Bereite dafür bitte vor: Umstimmung deines Gegenübers. Thema ist: Entscheidungen, die man nicht mehr zurücknehmen kann. Wieso vorher nachdenken besser ist als hinterher bereuen.« *Und so weiter*, bedeutet seine Handbewegung.

»In Ordnung.« Ein wenig erstaunt bin ich schon; das Thema erscheint mir zu undifferenziert für mein Können, vor ein oder zwei Jahren wäre es passend gewesen. Aber jetzt? Egal. Es ist das kleinste meiner Probleme.

11

Am nächsten Abend begegnet mir Fleming wieder. Ich kann mich nicht erinnern, ihn in den letzten Monaten so häufig zu Gesicht bekommen zu haben, und die Frage, ob er den Kontakt zu mir sucht, und wenn ja, warum, beschäftigt mich. Doch er beachtet mich kaum, er sitzt mit einer Gruppe Mediziner zusammen und diskutiert angeregt.

Ich bin nicht die Einzige, die Fleming beobachtet. Tycho lässt ihn ebenfalls nicht aus den Augen. Er steht ein paar Schritte von mir entfernt, gleich neben der Geschirrstation. Das leere Tablett in seinen Händen ist entweder ein Vorwand oder er hat vergessen, dass er es hält. Irgendwann spürt er meinen Blick, sein Kopf fährt zu mir herum. Als er mich erkennt, schüttelt er ihn leicht und zuckt gleichzeitig mit den Schultern. Also auch bei ihm keine Neuigkeiten, keine ungewöhnlichen Ereignisse.

Ich schlendere langsam auf ihn zu, während ich so tue, als wollte ich die Werte auf meinem Salvator überprüfen. Wir sehen uns nicht an, sprechen kein Wort miteinander. Dann sehe ich, wie Tycho mit dem Finger Zahlen auf den Tresen zeichnet. Eins. Eins. Vier.

114. Dantorian.

Tycho wendet sich zur Eingangstür und weist mit dem Kinn zu dem Tisch, der direkt daneben steht. Dort sitzen drei Studenten, zwei davon sind Mädchen, die einen Jungen in etwa meinem Alter beobachten. Er beugt sich über den Tisch und arbeitet mit einem Stück Kohle auf Neupapier. Er ist ungemein geschickt, das dünne Material, das normalerweise schon reißt, wenn man es zu intensiv betrachtet, hält seiner Bearbeitung stand. Ich wüsste gerne, was er zeichnet.

Tycho sieht erst ihn an, dann mich, dann wieder Dantorian. Senkt langsam die Lider und schüttelt sachte den Kopf.

Nicht schlecht – ich verstehe genau, was er meint. Er hat mit Dantorian gesprochen, aber auch diese Unterhaltung ist ohne Erkenntnisse geblieben.

Dafür sickert eine Erkenntnis anderer Art in mein Bewusstsein. Tychos ungewohnte Schweigsamkeit muss einen Grund haben. Er ist technisch ausgebildet und sehr talentiert, gut möglich, dass er ein wenig nachgeforscht hat …

Ich deute erst auf meinen Salvator, dann auf mein Ohr. Er lächelt bitter und nickt. Bestätigt damit meine Befürchtungen.

Man kann uns abhören, wir tragen das dafür nötige Gerät ständig mit uns herum. Wie gut, dass ich alles, was wichtig war, vor lärmerfülltem Hintergrund gesagt habe. Ich hoffe sehr, dass Aureljo meine Warnung ernst genug genommen hat, um ebenfalls auf seine Worte zu achten.

Im nächsten Moment sehe ich Morus die Mensa betreten. Er blickt sich um, bevor er grüßend die Hand in Tudors Richtung hebt. Noch hat er mich nicht entdeckt und das darf er auch nicht, solange ich so nah bei Tycho stehe. Uns verbindet nichts, abgesehen von dieser angeblichen Verschwörung. Wenn wir plötzlich die Köpfe zusammenstecken, ist das verdächtig, Morus würde sofort seine Schlüsse ziehen.

Doch im Augenblick ist sein Gesicht von mir abgewandt, ich sehe nur den bleichen Nacken und das glänzend dunkle Haar, das knapp unterhalb der Ohren endet.

Ohne weiter auf Tycho zu achten, dränge ich mich zwischen den voll besetzten Tischen hindurch bis zu Aureljo. Er ist leicht zu finden – wie so häufig umgibt ihn eine Schar von Zuhörern und Ratsuchenden, die mich nicht durchlassen will.

Ein Blick über die Schulter zeigt mir, dass Morus mich nach wie vor nicht beachtet, Tycho dafür aber umso mehr Aufmerksamkeit schenkt. Dann Tudor zu sich winkt und sich mit ihm … Unterhält? Berät? Aus dieser Entfernung erkenne ich ihre Gesichtszüge nicht gut genug, um sie lesen zu können.

Tycho scheint mein grußloses Verschwinden nicht zu irritieren. Er zieht seinen Salvator über das Lesegerät und stellt sich bei der Essensausgabe an.

Ich will hier raus. Mit Aureljo, der gerade einem Studenten der unteren Jahrgänge Tipps gibt, wie er ausreichend Punkte sammeln kann, um freie Mentorenwahl zu haben. Ein Thema, das ständig neue Zuhörer anzieht, kein Wunder, wenn die Nummer 1 darüber referiert. So kann ich nicht mit ihm sprechen, ihm nicht einmal unbemerkt Zeichen geben.

Ich lehne mich an ihn und klopfe leicht mit meinen Fingern gegen seinen Rücken, höre erst auf, als er aufblickt.

»Mir ist es hier zu voll«, sage ich wahrheitsgemäß. »Gehen wir spazieren?«

»Sofort.« Er nimmt meine Hand in seine und hält sie fest, streichelt mit dem Daumen meine Handinnenfläche, während er dem Studenten rät, sich für möglichst viele freiwillige Dienste einzutragen.

Über die schnatternde Menschenmenge in der Mensa hinweg trifft mein Blick auf den von Morus. Seine Miene ist absolut starr, nur sein Mund bewegt sich. Formt Worte, die aber nicht für mich bestimmt sind, sondern für Tudor, der lauscht und nickt.

Was ich seit Tagen nicht wahrhaben möchte, scheint mir auf einmal offensichtlich: dass es eine Intrige ist, nur deshalb gesponnen, damit Tudor Aureljos Platz einnehmen kann. Ein echtes Opfer, fünf falsche, die mitsterben müssen, damit das Märchen von der Verschwörung glaubhaft bleibt.

Morus' Betroffenheit während des Gesprächs mit dem Unbekannten, seine Ungläubigkeit und sein Unwille, unser Schicksal zu akzeptieren, alles nur gespielt. Überzeugend, das muss man ihm lassen. Ich frage mich, ob er schon jemanden im Auge hat, der meine Position übernehmen wird.

Ich zerre an Aureljos Hand, ziehe ihn förmlich auf die Beine. »Mir geht es nicht so gut«, murmele ich. »Bringst du mich zu meinem Quartier?«

Hilferufe fallen bei ihm auf fruchtbaren Boden. »Natürlich.« Aureljo springt auf, führt mich durch die Menschenmenge hinaus, energisch und behutsam zugleich. Ich fühle Morus' Blick im Rücken, drehe mich aber nicht um.

Ich brauche einen Ort, an dem es laut ist, auch jetzt abends noch. Eigentlich wäre die Mensa ideal, nur dass dort so viele Menschen sind, die uns belauschen könnten – Technik wäre da gar nicht vonnöten.

Aber vielleicht müssen wir gar nicht sprechen. Tycho musste es auch nicht. Ich ziehe Aureljo durch Kuppel 4 auf die Familienquartiere zu.

Wer hier aufwächst, hat keine Chance auf einen hohen Posten.

Von den eigenen Eltern aufgezogen zu werden mag schön sein, aber es bereitet einen nicht auf das Leben als Führungskraft vor. Hier wohnen die Bäcker, Wäscher und Kuppelreiniger. Sie und ihre Kinder. Das Höchste, was sie erreichen können, ist ein Posten bei den Sentineln, und auch dort nicht in einer leitenden Funktion. Leibliche Eltern sind keine guten Erzieher, heißt es.

Es gibt hier eine Hermetoplastwand, auf der die Kinder malen dürfen. Daneben gehe ich in die Knie, finde eine freie Stelle zwischen zwei Zeichnungen von einem grünen Sentinel und einem schwarzen Vogel. Es ist eine von den Krähen, die manchmal auf den Kuppeln sitzen und gegen die Scheiben picken.

Ich hauche die freie Stelle auf der transparenten Wand an, bis sie beschlägt.

Intrige, schreibe ich mit dem Finger. Erst will ich ein Fragezeichen dahintersetzen, doch ich entscheide mich dagegen.

Mit dem Ärmel wische ich das Wort weg, hauche wieder.

Morus und Tudor. Ich warte kurz, wische, hauche. *Tudor soll Nummer 1 werden.*

Ob Aureljo das versteht?

Er sitzt wie versteinert da, dann beseitigt er meine Botschaft mit der flachen Hand. Haucht selbst gegen die Hermetoplastwand.

Glaube ich nicht.

Er wischt den Satz weg. *Zu großer Aufwand.*

Damit hat er recht, aber wer weiß schon, ob es nicht um viel mehr geht als nur um den ersten Rang für Tudor. Morus will Einfluss darauf nehmen, wie die Sphären künftig geführt werden. Aureljos sanfte Einstellung bezüglich der Clans gefällt ihm ganz sicher nicht und mit Tudor hätte er einen Mann an der Spitze, der den Außenbewohnern gegenüber keine Gnade kennt.

Morus hat auch damit zu tun, schreibe ich. Und dann, fast hätte ich es vergessen: *Tycho sagt, Salvatoren haben Abhörfunktion.*

Aureljo sieht mich zweifelnd an, er widerspricht zwar nicht, aber ich kenne ihn einfach schon zu lange, um sein Schweigen nicht deuten zu können. Sein Glaube an das Gute im Menschen sitzt tiefer als die Fundamentspfeiler der Sphären.

Wir sind zu wertvoll, schreibt er nach einer längeren Pause.

Damit liegt er richtig, wir sind wertvoll, wir sind die Zukunft, wir sind das Beste, was die letzte Generation hervorgebracht hat. Vielleicht ist genau das unser Todesurteil.

Stimmt, schreibe ich. *Wir sind die Elite.*

Ich wische die Worte weg, um mehr Platz zu haben.

Gerade deshalb sind wir als Verräter eine enorme Gefahr.

Zurück in meiner Wohneinheit, will ich als Erstes den Salvator abnehmen, den Spion an meinem Handgelenk, doch er meldet eine übersprungene Mahlzeit. *2 Einheiten Eiweiß, 5 Einheiten Kohlehydrate, 0,5 Einheiten Fett*, verkündet die blinkende rote Schrift.

Aufzufallen kann ich mir nicht leisten, also drücke ich auf Ausgleichen und halte meinen Arm ans Lesegerät.

Ich habe in der Mensa nichts gegessen und ich habe es noch nicht einmal gemerkt. Um meine Aufmerksamkeit ist es schlechter bestellt als um meinen Ernährungszustand, doch eine Funktion, um dieses Defizit auszugleichen, fehlt dem Salvator.

Die nächsten Tage verlaufen ruhig und so normal, dass am dritten Tag meine innere Unruhe nachzulassen beginnt. Ich habe wie besessen nach dem farblosen Sentinel Ausschau gehalten, aber er scheint wieder abgereist zu sein. Ich habe meine Übung bei

Grauko mit Bravour hinter mich gebracht – Umstimmung meines Gegenübers. In etwas mehr als einer Stunde hatte ich ihn, der in die Rolle eines Clanfürsten geschlüpft war, davon überzeugt, seinen Angriffsplan aufzugeben und stattdessen mit dem Sphärenmeister zu verhandeln.

»Das war eine deiner besten Leistungen«, lobt Grauko, als ich fertig bin. »Bald werde ich dich nichts mehr lehren können.«

»Danke.«

»Ich danke dir.«

Erst als ich das Studienzimmer verlassen habe, fällt mir auf, dass Grauko mir für meine Übung keine Punkte gegeben hat.

Es sieht ihm nicht ähnlich, so etwas zu vergessen.

Wann immer Tudor meinen Weg kreuzt, ertappe ich mich dabei, ihn am Kragen packen und die Wahrheit aus ihm herausschütteln zu wollen. Er muss es mir ansehen, jedenfalls meidet er mich. Das großspurige Selbstbewusstsein, das er sonst an den Tag legt, ist wie weggewischt. In Momenten, in denen er sich unbeobachtet fühlt, sieht er bedrückter aus, als ich ihn je erlebt habe. Die lebhaften Diskussionen zwischen ihm und Aureljo finden ebenfalls nicht mehr statt, was aber an beiden liegen dürfte.

Aureljo hat sich seinerseits grüblerisch in sich zurückgezogen, hin- und hergerissen zwischen der Normalität, die uns umgibt, und den zerstörerischen Gedanken, die ich ihm eingepflanzt habe.

Nachts träume ich von Nebel, der sich in beschlagene Scheiben verwandelt, auf die jemand in meiner Handschrift *Tod* geschrieben hat. Der Druck, mich jemand Unbeteiligtem anzuvertrauen, wird immer größer.

Ein paar Tage nach meiner letzten Lektion bei Grauko klopfe ich an Zillas Tür. Allein ihr Lächeln, das so breit ist wie alles an ihr, lässt mich freier durchatmen.

»Ria!« Sie zieht mich in ihre Praxis. Grün in allen Schattierungen, so muss man sich früher auf einer Wiese gefühlt haben, wenn Sommer war.

»Ich habe dich lange nicht gesehen! Du bist auf die 7 gereiht, nicht wahr? Großartig, ich freue mich sehr für dich!« Sie stellt ein Glas mit einer hellgrünen Flüssigkeit vor mir ab, die nach Minze riecht. »Was führt dich zu mir?«

Ich habe mich auf den Besuch nicht vorbereitet, es war ein spontaner Entschluss aus blanker Not; erst jetzt wird mir bewusst, dass ich auch Zilla die Wahrheit nicht einfach entgegenschleudern kann.

»Ich soll bald operiert werden« ist das Erste, was mir in den Sinn kommt.

»Tatsächlich?« Sie mustert mein Gesicht aufmerksam. »Was denkst du darüber?«

Ich denke, es könnte ein Zeichen dafür sein, dass man mich nicht töten will. Oder es besagt das genaue Gegenteil. »Ich frage mich, was es für mein weiteres Leben bedeuten kann.« Das trifft die Wahrheit immerhin teilweise.

»Ich bin noch nie operiert worden«, fahre ich fort. »Mir ist ein bisschen mulmig bei der Vorstellung. Weißt du von Eingriffen, bei denen Menschen gestorben sind?«

Zillas Lächeln vertieft sich. Sie ist jetzt überzeugt, die Sorge, die mich zu ihr geführt hat, klar vor sich zu haben.

»Mach dir keine Sorgen«, antwortet sie. »Unsere Ärzte sind ausgezeichnet, es passieren kaum Fehler. Wenn du mich fragst, kannst du dich ohne Bedenken auf den Operationstisch legen und auf dein neues Gesicht freuen.«

Das war weder ein Ja noch ein Nein, aber vielleicht hätte ich damit auch nicht rechnen, sondern mich auf mein eigenes Wissen verlassen sollen. Die Ärzte an der Akademie versagen nicht einmal bei schweren Eingriffen und es wäre auffällig, wenn jemand in meinem Alter eine leichte OP nicht überlebt. Es würde dem Ruf des Medcenters schaden.

Ich erinnere mich daran, dass vor wenigen Monaten ein Sentinel ins Medcenter eingeliefert wurde, durchbohrt von einer angespitzten Eisenstange, die einem Prim als Waffe gedient hatte. Wir hielten ihn für todgeweiht, die Stange verschwand in seinem Rücken und trat in der Nähe des Nabels wieder aus. Das nächste Mal sah ich den Mann drei Wochen später, blass und mager, aber auf zwei Beinen und unzweifelhaft am Leben.

»Was glaubst du, wo ich in drei Jahren sein werde?«, will ich von Zilla wissen. Es ist eine Frage, die ich mir in letzter Zeit dauernd stelle. Die Antwort, die ich mir gebe, schmeckt wie Asche.

»In einer der größeren Sphären, als Sprecherin einer hochrangigen Persönlichkeit«, erwidert Zilla, ohne zu zögern. »Ich bin sicher, die Mentoren haben deine Zukunftsmöglichkeiten schon genau entworfen. Du musst dich nur noch entscheiden.«

Sie sagt das, als wüsste sie, wovon sie spricht. Als bestünde kein Zweifel an meinem Weg, an meiner Karriere. An meinem Überleben. Sie ist sehr überzeugend, aber natürlich weiß sie nicht, was Morus und Gorgias wissen.

Trotzdem fühle ich mich besser, als ich mich von ihr verabschiede. Die Hoffnung hat wieder Oberhand gewonnen. *Wir sind zu wertvoll*, höre ich Aureljos Worte.

Möglicherweise bekommen wir noch eine Chance. Dann werden alle sehen, dass wir keine Pläne gegen den Sphärenbund schmieden.

Ich rechne zurück. Acht Tage ist es her, seit ich das Gespräch in der Bibliothek belauscht habe. Der Fremde hat betont, dass die Verschwörer bald getötet werden müssten. *Schnell und ohne großes Aufheben darum zu machen.*

Bisher ist nichts passiert. Vielleicht darf ich die Hoffnung in meinem Innern ungestraft wachsen lassen.

12

Es ist Ruhetag. Baja hat uns erzählt, dass man ihn früher Sonntag genannt hat, doch die Menschen, die während der Langen Nacht lebten, änderten den Namen, weil sie nicht an eine Sonne erinnert werden wollten, die sich ihnen nicht zeigte. Heute sehen wir sie immerhin ab und an, trotzdem hat der Tag seinen ursprünglichen Namen nicht zurückbekommen.

Am Ruhetag können wir länger schlafen als sonst, was ich normalerweise in vollem Umfang ausnutze, doch in letzter Zeit ist mein Schlaf unruhig und voller düsterer Träume.

Ich habe keine Lust, mich am heutigen Spiel zu beteiligen. Die ganze Sphäre nach einem bohnengroßen Stück Jade abzusuchen scheint mir angesichts der Ungewissheit, die mich seit Tagen quält, ein völlig sinnloses Unterfangen. Außerdem bin ich nicht besonders gut darin – in den letzten fünf Jahren habe ich die Jade erst ein Mal gefunden. Die Woche Freizeit, die ich als Belohnung bekam, wurde mir erstaunlich lang und ich war froh, am darauffolgenden Montag wieder meine Lektionen an der Akademie aufnehmen zu können.

Ich würde mich gern mit meinen Freunden im Café Agora unterhalten, doch ich habe jegliche Freude daran verloren, seit ich weiß, dass jedes Wort mitgehört wird. Also gebe ich den Sentineln am Eingang Bescheid, dass ich nicht gestört werden will, bleibe in meinem Quartier, esse, lese, beobachte die roten Wachen auf der Mauer und warte, bis es Zeit für die Wochenversammlung ist.

Der Nachmittag ist schon weit fortgeschritten, als ich beginne, mich anzuziehen. Obwohl ich den ganzen Tag lang nichts getan habe, fühle ich mich erschöpfter als je zuvor. Jede Bewegung ist anstrengend, am liebsten würde ich im Bett bleiben und mir die Decke über den Kopf ziehen. Für die nächsten zwei Monate. Der Gedanke, mich krankzumelden, streift mich kurz, doch der verdammte Salvator würde mich verraten, keine Frage. Außerdem graut mir vor dem Besuch im Medcenter, den jede Krankmeldung unweigerlich nach sich zieht.

Also streife ich meine Ruhetagskleidung über – Hose und Shirt in einem hellen Rot, wie Lava, um den Hals ein aschefarbenes Tuch – und mache mich auf den Weg.

Ich bin spät dran, die meisten Studenten sind schon in der Festhalle versammelt, die für mich noch immer Lus Aufbahrungshalle ist. Gleich beim Eintreten entdecke ich Aureljos hochgewachsene Gestalt, er steht ganz vorne und sucht die Reihen ab. Nach mir, vermutlich. Ich winke, sein Blick findet mich und ich sehe ihn erleichtert lächeln.

»Ich war zwei Mal bei deinem Quartier, aber die Sentinel sagten, du hättest Anweisung gegeben, niemanden einzulassen. Und deine Sprechanlage war abgeschaltet.« Es ist kein Hauch von Vorwurf in seiner Stimme, nur Sorge.

»Ich musste nachdenken.«

»Ja. Das geht am besten alleine. Schön, dass du jetzt hier bist.« Aureljo deutet auf den Stuhl, den er mir frei gehalten hat. Es ist eine fragende Geste, die mir offenlässt, ob ich sein Angebot annehmen will. Ich setze mich ohne ein weiteres Wort, denn Gorgias' Sentinel betreten bereits das Podium. Zuerst sie, dann der Rektor selbst, so ist es immer.

Mit unbewegten Gesichtern mustern sie die Reihen, woraufhin nach und nach die Gespräche verstummen. Als würde ihr Blick uns die Stimme nehmen. Binnen Kurzem ist es ruhig, nur noch ein Husten oder ein Räuspern durchbricht da und dort das Schweigen. Von diesem Zeitpunkt an dauert es üblicherweise circa fünf Sekunden, bis Gorgias erscheint, in seiner dunkelroten Robe und dem flachen weißen Barett, das seinen Kopf wirken lässt wie einen der Pilze, die wir in den Kellern züchten.

Ich zähle mit. Drei, vier, fünf. Da ist er. Er schreitet feierlich bis zur Mitte des Podiums, hinter ihm folgen die Mentoren, einer nach dem anderen. Nehmen ihre Plätze ein.

Um Gorgias' Lippen spielt so etwas wie ein Lächeln. Verschwindet. Kommt wieder. »Ich begrüße euch aufs Herzlichste am Ende dieses Ruhetags!«, ruft er. Es sind die gleichen Worte, die er jedes Mal gebraucht, und wir antworten mit Applaus, wie immer.

Gorgias beginnt mit den Statistiken der vergangenen Woche. Die Studenten mit den höchsten Punktegewinnen, mit den meisten freiwilligen Arbeitsstunden, mit den meisten lobenden Erwähnungen.

Die meisten Punkte hat Tycho dazugewonnen, er springt von seinem Sitz auf und verbeugt sich nach allen Seiten, als er aufgerufen wird.

Danach kommen die Absteiger. Laut verliest Gorgias die Namen derer, die ihre Arbeit schlampig oder gar nicht erledigt haben, die ihre gesamte Freizeit für sich statt für die Gemeinschaft genutzt haben. Während jede der lobenden Erwähnungen von uns mit lautem Klatschen quittiert wurde, herrscht nun absolute Stille.

Anspannung liegt in der Luft – manchmal folgt einem Tadel eine Verpflichtung zu Zwangsdiensten, manchmal sogar die Versetzung an eine weniger angesehene Akademie. Doch nicht heute. Heute holt Gorgias ein Stück Papier aus dem Ärmel seiner Robe. Echtes Papier, es ist aufgerollt und sieht aus wie eine der Abschlussurkunden.

»Ich habe die große Freude zu verkünden, dass einigen meiner Studenten eine besondere Ehre zuteilwird«, beginnt er. »Der Präsident hat den Wunsch geäußert, sie kennenzulernen. Sie haben eine Einladung in die Sphäre Zukunft erhalten, wo sie dem Präsidenten persönlich von ihren Fortschritten berichten werden.«

Aufgeregtes Tuscheln wird laut, verhaltenes Lachen, Pssst-Zischen. Aureljo drückt meine Hand. Er träumt seit Jahren davon, den Präsidenten zu treffen.

Zwei Plätze weiter rechts von mir sitzt Tudor, ebenfalls sichtlich nervös. Er hat die Hände vor dem Mund gefaltet. Sein linker Fuß wippt auf und ab.

Nach einer effektvollen Pause entrollt Gorgias das Papier. »Der Erste, den der Präsident kennenlernen will, ist gleichzeitig unsere Nummer 1: Aureljo!«

Alles applaudiert, Aureljo ist aufgesprungen, er strahlt und formt, zu uns gewandt, mit Zeige- und Mittelfinger das Victoryzeichen, bevor er auf Gorgias' Wink hin das Podium betritt.

»Der Zweite«, fährt der Rektor fort, »gehört ebenfalls zu den Studenten, die der Akademie bisher nur Ehre gemacht haben.«

Das wird Tudor sein, denke ich und sehe noch einmal zu ihm hinüber. Er hat seine Haltung nicht verändert, hat aber aufgehört, mit dem Fuß zu wippen, und lässt Gorgias keine Sekunde aus den Augen.

»Gemeinsam mit Aureljo tritt eine künftige Koryphäe des Medcenters die Reise an, ein Forscher mit untrüglichem Gespür: Nummer 32, Fleming!«

Mein Körper begreift die Zusammenhänge schneller als mein Verstand, in meinen Ohren beginnt es zu rauschen. Gleich wird mein Salvator zu vibrieren beginnen, doch das macht nichts, die Aufregung hat bereits einige Geräte im Raum zum Piepsen gebracht.

Zwei Auserwählte bisher und beide stehen nicht nur auf der Liste des Präsidenten, sondern auch auf der des Fremden.

Etwas steigt meine Kehle hoch und ich schlucke es schnell hinunter. Vielleicht ist das bloß ein Zufall. Gleich wird Gorgias Tudors Namen aufrufen und ich werde mich beruhigt zurücklehnen können.

Fleming ist auf die Bühne getreten und sein Anblick lässt mich an unseren Zusammenstoß in der Mensa denken, an das, was ich dabei dachte: Er hat ebenso viel Angst wie ich. In seinem Gesicht ist nichts von der Freude zu entdecken, die Aureljo ausstrahlt. Im Gegenteil, er ist blass und wirkt, als müsste er sich mit aller Kraft zurückhalten, um nicht wegzulaufen.

»Nicht nur männliche Studenten haben die Aufmerksamkeit des Präsidenten erregt.« Gorgias' Blick gleitet über die Reihen. »Auch einer Studentin, die Außergewöhnliches auf dem Gebiet der Botanik leistet, möchte er gern die Hand schütteln. Nummer 65: Tomma!«

Der schrille Entzückensschrei, den Tomma ausstößt, übertönt mein dumpfes Aufstöhnen. Die anderen applaudieren und streifen die vermeintlich Glückliche mit teils anerkennenden, teils neidvollen Blicken.

Es hat keinen Sinn, sich länger etwas vorzumachen. Sie schicken uns fort, damit der Fremde mit der rauen Stimme sich um uns *kümmern* kann. *Bald.*

Ich friere, es ist, als hätte mich jemand in eisiges Wasser getaucht. Ich muss aufpassen, dass ich nicht zu zittern beginne. Die Stimmen, die Geräusche dringen nur noch dumpf bis zu mir durch. Die Nächste werde ich sein. Oder Dantorian.

Oder Tycho. Unsere Blicke begegnen sich und ich sehe den Schrecken in seinen Augen, gepaart mit Misstrauen, das mir gilt. Er erkennt die Übereinstimmung ebenfalls. Die Angst, die Tycho jetzt wie Strom durch die Venen fährt, hat er mir zu verdanken. Ich bin die Überbringerin der schlechten Nachricht. Aber wer sagt ihm, dass sie nicht falsch ist?

Ich wünsche es mir selbst so sehr, dass es schmerzt.

»... ein junger, außerordentlich vielversprechender Student«, sagt Gorgias gerade. Der Anfang des Satzes ist mir entgangen, das ist nicht gut. Ich muss mich konzentrieren, auf das, was er sagt und wie er es sagt. Liegt Hinterhältigkeit in seinem Ton? Steht irgendwo in seinem Gesicht Bedauern geschrieben, darüber, dass er uns belügt, wahrscheinlich, um uns zu töten?

»Sein technisches Verständnis ist ein Geschenk für uns alle und wir hoffen, dass er den Sphärenbund um einige Erfindungen bereichern wird. Nummer 89: Tycho!«

Ohne es zu merken, habe ich meine Hände gehoben und schlage sie gegeneinander, stimme in den Applaus der anderen ein. Ich spüre meine Handflächen kaum.

Tycho ist aufgestanden und geht auf das Podium zu. Seine Fäuste öffnen und schließen sich immer wieder. In sein Gesicht hat er ein Lächeln gegraben, seine Lippen spannen sich starr über den Zähnen. So anders als vorhin, als er für seinen Punktegewinn ausgezeichnet wurde.

Ich versuche, Aureljos Gesichtszüge zu lesen, doch er ist zu weit entfernt und sein Kopf liegt im Schatten einer Säule. Seiner Körpersprache nach ist ihm aber nicht ganz wohl zumute. Er verschränkt die Arme vor der Brust, dann lässt er sie hängen, nur um sie Sekunden später wieder zu verschränken.

»Wer wird der Nächste sein?« Gorgias senkt das Papier und lässt seinen Blick wieder durch den Saal schweifen. »Oder *die* Nächste?« Sein Lächeln wird breiter. »Tatsächlich, es ist ein Mädchen, dem das Privileg zukommt, dem Präsidenten persönlich gegenüberzutreten.«

Nun bin also ich dran.

Noch während Gorgias die Spannung in die Länge zieht, mache ich mich bereit aufzustehen. Und tue es beinahe, noch bevor mein Name fällt. Ich spüre den Ruck, der durch meinen Körper geht, und bremse mich im letzten Moment. Hat es jemand bemerkt? Gorgias nicht, er hat noch immer diese verheißungsvolle Miene aufgesetzt und lässt sich Zeit mit seiner Bekanntmachung.

Grauko hingegen schon. Er sitzt auf der linken Seite des Podiums, hat mich gut im Blick und wendet die Augen nicht von mir. Er hat mein Zucken wahrgenommen, und wenn der Rektor mich gleich zu sich ruft, wird Grauko wissen, dass ich darauf vorbereitet war. Er wird sich fragen, wie das möglich ist.

»Es ist eine Studentin, die in Gesten und Gesichtern liest wie andere von ihren Datenterminals. Der kein Geheimnis und keine Gefühlsregung verborgen bleibt. Aureljo wird sich besonders über diese Reisebegleitung freuen. Es ist die Nummer 7: Eleria!«

Es braust um mich herum, in mir. Der Applaus der anderen, das

Blut in meinen Ohren. Ich weiß, dass ich aufstehen muss. Lächeln. Aber ich kann nicht, ich starre Gorgias an und sehe meinen Tod in seinen Augen.

Dann tragen mich meine Beine doch. Zum Podium. Gut möglich, dass ich torkle und gleich falle. Lächeln, erinnere ich mich und ziehe meinen Mund in die Breite. Keine Ahnung, ob es überzeugend ist oder eine Grimasse.

Da sind die Treppenstufen. Eine, zwei, drei, vier. Jemand reicht mir die Hand und zieht mich zu sich. Ich winke ins Publikum, mein Gesicht schmerzt.

Da ist ein Teil in mir, klein und verrückt, der gerne an den Podiumsrand treten und losschreien möchte: Sie behaupten, wir werden dem Präsidenten vorgestellt, doch in Wahrheit werden sie uns hinrichten, ohne Anklage und ohne Prozess. Ihr werdet uns nie wiedersehen!

Was würde geschehen, wenn ich das täte? Würde mir irgendjemand glauben?

Natürlich nicht. Ich wäre schneller in der psychiatrischen Abteilung des Medcenters, als ich zu Ende sprechen könnte. Aber dann wäre es immerhin für den Sphärenbund schwieriger, die anderen zu töten. Sie müssten ihren Tod erklären, für ihr Verschwinden geradestehen.

Ich zögere. Versuche, mich zu überwinden. Schaffe es nicht. An die winzige, winzige Möglichkeit zu glauben, dass alles nur ein Irrtum ist und wir tatsächlich geehrt werden sollen, ist einfach zu verlockend.

Gorgias hat bereits damit begonnen, Lobeshymnen auf den letzten Kandidaten der Reise zu singen. »Ein wahres Genie auf fünf Instrumenten, darüber hinaus ein großes Talent in der bildenden

Kunst. Der Präsident überlegt, eines der von ihm angefertigten Gemälde in seinen Räumlichkeiten aufzuhängen. Nummer 114: Dantorian!«

Eins zu eins. Keine Abweichung von der Todesliste.

Ich habe das Gefühl zu schweben, vielleicht ist das alles nur ein Traum, der Gratulationsreigen, der nun auf dem Podium einsetzt, existiert nur in meinem Kopf. Ich bin in Wirklichkeit eingeschlafen und meine Ängste haben das Kommando übernommen.

Doch Morus' Hand, die mir anerkennend auf die Schulter klopft, ist real. Sieht er schuldbewusst aus? Nein. Wenn ich etwas Ungewöhnliches in seiner Miene finde, dann ist es eine Art Erleichterung. Ungeschickt. Er müsste vorgeben, verärgert zu sein, weil Tudor nicht unter den Auserwählten ist.

Wenn es etwas gibt, das uns derzeit einen geringen Vorteil verschafft, dann ist es die Tatsache, dass der Bund glaubt, wir wären ahnungslos. Zum Glück habe ich dem Impuls, mein Wissen in die Welt hinauszuschreien, eben nicht nachgegeben.

»Freust du dich?«, fragt Morus, eine Herzlichkeit in der Stimme, die ich bei ihm bisher nur selten gehört habe.

Ich nehme mich zusammen. Achte darauf, dass meine Stimme fröhlich klingt. »Oh, und wie! Ich wüsste ja gerne, warum ausgerechnet ich zu dieser Ehre komme.« Verschmitztes Lächeln, das ich dann abschwäche, als wäre mir plötzlich eingefallen, dass es taktlos ist. »Aber Tudor … Denken Sie, er ist sehr enttäuscht? Ich weiß, wie gern er den Präsidenten kennenlernen möchte.« Ich lasse Morus nicht aus den Augen. Seine Gesichtszüge entgleiten ihm keine Sekunde.

»Nun, für Tudor wird das Ansporn sein, sich noch mehr für den Sphärenbund einzusetzen. Er hat die freiwilligen Arbeiten in letzter Zeit etwas vernachlässigt.« Wenn Morus lächelt, sieht man, dass seine Eckzähne fast stumpf sind. Ich frage mich, ob er nachts mit den Zähnen knirscht. »Du musst dir um Tudor keine Sorgen machen«, fährt er fort. »Seine Zeit wird noch kommen, davon bin ich überzeugt.«

Ja, wenn Aureljo tot ist.

Wieder dieses Bedürfnis, hinauszuschreien, was ich weiß. Was ist das nur plötzlich? Ich schlucke es hinunter. »Bestimmt«, pflichte ich ihm bei. »Irgendwann kommt für jeden die Zeit.«

Morus ist weitergegangen, um Fleming zu gratulieren; wenn er meine Anspielung verstanden hat, ist es ihm gut gelungen, das zu verbergen. Dafür steht nun Grauko vor mir und umschließt meine Hände mit seinen.

»Glückwunsch. Ich bin sehr stolz auf dich.«

Ich möchte ihn um Hilfe bitten, hier, sofort, ihm von meiner Angst erzählen. Wie früher, wenn ich mich verletzt hatte und zu Baja gelaufen bin.

Er drückt meine Hände ein wenig fester. *Nicht*, sagen seine Augen und ich nicke.

»Alles, was ich kann, verdanke ich Ihnen«, murmele ich. »Ich wünsche mir sehr, dass ich die Gelegenheit bekomme, mein Können einzusetzen.«

Er versteht genau, was ich meine. »Das wirst du«, sagt er beinahe tonlos.

Etwas schiebt sich in meine Hand, winzig und weich. Neupapier, vermute ich. Grauko drückt es mir zwischen Daumen und Zeigefinger, dort halte ich es fest.

»Du bist meine beste Studentin. Denk immer daran. Man kann

die Welt mit Worten aus den Angeln heben, das hat bisher niemand so begriffen wie du.«

Wer uns beobachtet, sieht einen Lehrer, dem vor Stolz Tränen in den Augen stehen. Ich dagegen sehe Trauer. Grauko verabschiedet sich von mir. Sein Blick verrät mir alles – es gibt keinen Irrtum und kein Missverständnis und er weiß es.

Unsere Reise wird eine Reise in den Tod.

Erst als ich eine Stunde später wieder in meinem Quartier bin, öffne ich meine Hand und das kleine Stück Neupapier fällt heraus. Ich streiche es glatt und lese die drei Sätze, die dort in Graukos eleganter Handschrift stehen: *Unsere wichtigste Lektion war die letzte. Du beherrschst sie. Vergiss sie nicht.*

Dankbar ziehe ich seine Buchstaben mit den Fingerspitzen nach. Er hat mich nicht aufgegeben. Er bittet mich zu kämpfen, mit den Waffen, die er für mich geschärft hat: meinen Worten.

13

Zwei Tage bis zur Abreise, zwei Tage vollgestopft mit Vorbereitungen. In Extralektionen bekommen wir den Verhaltenskodex für die Sphäre Zukunft eingeschärft, üben, wie der Präsident zu begrüßen ist – rechte Hand aufs Herz, Kopf neigen –, und lernen den Tagesablauf für unseren Besuch auswendig. Während ich gemeinsam mit den anderen das perfekte Benehmen gegenüber Präsident und Regierung übe, kann ich keine Sekunde glauben, dass die Reise ein anderes, dunkleres Ziel haben wird als die Sphäre Zukunft. Erst als ich für kurze Zeit allein bin, schleichen sich die Ängste langsam wieder ein. Wann werden wir bemerken, dass die Magnetbahn die falsche Richtung einschlägt? Dass es nach Norden geht, zu den Verhörzellen in den Eiskerkern, und nicht nach Süden? Wird überhaupt genug Zeit für diese Erkenntnis sein? Für Angst, für Verhandlungen, für Unschuldsbeteuerungen?

Graukos Nachricht geht mir immer und immer wieder durch den Kopf. Die letzte Lektion: Umstimmung deines Gegenübers. Entscheidungen, die man nicht mehr zurücknehmen kann. Ich war gut, meine Gedanken sind meinen Worten in der richtigen Distanz vorangeflogen; als ich fertig war, hat Grauko mich gelobt wie selten zuvor. *Bald werde ich dich nichts mehr lehren können*, hat er am Ende gesagt.

Ich sitze auf dem Boden vor meinem Bett und beiße mir auf die

Lippe. Grauko hat nicht nur von meinen Fähigkeiten als Rednerin gesprochen. Ihm muss bewusst gewesen sein, dass wir nur noch wenig Zeit haben. Und dass er nichts dagegen tun kann.

Mit wachsender Verzweiflung suche ich nach einer Gelegenheit, um in Ruhe mit Aureljo zu sprechen. Wir sind in einen so engen Terminplan eingebunden, dass es sich einfach nicht ergibt; immer ist jemand dabei. Was ich den Blicken entnehme, die er mir zuwirft, ist wenig ermutigend: Er denkt, ich habe mich geirrt. Er glaubt, was Gorgias gesagt hat. Sein Vertrauen in den Sphärenbund ist durch meinen Bericht nicht nachhaltig erschüttert worden. Wer weiß, vielleicht ginge es mir im umgekehrten Fall ebenso. Er hat sicherlich während Gorgias' Ansprache nach Anzeichen von Lügen in seinem Verhalten gesucht und keine gefunden. Gut möglich, dass ich, wäre ich an Aureljos Stelle, dann ebenfalls an ein Missverständnis glauben würde.

Mein nächster Termin findet im Medcenter statt. Gesundheitscheck, es werden alle Laborwerte bestimmt. Sie untersuchen Herz, Lunge und Augen, kalibrieren den Salvator.

Eine halbe Stunde lang sitze ich mit Tomma im Warteraum, die so voller Vorfreude ist, dass sie kaum stillhalten kann und ohne Pause spricht.

»Meine Erkältung klingt ab, sie haben mir extra neue Medikamente gegeben. Stell dir vor, ich hätte nicht mitfahren können, nur wegen einer laufenden Nase!«

Das hätte dir vielleicht das Leben gerettet.

Als sie endlich ins Untersuchungszimmer gerufen wird, ist die Einsamkeit und Stille eine wahre Erlösung.

Kurz vor der zweiten Blutabnahme finde ich mich mit Aureljo allein im Warteraum wieder. Er sieht müde, aber zufrieden aus –

das werde ich gleich ändern. Hier ist zwar nicht der ideale Ort, aber ich weiß nicht, ob sich vor unserer Abreise noch eine weitere Gelegenheit für ein Gespräch ergibt. Also falle ich ihm um den Hals und bringe meinen Mund ganz nahe an sein Ohr.

»Es ist eine Falle«, flüstere ich so leise, dass ich mich selbst kaum verstehe. »Sie wollen uns töten. Du *musst* mir glauben.«

Seine Hand streicht über mein Haar, bleibt in meinem Nacken liegen. Ich fühle seine Lippen an meinem Ohr. »Das kann nicht sein.« Seine Stimme ist wenig mehr als ein Hauch. »Es gibt eine offizielle Bestätigung von vier Sphären, deren Meister ebenfalls zu dem Treffen kommen. Ich habe die Dokumente selbst gesehen. Sie können uns nicht einfach an einen anderen Ort schaffen, wenn es das ist, was du befürchtest.«

Aureljos Nähe ist tröstlich, sein Geruch beruhigt mich, es wäre so schön und bequem, mich überzeugen zu lassen. Mich auf die Reise zu freuen und dem Sphärenbund zu vertrauen, so wie ich es bisher immer getan habe.

»Trotzdem«, wispere ich. »Die Reihungsnummern sind identisch mit denen, die der Fremde genannt hat – das ist doch kein Zufall! Sie werden einen Weg finden. Sie sind nicht dumm. Ich weiß, was ich gehört habe.« Sollte uns jetzt jemand sehen, muss er uns für unfassbar verliebt halten. Wir drücken uns so eng aneinander, dass wir kaum atmen können. Für den Fall, dass tatsächlich ein verborgenes Kameraauge auf uns gerichtet ist, lächle ich, als würde Aureljo mir ein Liebesgeständnis nach dem anderen zuflüstern.

»Du hast dich geirrt«, haucht er. »Das, was du gehört hast, hat sich sicherlich auf die Reise bezogen.«

Allmählich fällt es mir schwer, mein Lächeln aufrechtzuhalten.

»Wie kann man sich bei den Worten ›Die Betreffenden müssen getötet werden‹ irren? Gorgias war entsetzt, Morus hat lange widersprochen. Aber sie wissen nicht, dass ich das Gespräch belauscht habe. Das ist unser Vorteil, wenn wir den nicht nutzen –«

Die Tür geht auf und zwei Ärzte treten ein. Mir ist plötzlich heiß. Habe ich zu laut gesprochen? Nein, ich glaube nicht. Beide sehen ebenso freundlich aus wie noch vor fünf Minuten, als sie meine Lungenfunktion kontrolliert haben.

Ich mache mich von Aureljo los, obwohl ich viel für seine Reaktion auf meinen letzten Einwand geben würde.

»Ria, du bist wieder an der Reihe«, sagt einer der Ärzte. »Aber keine Sorge, es dauert nicht mehr lange.«

Alles in allem sind es aber doch noch zwei Stunden, bis ich das Medcenter verlassen kann.

»Du bist völlig gesund«, sagt der Arzt zum Abschied. »Du kannst deine Reise beruhigt antreten.«

Beinahe hätte ich gelacht.

Ich setze meine Hoffnung in das Abschiedsdinner, das für uns gegeben wird, vielleicht kann ich kurz mit Tycho sprechen oder mit Fleming. Noch lieber würde ich Tomma warnen – sie würde mir glauben. Und zusammenbrechen. Sie hat ihre Emotionen schon bei weit harmloseren Ereignissen nicht im Griff.

Doch sie platzieren uns jeweils neben Mentoren und Würdenträgern der Sphäre; mir wird der Platz zwischen einer Klimatologin und dem Leiter der Versorgungsabteilung zugeteilt. Beide kenne ich kaum und die Gespräche, die sich während des Essens ergeben, sind kurz und verkrampft. Vier Stühle weiter sitzt Fleming, der erneut einen nervösen Eindruck auf mich macht. Ich würde rasend gerne in der Nähe sitzen, denn sein Tischnachbar zur Linken ist Morus, der immer wieder das Wort an ihn richtet.

Mein Seminar in Lippenlesen ist fast zwei Jahre her, ich könnte aber trotzdem einiges von dem Gespräch zwischen Morus und Fleming aufschnappen, wenn nicht ausgerechnet jetzt die Klimatologin ein Thema gefunden hätte, mit dem sie dem Schweigen in unserer Ecke ein lautstarkes Ende bereitet. Ich höre ihr nur mit halbem Ohr zu, als sie darüber zu dozieren beginnt, dass die Sonnenstunden rund um die Sphäre Zukunft so viel häufiger seien als hier bei uns.

Dass ich immer wieder »Tatsächlich?« und »Wie interessant!« einwerfe, wenn sie Luft holt, scheint ihr völlig zu genügen, sie bemerkt nicht, dass sich meine Gedanken an einem anderen Ort befinden, ebenso wie mein Blick.

Fleming hat eben etwas gesagt, das »ein weiter Weg« heißen könnte, woraufhin Morus nun zustimmend nickt. Sprechen sie über die Reise? Oder die Ausbildung? Würde Fleming eine Andeutung machen, wenn er das Gleiche wüsste wie ich? Ich versuche, mich an unsere Begegnung in der Mensa zu erinnern: Wir haben kaum ein Wort gewechselt, aber dass eine Frage in Flemings Augen stand, war nicht zu übersehen. Und am letzten Ruhetag, auf der Bühne, schien es, als würde er jeden Moment umkippen.

Gäbe es die Abhörfunktion der Salvatoren nicht, hätte ich versucht, mit Fleming zu sprechen. Aber ich kann das Risiko nicht eingehen, dass er falsch reagiert, ich kenne ihn zu wenig. Tycho ins Bild zu setzen war schon gewagt genug.

Ich wünschte, Aureljo wäre ebenso misstrauisch, doch er sitzt am anderen Ende der Tafel und führt ein angeregtes Gespräch mit Gorgias.

Durchschaut er die Dinge besser als ich?

Nein. Ich darf mich nicht beirren lassen. Die papiertrockene Stimme des Fremden meldet sich wieder in meinem Kopf: *Die Regierung will einen Schnitt, sauber und endgültig.*

Ist es möglich, dass der Präsident uns in seine Sphäre beordert, um uns dort vor ein Gericht zu stellen, heimlich, unter Ausschluss der Öffentlichkeit?

Von allen Möglichkeiten scheint mir diese die beste. Sie lässt zumindest einen Funken Hoffnung, dass wir den Irrtum aufklären können. Wenn ich die Nerven aufbringe, werde ich die lange Fahrt morgen nutzen, um mir Eckpunkte für eine Verteidigungsrede zurechtzulegen.

Erst jetzt fällt mir auf, dass der Redeschwall zu meiner Linken versiegt ist. Die Klimatologin blickt mich an und wirkt ein wenig beleidigt. Ich muss vergessen haben, Interesse zu heucheln.

»Tut mir leid«, entschuldige ich mich und unterdrücke ein Gähnen. »Die Vorbereitungen heute waren sehr kräfteraubend, ich bin müder, als ich dachte.«

Das versteht sie natürlich, wie sie mir wohlwollend versichert. An meiner Stelle wäre sie ja so aufgeregt. Nun beginnt sie, davon zu erzählen, wie sie einmal beinahe den Präsidenten getroffen hätte, als er auf einer Rundreise durch die Sphären war.

Einen Moment lang habe ich das Gefühl, aufspringen und davonlaufen zu müssen. Es überwältigt mich so plötzlich, dass ich ihm fast nichts entgegenzusetzen habe. Meine Füße stemmen sich schon gegen den Boden, in Gedanken habe ich meinen Stuhl bereits zurückgeschoben, bin aufgestanden und losgelaufen. Allein die Vorstellung erleichtert mich unbeschreiblich.

Doch mein Training war gut genug. Mein Blick fällt auf Grauko und ich weiß, wie enttäuscht er von mir wäre. Dieses Wissen rettet mich. Das und der Anblick von Tycho, der bleich und stumm vor seinem unberührten Teller sitzt.

Mit ihm hätte ich sprechen sollen. Einen Plan entwickeln. Oder zumindest Gedanken austauschen, dann wäre uns beiden leichter ums Herz. Aber die Gelegenheit dazu ist ungenutzt verstrichen und der morgige Tag rückt mit jeder Sekunde näher.

Ich betrachte die Menschen, die rund um die Tafel sitzen, und frage mich, ob einer darunter ist, der genau weiß, was uns erwartet.

14

Die Magnetbahn hängt an ihrer Schiene wie eine überdimensionale Made, hellgrau und rund. Die Treppen sind ausgeklappt und in der Tür steht ein Sentinel mit goldenem Kragen. Abteilung Kommando, Reisebegleitung für wichtige Persönlichkeiten.

Ich habe kaum geschlafen und fühle mich, als wäre mein Körper ein Kleidungsstück, das nicht passt. Zwei der grünen Sentinel haben mich abgeholt und zur Bahnstation begleitet, die eine ganze Kuppel ausfüllt. Ich habe Todesängste ausgestanden, dass sie mein Gepäck kontrollieren und der Inhalt meinen Ruf als Verschwörerin festigen wird. Doch sie haben sich nur um den großen Koffer gekümmert, mein alter Rucksack war ihnen nicht einmal einen Blick wert.

Aureljo ist schon da, Tycho ebenfalls. Er ist grau im Gesicht und tritt unaufhörlich von einem Bein aufs andere. Wir nicken einander kurz zu.

»Es ist ein wundervoller Tag zum Reisen.« Aureljo deutet nach oben und ich sehe, was er meint. Die Wolkendecke über der Kuppel ist heute dünner als sonst, da und dort zerfasert sie und lässt kleine Stücke blauen Himmels erahnen. Wenn wir Glück haben, werden wir die Sonne sehen.

Als Nächste trifft Tomma ein und ist die personifizierte gute Laune. »Ich kann es immer noch nicht glauben!« Sie singt mehr, als dass sie spricht, fällt mir um den Hals und deutet ebenfalls nach oben. »Sieh nur. Wie schön. Wie schön!«

Ich bin versucht, sie daran zu erinnern, dass sie unsere Sphäre erst verlassen wollte, wenn die letzten Prims ausgerottet sind, aber ich spare mir die Luft. Es spielt keine Rolle. Sie sieht die Bahn, die Sentinel und fühlt sich sicher. Ich atme gegen mein schlechtes Gewissen an. War es unverantwortlich, Tomma nicht zu warnen?

»Lass uns einsteigen.« Sie packt meinen Arm.

»Einen Moment noch.« Ich muss den Gedanken loswerden, dass ich gleich freiwillig meinen Sarg besteigen werde, meinen madenförmigen Sarg.

Wenn ich weglaufen könnte. Fliehen. Die Idee war in den letzten Tagen immer wieder mein Begleiter, aber sie lässt sich nicht verwirklichen. Wer fliehen will, braucht einen Ort, den er ansteuern kann. Doch als Verräterin würde jede Sphäre mich sofort ausliefern. Die ganze bewohnbare Welt würde meinen Tod wollen.

Es muss bald geschehen.

Es *wird* bald geschehen. Aber nicht hier, wo wir zu Hause waren.

Fleming betritt die Station, einen Medpack auf dem Rücken. Nun warten wir nur noch auf Dantorian.

Seine Verspätung erklärt sich kurz darauf aus der riesigen Mappe, die er trägt. »Meine vier besten Gemälde«, keucht er. »Der Präsident soll es nicht bereuen, mich eingeladen zu haben.«

Das ist der Moment, in dem meine Fassade beinahe einen Riss bekommt. Dantorian schleppt freudig Geschenke mit für den Mann, der seinen Tod befohlen hat. Hätte meine Wut Masse und Gewicht, würde sie die Hermetoplastwände der Kuppel über uns durchbrechen.

Aber die ganze Zeit über bleibt das vorfreudige Lächeln in meinem Gesicht. Ich habe keinen Ausweg gefunden. Ich muss in diese Bahn einsteigen. Wir alle müssen. Und wir tun es nicht schreiend und um uns tretend, sondern mit einem Lachen – aus Unwissenheit oder weil uns nichts anderes übrig bleibt.

In der Bibliothek steht ein altes Buch, so alt, dass es niemand ausleihen darf. Darin sind Bilder von Menschen in rüschenbesetzten Gewändern, die auf ein Schafott steigen, wo ihnen mittels eines besonderen Geräts der Kopf abgeschlagen wird.

Wie das Gerät hieß, habe ich vergessen, aber ich habe die Bilder vor Augen und kann mir vorstellen, wie sich die Verurteilten gefühlt haben müssen.

Bevor ich als Letzte die Treppe zur Magnetbahn betrete, sehe ich mich noch einmal um. Die Station ist so gut wie leer. Normalerweise gibt es bei Anlässen wie diesem ein Abschiedskomitee, aber wir brechen zu früh am Morgen auf. Und sollen ja in einer Woche wieder hier sein.

Das Innere des Waggons ist komfortabel eingerichtet: dunkelblaue Polstersessel, die sich drehen lassen, kleine Tische, auf denen schon Getränke bereitstehen.

Vier Sentinel mit goldenen Kragen salutieren vor uns. »Das Wetter ist gut, es sind keine Stürme prognostiziert. Wenn es so bleibt, werden Sie sogar Sicht auf einige Flüsse und Seen haben«, erklärt der ranghöchste.

Ich forsche in seinem Gesicht nach dem Hinterhalt, in den er uns gerade lockt, aber der Mann scheint ehrlich zu sein. Da ist er wieder, der Funken Hoffnung: Vielleicht ist ja alles in Ordnung. Sie tun es nicht jetzt. Sie tun es später. Oder gar nicht.

Tomma prostet mir mit einem Becher Vitaminsaft zu. Ich überlege, wann sie wohl aufgestanden ist, um sich eine solch aufwendige Frisur zu flechten.

Im nächsten Moment frage ich mich, wieso ich mich mit derart unwichtigen Dingen beschäftige.

Wir lenken uns mit Nebensächlichkeiten ab, um Unerträgliches auszuhalten, hat Zilla mir mal erklärt. Das muss es sein. Würde ich mich auf die Anspannung in meinem Innern konzentrieren, müsste ich die blauen Sessel vollkotzen.

»Ich wünsche Ihnen allen eine wunderbare Reise«, sagt eine angenehme weibliche Stimme aus dem Deckenlautsprecher. »Schenken Sie mir bitte kurz Ihre Aufmerksamkeit, es folgt eine Erklärung der Sicherheitsbestimmungen. Die Magnetbahnen sind auf dem neuesten Stand und werden regelmäßig gewartet. Sollte es dennoch zu einer Panne kommen, bleiben Sie ruhig, es kann Ihnen nichts geschehen. Warten Sie, bis Sicherheitspersonal zu Ihnen stößt, und folgen Sie den Anweisungen. Verlassen Sie keinesfalls die Bahn. Ich wiederhole: Verlassen Sie keinesfalls die Bahn! Außerhalb ist es uns nicht möglich, für Ihre Sicherheit zu garantieren. Die Bewohner des Sphärenumlands sind uns nicht immer freundlich gesinnt. Ein Aussteigen ist nur in dem unwahrscheinlichen Fall gestattet, dass Feuer im Wagen ausbricht. Durch das Ziehen an einem der blauen Hebel oberhalb der Türen stoppt der Zug.«

Ich hebe den Kopf. Drei blaue, hakenförmige Hebel. Ich erinnere mich, dass es einmal einen Brand in der Magnetbahn gab, damals ist ein ganzer Trupp Sentinel ums Leben gekommen.

»Sobald der Zug zum Stillstand gebracht wurde«, fährt die sanfte Frauenstimme fort, »öffnen sich die Ausgänge. Aus den Klappen über Ihren Sitzen werden Überlebenssets mit der nötigsten Ausstattung für drei Stunden ausgeworfen. Bleiben Sie nahe der Bahn und versuchen Sie nicht, sich allein durchzuschlagen. Hilfe ist unterwegs, sobald Sie den Hebel gezogen haben. Wir wünschen Ihnen eine angenehme Reise.«

Mit einem lauten Zischen schließen sich die Türen. Dann folgt ein schwimmendes Gefühl, ein Gleiten. Die Magnetbahn hat sich in Bewegung gesetzt. Ich klammere mich an meinen Rucksack. Kann man die kleine Spitzhacke ertasten? Wird ihr Fehlen im Gewächshaus auffallen?

Mein Salvator beginnt zu vibrieren; Aureljo bemerkt es und legt einen Arm um mich. Wahrscheinlich, um mich zu besänftigen: Sieh doch, alles ist gut, alle sind nett zu uns.

»Denk daran, wir sind nicht irgendjemand«, sagt er stattdessen. »Wir dürfen nicht vergessen, was wir können. Aber das wirst du nicht, ich weiß es.«

Da begreife ich, wie sehr ich ihn unterschätzt habe.

Die Magnetbahn gibt ein leises Brummen von sich, während sie durch die Landschaft gleitet. Ich könnte Tycho fragen, wodurch das Geräusch entsteht, aber ich bin zu gefangen von dem Anblick, der uns umgibt. Von meinem Quartier aus kann ich nur einen einzigen Hügel sehen, aber hier reihen sie sich aneinander, ähnlich und doch unterschiedlich, wie Brüder, sanft geschwungen und schneebedeckt. Wenn man nach oben sieht, gibt es kein Ende, keine Kuppel, keine Grenze. Der Himmel liegt wie ein hellgraues Federbett hinter unendlichem Weiß und dann, plötzlich, reißt die Wolkendecke auf.

Für einen Moment vergesse ich all meine Angst. Goldene Strahlen verwandeln das Land in ein Meer aus Kristallen, ein unberührtes, strahlendes Paradies. Man möchte sich hineinwerfen, darin versinken.

»Sieh nur, Ria, sieh nur!«, flüstert Aureljo. Als wäre das nötig. Als würde ich meine Augen abwenden können.

Die Gespräche im Wagen sind verstummt, alle sind gebannt von der ungewohnten Aussicht, die sich uns bietet.

Schon nach wenigen Minuten passieren wir die Ruinen einer Stadt. Ein hoher Turm hat die Jahre fast unbeschadet überstanden, anders als die Häuser nahe der Magnetbahn – manche sind eingestürzt, nur die Größe der Schneehaufen weist darauf hin, dass sich darunter Trümmer befinden. Bei anderen fehlt das Dach oder eine Seitenwand, sie erinnern mich an die Puppenhäuser, die wir bei Baja hatten. Ich erhasche einen Blick auf ein leeres Zimmer, das nicht mehr beherbergt als einen umgekippten Sessel mit zerrissener Polsterung. Gab es jemals orangefarbene Möbel?

Dann wieder Wildnis. Kahle Schneefelder, da und dort Sträucher. Plötzlich zwei Bäume im Windschatten einer alten Mauer. Sie sind klein und gedrungen, ihre Nadeln sind dunkel.

»Föhren«, jauchzt Tomma. »Ich glaube, die sind natürlich gewachsen. Nicht gepflanzt!«

Dantorian hat eilig seine Zeichenutensilien hervorgeholt, mit sicheren, schnellen Strichen skizziert er die beiden Bäume und die Mauer. Jedes fertige Blatt verstaut er in seiner Mappe.

»Du bist richtig gut«, sage ich. Es ist Zeit, dass wir ins Gespräch kommen. Ich muss ihn besser einschätzen können. »Kein Wunder, dass die Akademie dir so viel Papier zur Verfügung stellt.«

Er sieht nicht auf, sondern zeichnet weiter, während er antwortet. »Tut sie nicht. Ich mache es selbst, aus Neupapier. Davon kriegt man, so viel man möchte.«

Die Tatsache, dass man aus Neupapier brauchbares Papier herstellen kann, wenn man weiß, wie, würde mich unter normalen Umständen sehr interessieren. Heute nehme ich das nur nebenbei zur Kenntnis. Dantorians Körpersprache signalisiert, dass er in Ruhe gelassen werden möchte. Ich frage mich, ob er rechtzeitig aus seiner Konzentration auftauchen kann, sollte etwas geschehen.

Doch die ersten zwei Stunden unserer Fahrt verlaufen völlig ereignislos, wenn man von der fantastischen Landschaft absieht, die wir durchqueren. Mehrmals passieren wir riesige glitzernde Flächen, klar wie Glas. Seen, seit Jahrzehnten zugefroren, blanke Spiegel für den Himmel und die Sonne, die sich uns immer wieder zeigt, als wolle sie uns weiter und weiter locken.

Wenn meine Orientierung stimmt, fahren wir in Richtung Süden, so wie geplant. Ich verbanne die Vision von den unterirdischen Eiskerkern aus meinem Kopf. Das ist es nicht, was man für uns vorgesehen hat.

Eine Herde Rentiere flüchtet, als die Bahn sich nähert. Atem dampft vor ihren Mäulern und ihre Hufe treten tiefe Spuren in den Schnee.

»Herrlich«, sagt Aureljo. »Ich habe noch nie so viele gesehen. Es muss hier ausreichend Flechten und Moose geben, das ist ein gutes Zeichen, Ria.«

Das ist es tatsächlich. Vielleicht stimmen die Gerüchte und die Taugrenze bewegt sich nach Norden. Dann könnte es bald wieder Landwirtschaft unter freiem Himmel geben und damit viel größere Ernten, bessere Bedingungen für alle.

Nur dass wir das nicht mehr erleben werden.

Unser bevorstehender Tod ist mir noch nie so unfair erschienen wie jetzt, angesichts der Weite und Schönheit dieser Welt, die vielleicht sogar zu tauen beginnt. Wenn die Schneedecke fort ist, werden unglaubliche Dinge darunter zum Vorschein kommen, die keiner der heute Lebenden bisher gesehen hat.

Die vielen Eindrücke, das Summen und Wiegen der Bahn – ich spüre, dass mir bald die Augen zufallen werden. Auch Tycho kämpft bereits gegen die Schwere seiner Lider an, sein Kopf sinkt immer wieder zur Seite.

Hat man etwas in unsere Vitamingetränke getan?

Eine erneute schreckliche Vorstellung. Wir werden einer nach dem anderen einschlafen und dann wird jemand mit einem Messer durch den Wagen gehen und uns die Kehlen durchschneiden.

Nein. Wozu alles mit Blut bespritzen? Ein fest aufs Gesicht gedrücktes Kissen tut es auch. Oder eine Giftspritze.

Mir die möglichen Todesszenarien auszumalen hat genügt, um die Müdigkeit zu vertreiben. Was bedeutet, dass man uns vermutlich doch nichts in die Getränke gemischt hat. Dafür spricht auch das Verhalten von Tomma und Fleming: Tomma hüpft vor Aufregung in ihrem Sitz förmlich auf und ab; Fleming steht am Fenster, Hände und Gesicht gegen die Scheibe gepresst.

Ich wünschte, ich wüsste, wo wir sind. Am Horizont kommt eine Sphäre in Sicht, ich zähle achtzehn Kuppeln, doch wenn ich den Namen der Sphäre nennen sollte, könnte ich nur raten.

»Neu-Augsburg hat achtzehn Kuppeln«, meint Aureljo. Doch auch er kann nicht abschätzen, ob wir bereits so weit gefahren sind. Wir alle sind zu ungeübt im Reisen.

Die Kuppeln gleißen im Sonnenlicht und ich schirme meine Augen ab. Lebt dort jemand, den ich kenne? Hat es vielleicht einen von Bajas Schützlingen hierher verschlagen?

Noch während wir rätseln, wo wir sein könnten, wird uns Essen serviert. Pilzeintopf mit Lammfleisch, für jeden das Gleiche, bei niemandem wird der Salvator zurate gezogen.

Mein Körper sendet angesichts des Geruchs eindeutige Hungersignale aus, aber ich habe Angst, das Essen anzurühren. Sie geben uns wahrscheinlich nicht abgestimmte Nahrung, weil es ohnehin egal ist. Weil wir nicht mehr lange zu leben haben. Oder sie haben etwas untergemengt. Aus welchem anderen Grund sollten sie kostbares Lammfleisch mit minderwertigen Zuchtpilzen zu dieser labbrig klumpigen Pampe verkochen?

»Kein Verfolgungswahn«, flüstert Aureljo und deutet mit dem Kinn auf die vier goldenen Sentinel, die am anderen Ende des Wagens sitzen und essen. Ihre Mahlzeit stammt aus dem gleichen Topf wie unsere.

Ich warte, bis Fleming den ersten Bissen genommen hat, denn er legt ein Misstrauen an den Tag, das mir gefällt. Zuerst riecht er an dem Eintopf, lang und ausgiebig, dann kostet er eine Löffelspitze voll. Wartet. Kostet wieder.

Gibt es Zuchtstationen für Giftpilze? Würde Tomma sie erkennen? Ich halte ihr meine Schüssel hin. »Weißt du, was das für ein Pilz ist?«

Sie hebt einen mit der Gabel an. »Das sind Austernpilze. Wirklich, Ria, ein paar zusätzliche Lektionen in Nahrungsmittelkunde würden dir nicht schaden.«

»Ich werde dran denken.«

Fleming scheint es noch immer gut zu gehen. Keine Anzeichen von Schweißausbrüchen oder Krämpfen. Doch das bedeutet nichts, gerade die giftigsten Pilze zeigen ihre Wirkung erst nach Stunden.

»Schmeckt es gut?«, frage ich ihn.

Schulterzucken. »Ich habe keinen großen Hunger«, antwortet er leise.

Mittlerweile hat auch Tomma zu essen begonnen und schiebt sich einen Bissen nach dem anderen in den Mund. Dazwischen weist sie mit ihrer Gabel aus dem Fenster, wo nicht weit von der Bahnstrecke entfernt riesige Säulen aus der Erde ragen.

Ich ducke mich instinktiv tiefer in meinen Sessel. Könnten das Waffen sein? Die Säulen stehen in gleichmäßigem Abstand zueinander, an der Spitze einer jeden ist etwas angebracht, eine merkwürdige Blüte mit drei sehr schmalen Blättern, die wie lang gezogene Speerspitzen geformt sind. Immerhin sind die Spitzen nicht uns zugewandt und die Säulen wirken alt. Beim Näherkommen sehe ich, dass zwei umgestürzt sind. Sie müssen aus der Zeit vor der Langen Nacht stammen.

Tomma hat bereits einen der goldenen Sentinel danach gefragt. »Es heißt, damit wurde früher Energie gewonnen. Aus Wind«, erläutert er. »Es gibt heute noch Kraftwerke, die eine ähnliche Technik benutzen.«

Das Thema lässt Tycho aus seiner Mattigkeit erwachen. Er betrachtet die Relikte aufmerksam und bittet Dantorian, sie zu zeichnen.

Mein Blick hängt an den Blütensäulen, bis sie nicht mehr zu sehen sind.

Mein Lammeintopf ist kalt geworden.

15

Ich habe das Fleisch herausgepickt und die Pilze übrig gelassen, trotzdem ist mir etwas übel. Laut meinem Salvator sind wir seit fast fünf Stunden unterwegs und mir fällt erst jetzt auf, dass uns niemand gesagt hat, wie lange die Reise dauern wird. Meine Wachsamkeit ist jedoch aufgebraucht, die sanften Bewegungen der Magnetbahn machen mich immer müder.

Tomma, erschöpft vor Begeisterung, ist bereits eingeschlafen, alle paar Minuten rutscht sie etwas tiefer in ihrem Sitz. Dantorian hat aufgehört zu zeichnen und starrt auf den immer gleichen Punkt zu seinen Füßen. Tycho brütet stumm vor sich hin, umklammert den Rucksack auf seinen Knien. Ab und zu huscht sein Blick zu mir, fragend.

Fleming und Aureljo sind die Einzigen, die nach wie vor die vorbeifliegende Landschaft betrachten. Zwar hat die Sonne sich wieder hinter die übliche Wolkendecke verzogen, ihr graues Licht scheint nur noch auf die Berge am Horizont. Weiße Kolosse. Niemand von uns hat bisher echte Berge gesehen, in ihrer Umgebung werden keine Sphären gebaut, der Lawinen wegen.

Aureljo zieht mich an sich. Erst denke ich, er will mir etwas sagen, doch er sieht mich nur lange an, bevor er sich wieder zum Fenster dreht. Einzelne Schneeflocken landen auf der Scheibe, verharren kurz und schmelzen.

Ich lege meinen Kopf an Aureljos Schulter. Wenn ich die Augen schließe, nur ganz kurz, bedeutet das nicht, dass ich dem trügerischen Sicherheitsgefühl nachgebe, das mich allmählich umfängt. Es heißt nur, dass ich meine Kräfte einteile und mich ausruhe, solange Zeit dafür ist. Ganz kurz nur, höchstens zehn Minuten …

Als ich die Augen wieder aufschlage, ist das Licht draußen matter geworden und das Innere meines Mundes fühlt sich pelzig an. Auf meinen Schläfen liegt ein leichter Druck, so, als wäre die Sauerstoffsättigung im Wagen zu niedrig.

»Habe ich …«

»Geschlafen, ja.« Aureljos Lippen berühren sanft meine Stirn. »Eine Stunde etwa. Aber du hast nichts verpasst, die anderen schlafen auch fast alle.« Drei, um genau zu sein. Tomma, Tycho und Dantorian. Fleming starrt aus dem Fenster, seine Augen sind gerötet.

Ich versuche zu ergründen, was mich geweckt hat. Kein Geräusch jedenfalls.

»Kann es sein, dass wir langsamer geworden sind?«

»Das Gefühl habe ich auch.« Behutsam zieht Aureljo seinen Arm zurück, er muss inzwischen völlig taub sein.

Die Magnetbahn hat an Fahrt verloren. Nicht sehr, aber doch so viel, dass es leichter ist, die vorbeiziehende Landschaft zu betrachten. Da sind Bäume, viele, richtige kleine Wälder. Tomma wäre begeistert. Und direkt unter den Bäumen erkenne ich Flecken unbedeckter Erde. Im schwächer werdenden Licht scheinen sie hauptsächlich braun zu sein, aber da und dort glaube ich etwas Grünes zu entdecken.

Auch wenn es nur Moos sein sollte, macht mich der Anblick glücklicher als jeder Punktegewinn. Wir sind gerade einen halben

Tag unterwegs und schon scheint der Schnee nicht mehr unbesiegbar.

In einiger Entfernung sind erneut Ruinen zu sehen, nicht sehr viele, aber genug, um auf die frühere Existenz einer kleinen Stadt schließen zu können. Ich versuche mir vorzustellen, wie es hier einmal ausgesehen hat. Lichter hinter Glasfenstern, Lichter an Fahrzeugen. Bäume, Sträucher, Gras. In der Luft Flugzeuge. Ich habe Bilder gesehen.

Dorniges Buschwerk zieht vorbei, dazwischen immer wieder Bäume. Aureljo drückt meine Hand so fest, dass es beinahe schmerzt.

Dann bleibt die Bahn stehen. Nicht ruckartig, sondern allmählich, sie gleitet langsamer und langsamer, bis sie absoluten Stillstand erreicht hat. Die Tür zum Triebwagen öffnet sich mit einem leisen Zischen, ähnlich dem der Belüftungsanlagen in meinem Quartier.

Der farblose Sentinel tritt ein.

Ohne es mir eingestehen zu wollen, habe ich die ganze Fahrt über darauf gewartet, dass das passieren würde. Es ist die logische Konsequenz aus allem, was ich in den letzten Tagen gehört und erlebt habe. Dass ich mir trotzdem erlaubt habe zu hoffen, wird sich nun rächen. Ich habe die Reise nicht wie geplant zur Vorbereitung genutzt, sondern mich von der Welt um uns herum ablenken lassen.

Hinter dem Farblosen drängen zwei weitere Sentinel in unseren Wagen, bevor die Tür sich wieder schließt; auch ihre Kragen sind grau und sie tragen keine Abzeichen. Sie halten merkwürdige Gerätschaften in den Händen, armlange Stangen, an deren Ende gebogenes Metall befestigt ist. Ich habe vergessen, wie diese Waffen heißen, glaube aber, man kann damit Pfeile abschießen. Einer der beiden trägt zusätzlich einen Stock, aus dem Stacheln ragen.

Keiner der Neuankömmlinge beachtet uns. Ihre ganze Aufmerksamkeit gilt den Sentineln der Kommandoabteilung.

»Wir übernehmen ab hier.« Der Farblose überreicht einem der Goldenen ein Dokument. »Wir begleiten die Delegation weiter, vorausgesetzt, die Bahn ist wieder fahrtüchtig. Sie steigen aus und warten auf einen Zug, der Sie zurück zur Sphäre Hoffnung bringen wird.«

Seine Stimme drückt mir die Luft aus den Lungen. Es ist die des Fremden, es ist die Stimme, die all die Dinge gesagt hat, die mir seit gut zwei Wochen den Schlaf rauben. Trocken wie raschelndes Papier.

Es ist so weit. Wieso habe ich auch nur eine Sekunde lang an meiner Erinnerung gezweifelt? Ich habe mich vom Alltag täuschen lassen, meine Instinkte nicht ernst genommen.

Mein Salvator verrät mich bereits, er beginnt zu vibrieren. Ich atme langsam, langsam, ruhig. Konzentrieren. Den Rucksack auf den Rücken nehmen. Ich sehe Aureljo und Fleming das Gleiche tun.

Es muss bald geschehen. Wir kümmern uns um alles.

»Über eine Ablösung wurden wir nicht informiert«, murmelt einer der goldenen Sentinel.

»Das ist bedauerlich, aber nicht zu ändern. Steigen Sie bitte aus.«

Der Anführer unseres Beschützertrupps sieht unschlüssig aus. »Wer hat den Befehl gegeben?«, fragt er und schaltet sein Datenterminal ein. Noch während es hochfährt, gibt der farblose Sentinel einem seiner Männer ein kurzes Zeichen. Der Mann hebt den

Stachelstock, schwingt ihn über dem Kopf. Schmettert den Goldenen nieder.

Es ist zu unwirklich, um es glauben zu können. Der goldene Sentinel sinkt blutend zu Boden, die drei anderen sind aufgesprungen und ziehen ihre Waffen, während sie sich schützend zwischen uns und die Farblosen stellen. Ich sehe das Aufblitzen einer Klinge.

Der nächste blaue Hebel ist nur zwei Schritte von mir entfernt. Ich bin aufgesprungen und habe ihn gezogen, bevor jemand reagieren kann, habe mich mit meinem ganzen Gewicht darangehängt.

Die Bahn faucht, als wäre sie wütend. Sie macht aus dem Stand einen heftigen Satz nach vorn – wer steht, wird von den Beinen gerissen. Einer der Angreifer verliert seine bogenförmige Waffe, doch der andere hat bereits einen weiteren unserer Bewacher niedergeschlagen. Blut läuft über den Boden.

»Ein Zwischenfall, bleiben Sie ruhig, die Situation ist unter Kontrolle«, meldet sich die weibliche Lautsprecherstimme.

Mit einem weiteren Zischen springen Klappen über unseren Köpfen auf und spucken schwarze Beutel aus, gleichzeitig öffnet sich die Tür nach außen.

Ich lasse den Hebel los, ergreife drei der Beutel und werfe sie Aureljo, Dantorian und Tycho zu. Sie reagieren sofort, keinem von ihnen muss ich sagen, was zu tun ist. Ich sammle zwei weitere Notfallsets ein, werfe sie den anderen zu und hänge mir mit einer schnellen Bewegung meinen Rucksack über die Schultern. Wir haben Entscheidungsfindung und schnelle Reaktion wieder und wieder trainiert, zu oft, um die Gelegenheit ungenutzt verstreichen zu lassen. Doch Tomma sitzt in ihrem Sessel, den Mund offen, die Augen aufgerissen. Ihr Blick hängt an den zwei noch aufrecht stehenden Goldenen, die nun ihrerseits den Kampf aufnehmen.

Ich reiße Tomma hoch, während Aureljo Fleming packt, der einen Schritt auf die am Boden liegenden Kommando-Sentinel zu getan hat, als wollte er ihnen helfen. Aureljo drückt ihn durch den Ausgang.

Da liegt noch ein Notfallpack, rasch aufheben und dann raus hier, raus, bevor unsere Bewacher vollends überwältigt werden.

Ich höre den heiseren Farblosen noch einen Befehl bellen, dann bin ich durch die Öffnung geschlüpft, hinaus ins Freie. Eisige Luft schlägt mir entgegen, der Boden ist mehr als einen Meter unter mir. Ich springe.

Die Kälte brennt an meinen Füßen. Die Schuhe, die ich trage, sind für den geheizten Boden der Sphären gemacht, nicht für das Laufen im Schnee. Egal, weiter. Neben mir schluchzt jemand auf. Tomma, die von alldem nichts geahnt hat, weil ich es nicht gewagt habe, sie zu warnen. Ihr Gepäck ist im Zug geblieben.

Ein Schrei hinter uns. Vielleicht war das einer der Angreifer, vielleicht schaffen es die zwei noch lebenden Kommando-Sentinel ja, die Farblosen außer Gefecht zu setzen. Obwohl es sich nicht so anhört, denn die Leute vom Kommando töten für gewöhnlich schnell und lautlos. Wieder schreit jemand, es klingt entsetzlich.

»Lauft!« Aureljo zieht Tomma mit sich, die sich sträubt, Fleming ist viel zu langsam. Begreifen sie denn nicht? Um Dantorian muss ich mir immerhin keine Sorgen machen, er holt zu Tycho auf, der ganz vorn läuft. Immer wieder schlägt er Haken, flink wie ein Tier, das es gewohnt ist, gejagt zu werden.

Hinter uns Rufe, kurze Befehle. Ein Geräusch, als würde jemand schwere Säcke in den Schnee werfen. Ich will mich umsehen, aber das wäre ein Fehler, ich muss mich aufs Laufen konzentrieren. Wenn ich stolpere oder im Schnee einbreche, ist das mein Ende.

Wir halten auf die Ruinen zu, die wir vom Zug aus gesehen haben, rennen, so schnell wir können, sie sind unsere einzige Chance auf Deckung, jede Sekunde Vorsprung ist kostbar.

Hinter mir knackt etwas und ich werfe nun doch einen Blick über die Schulter. Es sind die beiden farblosen Sentinel mit den merkwürdigen Waffen. Einer von ihnen legt gerade eine Art Pfeil auf. Ich ducke mich, es sirrt, mehr passiert nicht.

Der zweite hält den Dornenstock in der Linken und eine lange Klinge in der Rechten. Ich renne schneller, der Schnee schneidet schmerzhaft in jedes Stück Haut, dass er ungeschützt vorfindet.

Dann stürzt Tomma, weniger als zehn Meter vor mir. Sie werden sie kriegen.

Ich bleibe stehen.

Es ist ein Reflex, keine bewusste Entscheidung. Unsere Verfolger haben ihre Waffen gezogen und ich ziehe nun meine, obwohl ich weiß, dass sie lächerlich sind im Vergleich zu Klingen, Pfeilschussgeräten und Dornenkeulen.

Mein ganzer Körper bebt, wehrt sich dagegen, hier auszuharren, bis die Männer mich erreicht haben. Vielleicht schlagen sie mir den Schädel ein, bevor ich auch nur ein Wort gesagt habe. Vielleicht war mein Stehenbleiben die letzte Entscheidung in meinem Leben und die dümmste.

Aureljo merkt nicht sofort, dass ich zurückgeblieben bin, er hechtet zu Tomma, reißt sie am Arm hoch und zieht sie weiter.

Gut. Ich drehe mich um. Gleich werden wir wissen, was Graukos Lektionen wert sind.

Ich lasse das Notfallset fallen und breite die Arme aus, als wollte ich die heranstürmenden Sentinel umarmen. In der aufkommenden Dämmerung sehe ich die zwei Männer auf mich zueilen. Der dritte, der Mann aus der Bibliothek, ist nicht bei ihnen, er ist nirgendwo zu sehen.

Nun hat Aureljo festgestellt, dass ich zurückgefallen bin. Er schreit, ich kann seine Worte hören, aber ich blende sie aus. Ich muss mich auf die beiden Angreifer konzentrieren.

Der mit der Stachelkeule ist der größere von ihnen und der mordhungrigere. Er ist dem anderen immer ein bis zwei Schritte voraus. Aber es irritiert ihn sichtlich, dass ich meine Flucht abgebrochen habe, seine Schritte werden kürzer und er wirft hastige Blicke nach links und rechts, als würde er mit einer Falle rechnen. Der andere tut es ihm nach. Wertvolle Information.

Immer noch ruft Aureljo meinen Namen und ich kann hören, dass er zu mir zurückläuft. Mir wäre es lieber, er würde es nicht tun, aber ich darf mich davon nicht aus dem Konzept bringen lassen. Er wird keinen Fehler machen, das weiß ich.

Die zwei Sentinel sind höchstens noch fünfzig Meter entfernt. Ich stehe ruhig wie eine Säule, doch die Angst jagt furchtbare Bilder durch meinen Kopf: In wenigen Sekunden werden sie hier sein und der Größere wird mir seine Keule auf den Kopf schlagen, mir die Klinge in die Eingeweide stoßen.

Außer, ich mache alles richtig.

Meine Körperhaltung kann man als Aufgeben deuten oder als Ablenkungsmanöver. Das Tageslicht ist schon fast verschwunden, sie müssen also näher kommen, um mir ins Gesicht sehen zu können. Aber das werden sie nur tun, wenn mein Verhalten sie neugierig gemacht hat.

Ich drehe mich nicht zu ihm um, aber ich kann Aureljo hinter mir atmen hören, höchstens fünf Schritte entfernt. Mein eigener Atem formt dichte weiße Wolken vor meinem Mund und auf einmal herrscht in mir die Ruhe von Schnee und Stein. Es ist so weit. Kein Warten und Bangen mehr.

Der Größere kommt langsam näher. Er weiß nicht, was er von mir halten soll. Alles kostbare Sekunden, hoffentlich finden Tycho und die anderen schnell ein Versteck. Aber sie werden Spuren im Schnee hinterlassen. Unsere einzige Hoffnung ist die hereinbrechende Nacht. Ich spiele also auf Zeit.

Der Sentinel macht einen weiteren Schritt auf mich zu. »Hast du Sprengstoff am Körper?«, brüllt er.

Aha, daher also ihre Unsicherheit. Ich überlege blitzschnell. Sage ich Ja, werden sie zuerst Aureljo erledigen und sich anschließend mir und der Entschärfung des vermeintlichen Sprengsatzes in Ruhe widmen.

Ich lächle den Mann an. Mein Salvator vibriert nicht einmal, meine Gelassenheit ist echt. »Nein«, antworte ich. »Aber etwas anderes.«

Weder er noch sein Kamerad rühren sich, aber die Waffe mit dem vorne angebrachten Bogen zielt genau auf mich, ein Bolzen liegt vor der gespannten Sehne. Diese Waffe ist im Moment am gefährlichsten für mich. Ich sehe ihrem Besitzer genau in die Augen, deute ein Lächeln an. Wenn er beschließt, keine weitere Zeit verschwenden zu wollen, steckt der Holzpflock in meiner Brust.

Doch er schnappt nach meinem Köder »Du hast etwas anderes? Was ist es?«

»Eine Begnadigung.« Ich weiß, ich pokere hoch. Der Plan, den ich mir innerhalb von Sekunden zurechtgelegt habe, funktioniert nur, wenn meine Vermutung stimmt – dass die zwei Sentinel, die uns verfolgen, lediglich Befehle ausführen. Sie sollen uns umbringen, aber sie haben keine Ahnung, warum. Sollte das nicht zutreffen, bin ich tot. Nicht mehr lange, dann werde ich es wissen.

»Eine Begnadigung? Warum solltest du deine eigene Begnadigung dabeihaben?«

»Nicht meine. Eure.« Ich lasse den Schützen nicht aus den Augen, während ich mit dem Kopf hinter mich deute, dahin, wo ich Aureljo vermute. »Glaubt ihr, dass ihr ohne Strafe davonkommt, wenn ihr den zukünftigen Präsidenten erschießt?«

Sie wechseln Blicke. Ich darf sie nicht zu lange nachdenken lassen.

»Aureljo, die Nummer 1 in der Reihung der Borwin-Akademie. Wir sind auf dem Weg zum Präsidenten, damit sie einander kennenlernen können.« Ich schlage einen Ton an, der irgendwo zwischen genervt und dringlich liegt. »Was aber niemand weiß, auch euer Vorgesetzter nicht: Aureljo trägt die Gene des Präsidenten in sich. Er ist Vitro Klasse 1a, ihr wisst, was das bedeutet.«

Was ich sage, ist eine glatte Lüge, aber wenn sie auch nur in Betracht ziehen, mir zu glauben, werden sie es nicht riskieren, Aureljo zu töten.

»Wir sind nicht das erste Mal in einer solchen Situation«, spreche ich langsam weiter. »Die Feinde des Systems versuchen immer wieder, ihn umzubringen, aber heute –«

Etwas knackt, aus den Augenwinkeln sehe ich eine Bewegung im Schnee. Mein Magen krampft sich zusammen. Ihr Befehlshaber? Nein. Kleiner, schneller. Wahrscheinlich ein Tier.

»Heute schaffen sie es vermutlich«, vollende ich meinen Satz. Leise, traurig.

Die Sentinel wechseln diesmal keine Blicke, ich kann sehen, wie meine Worte in ihnen arbeiten.

»Wir sind keine Feinde des Systems. Wir dienen der Regierung«, sagt der mit dem Bolzenschussgerät.

Ich behalte meinen traurigen Gesichtsausdruck bei, lege ein ebenso trauriges Lächeln darunter, nicht zu viel, um nicht ins Überhebliche abzugleiten. »Ich glaube euch, dass ihr das denkt.«

Endlich. Es ist nur ein kleines Stück, aber die Waffe mit dem Bolzen senkt sich.

»Schützt ihn!« Ton ändern, nur noch flüstern, aber ein verzweifeltes Drängen hineinlegen. »Beweist, dass ihr auf der richtigen Seite steht, und schützt den künftigen Präsidenten der Sphären!«

Wenn sie bisher etwas davon abgehalten hat, mich zu erschießen, dann die Tatsache, dass ich nicht von mir gesprochen habe. Dass ich sie als Gefahr für mich selbst ignoriere. Das kann jede Sekunde vorbei sein.

Ich höre Graukos Worte in meinem Kopf: *Unsere wichtigste Lektion war die letzte.* Entscheidungen, die man nicht mehr zurücknehmen kann.

»Einen abgeschossenen Pfeil kann man nicht mehr zurückholen«, sage ich. »Wenn er in der Brust des Präsidentensohns steckt, dann ist das endgültig.« *Ihr wurdet hereingelegt, missbraucht*, lautet die Botschaft hinter meinen Worten. *Andere werden von eurer Tat profitieren, ihr werdet dafür bezahlen.*

Zwei Sekunden Stille. Drei. Dann ergreife ich wieder das Wort, schnell, bevor es einer der Sentinel tun kann.

»Wo ist eigentlich euer Anführer? Wieso schickt er euch alleine in die Kälte?«

»Er musste in der Bahn bleiben, er musste ...« Nun senkt sich auch die Waffe des größeren Sentinel, nur wenig, aber es ist deutlich, dass meine Frage ihm Unbehagen bereitet.

»Er wird nicht dabei sein, egal, was ihr tut. Ich finde das sehr klug von ihm.«

Wieder eine riskante Karte, die ich ausspiele. Wenn der Mann mit der Papierstimme ein beliebter Vorgesetzter ist, bringe ich die beiden gerade gegen mich auf. Wenn nicht –

»Du kannst uns alles erzählen, nicht wahr?« Der Angreifer, der seine Dornenkeule eben gesenkt hat, hebt sie jetzt wieder, drohend, bis fast vor mein Gesicht. Die Spitzen sind nass, das Holz fleckig. Ich verziehe keine Miene, obwohl sich mein Inneres bei dem Gedanken an das Schicksal der goldenen Sentinel verkrampft.

»Du willst Zeit gewinnen, das ist alles. Es wird dir aber nichts nützen, wir haben Befehle!«

Aureljo hat bisher nichts gesagt, ist im Hintergrund geblieben – besser kann niemand die Rolle des Thronfolgers spielen. Er macht es wie der Präsident selbst, der nur dann vor das Volk tritt, wenn es die Situation verlangt. Wie jetzt.

»Ich verstehe, dass Sie Ihre Befehle nicht einfach in den Wind schlagen können. Aber ich sichere Ihnen meine Dankbarkeit und Wertschätzung als zukünftiger Präsident zu, wenn Sie sich jetzt genau überlegen, was Sie tun, und die richtige Entscheidung treffen.«

Es wird immer dunkler um uns herum und ich spüre meine Füße kaum noch, sie sind eiskalt in den durchnässten Schuhen. Still stehen zu bleiben ist schwerer denn je, aber wir haben nun den Punkt erreicht, an dem unsere Verfolger handeln werden, so oder so.

»Der Sohn des Präsidenten reist so schlecht bewacht durch die Außenzonen?« Der mit der Schusswaffe schüttelt den Kopf und bleckt die Zähne. »Lügen sind das, Mädchen. Märchen.«

»Gut.« Ich lasse meine Arme sinken. »Dann erschießt mich. Bolzen, nicht Keule. Macht es sauber und schnell.« Die gefährlichste Karte. Eine kurze Bewegung mit dem Zeigefinger und der Holzpflock, der jetzt noch auf der Waffe liegt, steckt in meinem Körper. Auf die Entfernung kann der Sentinel gar nicht danebenschießen.

Einen Moment lang sieht es so aus, als hätte ich mich verschätzt. Das Spiel verloren. Der Sentinel packt seine Schusswaffe fester und überprüft mit einem schnellen Blick, ob das Geschoss noch richtig liegt. Dann zielt er.

Ich möchte die Augen schließen, aber das hieße aufgeben. Hinter mir höre ich Aureljos Schritte, seine Geduld ist am Ende. Gleichzeitig beginnt mein Salvator zu vibrieren, aber ich darf die Nerven nicht verlieren. Noch nicht.

Der größere der beiden Sentinel hat seit Aureljos Auftritt kein Wort mehr gesagt. Seine ganze Körpersprache drückt Unschlüssigkeit aus. Nun richtet er zwar seine Klinge auf uns, lässt aber den Dornenstock fallen und legt seine frei gewordene Hand auf die Waffe seines Gefährten.

»Was, wenn sie recht hat? Erinnere dich an Horab, ihn hat der Alte auch ans Messer geliefert, obwohl er ihm selbst einen Tag zuvor den Befehl gegeben hatte, die Frau in Berlin 2 zu töten. Ich mache mir gern die Finger schmutzig, aber nicht für ihn.«

Dass sie ihrem Vorgesetzten misstrauen, ist das Beste, was mir passieren konnte. Zeit, den Mund zu halten. Abwarten, zu welchem Schluss sie ohne weitere Manipulation kommen.

»Verdammt, ich will das nicht allein entscheiden«, sagt der andere Sentinel. Er macht einen großen Schritt auf mich zu, hebt den Bogenstock über den Kopf, ich begreife zu spät, was er vorhat, höre Aureljo schreien –

Der Schlag trifft die rechte Seite meiner Stirn, er lässt mich taumeln, fallen. Die Welt verschwindet.

16

Schmerz. Jede Bewegung. Kälte. Am ganzen Körper. Ich versuche mich aufzurichten, aber der Schwindel zieht mich wieder zu Boden. Wie lange ich bewusstlos war, kann ich nicht sagen. Vielleicht fünf Minuten. Vielleicht eine halbe Stunde.

Nein, dann wäre es schon stockdunkel. Das wird es in Kürze sein, aber noch kann ich die Umrisse der Ruinen im letzten Abendlicht erkennen.

Vor mir liegt etwas. Ich versuche, meinen Blick scharf zu stellen, vergeblich. Mit geschlossenen Augen überprüfe ich, ob mein Körper noch funktioniert.

Die Beine lassen sich bewegen. Die Zehen spüre ich nicht mehr, mit den Fingern ist es ähnlich. Meine Atemwege sind frei.

Aber ich darf nicht liegen bleiben, sonst erfriere ich. In meinem Kopf brüllt der Schmerz, doch ich kämpfe mich auf die Beine. Und übergebe mich. Lammstücke landen halb verdaut vor meinen Füßen, dann greift wieder der Schwindel nach mir. Immerhin falle ich nicht in mein eigenes Erbrochenes, jemand umfasst meine Taille und zieht mich an sich.

Vertrauter Geruch. Aureljo.

Ich kralle meine Finger in den Stoff seiner Jacke, um Halt zu finden. »Wie lange … war ich …«

»Zehn Minuten. Ungefähr.« Seine Stimme klingt anders als

sonst. Als käme sie von einem fremden Ort in ihm, den er selbst gerade zum ersten Mal sieht.

»Wo sind die Sentinel? Was ist passiert?«

Er atmet tief ein und geräuschvoll wieder aus. »Lass uns die anderen suchen. Gleich wird es völlig dunkel sein. Ich trage dich.«

Er geht in die Knie, will mich auf den Rücken nehmen, da sehe ich es. Deutlicher jetzt. Das Etwas, neben dem ich aufgewacht bin, ist ein Körper, um den herum ein dunkler Schatten wächst. Ich taumele ein paar Schritte näher.

Blut, das sich in den Schnee frisst.

»Ich dachte, er bringt dich um … Das Geräusch, das die Waffe an deinem Kopf gemacht hat … Da habe ich … Da bin ich …« Aureljo spricht nicht weiter, sein Blick huscht immer wieder zu der Leiche im Schnee.

»Ich habe einen Menschen getötet.« Er sagt es so leise, dass ich ihn nur mit Mühe verstehe. Mein schmerzender Kopf lässt mich kaum denken, aber instinktiv tue ich das, was ich gelernt habe. Mut machen. Bestätigung geben. Aureljo darf jetzt nicht zusammenbrechen.

»Der Sentinel hat mich angegriffen. Du hattest keine andere Wahl. Was ist mit dem anderen passiert? Ist er auch …?«

»Nein. Er ist zur Magnetbahn zurückgelaufen, kaum dass ich die Keule aufgehoben hatte. Aber er wird wiederkommen, und das sicher nicht alleine.«

Ja, damit müssen wir rechnen. Sie sind immer noch zu zweit und der Anführer mit der Raspelstimme wird nicht ein weiteres Mal zulassen, dass sich einer seiner Soldaten einen Befehl ausreden lässt.

»Wohin führen die Spuren der anderen?«

Aureljo deutet nach links, zu den Ruinen.

Ich mache einen Schritt, zwei. Da liegt mein Notfallset. Als ich es aufhebe, leuchtet mein Salvator auf. Ich versuche zu lesen, was auf dem Display steht, doch die Schrift verschwimmt vor meinen Augen. Gehirnerschütterung, vermutlich. Keine große Neuigkeit. Und: Begeben Sie sich in ärztliche Behandlung.

Ich setze einen Fuß vor den anderen. Zweimal wird mir schwindelig und ich falle hin, doch irgendwann erreiche ich die erste Mauer und halte mich an ihr fest, während die letzten Reste des Eintopfs ihren Weg nach draußen finden. Mein Kopf ist ein einziges quälendes Pochen, als würde jemand versuchen, von innen meine Schädeldecke zu durchschlagen.

Das erinnert mich an etwas. Ich lasse meinen Rucksack in den Schnee gleiten und hole die kleine Harke heraus. So ausgerüstet fühle ich mich besser, obwohl mir klar ist, dass ich mit einem Gartengerät gegen die Waffen der Sentinel keine Chance habe. Ohnehin fände ich im Moment die Option, meine Schmerzen durch einen Pfeil zu beenden, beinahe wünschenswert.

»Ria.« Aureljo ist neben mir, stützt mich. »Lass mich dir helfen. Ich trage dich, dann sind wir schneller.«

Ich möchte nicken, aber ich traue mich nicht. Stattdessen presse ich mir eine Handvoll Schnee gegen die Stirn, hoffe, dass mein Kopf so taub wird, wie meine Finger es schon sind. Nach einiger Zeit hilft es – ein wenig zumindest. Ich lasse mich von Aureljo schultern und beiße bei jedem seiner Schritte die Zähne vor Schmerzen zusammen.

»Hier sind die Spuren deutlicher.« In seiner Stimme schwingt vorsichtige Hoffnung. Je besser die Spuren zu lesen sind, desto schneller führen sie uns zu den anderen.

Nur leider auch all jene, die uns folgen.

Nach gut fünfzehn Minuten haben wir den Teil der Siedlung erreicht, wo die Ruinen dichter beieinanderstehen. Aureljo lässt mich vorsichtig von seinem Rücken gleiten. Er setzt mich auf einen kleinen Trümmerhaufen, von dem er mit den Händen den Schnee gefegt hat. Aus einem der Notfallsets holt er eine hauchdünne Decke, in die er mich einwickelt, außerdem ein Paar Thermosocken und -schuhe. Es ist nicht einfach, meine gefühllosen Füße hineinzuzwängen, aber am Ende klappt es.

»Warte hier, ich bin gleich wieder da. Ich bleibe in Rufweite, aber alleine finde ich schneller heraus, wohin die Spuren führen.«

Einverstanden.

Obwohl meine Kleidung nicht trocken ist, beginnt die Decke ihre Wirkung zu entfalten. Ich wusste irgendwann einmal, wie dieses Material genannt wird, aber ich habe es vergessen – im Moment gibt mein Kopf ohnehin nichts Sinnvolles her. Besser nicht denken. Nur ausruhen.

Es ist jetzt dunkel. Die Schwärze um mich herum ist mir fremd, in den Sphären findet sich immer irgendwo ein Licht, das den Augen Halt gibt, und sei es nur die Orientierungslampe, die über jeder Tür angebracht ist. Das Nichts um mich herum nimmt mir die Orientierung. Kann Aureljo die Spuren überhaupt noch sehen?

Ein Geräusch.

Im ersten Moment denke ich, er ist zurückgekommen, doch ich begreife schnell, dass sich mir etwas anderes genähert hat.

Flinkes, leises Trappeln. Schnüffeln.

Ein Tier. Instinktiv stehe ich auf und das kratzende Geräusch der Tierpfoten auf dem Schnee entfernt sich rasch.

Es war nichts Großes, vermute ich, aber was weiß ich schon. Ich habe keine Ahnung von Tieren, erst recht nicht von frei lebenden.

Wenn ich könnte, würde ich weglaufen, Aureljo hinterher. Aber mein Kopf spielt nicht mit. Wenn ich mich zu heftig bewege, bohren sich glühende Drähte in mein Gehirn.

Die Nacht schweigt mich an. Ich höre nichts und niemanden, krümme meine Zehen in den Thermoschuhen, ohne sie zu spüren. Wir haben viel über Erfrierungen gelernt, während unserer Lektionen im Medcenter, aber ich kann mich wieder mal an nichts erinnern. Was, wenn der Schlag mein Gedächtnis zerstört hat?

Der Gedanke macht mir Angst und ich beeile mich, ihn zu widerlegen. Mein Name ist Eleria. Ich bin achtzehn Jahre alt, Vitro Klasse 1, gereiht auf die Nummer 7. Mein Schwerpunkt liegt auf Kommunikation und Rhetorik. Ich bin Opfer einer Intrige.

Der Bildschirm meines Salvators zeigt eine neue Meldung an, sie leuchtet in der Dunkelheit: *Drohende Unterkühlung. Bitte begeben Sie sich ins Innere der Sphäre.*

Ich lache auf, nur leise, trotzdem erzeuge ich so das einzige Geräusch weit und breit. Wenn man von dem des Windes absieht, der allmählich auffrischt.

Wo bleibt Aureljo?

Blinken am Salvator. *Begeben Sie sich in einen geheizten Raum. Hat sich Ihre Körpertemperatur in fünfzehn Minuten nicht normalisiert, geht ein Notruf an den nächsten Medpoint.*

Das war zu befürchten. Ich darf nicht sitzen bleiben, muss mich aufwärmen. Was, wenn es einen Medpoint im Zug gibt? Da reicht ein kleines Terminal, das meine Position anzeigt, und die Farblosen müssen nur noch ihre Suchgeräte darauf einstellen.

Mein Kopf protestiert, aber das nützt ihm nichts. Ich richte mich auf, versuche mich zu orientieren. Aureljo ist nach links gegangen, ich folge ihm unendlich langsam.

Ein Schritt. Noch einer. Stehen bleiben, lauschen. Da ist etwas in der Nähe. Das Tier von eben? Folgt es mir?

Ich verenge meine Augen zu Schlitzen, ignoriere das heftiger werdende Hämmern in meinem Kopf und kann tatsächlich eine Bewegung auf dem hellen Schnee erkennen, einen Schatten.

Mit menschlichen Konturen, die zu klein und zu schmal sind, um Aureljo zu gehören.

Ich würde wegrennen, wenn ich könnte, aber mehr als ein Stolpern bekomme ich nicht zustande. Wenn der Schatten angreift, habe ich ihm nichts entgegenzusetzen.

Ist es ein Sentinel? Warum hat er dann nicht geschossen? Oder ein Prim?

Ich versuche, das Klappern meiner Zähne zu unterdrücken, und halte die Luft an, damit mir kein Geräusch entgeht.

Knirschen. Ruhe. Knirschen. Ruhe. Da setzt jemand einen Fuß vor den anderen in den Schnee, langsam und vorsichtig. Kommt mit jedem Schritt näher.

Ich packe meine Harke fester, oder versuche es jedenfalls, meine Finger sind eisige, gefühllose Klauen.

Eine Berührung an meinen Waden.

Es kostet mich meine ganze Beherrschung, nicht aufzuschreien. Etwas streicht an meinen Beinen entlang, es ist weich und beinahe lautlos. Bevor ich es wegtreten oder darauf einschlagen kann, ist es wieder verschwunden.

Ria.

Wo kam das her? War es der Wind, der von Minute zu Minute stärker wird? Ein Schauer durchläuft meinen Körper, schüttelt ihn. Ich kann nicht länger stehen bleiben, ich muss mich bewegen, sonst werde ich erfrieren.

»Wer ist da?«, flüstere ich.

Eine Gestalt löst sich aus dem Schatten eines Trümmerhaufens. »Tycho.«

Beinahe hätte ich aufgelacht. Ich stolpere auf ihn zu, er ergreift meinen Arm.

»Bist du verletzt?«

»Mein Kopf. Wurde niedergeschlagen. Sind die anderen ...?«

»Am Leben. Ja. Komm schnell.« Er zieht mich mit sich, über Schneehaufen und vereisten Stein, hilft mir hoch, wenn ich falle.

Wir verlassen den Rand der Ruinenstadt und dringen ins Innere vor, zu beiden Seiten ragen nun Wände auf, doch dazwischen ist viel mehr Platz als zwischen den Gebäuden in den Sphären. Straßen. Das hier müssen früher Straßen gewesen sein.

Wieder falle ich hin, etwas in meinem Kopf explodiert. Ich muss aufgeheult haben, denn Tycho ist blitzschnell neben mir und drückt mir seine Hand auf den Mund.

»Leise. Sie können jeden Moment hier sein.«

Sie. Die Sentinel. Oder Schlimmeres. Ich frage nicht nach, ich brauche meine ganze Kraft, um wieder hochzukommen. Ein weiteres Mal werde ich es nicht schaffen, das weiß ich.

»Hast du Aureljo gesehen?«

»Er hat mich geschickt. Eigentlich wollte er mitkommen, aber Fleming musste ihn versorgen, weil er ihn verletzt hat.«

»Was?«

»Aus Versehen natürlich. Er hat ihn für einen unserer Verfolger gehalten, als er die Treppe hinunterkam.«

Treppe. Das heißt, sie haben einen Unterschlupf gefunden. Vielleicht ist es dort warm. Aber besser, ich mache mir keine Hoffnungen.

»Es ist nicht mehr weit«, ermuntert mich Tycho. Seine Stimme hört sich an, als käme sie aus großer Entfernung, obwohl er direkt neben mir steht. In meinem Kopf summt es.

Wieder ein Schritt. Noch einer. Noch einer. Bei jedem versuche ich mir einzureden, es sei der letzte, sonst könnte ich die Überwindung nicht aufbringen.

Dann zieht Tycho mich aus der Dunkelheit ins noch Dunklere. Ein Loch in der Finsternis.

»Vorsicht, hier sind Treppenstufen. Sehr brüchig, pass auf, wohin du deine Füße setzt.«

Ich tue mein Bestes. Die Treppe führt steil abwärts und ich muss gegen den Impuls ankämpfen, mich fallen und die Schwerkraft den Rest des Weges für mich erledigen zu lassen.

Meine tauben Füße fühlen nicht mehr, worauf sie treten. Drei Stufen steige ich ungeschickt hinunter, dann setze ich mich und rutsche den Rest des Weges langsam abwärts. Unten fängt Aureljo mich auf. Ich kann ihn nicht sehen, erkenne ihn nur am Geruch. Und an der Stimme.

»Ria«, flüstert er. »Es tut mir leid, ich wollte so schnell wie möglich wieder zurück sein, aber … es gab einen Zwischenfall.«

»Ist in Ordnung.« Mein Salvator zählt die Minuten bis zum Notruf, vier sind es noch. Wie soll mir so schnell warm werden?

»Unser Versteck wird uns nicht lange schützen«, erkläre ich. »Es werden in Kürze Daten über meine Unterkühlung an den nächsten Medpoint geschickt, dann wissen sie, wo ich bin.« Gleich wird mir wieder übel werden. Ich schließe die Augen.

»Hast du es bei ihr noch nicht herausgeholt?«, fragt Aureljo.

»Nein. War zu dunkel.« Tychos Stimme.

Jemand greift nach meiner linken Hand, macht sich an meinem Salvator zu schaffen. Wenn ich die Lider leicht hebe, kann ich etwas glimmen sehen. Grünliches Licht. Es knirscht und knackt, als würden metallene Zähne ausgerissen.

»Sie ist verletzt. Wenn du ihn zerstörst, kann ich ihren Zustand nicht mehr exakt einstufen«, sagt jemand anderes. Fleming, glaube ich.

Ein verächtliches Schnauben, dann reibt Metall auf Metall. »Geschafft. Jetzt ist keiner von uns mehr zu orten.«

Ich öffne die Augen, als Tycho mir etwas in die Hand legt. Es ist klein, quadratisch und verbogen. Ich befühle es mit Daumen und Zeigefinger.

»Wieso bist du stehen geblieben?«, will Tycho wissen. »Das war Wahnsinn. Wir dachten, sie schlachten euch beide auf der Stelle ab.«

»Das war kein Wahnsinn«, flüstere ich, »sondern unsere einzige Chance. Umstimmung des Gegenübers. Das kann ich. So wie du das hier.« Ich gebe ihm das Metallquadrat zurück. Die Schmerzen kommen und gehen jetzt in Wellen, die Übelkeit auch. Ich will nur noch schlafen, aber es ist noch nicht alles besprochen. »Sie werden unsere Spuren finden, sollten die Suchgeräte versagen. Wir sind hier nicht sicher.«

»Dazu bräuchten sie Scheinwerfer«, erklärt Tycho.

»Nein, nur Tageslicht. Oder simple Leuchten, so wie unsere.«

»Spuren lassen sich verwischen«, höre ich Aureljo sagen. »Tycho, kannst du mir helfen? Dantorian? Fleming, du bleibst bitte hier und schaust nach Ria. Aber geh nicht wieder auf uns los, wenn wir zurückkommen. Es wird nicht lange dauern. Und kümmere dich um Tomma, ich glaube, sie steht immer noch unter Schock.«

Ich darf liegen bleiben. Ich darf die Augen schließen. In weiter Ferne schluchzt Tomma auf und Fleming spricht beruhigend auf sie ein. Eine Zeit lang höre ich zu, dann verlieren die Worte ihre Bedeutung.

17

Als ich erwache, empfängt mich eine eiskalte Welt. Trübes Licht dringt durch das kleine Fenster unseres Verstecks, das wohl einmal ein Keller gewesen sein muss. Wenn mein Gefühl mich nicht täuscht, dann ist es früher Morgen.

Mein erster Gedanke gilt den Sentineln. Sind sie noch da draußen? Haben sie uns in der Nacht gesucht oder gewartet, bis das Licht des Tages ihnen unseren Verbleib verrät?

Ich richte mich vorsichtig auf. Es geht, ohne Schwindel und Erbrechen. Die Kopfschmerzen sind immer noch da, aber sie sind nicht mehr unerträglich. Wenn nötig, werde ich fliehen können.

Die anderen schlafen, die Thermodecken aus den Notfallsets um sich gewickelt. Ihr Schlaf ist unruhig, Tycho tritt um sich, Dantorian zittert und Tomma hat sich zusammengerollt, die Knie am Kinn, das Gesicht in ihren Armbeugen vergraben, ihr Atem geht unregelmäßig.

Nur Fleming ist wach. Er kauert in einer Ecke, hat die Arme um die Knie geschlungen und wippt hin und her. Als er merkt, dass ich ihn beobachte, hört er sofort damit auf. »Wie fühlst du dich?«, flüstert er.

»Besser.«

»Kopfschmerzen und Übelkeit sind fort?«

»Noch nicht ganz.«

»Lass mich deinen Salvator sehen.«

Ich krieche zu ihm, halte ihm den linken Arm hin. Alles, was ich unter meiner Decke hervorstrecke, wird sofort kalt.

Ich beobachte, wie Fleming konzentriert von einem Modus zum nächsten wechselt, immer wieder drückt er die Eingabetaste, bekommt aber offenbar nicht das gewünschte Ergebnis angezeigt.

»Tycho hat ihn ruiniert«, grollt er leise, um niemanden zu wecken. »Während du geschlafen hast, hat er die Sender unserer Salvatoren mit nach oben genommen und versteckt, um die Sentinel auf Trab zu halten. Er meint, sie schicken vielleicht noch einige verwirrende Signale und das könnte uns helfen.« Er legt die Stirn in Falten. »Damit bringen wir sie nur gegen uns auf. Wir sollten mit ihnen reden und ihnen Aureljos Kurzschlusshandlung erklären. Ich will mir gar nicht vorstellen, was der Bund über uns denkt.«

Einen Moment lang kann ich nicht fassen, was er da sagt. »Sie wollen uns umbringen, Fleming. Wenn sie uns erwischen, wird es egal sein, in welcher Stimmung sie gerade sind. Dann töten sie uns.«

»Wer behauptet das?« Er merkt, dass er seine Stimme erhoben hat, und beißt sich auf die Lippe. »Sie haben uns zunächst doch gar nicht beachtet. Erst, als wir geflohen sind.«

Wir legen uns die merkwürdigsten Wahrheiten zurecht, wenn die Realität zu furchterregend wird. Fleming muss wie ich mitbekommen haben, dass die farblosen Sentinel die goldenen erschlagen haben, die sichtlich nicht mit einem Angriff ihrer eigenen Leute gerechnet hatten. Es ist völlig klar, dass wir die Nächsten gewesen wären. Aber Fleming hatte noch nicht die Zeit, sich mit dem Gedanken auseinanderzusetzen, und das ist zum Teil mein

Fehler. Ich hätte ihm von dem Gespräch in der Bibliothek erzählen können. Und das hätte ich wahrscheinlich auch, hätte ich nicht den Eindruck gehabt, dass er es bereits wusste. Damit lag ich offenbar falsch.

Ich wähle eine Formulierung, die die Sache kurz, aber unmissverständlich auf den Punkt bringt. »Unsere Reise war von Anfang an nur ein Vorwand. Wir sollten eliminiert werden, alle sechs, ich weiß es seit fast zwei Wochen.«

Ich habe erwartet, dass Fleming ungläubig reagiert, aber mit einem solchen Ausmaß an Fassungslosigkeit habe ich nicht gerechnet. Eine halbe Ewigkeit lang starrt er mich einfach nur an, den Mund leicht geöffnet. Dass er immer noch meine Hand hält, hat er völlig vergessen.

»Was heißt, du weißt es seit zwei Wochen?« Seine Überraschung ist echt. Er findet kaum Worte, öffnet mehrmals den Mund, ohne dass ein Laut herauskommt. »Wir sollen … eliminiert werden? Das ist doch … totaler Unsinn!«

»Ich hätte es dir früher sagen müssen. Dich warnen müssen. Aber wir kennen uns kaum und du hast auf mich gewirkt, als seist du auf der Hut. Ich dachte, du hättest ebenfalls Wind –«

»Moment«, unterbricht er mich und lässt endlich meine Hand los. »Das will ich genauer wissen. Du meinst, du hast mit einem solchen Übergriff gerechnet?«

»Ich wusste nicht, wann oder wie.« Ich lasse Fleming nicht aus den Augen, hoffentlich habe ich keinen Fehler gemacht. Er muss die Nerven behalten. Unter anderen Umständen wäre ich nicht so mit der Tür ins Haus gefallen. »Ich habe ein Gespräch belauscht«, erkläre ich ihm. »Zwischen Gorgias, Morus und dem Anführer der Sentinel, die den Zug übernehmen wollten.« In möglichst kurzen Worten gebe ich wieder, was in der Bibliothek gesagt wurde. Je länger ich spreche, desto härter wird Flemings Blick.

»Verstehe«, stößt er hervor. »Eine Verschwörung, hm? Das ist doch … abwegig. Ich würde so etwas nie unterstützen.«

»Leiser!« Tomma regt sich im Schlaf. Ihr muss ich es auch noch beibringen. »Ich doch ebenso wenig. Und ich bin fest davon überzeugt, dass gar keine Verschwörung existiert. Damit bleiben zwei Möglichkeiten: Das alles muss ein schrecklicher Irrtum sein oder jemand will uns aus dem Weg haben.«

Fleming legt die Hände an den Kopf, als hätte er ebenfalls Schmerzen. »Das darf doch alles nicht wahr sein.«

»Nur aus Neugierde: Wenn du nichts von der angeblichen Verschwörung gewusst hast, warum hast du so bedrückt gewirkt, als du für die Reise ausgewählt wurdest? Auch während der Fahrt – ich dachte, du hättest ebensolche Angst wie ich.«

Er sieht mich nachdenklich an. »Ich verlasse die Sphären nicht gerne. Meine Forschungsarbeit braucht ständige Aufmerksamkeit, ich habe einige Bakterienkulturen angesetzt, die jetzt wahrscheinlich –« Er unterbricht sich mit einer wegwerfenden Handbewegung. »Auch wenn du es nicht verstehst, mir geht es nicht um die Reihung oder ein Händeschütteln mit dem Präsidenten. Ich will Krankheiten bekämpfen. Diese Reise ist … in gewisser Weise furchtbar für mich. Die Arbeit eines ganzen Jahres ist zunichtegemacht. Vielleicht.«

Fleming wischt sich mit der Hand über sein Gesicht und steht auf. »Wir müssen zusehen, dass wir bald zurückkehren. Zuerst sollten wir herausfinden, wo sich die nächste Sphäre befindet. Dort werden wir unsere Situation darlegen und alles aufklären. Das wäre doch gelacht.«

Kampfgeist und Lebenswille sind Brüder. Wir können Flemings neu gewonnene Energie gut gebrauchen, aber sein Plan wird nicht funktionieren.

»Keine Sphäre. Sie würden uns besänftigen, in einen anderen Zug setzen und dann dort erledigen. Hast du nicht gehört, was ich gesagt habe? Gorgias hat seine Einwilligung gegeben, Morus auch. Wer weiß, wer sonst noch alles. Wahrscheinlich sogar der Präsident.«

Fleming schüttelt den Kopf und lächelt schief. Abwehrmechanismus. Er hat die neue Information noch nicht verdaut.

»Du bist doch das Redetalent. Lege dir die richtigen Worte zurecht, mach ihnen klar, dass es keine Verschwörung gibt. Jedenfalls nicht mit uns.«

Der Gedanke ist mir nicht neu, natürlich nicht. Aber alles, was ich vorbringen könnte, beruht auf heimlich Belauschtem. Das ist keine gute Basis, um einen Sphärenmeister zu überzeugen, der von der Angelegenheit keine Ahnung hat. Unser Schicksal wurde nicht öffentlich besiegelt, jeder normale Mensch wird dazu neigen, meine Worte als Hirngespinste abzutun. Und der Überfall auf die Magnetbahn? Dafür würde man sicherlich Erklärungen finden – und keine davon würde mordlüsterne Sentinel beinhalten.

»Eine Sphäre zu betreten wäre, wie in eine Falle zu gehen«, versuche ich ihm klarzumachen. »Solange wir nicht wissen, was man uns vorwirft, können wir nicht dagegen angehen.«

Fleming will etwas einwenden, aber ich komme ihm zuvor. »Du hast die Waffen der Sentinel gesehen, nicht wahr? Fandest du sie nicht auch seltsam?«

Er öffnet den Mund, schließt ihn wieder.

»Normalerweise tragen sie Gewehre, meistens mit Visier. Die beiden, die uns töten wollten, hatten ein Pfeilschussgerät und eine Dornenkeule. Primitives Zeug.«

Fleming hätte es auch begriffen, wenn ich das Wort nicht verwendet hätte. Trotzdem, ich mache es deutlich, deutlicher, am deutlichsten: »Es sind Waffen, wie man sie von den Außenbewohnern kennt. Sie wollten es aussehen lassen wie einen Überfall der Prims.«

Er presst die Lippen aufeinander, zuckt mit den Schultern. »Vielleicht waren es Prims. In Uniformen getöteter Sentinel. Hast du dir das schon mal überlegt?«

Nein, weil der Gedanke abwegig ist. Schon allein wegen des Anführers. Aber gut möglich, dass Fleming den farblosen Sentinel nicht durch unsere Sphäre hat laufen sehen, ihn nicht auf dem Podium bemerkt hat, während des Vortrags der Klimatologin.

»Das ist völlig unmöglich, es war –«

»Spielt ohnehin keine Rolle«, unterbricht mich Fleming. »Es bleibt uns nur eine einzige Möglichkeit, nämlich schnell eine Sphäre zu finden, die uns aufnimmt.« Mit einer resignierten Handbewegung deutet er auf die vier Schlafenden, die zunehmend unruhig werden, sich rekeln, in der Kälte zittern. »Was denkst du, wie lange wir hier draußen überleben? Keiner von uns hat je außerhalb einer Sphäre zurechtkommen müssen, keiner ist diese Bedingungen gewöhnt. Ich gebe uns höchstens drei Tage, bis der Erste tot im Schnee liegt.«

Die nächste Stunde macht mir klar, dass Fleming wohl recht hat. Aureljo und Tycho zeigen es nicht, Dantorian und Tomma aber schon. Die Nacht hat sie mehr Kraft gekostet, als sie gegeben hat.

Tomma wirkt abwesend und wie betäubt, sie stellt nicht einmal Fragen, obwohl sie immer noch nicht weiß, wieso ihre Welt plötzlich aus den Fugen geraten ist. Dantorian hingegen ist fahrig und gehetzt. Tycho hat mit ihm gesprochen und ihn ins Bild gesetzt; nun kann man förmlich zusehen, wie sich die Gedanken in Dantorians Kopf überschlagen. Er sucht nach Gründen, nach eigenen Fehlern, nach Anzeichen, die er ignoriert hat.

»Sie haben uns bisher nicht aufgestöbert, das ist ein gutes Zeichen«, versucht Aureljo uns Mut zu machen. »Ich denke, es ist am besten, wir sondieren die Lage und ziehen dann weiter. Von hier unten aus haben wir keine Chance, eine Lösung für unsere Situation zu finden.«

Unwillkürlich muss ich lächeln. *Eine Lösung für unsere Situation finden* ist eine Worthülse, die optimistisch klingen und verbergen soll, dass man im Grund völlig ratlos ist. Keiner von uns weiß, wie unsere Situation wirklich aussieht, und eine Lösung gibt es vielleicht gar nicht. Trotzdem wirkt Tomma nach Aureljos Worten etwas weniger verzweifelt.

Die Notfallsets, ausgelegt für drei Stunden im Freien, werden bei uns länger reichen müssen. In jeder Tasche befinden sich zwei Tuben, die eine nährstoffreiche Paste enthalten. Wir gehen sparsam damit um, kosten mehr, als dass wir wirklich davon essen. Ich habe keinen Appetit, aber mein Magen knurrt. Automatisch ziehe ich den Salvator zurate und hätte beinahe aufgelacht, als ich sehe, was er mir vorschlägt: *drei Einheiten Eiweiß, vier Einheiten Kohlehydrate, drei Einheiten Fett, Vitamine. Achtung! Wasserhaushalt ausgleichen!*

Wenigstens der letzte Punkt sollte unproblematisch sein. Schnee ist im Übermaß vorhanden.

Während wir uns zum Abmarsch bereit machen und so gut wie alles an Kleidung anlegen, was die Notfallsets hergeben, ist Tycho schon nach oben gelaufen. Die Lage erkunden, wie er sagt.

Es ist unvorsichtig und wir sollten widersprechen, aber andererseits ist es nötig. Und wenn einer von uns dafür geeignet ist, dann Tycho, ebenso flink im Kopf wie auf den Füßen.

»Was tun wir, wenn er nicht zurückkommt?«, frage ich Aureljo. Leise, die anderen müssen es nicht hören.

»Ihn suchen, natürlich. Aber er kommt zurück. Er weiß, was er tut.«

Ist Aureljo darüber informiert, dass Tycho ein Aufgelesener ist? Ich wüsste gern, ob irgendetwas in seinen Genen die Situation für ihn leichter macht als für uns. Er muss schon als Baby gefroren haben. Ist ihm das nadelstichartige Gefühl vertraut, das entsteht, wenn der Wind einem Schneekristalle ins Gesicht peitscht?

Meine Sorge war unbegründet. Tycho ist schneller zurück als erwartet.

»Sie ist weg«, keucht er. »Die Magnetbahn. Es ist auch … also … Sie haben nichts zurückgelassen.« Er spricht es nicht aus, aber er meint die Leiche.

Aureljo zuckt fast unmerklich zusammen. »Gut zu wissen. Dann lasst uns jetzt aufbrechen.«

»Wohin?« Ein trotziger Zug um Flemings Mund. Enttäuschung. Ich kann es nachempfinden, für ihn ist das Gefühl, verraten worden zu sein, noch neu. Er traut jetzt keinem mehr.

»Nach Süden«, bestimmt Aureljo nach kurzem Nachdenken. »Dort sind die Wetterbedingungen besser. Nicht viel, aber wir werden für jedes Grad mehr dankbar sein.«

»Ich würde auch nach Osten ziehen oder sogar nach Norden,

wenn wir dann früher auf eine Sphäre stoßen«, gibt Fleming zurück. »Ich glaube, wir sind in der Nähe von Donau 3. Wir sollten versuchen, sie zu finden.«

Die anderen kennen Aureljo nicht so gut wie ich und selbst ich entdecke den bitteren Zug in seinem Lächeln nur mit Mühe. »Das ist eine Option. Auch wenn ich fürchte, dass wir dort nicht die Hilfe bekommen würden, auf die wir hoffen.«

»Natürlich nicht«, fällt Tycho ihm aufgebracht ins Wort. »Sieht ganz so aus, als hätte Fleming gestern nicht mitbekommen, was passiert ist.« Er stellt sich dicht vor ihn und spricht ganz langsam. »Sie haben Sentinel auf uns gehetzt und ich bin ziemlich sicher, dass sie das wieder tun, sobald sie auch nur einen Schatten von uns zu Gesicht bekommen. Sie halten uns für Verräter, hat Ria es dir nicht erklärt?«

Diesen herablassenden Ton ist Fleming nicht gewohnt und ich kann sehen, dass er Anlauf für eine entsprechende Antwort nimmt, doch plötzlich stößt Tomma einen Laut aus, der zwischen Schrei und Wimmern liegt.

»Verräter? Aber …« Ihre Augen werden groß und sie sinkt auf die Knie, die Hände auf den Mund gepresst.

Ich hätte sie nicht so lange im Unklaren lassen dürfen, wird mir klar, aber ich hatte Angst vor ihrer Reaktion. Nicht zu Unrecht, wie sich jetzt zeigt. Einen Moment lang fühle ich mich abgestoßen von diesem Mangel an Beherrschung. Bekommen Biologen kein Emotionstraining?

»Es ist meine Schuld«, flüstert Tomma. »Ich war … Ich habe …«

»Ruhig.« Aureljo geht neben ihr in die Hocke und legt ihr einen Arm um die Schultern. »Wieso solltest du schuld sein?«

Sie haucht ihre Antwort so leise, dass es kaum mehr als ein Flüstern ist. »Ich habe auf einer Außenmission mit einem Prim … getauscht. Heimlich. Habe etwas in die Sphäre geschmuggelt und ihm dafür etwas gegeben.«

In meinem Kopf formt sich das Bild eines Buchs. »*Jordans Chronik*«, stoße ich hervor. »Du hast ihm *Jordans Chronik* gegeben.«

»Was? Wovon redest du? Jordan?« Die Verwirrung auf Tommas Gesicht ist echt. Wäre sie es nicht, würde ich es erkennen. Tomma ist eine schlechte Lügnerin.

Ich schließe kurz die Augen und versuche, mir meine Wut nicht anmerken zu lassen. Gerade habe ich mich über Tommas mangelnde Beherrschung geärgert und jetzt mache ich selbst einen dreimal so großen Fehler. Mein erlauschtes Wissen einfach in die Welt hinauszuschreien ist mehr als dumm.

»Was war es, das du getauscht hast?«

»Zwei unserer Heizelemente, und dafür habe ich Schriften über alte Düngemethoden erhalten. Nur ein paar Blatt Papier.« Tomma vermeidet es, jemanden anzusehen. »Es ist in Wahrheit noch schlimmer, denn der Prim hat mich reingelegt. Ich wollte nichts Böses, ich habe nur nach Möglichkeiten gesucht, unsere Erträge zu verbessern. Wisst ihr, was auf dem Papier stand? Dass man Fäkalien von Tieren verwenden soll.« Sie schüttelt sich. »Das Dokument war eine Fälschung, es war nichts wert, und jetzt …«

Eine Kleinigkeit ist das nicht. Es reicht, um Tomma gut zehn Plätze in der Reihung zurückzuwerfen, aber nicht, um sie töten zu lassen. Von uns anderen fünf ganz zu schweigen.

»Worüber hast du sonst noch mit dem Mann geredet? Hast du ihm vielleicht versehentlich etwas erzählt, das er gegen die Sphären verwenden kann?«

Sie schüttelt heftig den Kopf. »Nein! Ich war froh, dass alles so schnell über die Bühne ging.« Endlich schafft sie es, mir in die Augen zu sehen. »Er war schmutzig und hat gestunken. Abstoßend. Ich hasse diese Brut.«

In mir beginnt sich eine Rede zu formen, die Grauko gefallen würde: *Wasch dich mal im Freien bei minus drei Grad* – nur besser formuliert natürlich. Aber im Grunde kann ich Tomma verstehen. Beinahe.

»Ich staune, dass du überhaupt mit einem von ihnen gesprochen hast. Du wolltest sie doch alle tot sehen, wenn ich mich recht erinnere.«

Ihr Blick wird dunkel. »Erst, nachdem sie Lu ermordet hatten. Der Außeneinsatz war ein paar Wochen davor – wahrscheinlich muss ich froh sein, dass der Kerl mich am Leben gelassen hat.« Sie sieht unsicher in die Runde. »Ich bin schuld, nicht? Oder hattet ihr auch Kontakt mit Prims?«

»Nein. Und du bist nicht schuld. Niemand würde uns wegen zwei Heizelementen aus dem Weg schaffen wollen.«

Dass Aureljo zu meinen Worten bekräftigend nickt, scheint Tomma zu beruhigen. »Aber warum dann?«, flüstert sie.

Wir wissen es nicht und wir werden es auch nicht erfahren, wenn wir in diesem Keller bleiben. Es bleibt uns nichts anderes übrig, als uns hinaus in die Außenzone zu wagen.

18

Jeder Schritt ein Knirschen, besonders laut dann, wenn die Schneedecke nicht hält und jemand bis zur Wade einsinkt. Die Thermoschuhe sind unsere Rettung, sie reichen bis über die Knöchel und sind wasserdicht. Allerdings bin ich bereits drei Mal in tieferen Schnee geraten und nun läuft das Schmelzwasser von oben in meine Schuhe. Trotzdem, hätten wir sie nicht, wären unsere Füße schon längst erfroren. Die Thermodecken haben wir uns um die Schultern gelegt, so halten wir durch, obwohl die Kälte schneidend ist. Im Gesicht vor allem, das wir nicht schützen können.

Tycho und Aureljo bilden die Vorhut, Fleming geht als Letzter. Niemand spricht, wir konzentrieren uns verbissen aufs Weitergehen. Meine Gedanken kreisen um etwas, das Tomma vor unserem Aufbruch gesagt hat: *Erst, nachdem sie Lu ermordet hatten.*

Das Bild der drei Akademiestudenten, eingekesselt von wilden, blutdürstigen Prims, hat Risse bekommen.

Lu, Raman und Curvelli waren ebenfalls mit der Magnetbahn gereist, begleitet von einer kleinen Gruppe Sentinel. Man hat uns erzählt, dass sie getötet wurden, während sie damit beschäftigt waren, Erdproben zu nehmen. Doch in mir entsteht gerade ein neues Bild: Lu, Raman und Curvelli in der Magnetbahn, ihnen gegenüber Sentinel mit Pfeilschussgeräten und Dornenstöcken.

Hätte ich in der Bibliothek nicht gelauscht, wäre das Auftauchen der Farblosen für mich viel überraschender gewesen. Ich hätte nicht den blauen Hebel gezogen, sondern das Gespräch gesucht. Mich bemüht, einen offensichtlichen Irrtum aufzuklären.

Zeit genug für die Farblosen, uns abzuschlachten, einen nach dem anderen. Das Gefühl, dass es bei Lu vielleicht genauso abgelaufen ist, lässt sich nicht abstreifen, es klebt an mir wie Dreck.

Nur, warum? Wurden die drei auch für Verräter gehalten?

Ich weiß, dass ich die Frage nicht beantworten kann, solange ich keine weiteren Fakten kenne. Trotzdem kann ich nicht aufhören, sie in meinem Kopf hin- und herzuwenden.

Tomma bleibt immer wieder zurück und lässt sich von Fleming stützen; meistens gehe ich neben Dantorian, der unablässig vor sich hin summt. Ich kenne die Melodie nicht, aber sie ist schön. Sanft und traurig und Mut machend zugleich. Meine Schritte passen sich ihrem Takt an.

Es ist ein trüber Tag, der nicht richtig hell werden will. Hin und wieder rieseln ein paar Schneeflocken auf uns herab und ich frage mich, was wir tun, sollte das Wetter schlechter werden. Von meinem Quartier aus habe ich viele Schneestürme um die Kuppeln toben sehen, ich habe sie immer aufregend und schön gefunden.

Wir sollten schneller gehen.

Überraschend summt mein Salvator, vibriert an meinem kältetauben Handgelenk. Drei Signale, ein langes, danach zwei kurze, knapp hintereinander. Das ist ein Code, den ich nicht kenne.

Das Display leuchtet im vertrauten Blau. Ich rechne mit einer Meldung zu meiner Körpertemperatur oder einer Warnung wegen Nährstoffmangels, obwohl die Signale dafür eigentlich andere sind.

Aber es ist eine Botschaft. Zwei Worte nur: *Viel Glück!*

Es dauert einige Sekunden, bis ich begreife, dass ich mich nicht verlesen habe. Und wahrscheinlich sind es die Kälte und die Erschöpfung, die mich kurz denken lassen, dass der Salvator selbst mir Glück wünscht.

Aber natürlich ist es eine Nachricht, die jemand gesendet hat. Alarmiert schließe ich zu Aureljo und Tycho auf.

»Was genau hast du aus meinem Salvator entfernt?«

Tycho hat seine Decke so um sich gewickelt, dass sie bis über seine Nase reicht. Er muss sie erst tiefer ziehen, bevor er mir eine verständliche Antwort geben kann.

»Den Sender. Also den Teil, der Informationen an die verschiedenen Abteilungen der Sphäre schickt.«

»Bist du sicher, dass alles draußen ist?«

Er bleibt stehen. »Wieso fragst du?«

Wortlos halte ich ihm meinen Arm vors Gesicht.

»Das hast du gesendet bekommen?«

»Ja. Ich wusste nicht einmal, dass das geht.«

»Das Ding hat offenbar einen unabhängigen Empfänger«, stellt Tycho fest. »Danach habe ich bisher nicht gesucht und er müsste eigentlich ungefährlich für uns sein. Darüber kann uns niemand orten.«

Aureljo hat sich hinter ihn gestellt und betrachtet mit gerunzelter Stirn die kurze Botschaft. »Ich wüsste wirklich gerne, wer das geschrieben hat.«

Nun haben uns auch Dantorian, Tomma und Fleming eingeholt, Tomma wirkt, als wäre sie kurz davor aufzugeben.

»Was macht ihr da?«, wispert sie.

»Jemand wünscht uns viel Glück«, entgegnet Aureljo düster.

»Eigentlich ging der Gruß an Ria, aber ich könnte mir vorstellen, dass wir alle gemeint sind.«

Er vermutet, dass der Absender uns verhöhnen will, man kann es deutlich an seinem Tonfall hören. Gut möglich – uns viel Glück zu wünschen, hier draußen, ist fast so, als würde man uns viel Spaß wünschen. Kann es sein, dass es eine Nachricht des farblosen Sentinel ist? Er gehört zu denen, die wissen, dass wir in der Wildnis unterwegs sind. Wer weiß es noch? Hat es sich schon bis zu Gorgias und Morus durchgesprochen, dass die Tötung in der Magnetbahn schiefgelaufen ist? Was werden sie den anderen erzählen, unseren Freunden?

Wieder ein Überfall der Außenbewohner. Eine ganze Horde. Die Sentinel vom Kommando haben ihr Bestes gegeben, unsere Elitestudenten zu beschützen, aber alle vier Wächter sind tot, gefallen bei der Ausübung ihrer Pflicht …

»Ein Gruß an Ria?« Fleming unterbricht meine Gedanken. In seinen Augen sehe ich blankes Erstaunen, während er meinen Salvator eingehend betrachtet. »Normalerweise kommunizieren nur Mitarbeiter des Medcenters über die Salvatoren.«

Es geht also, man kann Botschaften schicken. Niemand hat uns das je gesagt.

»Hast du auch eine Nachricht bekommen?«

Er schüttelt den Kopf. »Leider nicht.«

Je länger wir stehen, desto kälter wird mir. Ich stecke meine Hand wieder unter die Decke.

Jetzt zu Hause sein. Der Gedanke an mein Quartier treibt mir fast die Tränen in die Augen. Mein Bett. Der Studierplatz mit der Ladestation für mein Datenterminal. Die großen Fenster, die freien Ausblick auf die Schneewüste außerhalb bieten, auf all das wunderschöne Weiß, dem man die grausame Kälte nicht zutraut, solange man es von einem sicheren Platz aus betrachtet.

Nun setzt auch noch Wind ein, stärker als bisher. Tomma schluchzt auf.

»Ich kontrolliere die Salvatoren, sobald wir einen Unterschlupf gefunden haben.« Tychos Zähne schlagen beim Sprechen leicht aufeinander. Es ist zu kalt, wir müssen weitergehen, in Bewegung bleiben und darauf hoffen, dass wir auf einen geschützten Ort stoßen, wo wir Rast machen können.

Das Gelände geht nun leicht bergauf und binnen Kurzem schmerzen meine Beine, aber immerhin wird mir wärmer.

Dann mischt sich ein Geräusch in das Pfeifen des Windes. Ein Heulen. Erst einstimmig, dann mehrstimmig.

Wölfe.

Ich wechsle einen raschen Blick mit Aureljo. Dann hole ich, ohne anzuhalten, die Gartenharke aus meinem Rucksack. Sie wird uns nicht retten, aber sie gibt mir wenigstens das Gefühl, nicht völlig wehrlos zu sein.

In Außenkunde haben wir das Thema Wölfe durchgenommen, als ich zwölf war – wir fanden das Thema aufregend wie kaum ein anderes. Sie jagen in Rudeln, laufen täglich rund zwanzig Kilometer, fressen Rehe und Hirsche – wenn sie welche finden – oder kleinere Tiere wie Ratten.

Sie töten auch Menschen.

Wir haben oft Jäger und Wolf gespielt, wenn wir nach dem Unterricht Zeit hatten, dabei waren die Jäger immer zu zweit und das Wolfsrudel zu fünft oder sechst. Ich habe es geliebt, ein Jäger zu sein und das Rudel durch Tricks auf eine falsche Spur zu locken.

Hier wird mir das nicht gelingen. Echte Wölfe wittern ihre Beute und sie nähern sich leise. Sobald wir sie sehen, ist es zu spät. Sie nutzen die Beschaffenheit des Geländes, das sie so viel besser kennen als wir, und sie laufen ungleich schneller.

Meine Augen suchen den Horizont nach einem Versteck ab, irgendetwas, das sechs Menschen Schutz bieten könnte. Ein wenig Zeit, um sich einen Plan zu überlegen.

Wieder ein Heulen. Ich würde mir gerne einreden, dass es der Wind ist, aber die Fähigkeit zum Selbstbetrug hat Grauko mir abtrainiert.

Die anderen hören es auch, natürlich. Aureljo und Tycho an der Spitze unserer erbärmlichen Truppe haben an Tempo zugelegt.

Aureljo nimmt meinen Arm und zieht mich hinter sich her, mit seiner freien Hand deutet er schräg nach rechts. »Dort. Kannst du es sehen?«

Es liegt im Schatten eines Hügels, halb verdeckt von krummen, kahlen Bäumen. Ein Haus, ein altes aus Stein, wie man sie früher gebaut hat. Beziehungsweise eine gut erhaltene Ruine. Wenn wir uns beeilen, können wir in zehn Minuten dort sein.

Fragt sich, wie viel Zeit uns die Wölfe lassen.

Dantorian und Fleming haben Tomma in ihre Mitte genommen und zerren sie mit sich, nun geht es schneller. Warum ist ihre Kondition eigentlich so schlecht? Hat sie ihr Körpertraining vernachlässigt?

Ich spüre, wie Wut in mir aufflackert, wahrscheinlich anstelle der Angst, die dahinter lauert. Ein Reflex, aber kein sinnvoller.

Neben Aureljo und Tycho falle ich in leichten Trab, sie geben ein gutes Tempo vor. Ich konzentriere mich auf jeden Schritt, jetzt nicht stolpern, nicht an die Wölfe denken, vielleicht sind sie noch weit entfernt, haben noch keine Witterung aufgenommen.

Das Gebäude kommt näher. Es scheint wirklich gut erhalten zu sein, das ist mehr Glück, als ich erhofft hatte.

Dann sehe ich die Spuren.

Sie stammen von keinem Tier, das ich kenne. Viel eher von einem Menschen in Fellschuhen, dazu passt auch die Schrittlänge.

Prims. Wir müssen uns auf dem Terrain eines Clans befinden.

»Darauf können wir keine Rücksicht nehmen«, keucht Aureljo, als hätte er meine Gedanken gehört.

Das Heulen setzt wieder ein, näher jetzt.

»Schneller!«, brüllt Tycho über die Schulter.

Die Antwort ist ein Aufschluchzen von Tomma und ein Fluchen von Fleming, aber immerhin lässt er sie nicht im Stich. Dantorian hält ebenfalls durch, sein Gesicht ist fast so weiß wie der Schnee, auf dem er läuft.

Wenn jemand das Haus bewohnt, sieht und hört er uns kommen, keine Frage. Er wird sofort erkennen, dass wir Sphärenbewohner sind, und uns mit Klingen und Pfeilen begrüßen.

Müssen wir riskieren. Hinter dem Hügel links von mir taucht ein grau-weißer Kopf auf. Gespitzte Ohren. Daneben noch einer.

Sie sind größer, als ich sie mir vorgestellt habe. Aber sie sind zu spät, hoffe ich.

Nun zeigen sich auch rechts von uns drei Tiere, laufen leichtfüßig über den Schnee auf uns zu. Ich packe meine Harke fester, der erste Wolf, der mich angreift, wird es bereuen.

Da ist das Haus, der hintere Teil scheint eingestürzt zu sein, aber der Eingangsbereich ist intakt, hat sogar eine Tür, hinter der wir uns verschanzen können. Wir haben es geschafft!

Tycho reißt an dem Eisenstück, das als Griff dient, verliert dabei seine Decke, zerrt die Tür auf –

Ein Schrei. Panik und Schmerz.

Es ist nicht Tomma, wie ich im ersten Moment annehme; sie und Fleming sind fast am Ziel.

Es ist Dantorian.

Ein Wolf hat ihn am Bein gepackt und zu Fall gebracht, ein zweiter schießt heran und schnappt nach seiner Kehle. Dantorian wehrt ihn ab, aber das gelingt ihm sicher nicht noch einmal.

Ohne dass wir uns abgesprochen hätten, haben Aureljo und ich dem Haus den Rücken zugekehrt und eilen Dantorian zu Hilfe. Wieder ein Reflex.

Laute Schreie können Wölfe vertreiben, haben wir damals im Unterricht gelernt. Wir brüllen, als wären wir selbst Tiere, doch die Wölfe sind nur sehr kurz irritiert. Denken nicht daran zu fliehen.

Ich schwinge die Harke über meinem Kopf und lasse sie auf den Wolf herabsausen, der wiederholt einen tödlichen Biss versucht. Er ist schnell, weicht aus, ich erwische nur Fell und die Haut über seinen Rippen.

Der andere Wolf lässt Dantorians Bein los und stellt sich mir mit hochgezogenen Lefzen entgegen, knurrend.

Aus den Augenwinkeln sehe ich, wie Aureljo den blutenden Dantorian in Richtung des Hauses schleppt, wo Tycho und Fleming ihn sofort übernehmen. Für einen kurzen, irrealen Moment bin ich einfach nur stolz auf uns, darauf, wie reibungslos die Zusammenarbeit funktioniert, wie gut wir darin trainiert sind.

Dann greifen die beiden Wölfe an, gleichzeitig. Ich wehre den ersten mit der Harke ab und schon ist Aureljo wieder neben mir, in jeder Hand einen Stein.

Der erste Wurf ist sofort ein Treffer. Der Wolf heult, diesmal ist es ein Schmerzenslaut, er weicht zurück, aber nun zeigt sich der Rest des Rudels. Sechs, nein, sieben Tiere, die in vollem Lauf auf uns zuhalten.

Für Taktik ist es jetzt zu spät, das Einzige, was uns noch retten kann, ist Geschwindigkeit. Rennen.

Die Überreste des Hauses liegen vor uns, aber auch der dümmste Student an unserer Akademie könnte vorhersagen, dass wir keine Chance haben.

Trotzdem versuchen wir es.

Zwanzig Schritte, fünfundzwanzig vielleicht, sind alles, was uns von den schützenden Mauern noch trennt. Doch ebenso gut könnten sie Kilometer entfernt sein, die Wölfe sind schneller und nehmen uns in die Zange. Zwei laufen rechts auf gleicher Höhe mit mir, ein Sprung würde genügen und dann –

Ein hoher, alarmierender Ton, durchdringend. Eine Mischung aus Pfeifen und Schrillen, fünf Mal hintereinander. Die Wölfe erstarren erst, dann springen sie zur Seite.

Mein Salvator. Es ist das Notsignal, mein Puls muss über 170 liegen, er schlägt mir bis zum Hals. Die Angst rettet mir das Leben.

Aureljo packt meinen Arm und wir schaffen die letzten Meter, Fleming reißt uns förmlich durch die Tür und knallt sie dann hinter uns zu. Tycho blockiert sie mit drei schweren Steinen. Fürs Erste haben wir gewonnen. Ich lasse mich zu Boden fallen.

Puls zu hoch, Überanstrengung! zeigt das Display des Salvators, der seinem Namen diesmal alle Ehre gemacht hat. *Hinlegen, durchatmen, auf die Ankunft des Arztes warten.*

Ich kann nicht anders, ich muss lachen, allerdings nur kurz, denn Dantorian krümmt sich in einer Ecke und hält sich das Bein.

Das Blut, mit dem sich seine Hose vollgesogen hat, hinterlässt Spuren auf dem kalten, harten Boden.

Fleming kniet sich neben ihn, er legt Mundschutz und OP-Handschuhe an, ganz nach Vorschrift. Wäre unsere Lage nicht so furchtbar, fände ich das lustig. Nun kramt er hektisch in seinem Medpack, aus dem er Verbandsmaterial und ein kleines Fläschchen Wunddesinfektion holt.

»Keine Schere«, zischt er, es klingt wie ein Fluch. »Hat jemand von euch ein Messer?«

Ich habe eins und hole es aus meinem Rucksack. Es ist klein, aber scharf. Habe ich wirklich geglaubt, mich damit schützen zu können? Egal, es ist nützlich. Fleming schlitzt Dantorians Hose bis zum Knie auf und wir holen alle gleichzeitig Luft.

Der Biss ist tief und sieht scheußlich aus. Blut sickert unablässig aus den Löchern, die die Wolfszähne hinterlassen haben, dazwischen ist das Fleisch gequetscht und blaurot verfärbt.

»Ich muss das desinfizieren«, murmelt Fleming.

Wie eine Antwort setzt draußen erneutes Heulen ein. Unsere Jäger haben noch nicht aufgegeben. Natürlich nicht, sie wittern uns, das Blut, die Angst. Ich kann mich erinnern, in Außenkunde gelernt zu haben, dass man Tiere ebenso lesen kann wie Menschen. Die Art, wie sie ihre Ohren halten, hat eine Bedeutung, meine ich mich zu erinnern. Das meiste, was uns damals beigebracht wurde, habe ich vergessen, ich war felsenfest überzeugt, es niemals zu benötigen.

»Wasser«, sagt Fleming. »Am besten abgekochtes. Ich muss die Wunden reinigen, man kann vor lauter Blut kaum etwas erkennen.«

Ein Krachen. Etwas ist gegen die Tür gesprungen, doch sie hält.

Wir sind alle zusammengezuckt, keiner von uns kann einschätzen, wie stabil sie ist. Altes Holz muss das sein, mit einer Art Lack überzogen. Materialien wie diese werden in den Sphären nicht verwendet.

Etwas, das wie ein Reißen klingt, lässt mich herumfahren. Es kommt von draußen und ich kann mir bildlich vorstellen, was dort gerade passiert. Auf der Flucht haben wir unsere Decken verloren und nun toben sich die Wölfe daran aus.

Winseln und Jaulen. Als würden sie sich beratschlagen. Dantorians Stöhnen mischt sich mit den tierischen Lauten und mir fällt Flemings Anliegen wieder ein. Wasser, abgekocht. Ich sehe mich um.

Der Raum, in den wir uns geflüchtet haben, ist fast quadratisch und so gut wie leer. In einer Ecke liegen die Überreste von etwas, das vielleicht einmal ein Tisch war. Die Fenster sind zugemauert, dafür fehlt das halbe Dach.

An der Wand links von uns befindet sich ein Durchgang, der in einen weiteren Raum führt – einen dunkleren. Vermutlich weist dort das Dach noch keine Löcher auf. Ich stehe auf.

Worauf ich hoffe, ist eine Feuerstelle, die fest mit dem Gebäude verbunden ist. Eine Art Herd, den niemand davonschleppen konnte. Zwar wüsste ich dann immer noch nicht, wie ich ihn erhitzen soll, aber es wäre ein Anfang.

Ich trete durch die Tür in den Nebenraum und blicke mich um. Versuche, nicht enttäuscht zu sein, denn natürlich gibt es hier keine Kochstelle. Es gibt nichts außer kahlen Wänden. Doch die scheinen immerhin stabil zu sein.

Auf das Positive fokussieren, rufe ich mir Graukos Worte ins Gedächtnis.

Ich will schon wieder umkehren, als ich den Schatten sehe.

Ein schmales, längliches Bündel dicht an der Wand. Erneut beschleunigt sich mein Herzschlag, diesmal vor Freude. Wenn jemand hier Waffen versteckt hat, sind sie für uns von unschätzbarem Wert. Kleidung, Nahrung – alles wäre willkommen.

Ich bin noch drei Schritte entfernt, als mir eine Vorahnung kalt den Nacken hinaufkriecht. Die Umrisse des Bündels wirken nicht wie Waffen oder sonstige Gebrauchsgegenstände.

Ein Toter. Eingeschlagen in ein Tuch oder eine Decke.

Mein erster Impuls – die anderen zu informieren – ist übereilt. Erst sollte ich mir völlig sicher sein.

Ich setze einen Fuß vor den anderen, vorsichtig und leise, ohne sagen zu können, warum. Neben dem Bündel knie ich nieder. Berühre es zögernd.

Die Decke schlägt steife Falten, ich packe eine von ihnen und ziehe den Stoff ein Stück nach unten. Ein Gesicht erscheint.

Ein Mädchen. Seine Augen sind geschlossen, seine Haut bläulich.

Der Anblick nimmt mich stärker mit als vermutet, ich muss wegsehen und tief durchatmen, um den Schwindel zu vertreiben.

Information, erinnere ich mich an das, was ich gelernt habe. Information gibt uns Kontrolle, Kontrolle macht uns stark.

Ich ziehe die Decke weiter nach unten. Nun weiß ich, was das Mädchen das Leben gekostet hat.

In seiner Brust stecken drei abgebrochene Pfeile. Einer rechts, zwei links. Sie haben das Lederhemd durchbohrt. Rund um die Einschusslöcher klebt Blut, dunkelrot und kalt.

Jemand muss die Schäfte der Pfeile abgeknickt haben. Jemand muss die Tote in die Decke gehüllt haben.

Ich nehme mir einen Moment, um ihr Gesicht zu betrachten. Eine gerade, schmale Nase, ein rundes Kinn. Müsste ich raten, würde ich sagen, dass die Augen unter den geschlossenen Lidern einmal grün gewesen sind. Eine alte Wunde an der Schläfe ist zu einer unregelmäßigen Narbe verheilt. Das Haar ist braun und geflochten, einzelne Strähnen haben sich aus dem Zopf gelöst. Die Tote ist ungefähr so alt wie ich.

Ich präge mir alles genau ein, bevor ich die Decke wieder über ihr Gesicht lege und in den anderen Raum zurückkehre, wo Fleming sich immer noch um Dantorians Bisswunde kümmert. Seinem hoffnungsvollen Blick begegne ich mit Kopfschütteln.

»Kein Wasser. Leider. Auch kein Herd.«

»Und ich dachte schon. Du hast so lange gebraucht.«

Ich antworte nur mit einem Nicken. Bevor ich die ganze Gruppe einweihe, möchte ich mit Aureljo über meinen Fund sprechen.

Er ist damit beschäftigt, Tomma zu beruhigen. Von uns allen verarbeitet sie die Geschehnisse am schlechtesten und ich frage mich zunehmend, wie sie es in der Reihung so weit nach vorne schaffen konnte. Sie muss ein Genie auf ihrem Gebiet sein.

Ihr Salvator vibriert ununterbrochen, aber jedes Mal wenn er dazu ansetzt, Alarm zu schlagen, gibt Tycho einen Code über das Zahlenfeld ein und das Gerät schweigt.

Je näher ich ihn kennenlerne, desto mehr halte ich von ihm. Jeder andere hätte das Signal einsetzen lassen, um die Wölfe zu vertreiben, die immer noch vor dem Haus ihre Runden drehen, doch er ist klug genug, um ihnen keine Chance zu geben, sich an den Ton zu gewöhnen. Das Kreischen des Salvators hat uns ein Mal gerettet, möglicherweise klappt es ein weiteres Mal.

Auch Aureljo gibt sein Bestes. Er hält Tomma im Arm und wiegt sie, als wäre sie ein kleines Kind. »Ria ist sich ganz sicher«, sagt er gerade und blickt zu mir auf. »Sie hat es mir erzählt, aber ich habe ihr nicht geglaubt.«

»Und mir traust du nicht«, murmelt Tomma. Diese Äußerung richtet sich eindeutig an mich, auch wenn ihr Blick fest auf dem Boden haftet. »Mich lässt du im Ungewissen.«

»Es tut mir leid.« Keine Lüge, es tut mir wirklich leid.

»Warum?« Nun sieht sie mich an. »Ich hätte mich vorbereiten können, so wie ihr. Warum hast du mir nicht vertraut?« Die Frage kommt herausfordernd.

Unser Leben steht auf der Kippe, ich werde ihr die Wahrheit jetzt nicht ersparen.

»Sieh dich an, Tomma. Wie schlecht es dir geht und wie sehr du es zeigst. Hätte ich dir alles gesagt und du hättest mir geglaubt, dann wäre es dir nicht gelungen, deine Angst und deine Verzweiflung zu verbergen. Das konnte ich nicht riskieren.«

Meine Worte machen sie wütend und wieder gibt sie sich keine Mühe nachzudenken, bevor sie losschreit. »Und deshalb lässt du mich ahnungslos ins offene Messer laufen, ja?«

»Es war besser für dich und besser für uns alle. Aureljo, kann ich dich sprechen? Unter vier Augen.«

»Schon wieder«, ruft Tomma. Ihre Stimme kippt. »Schon wieder Heimlichkeiten!«

Angst und gekränkter Stolz. Keine gute Kombination. Aber Tomma wird sich beruhigen, ich kenne sie. Ob sie mir jemals wieder vertrauen wird, kann ich hingegen nicht sagen. Doch im Moment gehört das zu meinen kleineren Sorgen.

Aureljo folgt mir in den Nebenraum und ich führe ihn zu dem schmalen Bündel. Ziehe die Decke weg.

Er sagt nichts, sieht das Mädchen nur an. Dann kniet er sich hin. Mit einer Hand berührt er sanft die Reste der Pfeilschäfte, die aus dem Körper ragen. Er nimmt eine der steif gefrorenen Hände und hält sie zwischen seinen. Ich kann sehen, wie es hinter seiner Stirn arbeitet.

»Was denkst du?«

»Sie ist nicht allein gestorben. Ein Freund war bei ihr und er wird wiederkommen.«

Damit bestätigt Aureljo meine Vermutung. Jemand muss das Mädchen zugedeckt haben, hat es an diese geschützte Stelle getragen, wo die Wölfe nicht über die Leiche herfallen können. Ihm hat die Tote viel bedeutet, so viel, dass er ihr so etwas Kostbares wie eine Decke hiergelassen hat. Er holt Leute, die ihm helfen, das Mädchen nach Hause zu bringen. Er. Oder sie, je nachdem.

Hinter uns Schritte. Tycho und Fleming haben nicht gewartet, bis wir zurückkommen und Bericht erstatten. Jetzt nimmt Fleming Aureljos Position neben dem Mädchen ein, untersucht mit geschickten Händen die Wunden, verschafft sich einen Überblick.

»Schwer zu sagen, wie lange sie schon tot ist. Bei dieser Kälte sinkt die Körpertemperatur viel schneller als in den Sphären. Einen Tag, würde ich schätzen. Das heißt, diejenigen, die sie getötet haben, könnten immer noch in der Nähe sein.«

Vielleicht. Vielleicht verfolgen sie auch den Gefährten des Mädchens. Ich habe draußen menschliche Spuren gesehen, nur war leider keine Zeit, sie zu lesen.

»Die Decke ist jedenfalls hilfreich«, meint Tycho. »Wir sollten sie Dantorian geben, er friert am meisten.«

Der Gedanke ist richtig, zweifellos. Eine Decke nutzt den Lebenden mehr als den Toten. Trotzdem widerstrebt mir die Idee. Jemand hat dieses Mädchen gemocht, wer weiß, wie sehr. Ihr die Decke zu geben war alles, was er noch für sie tun konnte.

Natürlich darf das kein Grund sein, einen Verletzten frieren zu lassen. Ich halte Tycho nicht von seinem Vorhaben ab, er handelt logisch und das ist gut.

»Dann nehme ich mir die Schuhe!« Ich habe Tomma nicht hereinkommen hören, aber hier steht sie nun, ihr feindseliger Blick ist abwechselnd auf mich und die Tote gerichtet.

Warum? Die Frage liegt mir auf der Zunge, aber eigentlich ist sie überflüssig. Tomma will uns zeigen, aus welchem Holz sie geschnitzt ist. Genauer gesagt, will sie es mir zeigen, weil ich ihr Schwäche vorgeworfen habe. Nun demonstriert sie, wie gut sie im Überleben ist.

Das tote Mädchen trägt grob zusammengenähte Stiefel aus rötlichem Fell, die fast bis zum Knie reichen. Ich versuche mich zu entsinnen, welches Tier ein solches Fell hat, aber ich komme zu keinem Ergebnis.

»Du hast doch Thermoschuhe.« Über Aureljos Nase ist eine steile Falte erschienen; ihm gefällt der Gedanke, das Mädchen aller brauchbaren Dinge zu berauben, ebenso wenig wie mir.

»Und? Diese hier bedecken die Wade, da läuft so schnell kein Schneewasser hinein. Außerdem nehme ich niemandem etwas weg – der tote Prim braucht sie bestimmt nicht mehr.«

Das ist nicht Tomma, wie ich sie kenne. Was sie sagt und tut, ist eine Reaktion auf meine Worte. Ich habe einen Fehler gemacht, der mich nun zwingt zuzusehen, wie sie der Toten die Stiefel von den steifen Beinen zieht. Niemand sagt etwas, Aureljo schüttelt nur leicht den Kopf.

Die Unterschenkel des Mädchens, die zum Vorschein kommen, sind sehnig, aber dünn. Mir fallen die Babys ein, die ich in der Auffangstation besucht habe. Unterernährt, alle. Wenn sich nicht einmal die Menschen, die von Geburt an an die Bedingungen der Außenwelt gewöhnt sind, ausreichend Nahrung beschaffen können, wie sollen wir sechs das dann schaffen?

Fleming hat recht. Es wird uns nichts anderes übrig bleiben, als eine Sphäre anzusteuern und zu hoffen, dass wir sie lebend erreichen. Wahrscheinlich macht es auch Tomma richtig, indem sie sich so viele Vorteile wie möglich verschafft. Man muss nicht so denken wie ich. Man muss das hier nicht insgeheim Leichenfledderei nennen.

Ich verlasse den Raum. Tycho ist damit beschäftigt, Dantorian in die Decke zu wickeln. Fleming hat es offenbar geschafft, die Bisswunde zu säubern, er hat sie verbunden und den Verband mit etwas fixiert, das aussieht wie ein hellblauer Strumpf, tatsächlich ist es aber der Trinkwasserfilter aus unserem Notfallset.

Ich gehe neben Dantorian in die Hocke. »Wie geht es dir?«

»Erträglich.« Sein Lächeln ist nicht echt. »Ich hätte mehr Lauftraining machen sollen.«

»Wirst du weitergehen können?«

Die Art, wie sein Blick zu mir hochzuckt, verrät, dass der Gedanke ihm Angst macht, er aber nicht möchte, dass ich das mitbekomme. »Sicher«, erwidert er. »Ist ja nicht so, dass ich die Wahl hätte.«

Von außen prallt wieder etwas gegen die Tür. Das Jaulen und Winseln der Wölfe wird hektischer. Sie machen mich nervös, diese Laute, die ich nicht deuten kann.

Niemand von uns hat Außenkunde besonders ernst genommen.

Wir wollten ja keine Sentinel werden, um die Welt außerhalb der Sphären sollten sich die anderen kümmern, die weniger Begabten. Das bisschen, das wir über Wölfe wissen, wird nicht reichen, um uns zu retten. Wie viele Tage kommen sie ohne Nahrung aus? Was macht ihnen Angst, mal abgesehen von dem Geheule des Salvators?

Ich habe keine Ahnung. Doch mir ist klar, dass wir diese Ruine nicht verlassen können, solange das Rudel draußen wartet. Wir können aber auch nicht mehr ewig hier ausharren – es ist zu kalt und wir haben kaum Lebensmittel. Ich würde Fleming gerne fragen, ob er Erfrierungen behandeln kann, aber ich tue es nicht, aus Angst vor seiner Antwort. Einmal wurde ein Sentinel mit erfrorener Nase ins Medcenter gebracht, als ich dort freiwillige Stunden geleistet habe. Die Nase war schwarz und nach der Behandlung war sie fort.

Meine Gedanken kreisen um die einzige Möglichkeit, die mir einfällt. Sie ist schauderhaft und sie hat mit dem toten Mädchen zu tun. Leichtes Futter. Würden die Wölfe sich eher darum balgen, als uns zu jagen?

Scham beißt ebenso scharf wie Kälte. Nein. Das kann ich nicht. Noch nicht.

Krachen. Jaulen. Davon beinahe überlagert, ein neuer Laut, den ich gestern erstmals gehört habe und der sofort meinen Salvator vibrieren lässt.

Das Sirren einer gespannten und dann losgelassenen Sehne. Das Geräusch eines Pfeilschussgeräts.

Meine Kehle wird so eng, dass ich kaum noch schlucken kann. Sie sind zurück, wahrscheinlich zu mehreren, damit ihnen nicht noch einmal das gleiche Missgeschick passiert. Jetzt müssen sie nur noch die Tür aufbrechen, den Rest können sie getrost den Wölfen überlassen.

Wie einfach wir es ihnen gemacht haben.

Ein Wolf heult auf – es klingt anders als bisher. Wenn ich wenigstens nach draußen sehen könnte …

Und dann höre ich menschliche Stimmen. Jemand ruft etwas, ein Zweiter und ein Dritter antworten. Männer. Was sie einander mitteilen, kann ich nicht verstehen, es sind kurze, abgehackte Worte, übertönt vom Knurren und Heulen der Wölfe.

Wieder das Sirren. Ein Schlag, ein dumpfer Aufprall.

Ein toter Wolf, vermute ich.

Aureljo und die anderen sind in den Hauptraum zurückgekehrt, Tomma mit den Fellstiefeln an den Füßen. Die Härte, die sie eben noch zur Schau getragen hat, ist aus ihrem Gesicht verschwunden, sie hält sich hinter Aureljo und Fleming, leicht geduckt.

Tycho hat seine Zähne tief in die Unterlippe gegraben, seine Hände sind zu Fäusten geballt. Er sieht aus, als würde er sofort losstürmen, sobald sich eine Gelegenheit ergibt. Er ist der Schnellste von uns, er wäre dumm, diesen Vorteil nicht zu nutzen.

Die Stimmen vor dem Haus werden zahlreicher und erstmals kann ich etwas verstehen, zwei Worte, sehr bestimmt ausgesprochen: »Meine Felle.«

Jemand lacht, es klingt rau, unbeherrscht und angriffslustig, und damit ist für mich alles klar. Die Sentinel sind nicht zurückgekehrt. Vor unserem Versteck sammelt sich eine Horde Prims.

Vielleicht ist das ein Glücksfall, sage ich mir. Sie jagen Wölfe. Der Felle wegen. Kann sein, dass sie das alte Haus gar nicht beachten. Dass sie nur die getöteten Tiere nehmen und wieder verschwinden.

Vom Wolfsrudel ist nichts mehr zu hören. Wenn es nicht völlig ausgerottet wurde, haben die Überlebenden sich wohl davongemacht – das ist großartig. Wir haben eine Chance. Wenn wir uns jetzt ruhig verhalten, wenn keiner hustet oder –

In diesem Moment wird die Tür aufgetreten.

Die Gestalt, die den Türrahmen völlig ausfüllt, sieht aus wie ein Wolf. Ein Wolfsgott.

Er ist in graue Felle gehüllt, graues Haar fällt ihm bis weit über die Schultern. In seiner rechten Hand trägt er eine Waffe mit rund geschliffener Klinge, in der linken eine dicke, lange Lederpeitsche.

Er lächelt. Nichts in seinem Gesicht verrät Überraschung darüber, uns hier zu finden – natürlich nicht. Er muss unsere Spuren zwischen denen der Wölfe entdeckt haben.

Unwillkürlich sind wir alle zurückgewichen, bis auf Aureljo, der sich um Haltung bemüht, und Dantorian, der vor Schreck erstarrt am Boden liegt.

»Sandor!«, brüllt der Wolfsgott. »Feindclan!«

Ich weiß nicht, was Sandor bedeutet, aber die Worte Feind und Clan ergeben Sinn, wenn auch keinen guten.

Ich versuche, das Beben zu unterdrücken, das von meinem Körper Besitz ergreifen will. Noch nie war ich einem Prim so nah; die Gefangenen in unserer Sphäre waren nur Schatten, die in Kellerräume gezerrt wurden.

Dieser Prim hier ist mehr als ein Schatten, er ist ein dampfender, fellbehangener Riese, schlimmer als alles, was wir uns als Kinder in der Wärme unserer Betten ausgemalt haben.

Angst macht schwach, wiederhole ich eine von Graukos Lektionen. Glaubhaft ist nur, wer stark wirkt.

Stark. Ich straffe meinen Rücken. Kopf hoch, ruhiger Blick, entspannte Züge. Ich habe es so oft trainiert und zu meiner eigenen Überraschung funktioniert es auch jetzt, und zwar in doppelter Hinsicht. Meine Körperhaltung beruhigt mich so weit, dass ich es schaffe, mich auf den riesigen Prim zu konzentrieren. Wenn ich imstande bin, sein Verhalten richtig zu lesen, kann ich ein Gespräch riskieren. Er fühlt sich nicht von uns bedroht, natürlich nicht, er muss es also nicht eilig haben, uns zu töten.

»Wir sind keine Feinde«, erkläre ich. Meine Stimme klingt so ruhig, dafür müsste Grauko mir fünf Punkte geben. »Wir sind Flüchtlinge.«

Ich könnte genauso gut mit den Wänden sprechen, denn der Wolfsmann beachtet mich nicht. Er ist in den Raum getreten und steht nun direkt vor Dantorian. Versetzt ihm einen Tritt gegen die Hüfte. Dantorian beißt die Zähne zusammen.

Mit einem Achselzucken dreht der Mann sich um. »Sandor!«, brüllt er noch einmal. »Milan! Yann! Hennik!«

Ein weiterer Mann betritt das Haus. Er ist jünger und schmaler gebaut als der Wolfsgott, sein Haar ist dunkel und reicht ihm bis zum bartlosen Kinn. Kluge, flinke Augen, die die Situation in Sekundenschnelle zu erfassen scheinen. In der linken Hand hält er einen langen Bogen, in der rechten drei Pfeile. Mir fallen seine ungleichen Handschuhe auf, einer ist kurz und mit Lederstreifen umwickelt, der andere lang, ganz aus Leder gefertigt, und reicht bis zum Ellenbogen.

Der Dunkelhaarige mustert uns mit ausdruckslosem Gesicht. Ich versuche Neugierde, Aggression oder Vorsicht darin zu finden, aber da ist nichts außer einer Entschlossenheit und Konzentration, wie ich es bei einem Prim niemals erwartet hätte.

Als er sich mir zur Gänze zuwendet, glaube ich erstmals, eine

Regung zu erkennen, einen Hauch von Spott in seiner Miene, hervorgerufen durch die leicht hochgezogene linke Augenbraue. Dann wird mir klar, dass es sich um eine Narbe handelt, die ebendiese Augenbraue teilt.

Hinter dem Dunkelhaarigen drängen sich zwei weitere junge Männer durch die Tür. Einer davon ist verletzt – eine klaffende Platzwunde an der Stirn – und wirkt zutiefst niedergeschlagen. Der andere strahlt als Einziger Wut aus, wie ein Heizkessel Hitze, und scheint mehr als bereit zu sein, diese Wut an uns auszulassen. In seiner rechten Hand liegt ein schwerer Holzprügel, an dem Blut und Tierhaare kleben.

»Ich habe Maia nach hinten gelegt«, sagt der mit der Platzwunde.

»Waren das die hier?« Die blutverklebte Keule weist auf uns.

»Nein. Es waren Scharten. Weit in der Überzahl und gut bewaffnet.«

Scharten? Ich durchforste meine Erinnerung, ohne Erfolg. Vielleicht habe ich mich auch verhört, aber jetzt ist nicht der Zeitpunkt, um nachzufragen. Die drei jungen Männer gehen in den hinteren Raum, während der Wolfsgott bei uns bleibt. Er hindert mich nicht daran, den dreien einige Schritte zu folgen.

Es ist nicht Neugier, die mich die Szene beobachten lässt, sondern der pure Wunsch zu überleben. Diese Menschen sind mir fremder als alle, die mir bisher begegnet sind. Wenn ich mit ihnen verhandeln möchte, muss ich sie einschätzen können. Aureljo ist mir in den Nebenraum gefolgt, hält sich aber nahe der Wand, ein schützender Schatten.

Der Junge mit der Platzwunde kniet sich neben das tote Mädchen. »Seht ihr?«, wimmert er. »Ich konnte nichts mehr tun. Der zweite Pfeil hat sie getötet und dann haben sie sie noch mal getroffen …« Er streichelt dem Mädchen übers Haar, über die Schulter. »Ich hatte sie zugedeckt«, murmelt er kaum hörbar.

Der Dunkelhaarige löst seinen Blick von der Leiche und heftet ihn auf mich. Völlig ruhig. »Ich habe die Decke gesehen, Milan«, sagt er. »Sie haben sie ihr weggenommen. Genauso wie die Stiefel. Wenig verwunderlich, sie sind es gewohnt, sich alles zu nehmen.«

»Aber …«, Milan schluchzt jetzt. Ihm muss sehr viel an der Toten gelegen haben, er liegt nun neben ihr auf dem kalten Boden, seine Stirn berührt ihre.

Dass Aureljo und ich das Szenario richtig eingeschätzt haben, ist kein schlechtes Zeichen. Die Prims handeln nicht viel anders als wir; ich werde sie lesen können. Holprig vielleicht, aber es wird gehen.

Wie um mir zu widersprechen, macht der Dunkelhaarige einen so plötzlichen Schritt auf mich zu, dass ich beim Ausweichen fast nach hinten kippe.

»Ihr nehmt, was ihr bekommen könnt, von den Lebenden und den Toten. Aber die Lebenden wehren sich.« Ich höre keinen Vorwurf in seinen Worten, sie sind eine reine Feststellung. Das ist gefährlicher, als ich dachte. Ich werde in ihm kein Mitleid oder Verständnis wecken können.

»Ich bin Ria«, sage ich und sehe ihm mit aller Ruhe, die ich aufbringen kann, in die Augen. »Meine Freunde und ich sind in einer Notlage. Dantorian ist verletzt, wir mussten ihn warm halten. Aber ich verstehe, dass Sie aufgebracht sind. Wir wollten Maia nicht berauben. Wir hätten versucht, ihr zu helfen, wenn sie noch am Leben gewesen wäre.«

Der mit der Keule in der Hand gibt ein Schnauben von sich. »Lügen kann die Zunge kosten, Diebin.«

»Dann muss ich mir keine Sorgen machen«, gebe ich ruhig zurück. »Ich habe nicht gelogen. Und auch nicht gestohlen.«

Der Keulenträger mustert erst mich, dann Aureljo, er nimmt sich Zeit dafür. Wechselt Blicke mit dem Dunkelhaarigen, während er gleichzeitig sehr schnelle und komplizierte Fingerbewegungen vollführt. Sein Gegenüber antwortet ihm auf die gleiche Weise.

Sie verständigen sich mit Zeichensprache, das ist übel. Wenn ich nicht verstehe, worüber sie sich unterhalten, kann ich nicht angemessen reagieren.

»Ihr seid Lieblinge«, stellt der Dunkelhaarige schließlich fest.

»Was?« Meine Rückfrage kommt unbedacht und viel zu schnell, aber ich bin wirklich überzeugt, mich verhört zu haben.

»Lieblinge«, wiederholt er. »Glaswarzenbewohner. Ausbeuter.«

Ich hoffe, dass mein Gesicht nach wie vor freundlich konzentriert wirkt, während es in meinem Gehirn hektisch arbeitet. Glaswarzen, nennen sie so die Sphären? Und ist Lieblinge ihre Entsprechung für unser Prims? Aber warum? Wessen Lieblinge sollten wir sein?

»Wir sind Sphärenbewohner«, erkläre ich.

Der Dunkelhaarige nickt, den Mund verächtlich verzogen. »Wie ich sagte. Andris?«

Hinter mir fühle ich den riesigen Schatten des Wolfsgotts eintreten. »Ja?«

»Maias Stiefel.«

Ein breites Lächeln huscht über die Gesichtszüge des Mannes, als er eine Axt aus dem Gürtel zieht. »Sicher.«

In meinem Kopf überschlagen sich Bilder: der Wolfsgott, wie er Tomma die Stiefel samt Beinen nimmt und ihr Leben gleich mit.

»Andris?«, rufe ich, noch ohne zu wissen, was ich sagen will, aber es ist das Einzige, was ich tun kann, um ihn aufzuhalten.

Er hatte sich schon umgewendet, nun hält er inne. Dreht sich langsam zu mir. Ich kann mehr spüren als sehen, wie Aureljo sich sprungbereit macht, um sich zwischen mich und den Wolfsmann zu werfen, falls es nötig sein sollte.

»Das Mädchen mit den Stiefeln heißt Tomma. Sie ist freundlich und sehr hilfsbereit, sie will niemandem etwas Böses. Und sie wird die Stiefel freiwillig zurückgeben.«

Andris antwortet nicht, sieht mich nur an. Ohne Wut, auch ohne Spott. Er sieht mich an, als läge etwas in meinem Gesicht, das man erforschen müsste.

»Ri-a«, sagt er dann gedehnt. »In Wärme aufgezogen, in Wärme gebettet und genährt. Kennst du Gerechtigkeit, Ria?«

Die Frage kann nur eine Falle sein. Egal, was ich antworte, es wird darauf hinauslaufen, dass wir immer satt waren und es immer warm hatten, während diese Prims frieren, seit sie ihren ersten Atemzug getan haben. Was können sie wollen? Unser warmes Blut als Tribut? Gegen lebenslange Kälte kann man nicht gut argumentieren.

»Ja«, antworte ich einfach. »Ich kenne Gerechtigkeit, aber noch besser kenne ich das Gegenteil. Grausamkeit. Falschheit. Deshalb sind wir hier.«

Das scheint den Dunkelhaarigen zu interessieren. Er stellt sich zu uns, wobei er Aureljo grob zur Seite stößt.

Nicht wehren, flehe ich stumm, aber ich hätte mir keine Sorgen machen müssen. Aureljo begeht solche Fehler nicht, er wird die hauchdünne Gesprächsbasis, die ich aufzubauen versuche, nicht mutwillig zerstören.

Das gilt leider nicht für den Prim mit der Keule. »Schneide ihr die Kehle durch, Sandor«, brüllt er unvermittelt. »Den Hals, aus dem nur Lügen kommen! Sie würden mit uns genau das Gleiche tun, wenn sie könnten!«

Der Dunkelhaarige, Sandor, hebt seine gespaltene Augenbraue. »Natürlich würden sie das.« Mehr sagt er nicht.

Es entsteht eine Pause. Nur das leise Weinen von Tomma im Nebenraum und die seltenen, trockenen Schluchzer des Jungen mit der Stirnwunde schneiden scharfe Kerben in die Stille.

»War sie seine Freundin?«, frage ich mit einem Blick auf die Tote und den Trauernden.

»Seine Schwester.«

Ich verstehe. Und auch wieder nicht, denn Verwandtschaft ist für mich unbekanntes Terrain. Vermutlich empfindet man für Geschwister anders als für Freunde oder Mitzöglinge, aber genau wissen kann ich das nicht.

Ich zwinge mich, an Lu zu denken, damit meine nächsten Worte ehrlich sind. »Ich fühle mit ihm.«

Sandor schnaubt, dreht sich weg. »Lächerlich. Yann hat recht, belasten wir uns nicht länger mit ihnen.« Es klingt endgültig.

Ich muss einen Fehler gemacht haben. Nicht, was den Ton betrifft, der war korrekt, aber was war es dann?

Gegenüber falsch eingeschätzt, hat Grauko mir gelegentlich an den Kopf geworfen.

Natürlich, daran liegt es. Ich kann mit den Wilden nicht wie mit Sphärenbewohnern umgehen. Nur dass ich bisher nie mit jemand anderem zu tun hatte. Und wenn Grauko während einer Übung einen Prim verkörpert hat, dann war er im Kern immer noch der kultivierte, kluge Grauko. Wenn ich uns retten will, muss ich anders denken. Was könnte uns für diese Leute interessant genug machen, damit sie uns am Leben lassen?

Ich höre, wie Tycho leise auf Tomma einredet. Ich hoffe, er schafft es, sie zu beruhigen.

»Ich frage mich, woran es liegt, dass in letzter Zeit alle Welt scharf darauf ist, uns zu töten«, sage ich leichthin, an Aureljos Adresse gerichtet. »Wir müssen etwas wirklich Gefährliches an uns haben. Erst die Sentinel, jetzt die Menschen von außerhalb. Wenn Sie uns töten«, das geht wieder an die Prims, »dann sollten Sie sich vom Sphärenbund dafür belohnen lassen. Sie nehmen der Regierung Arbeit ab.«

Natürlich ist das Manöver durchschaubar. Aber man muss uns nur ansehen – schlecht ausgerüstet, ohne Nahrung, ohne Schutz –, um sich die Frage zu stellen, wie wir in diese Situation geraten sind. Der Prim, der Sandor heißt, scheint genau das gerade zu tun.

»Eine Belohnung aus den gläsernen Warzen?«, fragt er. »Wie verlockend. Was werden sie uns geben? Stahl und Tod in der Nacht, wie so oft?«

Ich weiß nicht, wovon er spricht. Die gläsernen Warzen bringen mich aus dem Konzept. Ich frage mich, ob unsere Sphären auf die Außenbewohner tatsächlich so wirken. Für mich sehen sie wie wunderschöne, aneinandergereihte Seifenblasen aus, die in der Nacht leuchten. Dass ich mich jetzt, trotz allem, was passiert ist, so schmerzlich dorthin zurücksehne, zeigt, in welcher labilen Verfassung ich bin.

Da mir die Kraft für Taktik fehlt, nutze ich eben die Kraft der

Wahrheit. »Der Sphärenbund hält uns für Verräter. Uns alle sechs. Es heißt, wir seien an einer Verschwörung beteiligt, die den Bund zu Fall bringen soll.« Drücke ich mich zu kompliziert aus? Sandors gerunzelte Stirn verleiht ihm einen konzentrierten Eindruck, aber es könnte auch Verwirrung sein. Wer weiß das schon bei einem Prim.

»Sie glauben, wir haben uns mit euch verbündet. Ist das nicht witzig? Deshalb haben sie uns unter einem Vorwand aus der Sphäre geschafft, um uns zu töten, aber es ist schiefgegangen.« Das muss auch für einen Wilden verständlich gewesen sein.

Er neigt misstrauisch den Kopf. »Wie seid ihr hergekommen?«

»Mit der Magnetbahn.«

»Wer hatte den Befehl, euch zu töten? Sentinel?«

»Ja. Besondere Sentinel, sie hatten keine Farbabzeichen am Kragen.«

Sandor, Andris und sogar Yann, der Wütende mit der Keule, beginnen zu lachen, wie auf ein Stichwort.

»Idiotisch«, wiehert Yann. »*Besondere* Sentinel!«

Ich begreife den Witz nicht. Dass sie lachen, nehme ich aber als gutes Zeichen, auch wenn es auf meine Kosten geht. Ein Blick zu Aureljo verrät mir, dass er ebenfalls keine Ahnung hat, was die Prims so amüsiert.

»Du bist diesen *besonderen* Sentineln noch nicht oft begegnet, oder?«, grölt Andris. Er wirft den Kopf zurück, sein Lachen erfüllt weiter den düsteren Raum und lässt Milan, der sich immer noch an seine tote Schwester schmiegt, den Kopf heben. Er wirkt weder irritiert noch beleidigt, eher so, als hätte ihn das Geräusch aus tiefen Gedanken gerissen. Vielleicht ist es in dieser Welt häufiger so, dass Tod und Gelächter sich einen Raum teilen.

»Ria aus der Sphäre«, sagt Andris. »Diese *besonderen* Sentinel, wie du sie nennst, sind die einzigen, die wir regelmäßig zu Gesicht bekommen. Weißt du, wer sie sind? *Was* sie sind?«

Ich schüttle den Kopf, obwohl ich es mir allmählich vorstellen kann.

»Exekutoren«, flüstert Andris. »Sie sind ausgebildet, um zu töten, um uns auszurotten. Sie ermorden uns im Schlaf, stehlen unsere Kinder, unsere Vorräte. Zerstören, was wir mühselig aufgebaut haben.«

Etwas in mir weigert sich, das zu glauben. Niemand rottet die Prims aus. Es ist eher umgekehrt: Sie bringen uns um, wann immer sie uns erwischen. Aber das ist im Moment zweitrangig.

»Aureljo hat einen von ihnen getötet«, sage ich und weise mit der Hand auf ihn.

Die Erinnerung quält Aureljo nach wie vor, keine Frage. Er blickt zu Boden und nickt mit kurzen, scharfen Bewegungen.

»Das stimmt«, meldet sich Milan zu Wort. »Ich habe die Leiche gesehen. Lag bäuchlings im Schnee, mit eingeschlagenem Schädel. Ich dachte, das hätte einer von uns getan.«

»Nein, wir waren das.« Ich sehe dabei Sandor in die Augen. Obwohl Andris viel älter ist, habe ich den Eindruck, dass unser Schicksal nicht von ihm abhängen wird, sondern von dem, was hinter Sandors gerunzelter Stirn beschlossen wird.

»Ich gestehe es ganz offen: Wir wissen nicht mehr, was wir tun sollen«, fahre ich fort. »Wir haben nichts bei uns, wir wissen nicht einmal, wo wir sind. Aber wir haben die beste Ausbildung bekommen, die man sich vorstellen kann. Wir könnten für euch nützlich sein.«

Ja, als Abendessen, wird gleich einer sagen, die anderen werden ihm zustimmen und das war es dann. Wir werden sterben, ohne zu erfahren, was der Sphärenbund uns vorwirft. Alle Fragen, alle Antworten werden in schwarzem Nichts versinken, ausgelöscht.

Sandor stellt sich so dicht vor mich, dass ich die bronzenen Sprenkel in seiner Iris sehen kann. Ich weiche nicht zurück. Immerhin dreht sein Geruch mir nicht den Magen um – er ist scharf und wild, aber erträglich.

»Was hast du gelernt, das für uns von Nutzen sein könnte?«

Dass er ausgerechnet mich fragt und nicht Fleming, Tycho oder Tomma, macht die Sache schwieriger. Dass er von meiner besten Disziplin, Umstimmung und Überredung, gerade eine Kostprobe erhält, kann ich ihm schlecht sagen.

»Tycho, der blonde Junge im Nebenraum, ist ein hochbegabter Techniker«, beginne ich. »Er kann Altes reparieren und Neues entwickeln. Fleming wartet ebenfalls draußen, ihr erkennt ihn daran, dass er groß und sehr dünn ist. Sein Spezialgebiet ist die Medizin, ich würde ihn an eurer Stelle bitten, sich Milans Wunde anzusehen. Tomma ist Botanikerin, sie bringt Pflanzen dazu, auch dann zu wachsen, wenn die Bedingungen sehr ungünstig sind.« Das waren meine stärksten Trümpfe. Aber Sandors Frage habe ich noch nicht beantwortet. Mit einem Nicken fordert er mich zum Weiterreden auf.

»Dantorian, der Dunkelhaarige, der von einem Wolf verletzt wurde: Er kann großartig zeichnen, besser als jeder andere, den ich kenne. Und Aureljo hier ist der beste Student an unserer Akademie.« *War*, hallt es in meinem Kopf, *war*. »Er hat Taktik und Organisation gelernt, er überblickt die kompliziertesten Zusammenhänge und kann sie jedem begreiflich machen.« Dass er zum Anführer ausgebildet wurde, der die Menschen begeistern und in

Massen um sich scharen kann, behalte ich für mich. Leicht möglich, dass die Prims das nicht so begrüßenswert finden.

»Und du?« Sandor lässt nicht von seiner Frage ab. »Was ist dein Nutzen für uns?«

Ich weiß es nicht. Mein Gehirn bastelt blitzartig Dutzende Halbwahrheiten zusammen und verwirft sie wieder. Ich glaube nicht, dass diese Prims irgendwelches Training bekommen haben, außer an den Waffen, sie können wahrscheinlich nicht mal lesen, aber ich bin mir sicher, dass sie eine Lüge riechen können.

Dann, mit einem Schlag, weiß ich die Antwort. Die einzig richtige in dieser Situation.

»Ich habe die Sphärenmenschen studiert. Ich weiß, wie sie denken und was sie sich wünschen. Ich kann ihnen ihre Absichten von den Augen ablesen. Ich weiß, wann sie die Wahrheit sagen und wann sie lügen. Und ich kann sie glauben machen, was mir beliebt.«

Das raue Lachen von Andris hallt durch den Raum. »Drollig. Du hast die Lieblinge studiert. Und was soll uns das bringen?«

Ich drehe mich zu ihm um. »Ich weiß, was es uns gebracht hat. Es hat uns geholfen, den Exekutoren zu entkommen.«

In Andris' wegwerfender Handbewegung liegt etwas Gönnerhaftes. Er streckt sich, richtet sich zu seiner vollen Größe auf. Wolfsgott, denke ich wieder.

»Klingt alles sehr nett, wenn man Worte mag. Aber uns Sphärenmädchen sind Stiefel wichtiger als Worte. Und Stiefel waren es, die ihr gestohlen habt.«

Sie treiben Aureljo und mich zurück in den Raum, wo unsere Freunde warten und fünf Prims, die sie bewachen. Tycho umfasst Tommas Schultern, beide kauern am Boden – um es wärmer zu haben oder weil die Situation in dieser Position besser zu ertragen ist. Dantorian zittert unter der Decke. Als wir hereinkommen, versucht er aufzustehen, gestützt von Fleming. Sie müssen jedes unserer Worte gehört haben.

»Wer war es, der Maia die Stiefel von den Beinen gezogen hat?« Andris' Stimme klingt wie heranrollender Donner. Er lässt seine Lederpeitsche durch die Luft pfeifen; es knallt wie bei einer Lawinensprengung.

Man muss es Tomma hoch anrechnen, dass sie nun aufsteht. Ihre Beine tragen sie kaum, alles an ihr ist ein einziges Zittern. »Ich«, flüstert sie. »Es tut mir leid. Ich habe so gefroren.«

»Zieh sie aus.« Der Lederriemen zischt auf Tommas Waden zu, verfehlt sie nur um Haaresbreite.

Tycho stützt sie, während sie sich zuerst den rechten, dann den linken Stiefel von den Füßen zerrt. Danach steht sie in Socken auf dem eisigen Boden.

Andris nickt zufrieden. »Bringt Maia herein.«

Das tote Mädchen ist steif gefroren wie ein Brett. Sandor und Milan tragen sie herein und legen sie vor uns ab.

Eine Bewegung mit dem Kopf genügt und Tomma weiß, was von ihr erwartet wird. Mit bebenden Händen zieht sie dem Mädchen die Stiefel an. Sie braucht mehrere Versuche, vermutlich sind ihre Finger ebenso klamm wie meine.

»Gut.« Sandor nickt. »Und jetzt … durchsucht sie. Alle.«

Der Wütende mit der Keule, Yann, wirft sich förmlich auf Tomma. Reißt an ihrer Jacke, befördert eine Tube Notfallnahrung zutage.

Der Wolfsgott hat sich Aureljo vorgenommen und das Erste, was ihm auffällt, ist der Salvator.

»Spielzeug für Lieblinge, hä?« Er rüttelt an der Manschette, findet den Verschluss nicht, nimmt Aureljos Arm und drischt ihn samt Salvator gegen die nächste Wand. Aureljo unterdrückt ein Stöhnen.

»Nicht.« Sandors Stimme ist ruhig, aber jeder im Raum hält inne. »Wir zerstören nichts, was Quirin noch brauchen könnte.«

Aus Andris' Kehle löst sich ein missbilligendes Brummen. »Aber wenn sie damit Verstärkung rufen?«

»Können wir nicht.« Tycho bemüht sich um eine feste Stimme. »Sie sind hinter uns her, wissen Sie? Deshalb habe ich den Teil, der Signale verschickt, kaputt gemacht. Bei uns allen.«

Wieder wechseln die Prims Handzeichen. Ich wünschte, sie würden das lassen. Am Ende nickt Andris, tastet Aureljo ein weiteres Mal ab, schüttelt den Inhalt seines Rucksacks auf den Boden und nimmt sich alles, was ihm gefällt – viel ist danach nicht mehr übrig.

Vor mir baut sich Yann auf, er ist mit Tomma fertig, sein zottiges blondes Haar bildet einen merkwürdigen Kontrast zu seiner geröteten Haut.

»Nein«, höre ich Sandor hinter ihm sagen. »Diese dort möchte ich selbst übernehmen.«

Yann lacht dreckig und verleiht Sandors Worten damit eine Bedeutung, die sie ursprünglich nicht hatten. »Aber gerne, Than.«

Ich weiche nicht zurück, als Sandor sich vor mir aufbaut und eine Hand ausstreckt. Als Erstes gebe ich ihm die Gartenharke, nicht ohne Bedauern. Danach die Nahrungstuben, die wenigen verbliebenen Ersatzkleidungsstücke aus dem Notfallpack, die Taschenlampe.

Er verstaut alles in dem Lederbeutel, der über seiner Schulter hängt, dann streift er meinen Ärmel zurück und betrachtet den Salvator. Drückt zwei Knöpfe, aber nichts rührt sich.

»Er ist beschädigt«, sage ich, »und lange nicht mehr aufgeladen worden. Du kannst ihn gerne haben, für mich ist er nutzlos.« Ich beginne, an dem Verschluss zu drehen, und hoffe, dass mein Bluff funktioniert – tatsächlich. Sandor winkt ab.

»Warten wir, was Quirin dazu sagt.«

Wer auch immer Quirin ist, er verschafft mir einen Aufschub. Und somit besteht die Chance, dass eine weitere Botschaft den Weg zu mir findet.

Als sie fertig sind, rotten sich die Männer vor dem Haus zusammen und besprechen sich. Sie verwenden wieder ihre Zeichensprache, schnelle Fingerbewegungen, denen ich kaum mit den Augen folgen kann. Nicht lange, dann nicken sie einander zu und Sandor tritt vor mich.

»Du hast die Lieblinge studiert.«

»Ja.«

»Gut. Dann haben wir eine Aufgabe für dich.«

19

Sie treiben uns aus der Ruine. Einen entsetzlichen Moment lang glaube ich, dass sie nur mich leben lassen und die anderen töten wollen, denn Yann stellt sich dicht vor Fleming und schwingt seine Keule über dessen Kopf. Aber das stellt sich zum Glück als Drohgebärde heraus. Er genießt unsere Angst, es gefällt ihm nicht, dass sie für einige Augenblicke nachgelassen hat.

Yann erlaubt Tomma nicht, ihre Thermoschuhe wieder anzuziehen, sondern zwingt sie, in Socken neben uns im Schnee zu stehen. Ihre Erkältung ist gerade erst abgeklungen und ich hoffe, dass sie morgen nicht mit einer Lungenentzündung zu kämpfen hat.

Tomma weint. Sie weiß wie wir alle, dass es ihre Füße nicht überstehen werden, wenn der Weg zu lang ist. Ich sehe wieder die schwarze, abgefrorene Nase des Sentinel vor mir.

Wir stehen zwischen den toten Wölfen, während Andris und Yann ihnen mit geübten Bewegungen die Felle abziehen. Das, was übrig bleibt, sieht erbärmlich aus.

Ich nutze die Zeit, um das eben Gesprochene noch einmal durchzugehen. *Exekutoren*, hat Andris gesagt.

Wenn es eine Gruppe von Sentineln gibt, deren Aufgabe das Töten ist, müssten wir das nicht wissen? Hätten wir das nicht erfahren, irgendwann, zumindest hinter vorgehaltener Hand?

Eine Erinnerung stellt sich ein, hart wie ein Schlag. Das Bild von

Tudor, die Angst in seinen Augen, als er den farblosen Sentinel vor den Reihungstafeln entdeckt hat.

Tudor wusste es. Er wusste, was die Anwesenheit des Fremden zu bedeuten hatte. Hatte er Angst, dass er es sein könnte, nach dem der Sentinel sucht? War ihm klar, dass es eine Einheit gibt, die auf Exekutionen spezialisiert ist? Ich wünschte, ich hätte ihn gefragt.

Sandor steht etwas abseits. Sein Blick ist gen Himmel gerichtet, aus dem einzelne Schneeflocken fallen. Dann stößt er einen durchdringenden Pfiff aus und hebt die Hand mit dem langen Lederhandschuh.

Etwas kommt von oben angeschossen, fängt sich, steigt wieder ein Stück, kreist über uns. Es ist weiß wie der Schnee und schwarz wie die Lange Nacht. Schließlich landet es auf Sandors Hand.

Ein Vogel. Aber er ähnelt nicht den langschnäbeligen Krähen, die ich oft über die Sphären habe fliegen sehen. Dieser hier hat einen kurzen, gebogenen Schnabel, gelb an der Basis, grau an der Spitze. Auch seine Augen sind gelb umrandet, dunkel schauen sie umher, sind den ruckenden Bewegungen des Kopfes immer ein wenig voraus. Weiße Federn mit schwarzen Sprenkeln, an den Beinen wachsen sie reinweiß und so dick, dass sie wie Hosen aussehen.

Sandor streicht dem Vogel mit der rechten Hand über den Rücken, flüstert ihm unhörbare Worte zu und reibt seine Nase an dem Schnabel. Zum ersten Mal sehe ich ihn wirklich lächeln, sehr kurz nur, aber es berührt mich.

Idiotin, beschimpfe ich mich stumm. Auch Prims lächeln. Sieh dir Andris an, der grinst die ganze Zeit, er verkneift es sich gerade mal dann, wenn er Maia trägt.

Für die Tote haben sie eine Art Bahre mitgebracht, ein Gestell aus Metall- und Holzstangen, auf das sie nun das Mädchen legen. Mit den Wölfen sind sie inzwischen fertig, alles weist auf einen Aufbruch hin.

Vor uns baut sich Yann, der Wütende, auf und deutet mit seiner Keule auf uns. »Wir gehen los. Ihr werdet Schritt halten, egal wie. Wer zurückbleibt, wird zurückgelassen. Aber nicht lebend.« Er wirft einen bedeutungsvollen Blick auf seine Waffe, dann auf Tommas Füße. »Bin neugierig, wie lange es dauert.«

Sie wartet, bis er uns den Rücken zuwendet, dann beginnt Tomma lautlos zu weinen. »Ich spüre meine Füße jetzt schon nicht mehr«, flüstert sie. »Das schaffe ich nicht. Nie.«

Sie tut mir unendlich leid, trotzdem ist da ganz tief in mir ein kleiner Teil, der ihr ins Gesicht schreien möchte, dass sie selbst schuld ist.

Ich rufe mich zur Ordnung, Empfindungen dieser Art bringen uns nicht weiter. »Wenn wir sie tragen, du ein Stück und ich ein Stück …«, wende ich mich an Tycho. »Was denkst du?«

Er zuckt mit den Schultern, nickt. »Versuchen wir es. Aber ihre Füße werden trotzdem erfrieren, wenn wir sie nicht vor der Kälte schützen.«

In meinem Notfallset ist noch der Wasserfilter. Kein Vergleich zu den Thermoschuhen, aber besser als nichts, solange er trocken bleibt. Ich wickle noch ein Stück Plastikfolie darum und hoffe, dass es hält. Tommas zweiten Fuß verhüllen wir mit den Utensilien aus Tychos Set, wir schaffen es gerade noch so, bevor es losgeht.

Am Anfang ist es noch einfach. Tomma versucht nach besten Kräften, sich auf Tychos Rücken leicht zu machen, und er ist wirklich in guter Verfassung, bedenkt man, was wir alles hinter uns haben. Sie sind kaum langsamer als der Rest der Gruppe – die Prims mit der Trage, Aureljo und Fleming mit dem verwundeten Dantorian.

Doch dann beginnt das Gelände anzusteigen. Ich höre Tycho keuchen, sehe, wie er immer wieder ins Rutschen gerät. Wir erreichen eine Kuppe.

»Ab hier übernehme ich sie«, verkünde ich mit viel mehr Zuversicht in der Stimme als im Herzen.

Tomma klettert von Tychos Rücken auf meinen, schafft es, ohne dabei den Boden zu berühren. Sie ist klein und dünn, trotzdem ist mir sofort klar, dass ich mit ihrer Last auf den Schultern höchstens zehn Minuten durchhalten werde.

Egal. In Bewegung setzen. Ein Fuß vor den anderen, immer wieder und wieder und wieder. Meine Arme beginnen als Erstes zu schmerzen und auch das quälende Hämmern in meinem Kopf setzt wieder ein, aber wenigstens ist mir nicht kalt.

»Es tut mir so leid«, murmelt Tomma. »Wirklich. Ich wollte das nicht.«

Ich würde gern antworten, aber ich brauche jedes bisschen Luft. Also nicke ich nur.

»Danke. Ich werde nie wieder so dumm sein. Dass du mir jetzt hilfst, ist … ist viel mehr, als ich verdient habe.«

Kommunikationstraining, dritte Lektion. Das eigene Unrecht eingestehen – und mit diesen Anfängerphrasen versucht sie es bei mir? Nicht ausgeschlossen, dass sie es ehrlich meint, aber trotzdem.

Nun beginnt es auch in meinen Beinen zu ziehen, sie sind so viel Gewicht nicht gewohnt. Ein Schritt, noch einer, noch einer.

Wie lange laufe ich schon so? Noch keine fünf Minuten, da bin ich mir sicher.

Das Herz pumpt heftig in meiner Brust, der Salvator erwacht plötzlich wieder zum Leben, er vibriert an meinem Handgelenk. Egal. Soll er heulen, vielleicht schlägt das die Prims ebenso in die Flucht wie vorhin die Wölfe.

Ich muss auf mein Tempo achten. Nicht zu langsam, aber trotzdem kräftesparend. Im Moment verläuft der Weg eben, ich wünschte, ich könnte zu Aureljo aufschließen, der mir immer wieder besorgte Blicke zuwirft. Im Augenblick trägt er Dantorian allein, er und Fleming wechseln sich ebenso ab wie Tycho und ich.

Wenn wir wenigstens wüssten, wie weit es noch ist. Die Prims sind zu Fuß gekommen und sie sehen aus, als könnten sie problemlos einen halben Tag oder länger durch den Schnee laufen, ohne müde zu werden. Wahrscheinlich sind sie es gewohnt, weil sie gar keine andere Möglichkeit haben. Keine Reittiere, keine Pferdewagen. Vermutlich ähnlich wie bei uns – auch die Sentinel legen die meisten Strecken zu Fuß zurück, wenn sie nicht die Magnetbahn benutzen. Die wenigen Schneefahrzeuge, die es gibt, werden nur spärlich eingesetzt. Treibstoff ist kaum vorhanden und er ist kostbarer als Gold. Und mit Strom betriebene Fahrzeuge sind meist zu schwach, als dass sie bei Schnee und Eis sinnvoll eingesetzt werden könnten.

Alles an mir ist reine Erschöpfung, aber ich darf nicht daran denken. Muss die schmerzenden Arme und Schultern ignorieren, die Beine, die sich mit jedem Schritt schwerer anfühlen.

Ich lenke mich ab, indem ich mich auf die Fremden konzentriere. Kann man erkennen, welchem Stamm oder Clan sie angehören? Es sind keine Weißen Greifer und auch keine Schlitzer, vermute ich, sonst wären wir bereits tot. Dann gibt es noch die … Nachtläufer, genau. Und irgendetwas mit Wolf im Namen. Wolfsjäger, Wolfshüter? Es fällt mir nicht ein.

In meinem rechten Oberarm verkrampft sich ein Muskel. Verdammt! So gut ich kann, lockere ich die Schulter, ignoriere Tommas Frage, ob es denn noch geht, und laufe weiter. Der Salvator fiept. Am liebsten würde ich die Augen schließen und mich fallen lassen, der Schnee sieht so weich aus. Was, wenn es noch einen halben Tag so weitergeht? Dann –

»Lass mich sie nehmen.«

Ich habe nicht gemerkt, dass Aureljo sich hat zurückfallen lassen. Dantorian hängt zwischen Fleming und einem Prim, dessen Namen ich nicht kenne, die beiden unterhalten sich.

»Der Junge heißt Hennik und hat eine Mutter, die an ständigem Husten leidet«, erklärt Aureljo, ohne dass ich ihn gefragt hätte. »Fleming hat ihm versprochen, sie sich anzusehen.«

Das ist gut, denke ich. Aussprechen kann ich es nicht, ich kriege vor Erschöpfung kein Wort heraus.

Aureljo hebt Tomma von meinem Rücken und ich beginne beinahe zu weinen, weil das so guttut. Sie bedankt sich bei ihm, ich höre ihre Stimme, verstehe aber nicht, was sie sagt.

Schwarze Punkte vor meinen Augen. Der Salvator vibriert wieder, unter meinen Händen ist Kälte, Schnee schneidet in meine Handflächen. Liegen bleiben. Warten, bis alles warm wird oder taub oder dunkel.

Jemand packt mich am Arm und reißt mich hoch. Wir sind ein gutes Team, denke ich; obwohl ich Tycho noch nicht lange kenne, kümmert er sich darum, dass ich nicht schlappmache.

Ich sehe hoch und begegne zwei Augenpaaren: einem braunen und einem gelb umrandeten. Immer noch vibriert der Salvator und der Vogel scheint es zu bemerken, es stört ihn. Er gibt schrille, rhythmische Laute von sich, sein Schnabel ist weit aufgerissen.

Kaum stehe ich wieder auf den Beinen, gibt Sandor mir einen Stoß in den Rücken, der mich vorwärtsstolpern lässt. Ich atme tief ein und aus und mein Salvator gibt Ruhe. Ein Glück.

Es geht mir jetzt besser. Keine schwarzen Punkte, meine Arme und Beine schmerzen zwar immer noch, aber ich spüre sie immerhin, ebenso wie die Kälte.

Dann höre ich neben mir Schritte. Aus den Augenwinkeln sehe ich lange Beine in hohen fellbesetzten Stiefeln, die mehrfach mit Lederriemen umwickelt sind. Wieder der heisere Schrei, einmal, zweimal, dreimal.

Dass Sandor beschlossen hat, direkt neben mir weiterzumarschieren, gefällt mir überhaupt nicht. So kann ich mich nicht mit den anderen besprechen, mit Tycho zum Beispiel, der schon mehrmals zu mir hergesehen und mit dem Kopf zur Seite gewiesen hat, als wollte er mich auf etwas aufmerksam machen. Oder mit Aureljo, der so viel mehr über die Clans weiß als ich.

Aber ich kann diesen speziellen Prim studieren.

Viel älter als ich selbst dürfte er nicht sein. Zwanzig vielleicht. Sein Profil ist klar und scharf geschnitten, mit einer geraden Nase und einer hohen Stirn. Da gibt es nicht viel, was die Chirurgen im Medcenter verbessern könnten, und sie wären begeistert von seinen hohen Wangenknochen. Aber leider zeigt dieses Gesicht im Moment keinerlei Regung. Nicht einmal Feindseligkeit. Das Einzige, was Sandor ausstrahlt, ist eine ungewöhnliche Aufmerksamkeit, als hätte er seine Sinne geschärft wie Waffen.

Da haben wir etwas gemeinsam, Prim.

Er hebt den Kopf, als suche er etwas am wolkenverhangenen Himmel, und ich sehe weg. Konzentriere mich wieder auf meine Schritte, die immer anstrengender werden.

»Noch über diesen Hügel.«

Überrascht blicke ich auf. Falls Sandors Information für mich gedacht war, dann ist ihm das nicht anzusehen. Er ist voll und ganz mit seinem Vogel beschäftigt, löst gerade dessen Beinriemen, um ihn dann in die Luft zu werfen. Die weißen Schwingen schlagen kräftig und schnell, das Tier steigt höher und höher, findet eine Luftströmung und gleitet auf ihr weiter.

Vor uns kann ich den Hügel erkennen, von dem Sandor gesprochen hat. Wenn das die letzte Steigung vor dem Ziel ist, können wir es schaffen. Ich beschleunige meine Schritte. Egal was hinter dem Hügel auf uns wartet, ich will es schnell erreichen.

Sandor passt sich meinem Tempo an, bleibt auf gleicher Höhe mit mir, aber ohne mich zu beachten – seine ganze Aufmerksamkeit gilt der Umgebung. Immer wieder sucht er den Himmel ab, wechselt Handzeichen mit Andris und Yann, rückt den Bogen auf seinem Rücken zurecht. Ich gebe mir Mühe zu erkennen, wonach Sandor Ausschau hält, komme aber zu keinem Ergebnis. Schwer zu lesen, vor allem von der Seite.

Wir überholen Fleming und … Hennik, richtig, für die Dantorian keine Last zu sein scheint. Irgendwo summt ein Salvator, aber meiner ist es diesmal nicht.

Wenn ich schätzen müsste, wie lange wir schon unterwegs sind, würde ich sagen, eine gute halbe Stunde. Meine Füße sind nun trotz der Thermoschuhe eiskalt und meine Augen beginnen zu tränen. Aber den Hügel werde ich erreichen können.

Wieder ein Surren.

Irritiert sehe ich mich um, begegne dabei Sandors konzentriertem Blick, der auf irgendetwas links hinter mir gerichtet ist. Hört er den Salvator auch? Nur wem gehört er? Von den anderen ist keiner nah genug, als dass das Geräusch bis zu uns dringen könnte.

Dann sehe ich es. Silbrig reflektiert es das Weiß des Schnees, das Grau der Steine und das Braun der häufiger werdenden Baumstämme. Es ist flach, oval, groß wie ein Brotlaib und bewegt sich auf Ketten wie ein Baufahrzeug. Aller Wahrscheinlichkeit nach verfügt es über haufenweise Sensoren, denn es weicht Hindernissen mit geschmeidiger Selbstverständlichkeit aus, gleitet leicht und ohne zu ruckeln über Unebenheiten. Ist es schon die ganze Zeit in der Nähe? Kaum, sonst wäre es unseren Entführern sicher längst aufgefallen, auch wenn es fast perfekt mit seiner Umgebung verschmilzt. Vermutlich hätte es niemand entdeckt, würde es nicht summend vibrieren.

»Was ist das?«, fragt Sandor leise.

Ich habe keine Ahnung, ein solches Gerät habe ich noch nie gesehen, aber mir ist sofort klar, dass es nicht in die Welt der Prims gehört, sondern in unsere.

Der Gedanke lässt mich den Kopf zu Tycho drehen. Er ist der Experte für Technisches. Hat er so etwas schon mal gesehen? Weiß er, wozu es dient?

Meinen Blick hat er jedenfalls bemerkt und bemüht sich nun, den Abstand zwischen uns zu verringern. Sobald er nah genug ist, weise ich mit der Hand auf das merkwürdige Ding, das uns leise surrend begleitet.

Tycho nickt. »Ein Fahnder«, murmelt er. »Mit Wärmesensoren,

vielleicht sogar mit Kamera. Wurde entwickelt, um die Stämme zu orten.«

Das Wort Kamera bleibt in meinen Gedanken stecken wie ein vergifteter Widerhaken. Körperwärme, das kann irgendein beliebiger Mensch sein oder auch ein Tier, aber Kamerabilder zeigen dem Empfänger sofort, dass wir leben. Welche Richtung wir eingeschlagen haben. Wo man uns finden kann. Unter normalen Umständen könnte ein solcher Fahnder unsere Rettung sein.

Ich denke nicht lange darüber nach. In dieser Sache stehen wir auf der gleichen Seite wie die Prims. »Es ist ein Gerät, das uns ausspioniert«, sage ich halblaut. »Wir müssen es loswerden.«

Sandor zieht eine Axt aus seinem Gürtel, dreht die Schneide nach oben und drischt mit der eisenbeschlagenen Rückseite auf das Gerät ein.

Der Fahnder will ausweichen, fliehen, seine Sensoren arbeiten auf Hochtouren. Doch Sandor ist schneller, seine Schläge prasseln auf das Metallgehäuse nieder, bis ein schriller Alarmton die Luft durchschneidet. Drei Schläge später bricht er ab. Das Innenleben des Fahnders liegt frei: Platinen, Kontakte, zarte Drähte.

Die restliche Gruppe hat angehalten, Andris und Milan haben ihre Waffen gezogen und sind zu uns zurückgeeilt, nun beäugen sie misstrauisch das zerstörte Gerät.

»Was ist das?«, brummt Andris. Seine Verwunderung ist echt, ebenso wie seine Vorsicht, als er in die Knie geht und zögernd eine Hand nach der verbeulten, aber immer noch glänzenden Hülle des Fahnders ausstreckt.

»Ihr habt so etwas noch nie gesehen?«, frage ich.

Andris' hellblaue Augen richten sich auf mich, lauernd. »Nein. Was ist das? Gehört es euch?«

»Nicht uns«, erwidere ich leise.

»Anderen Lieblingen?«

Ich kann mich an diese Bezeichnung nicht gewöhnen, sie kommt mir so unpassend vor. »Ja. Das ist Sphärentechnik.«

Auch Sandor ist neben dem Fahnder in die Hocke gegangen. Er zieht die zerbrochenen Teile der Hülle weiter auseinander. »Wozu ist es gut?«

Ich werfe Tycho, der zögert, einen auffordernden Blick zu. Besser, er beantwortet diese Frage. *Zeig ihnen, was du kannst. Wie gut du bist.*

»Es ist dazu da, Menschen zu finden«, erklärt er. »Es kann Körperwärme spüren, und wenn es auf diese Weise jemanden entdeckt, folgt es ihm.«

Andris knurrt. Gleich wird er die Zähne fletschen wie einer der Wölfe, in deren Fellen er steckt. »Weiß es, ob die Wärme von Mensch oder Tier kommt?«

»Nein«, antwortet Tycho zögernd. »Eigentlich nicht, aber im Allgemeinen ist eine Kamera eingebaut, die Bilder an ein Überwachungszentrum schickt.« Er bückt sich, wobei er versucht, so viel Abstand wie möglich zu Andris zu halten. Dann greift er mit geübten Fingern in die Reste des Fahnders und fördert eine kleine, runde Linse zutage, die durch zwei dünne Drähte mit dem Gerät verbunden ist. »Hier. Das ist so etwas wie ... das Auge.«

Andris nimmt Tycho die Kamera grob aus den Händen und reißt an den Drähten, bis sie nachgeben. »Das war es dann mit dem Auge«, grölt er.

Sandor ist einen Schritt zurückgetreten. Er hat die Arme vor der Brust verschränkt; zwei steile Falten teilen seine Stirn. »Wer von uns ist einem solchen Ding schon mal begegnet?«

Keiner meldet sich.

»Das liegt daran, dass es unseretwegen hier ist«, sage ich leise. »Nicht euretwegen.«

Er dreht seinen Kopf blitzschnell in meine Richtung. »Das weißt du nicht mit Sicherheit.«

»Es wäre aber logisch«, erwidere ich. »Wir hätten sterben sollen, aber wir sind entkommen. Jetzt schicken sie Fahnder aus, die unsere Spur aufnehmen sollen. Wenn sie uns gefunden haben, ist es nur eine Frage der Zeit, bis die … die Exekutoren ihnen folgen.«

Sandors Augen verengen sich. Ich weiß ziemlich genau, was ihm gerade durch den Kopf geht. Wenn die Fahnder uns finden, dann finden sie auch den Clan. Sehr wahrscheinlich, dass ihm das nicht recht ist. Er könnte uns jetzt einfach laufen lassen. Uns in den Wald jagen, zurück zu den Wölfen. Dann hätte er ein Problem weniger am Hals. Oder uns töten lassen, ein paar Kehlen sind schnell durchgeschnitten.

Ich kann sehen, wie er beide Möglichkeiten erwägt, doch am Ende wählt er keine davon. Schüttelt nur sachte den Kopf. »Rohstoffe einsammeln«, befiehlt er und geht weiter.

Jeder seiner Männer, der eine Hand frei hat, zerrt Teile aus dem zerstörten Fahnder und steckt sie in Beutel oder Taschen. Das war also mit Rohstoffen gemeint, aha. Ich kann mir beim besten Willen nicht vorstellen, was die Prims mit einer Technologie anfangen wollen, die sie nicht begreifen. Aber darüber werde ich mir nicht auch noch den Kopf zerbrechen.

Ich spähe um mich, suche nach ungewöhnlichen Reflexionen, versuche Geräusche auszumachen, die auf die Anwesenheit eines weiteren Fahnders schließen lassen. Die Vorstellung, dass der farblose Sentinel vor einem Monitor sitzt, unseren mühevollen

Marsch beobachtet und uns in aller Ruhe seine Truppen nachschickt, lähmt mich.

Egal, wohin wir uns wenden, wem wir begegnen, egal, was wir tun: Jeder ist ein Feind. Das sollte mir klar sein, seit wir aus der Magnetbahn geflohen sind, aber erst jetzt trifft die Erkenntnis mich wie ein Faustschlag.

Über uns höre ich die schrillen Rufe von Sandors Vogel.

20

Der Hügel, in den ich so große Hoffnung gesetzt hatte, fordert mich mehr als befürchtet. Tomma zu tragen hat mich zu viel Kraft gekostet, jetzt ist nicht mehr genug übrig, um sie mir einteilen zu können. Jeder meiner Muskeln schmerzt, als ich den rutschigen Hang nach oben gehe. Der Schnee liegt dünn hier und er muss frisch sein. Da, wo unsere Füße ihn niedertreten, zeigen sich die harten, dunklen Halme einer zähen Pflanze.

Ihr Anblick würde mich unter anderen Umständen vor Glück schwindelig machen, doch im Moment hoffe ich nur, dass keine Sinnestäuschung dahintersteckt. Gras? Die Magnetbahn hat uns weit in den Süden gebracht und es sieht wirklich so aus, als gäbe es Grund zur Hoffnung. Der Schnee ist nicht ewig. Hier scheint er auf dem Rückzug zu sein. Es gibt auch deutlich mehr Bäume, und unter denen, die groß genug sind, um Schutz vor dem Wetter zu bieten, zeigen sich immer wieder schneefreie Flächen.

Ich hoffe, Tomma sieht das und kann meine Fragen beantworten, wenn wir die Gelegenheit bekommen, miteinander zu sprechen. Sie lässt sich immer noch von Aureljo tragen, und wenn ich es aus der Entfernung richtig erkenne, redet sie auf ihn ein, während er unserem Zug langsamer und langsamer folgt. Yann läuft neben ihm und schwingt gelegentlich seine Keule, wie ein Kind, das Spaß am Quälen hat.

Ich sollte zurückgehen und Aureljo beistehen, den keulenschwingenden Yann in ein Gespräch verwickeln, sodass er Aureljo in Ruhe lässt. Andererseits bin ich so dankbar für jeden Schritt, den ich hinter mir habe, dass ich mich dazu nicht durchringen kann. Ich habe den Hügel fast bewältigt, fast. Wenn sich auf seiner Kuppe herausstellen sollte, dass Sandors Worte gelogen waren, werde ich mich einfach hinsetzen und nie wieder aufstehen. Ich glaube nicht, dass ich eine weitere Ebene durchqueren oder eine weitere Steigung bewältigen kann.

Doch der Hügel enttäuscht mich nicht.

Dahinter erstreckt sich eine ausgedehnte Ruinenlandschaft. Der Anblick von schneebedeckten Schutthaufen, alten Gebäuden ohne Dach, halb eingestürzten Häusern und verfallenen Kirchen, die wie zerbrochene Zähne aussehen. Dazwischen Reste von Straßen, die einmal glatt wie Sphärenwände gewesen sein müssen, jetzt aber, durch den Frost, aufgebrochen sind.

Es ist eine große Stadt und manche der Häuser sehen erstaunlich gut erhalten aus. Umherziehende Clans sollten hier reichlich Unterschlupf finden.

»Weiter«, schnauzt Andris. Es ist ihm anzusehen, dass er es eilig hat, nach Hause zu kommen. Er löst einen der Prims ab, die das tote Mädchen tragen, und beginnt mit dem Abstieg, wobei er sich nach rechts wendet. Dort verläuft eine Spur im Schnee; wahrscheinlich hat die Gruppe sie auf dem Hinweg selbst gezogen.

Ein Stoß in den Rücken, mit dem ich nicht gerechnet habe. Sandor.

»Hast du Andris nicht verstanden?« Seine Worte klingen völlig ruhig, eine höfliche Nachfrage, die in unbegreiflichem Kontrast zu seiner groben Handlung steht.

Analysiere, erinnere ich mich an Graukos ständige Anweisung. *Sauge jede Information auf, die dir ein Gesicht, eine Stimme, ein Zucken der Mundwinkel liefert. Eine Handbewegung, ein Innehalten, ein Atemholen.*

Aber im Moment habe ich den Eindruck, dass ich die Prims doch nicht lesen kann. Nicht gut genug jedenfalls, um uns aus dieser Situation zu retten.

Sie sind nicht wie wir. Sie sind wie Wölfe.

Es beginnt dunkel zu werden, als wir den Saum der Ruinenstadt erreichen. Tycho hat sich bereit erklärt, Tomma wieder zu übernehmen, und ich lege Aureljos Arm um meine Schultern. Er möchte sich nicht auf mich stützen, sagt er, tut es aber trotzdem. Sein Atem geht schwer. Hinter uns höre ich Tomma aufgeregt über Heidegras und erste Ausläufer von borealem Nadelwald reden, sie will sogar eine Birke gesehen haben, was auch immer das ist.

Es sollte mich interessieren, was sie erzählt, aber ich bin zu beschäftigt, den kleinen heißen Klumpen Wut zu bändigen, der in meinem Innern glüht. Erschöpfung schwächt meine Emotionskontrolle, das war schon immer so. Wie schön, dass Tomma so guter Laune ist. Wenn ich nicht aufpasse, werde ich sie von Tychos Rücken zerren und mit dem Kopf voran in den nächsten Schneehaufen stecken.

Nur dass der Schnee hier sehr selten in Haufen liegt. Er ist kaum mehr als eine knöchelhohe Schicht auf dem Boden, die man mit Schmelzgeräten leicht beseitigen könnte.

Vor uns liegt eine Brücke, die einen breiten Fluss überspannt. Sie sieht nicht sehr vertrauenerweckend aus, aber die Prims werden schon wissen, was sie tun. Ich achte darauf, immer in Sandors

Fußstapfen zu treten. Unter uns rauscht Wasser. Es fließt frei, ich halte Ausschau nach Eisschollen, entdecke aber keine – nur an den Rändern des Flusses hat sich eine schmale Kruste gehalten.

Am anderen Ufer steuern wir auf ein Gebäude zu, das intakt wirkt. Beim Näherkommen wird deutlich, dass sein guter Zustand kein Glücksfall, sondern das Ergebnis harter Arbeit ist: Es wurde instand gesetzt und ausgebaut. Das oberste der drei Stockwerke ist aus verschiedenen Steinarten gemauert, das Dach geflickt.

»Sie bauen die alten Städte wieder auf«, murmele ich Aureljo zu. »Hast du das gewusst?«

Er schüttelt den Kopf. »Das ist mir neu. Morus hat immer gesagt, sie leben in Erdhöhlen und Zelten aus Tierhaut.«

Aus dem Haus laufen uns nun Menschen entgegen. Ich wappne mich innerlich gegen Tritte oder Schlimmeres, doch die Prims beachten uns nicht. Sie haben nur Augen für Maia.

Drei Frauen werfen sich weinend über das tote Mädchen, drücken es an sich, küssen es, tragen es fort. Eine Frau fällt Milan um den Hals, sie umarmen sich und ich sehe, wie Milans Schultern erneut zu beben beginnen.

Der Anblick der Szene ist gespenstisch. Noch nie habe ich erwachsene Menschen so unbeherrscht weinen sehen. Keinen der Sentinel, wenn sie einen getöteten Kameraden nach Hause brachten. Niemanden von uns, wenn ein alter Mentor oder ein Freund starb.

Ich erinnere mich an die Trauerzeremonie für Lu, Raman und Curvelli – natürlich sind Tränen geflossen. Einzelne. Aber niemand hat seinem Schmerz vor allen Augen freien Lauf gelassen. Das tun wir in der Zurückgezogenheit unserer Quartiere, vielleicht. In Maßen, so, dass der Salvator nicht ausschlägt.

Im gleichen Augenblick fühle ich die Vibration an meinem Handgelenk. Die Übereinstimmung ist so bizarr, dass ich eine Sekunde lang überzeugt bin, mir das Signal nur einzubilden. Ein langes Vibrieren, zwei kurze. Dasselbe Muster wie heute Morgen.

Wir haben das Haus fast erreicht. Ich werde mich gedulden müssen, bis sich ein unbeobachteter Moment ergibt und ich die neue Nachricht in Ruhe lesen kann. Falls eine Nachricht eingetroffen ist.

Maia wurde bereits hineingetragen, Milan verschwindet gerade durch die geöffnete Tür, danach Sandor und die meisten anderen. Uns lässt man warten.

»Geduld«, sagt Andris. »Sandor überlegt noch, wohin er euch steckt.«

Der Wolfsgott wirkt versöhnlicher. Ist wohl auch froh, den Fußmarsch hinter sich zu haben. Außerdem muss er uns nur ansehen, um zu wissen, dass keiner von uns in der Verfassung ist davonzulaufen. Wir müssen nicht groß bewacht werden.

Ich lächle ihn an. Falls sie uns gleich wegsperren, ist jetzt die letzte Möglichkeit, Fragen zu stellen. »Ist Sandor euer Anführer?« Ich lasse den Satz wie beiläufig fallen. Als wäre er reine Höflichkeit, damit kein peinliches Schweigen entsteht.

Andris reagiert wie erhofft, nämlich automatisch. »Na, beinahe«, ruft er. »Sandor ist Than. Noch sehr jung dafür, wirst du jetzt sagen, aber er –«

In diesem Moment lässt Tycho Tomma in den Schnee gleiten. Sie quietscht erschrocken, als ihre Füße mit dem kalten Nass in Berührung kommen.

»Kann nicht mehr«, flüstert er.

»Du hättest mich warnen können«, jammert Tomma.

Der lange Lederriemen in Andris' Hand zischt durch die Luft. »Ruhe!« Seine hellblauen Augen mustern Tomma voller Abneigung. Sie würde gut daran tun, sich so unauffällig wie möglich zu verhalten. Die Sache mit Maias Stiefeln wird nicht so schnell vergessen sein.

Der kurze friedvolle Augenblick ist vorüber, die Gesprächsbasis mit Andris dahin. Er wird keine Fragen mehr beantworten. *Sandor ist Than.* Was bedeutet das? Etwas anderes als Anführer?

Ich sehe Aureljo an, der fast unmerklich mit den Schultern zuckt. Also wurde auch ihm dieser Begriff in Außenkunde nicht erklärt.

Wir warten, während der Abend sich über uns herabsenkt. Die Plastikumhüllung an Tommas linkem Fuß hat sich gelöst, weshalb sie versucht, nur auf dem rechten zu stehen. Ihre Unterlippe bebt wie die eines trotzigen kleinen Kindes.

Dann kommt Sandor zurück. »Keller zwei«, sagt er und weist mit dem Kopf zur Tür.

Wir gehen, ohne dass Andris nachhelfen muss. Aus dem Haus dringt der Geruch nach … Gekochtem. Ich kann jedoch nicht sagen, was es genau ist. Jedenfalls nichts, was ich schon einmal gegessen habe. Von da und dort hört man gedämpfte Stimmen, aber wir werden in die andere Richtung getrieben. Weg von den Gerüchen, weg von den Stimmen. Nach unten.

Der Keller ist feucht, aber es ist hier deutlich wärmer als draußen. Wir kauern uns zusammen, Sandor stellt eine merkwürdige Lampe auf den Boden, in der eine Kerze brennt. Sie sieht aus, als wäre sie mit bloßen Händen geknetet worden. Dann ist Sandor fort.

Ich setze mich an die Wand und schiebe meinen linken Ärmel

nach oben. Der Salvator wird sichtbar und mit ihm die Botschaft auf dem blau leuchtenden Display. *Sie haben eure Spur verloren. Für heute.*

Wer auch immer mir diese Nachrichten sendet, muss erfahren haben, dass der Fahnder, den man uns nachgeschickt hat, keine Daten mehr übermittelt. Ich lese die Worte und habe ganz automatisch Grauko vor Augen, der mir aus der Ferne helfen will.

Aber was, wenn es nicht so ist? Was, wenn mich jemand in falscher Sicherheit wiegen will – Gorgias vielleicht oder der farblose Sentinel? Er muss lediglich ein paar Nachrichten übermitteln, die echt und aufrichtig wirken, und dann eine Botschaft folgen lassen, die uns gutgläubig in eine Falle laufen lässt.

Als ob das nötig wäre. Als ob unser Leben in den Händen der Prims nicht sowieso schon am seidenen Faden hinge.

Dass wir noch leben, ist rückblickend erstaunlich genug. In meiner Vorstellung und laut den Erzählungen der Sentinel fackeln die Außenbewohner nicht lange, bevor sie jemandem einen Pfeil durch die Brust jagen oder ihm mit einem Prügel den Kopf einschlagen. Die Prims, in deren Gewalt wir uns befinden, überlegen immerhin, wie sie den größten Nutzen aus uns ziehen können.

»Ich wünschte, ich wüsste, mit welchem Clan wir es zu tun haben«, murmele ich halblaut vor mich hin.

»Schwarzdorn«, antwortet eine Stimme, die ich nicht kenne. »Östliche Linie.«

Erst in diesem Moment begreife ich, dass wir nicht allein sind.

Er ist mittelgroß, trägt die verschlissene Uniform eines Sentinel mit roten Abzeichen und erklärt, sein Name sei Lennis.

»Sie haben mich vor drei Monaten verschleppt«, sagt er. »Da

war noch tiefer Winter. Wir waren zu viert auf einem Rundgang, aber die Sicht war gleich null und irgendwann waren die anderen fort.« Er zuckt mit den Schultern. »Die Schwarzdornen haben mich so schnell gepackt, dass ich nicht dazu gekommen bin, meine Waffe zu heben.«

»Nur deshalb lebst du noch, schätze ich«, wirft Fleming ein.

»Ja.« Lennis sieht uns an, einen nach dem anderen. »Und ihr? Wie haben sie euch erwischt?«

Aureljo setzt ihn mit knappen Worten ins Bild, verschweigt aber die wichtigsten Details. Mit keinem Wort erwähnt er die Verschwörung, in die wir verwickelt sein sollen, oder den Plan des Sphärenbundes, uns zu töten.

»Die Magnetbahn wurde überfallen, die Banditen waren als Sentinel verkleidet und haben unsere Wächter erschlagen.« Er hält inne, ich sehe ihn mit der Erinnerung an seine eigene Tat kämpfen. »Wir konnten fliehen. Knapp.«

Lennis ist unschlüssig, ob er die Geschichte glauben soll, obwohl sein schief gelegter Kopf und sein verständnisvolles Nicken den Eindruck von Mitgefühl erwecken.

»Dann wird der Sphärenbund bald Einheiten schicken, um nach euch zu suchen und euch zurück ins Warme zu bringen, hm?«

Keiner von uns antwortet. Ja, sie suchen uns, aber nicht, um uns zu retten.

»So wird es wahrscheinlich sein«, sage ich schließlich. Es ist an der Zeit, das Gespräch in eine Richtung zu lenken, die uns nützen kann. »Sind in der Gegend häufig Sentinel unterwegs?«

»Immer wieder, aber nicht so oft wie anderswo. Sie mischen sich nicht gern in Stammesfehden ein.«

Aha. Der letzte Satz erklärt mir mehr als alles, was Lennis bisher von sich gegeben hat. Er ist ähnlich interessant wie die Flecken an seiner Schulter.

»Haben sie nie versucht, dich zu befreien?«

Er schluckt und blickt zu Boden. »Wenn ja, dann ist es misslungen. Ich fürchte eher, sie denken, dass ich tot bin. Ich wäre nicht der Erste, der während eines Wachgangs von einem Speer oder einem Pfeil durchbohrt wurde.« Ich kann die Trauer in seinen Worten hören und sie klingt echt. Er muss Freunde durch Angriffe der Außenbewohner verloren haben.

Tommas dünne Stimme dringt aus einer Ecke der Zelle. »Stimmt es, dass die Prims ihre toten Feinde … essen?«

»Dass sie …« Lennis holt hörbar Luft. »Ich weiß es nicht genau. Bei den Schwarzdornen habe ich es noch nie erlebt. Aber man sagt, dass die Schlitzer es tun und angeblich auch die Weißen Greifer. Ob es wahr ist … kann ich euch nicht sagen.«

»Dann gibt es hier also keine Schlitzer«, stellt Tycho hoffnungsvoll fest.

»Nicht in der Stadt«, entgegenet Lennis. »Aber im Umland haben wir immer wieder welche gesichtet. Sie sind … nicht sehr auffällig. Nicht, bis sie angreifen.«

In Tychos Augen erstirbt jede Lust auf Fluchtpläne. Er lässt sich gegen die Wand sinken, ins Dunkel, und bettet seinen Kopf auf die angezogenen Knie.

»Du kennst das Umland?«, knüpfe ich an Lennis' letzten Satz an.

»Ja. Ich war ein Sentinel der Abteilung Außenwache.«

»Einer der Roten.« Ich lege tonnenweise Anerkennung in diese drei Worte.

»Ja.«

»Welche Sphäre? Ist es eine, die in der Nähe liegt?«

»Vienna 2. Ein halber Tagesmarsch von hier.«

Endlich. Endlich weiß ich, wo wir sind. Meine geografischen Kenntnisse sind alles andere als herausragend, aber sie erlauben eine ungefähre Einordnung. Wir sind deutlich weiter im Süden, als ich angenommen hatte.

»Also ist es nicht mehr sehr weit bis nach Zukunft«, stellt Aureljo fest und es dauert einen Moment, bis ich begreife, dass er die Sphäre Zukunft meint. Unser Reiseziel.

»Zwei Tagesmärsche, wenn man schnell ist«, sagt Lennis. »Drei für Menschen mit Gepäck.«

Ich frage mich, wieso die Exekutoren mit der Übernahme der Magnetbahn so lange gewartet haben. Weiter im Norden wären wir ihnen keinesfalls entkommen, die Kälte dort hätte uns viel schneller gelähmt, die spärliche Thermokleidung kaum geholfen. Wollten sie uns in Sicherheit wiegen? Aber wozu, wenn sie doch nicht wussten, dass ich gelauscht hatte.

»Drei Tagesmärsche. Nicht weit und trotzdem unerreichbar«, meint Fleming. Er kniet neben Dantorian und verbindet die Bisswunde neu. »Ich glaube, er bekommt Fieber. Gibt es Handel zwischen dem Clan und Vienna 2?«

Es vergehen einige Sekunden, bis Lennis antwortet. »Nicht dass ich wüsste. Nur die Grenzgänger halten Kontakt mit den Sphärenbewohnern, bei allen anderen ist es verpönt.«

Ich klopfe mein Gedächtnis nach dem Begriff Grenzgänger ab. Ohne Resultat.

Fleming studiert mit gerunzelter Stirn Dantorians Salvator, der leise summt. Das Display flackert blau, erlischt, flackert wieder.

Ich muss weder Tycho noch Fleming fragen, woran das liegt – es ist völlig klar. Unsere Salvatoren geben allmählich den Geist auf, einer nach dem anderen. Sie sind nicht für die Bedingungen der Außenwelt geschaffen.

Lennis beobachtet das Flackern ebenfalls, er kann sein Interesse nicht verbergen, stellt aber keine Fragen. Nicht nach unserer Flucht, nicht nach den Umständen, unter denen wir hier gelandet sind.

»Ria! Ria aus der Sphäre!« Andris, der draußen nach mir ruft.

Unmittelbar darauf scharrt der schwere Riegel über das Metall der Tür, sie schwingt quietschend nach innen und da steht der Wolfsgott, füllt die Öffnung fast zur Gänze aus.

»Ria. Mitkommen.« Es ist keine freundliche Aufforderung.

Hinter Andris sind weitere raue Stimmen zu vernehmen, er ist nicht allein gekommen. Selbst wenn wir uns alle zusammentun, werden wir sie nicht überwältigen können.

Ich räuspere mich, bevor ich spreche. »Warum?«

»Wart's ab. Los jetzt!«

Was mir am meisten Angst macht, ist die Vorstellung, dass sie mich von den anderen trennen wollen. Allein fühle ich mich dieser Horde nicht gewachsen.

»Ich gehe an ihrer Stelle.« Aureljo ist aufgestanden und zur Tür gegangen, doch Andris stößt ihn so grob zurück, dass er den Boden unter den Füßen verliert und fast auf Fleming stürzt.

»Ich sagte: Ria. Geh freiwillig oder ich lasse dich rausschleifen.«

Meine Beine schmerzen noch von dem ungewohnt langen Marsch, den sie hinter sich haben, aber das ist nicht der Grund, aus dem sie unter mir nachzugeben drohen. »Es ist in Ordnung.« Wenigstens meine Stimme klingt fest. »Bis gleich.«

Kein Hohngelächter vonseiten der Prims, immerhin. *Bis gleich, von wegen, sagt ihr lieber Lebewohl* – das hätte mich aus der Fassung gebracht.

Aureljo drückt meine Hand, hält sie, solange es möglich ist. Dann bin ich aus der Tür.

Wir gehen durch einen dunklen Korridor, vorneweg jemand mit einem traurig matten Licht in der Hand, hinter mir Andris wie ein pelzbewachsener Schatten.

Zehn Stufen hinauf, die beiden letzten so brüchig, dass zwei aneinandergelegte Hände in die Risse passen würden. Wieder ein Gang, etwas länger diesmal, rechts und links liegen Zimmer, manche davon mit Türen – jede anders. Holz, Metall, gelegentlich ein Vorhang aus schwerem, schmutzigem Stoff. Was sich dahinter befindet, kann ich nur raten, die offen stehenden Räume sind jedenfalls leer.

Noch einmal zehn Stufen und wieder ein Gang mit Türen. Vor der dritten auf der rechten Seite bleibt der Mann mit dem Licht stehen. Andris hämmert mit der Faust gegen das Holz.

»Than! Das Mädchen.« Er wartet keine Antwort ab, sondern stößt die Tür auf, wofür er mehrere Anläufe benötigt. Offenbar passt sie nicht richtig in den Rahmen.

Dann versetzt er mir einen leichten Stoß zwischen die Schulterblätter und ich stolpere in den Raum.

Drei Lampen verwandeln die Finsternis in dämmriges Halbdunkel. Das Erste, was ich sehe, ist ein massiger Tisch, auf dem mehrere Schalen stehen. Dann beugt sich jemand vor, ins Licht.

Sandor sieht anders aus als vorhin in der Wildnis. Er hat sein Haar zurückgebunden und trägt nicht mehr Leder und Fell, sondern Leinen. Um seine Schultern hat er sich etwas dick Gewebtes aus Wolle gelegt, das grün wirkt.

Er grüßt nicht, sagt kein Wort, winkt mich nur näher.

Hinter mir knallt die Tür gegen den Rahmen, mehrmals. Andris scheint beim Schließen ebenso große Probleme zu haben wie beim Öffnen.

Es ist hier wärmer als im Keller, aber nicht viel. In einer Ecke steht ein kleiner metallener Ofen, der mäßige Hitze abstrahlt. Ich unterdrücke den Impuls, mich direkt vor ihn zu stellen, und überlege, was die Prims darin verheizen.

»Sag mir, was du von seinen Augen abgelesen hast.« Sandor stützt sich mit den Ellenbogen auf den Tisch.

Ich entdecke einen kleinen Hocker, den ich mir heranziehen könnte, aber da Sandor mich nicht zum Setzen auffordert, bleibe ich stehen. Ich ahne, was es mit seiner Frage auf sich hat, will aber sichergehen.

»Von Lennis' Augen?«

»Natürlich. Du hast behauptet, du könntest die Absichten der Lieblinge von ihren Augen ablesen. Also sag mir, was du bei ihm erfahren hast.« Er lässt den Blick nicht von mir, es kommt mir so vor, als würde er seinerseits versuchen, mich zu lesen. Das kann er haben.

Ich lege Gelassenheit in meine Züge, was angesichts der Aufgabe, die Sandor mir stellt, nicht schwierig ist. Ich weiß, dass ich mich auf sicherem Boden bewege.

»Der Mann, der mit uns in der Zelle sitzt, ist ein Sphärenbewohner, oder jedenfalls war er einmal einer. Damit ist in etwa das zusammengefasst, was von seinen Erzählungen der Wahrheit entspricht.«

»So?« Sandor lehnt sich weiter vor. »Wie meinst du das?«

»Er hat behauptet, ihr hättet ihn verschleppt, und zwar vor drei

Monaten. Tatsächlich ist er aber bereits längst einer von euch. Vielleicht war er früher ein Gefangener, aber jetzt lebt er hier, seit vier oder fünf Jahren, schätze ich. Er muss eine von euch geheiratet haben, es gibt auch Kinder. Mindestens eins ist noch sehr klein.«

Während ich spreche, stützt Sandor seine Hände auf die Tischplatte, als wollte er aufstehen, überlegt es sich aber anders und sinkt in seinen Stuhl zurück. »Woher willst du das wissen?«

»Es stimmt, nicht wahr?«

Seine Augen verengen sich zu Schlitzen. »Ich fragte: *Woher?*«

Ich verlagere mein Gewicht von einem Bein aufs andere. Lasse mir Zeit.

»Lennis trägt die Uniform der Sentinel, allerdings sieht sie aus, als würde er sie seit fünf Jahren täglich anziehen. Sie ist ausgebleicht, zwei Knöpfe wurden durch Hornteile ersetzt und die Innenseiten der Ärmel sind abgewetzt. Das ist etwas, das mir auch bei den Lederjacken eurer Jäger aufgefallen ist, ich vermute, es stammt vom Gebrauch bestimmter Waffen oder Werkzeuge.«

Sandors Augenbrauen heben sich, doch ich fahre fort, bevor er mich unterbrechen kann. »Das ist das eine, das ließe sich aber durch Zufälle oder gewisse Umstände erklären. Viel auffälliger war etwas anderes. Ich habe Lennis gefragt, ob hier häufig Sentinel-Patrouillen durchkommen, und er sagte wörtlich: *Nicht so oft wie anderswo. Sie mischen sich nicht gern in Stammesfehden ein.* Sie. Er zählt sich nicht mehr zu ihnen, er muss länger hier sein als erst drei Monate. Zu wem zählt er sich also dann? Zu den Menschen, mit denen er seit Jahren lebt. Er rechnet in Tagesmärschen, während die Sentinel lange Reisen mit der Magnetbahn bestreiten, ihre Patrouillen dauern nur in den seltensten Fällen bis in die

Nacht an. Für eine Gesellschaft wie die der Clans, die nicht über Bahnen oder andere Fahrzeuge verfügt, ist der Tagesmarsch hingegen eine vernünftige Maßeinheit, um Entfernungen zu bestimmen.«

Ich mache eine kurze Pause, um das Gesagte wirken zu lassen. In Sandors Gesicht rührt sich kein Muskel, seine Aufmerksamkeit ist wie ein gebündelter Lichtstrahl, unter dem mir allmählich warm wird. Es ist keine wohlige Wärme.

»Er lebt aber nicht nur mit euch, er fühlt auch wie ihr. Als jemand von uns den Begriff Prims gebrauchte, ist er zusammengezuckt. Nicht stark, aber es war klar, dass ihn das Wort störte und dass er es schon lange nicht mehr gehört hat.«

Im Unterschied zu Lennis irritiert die abfällige Bezeichnung Sandor nicht im Geringsten. Er blinzelt nicht einmal.

»Woher weißt du das mit der Frau? Den Kindern? Er hatte Anweisung, nichts davon zu erzählen.«

»Hat er auch nicht.« Es fällt mir schwer, mir meine Genugtuung nicht anmerken zu lassen. Ich habe recht, habe aus allem die richtigen Schlüsse gezogen. »Dass er sich mit einer Gruppe, die er erst kurz kennt, mehr verbunden fühlt als mit den Menschen, mit denen er sein ganzes bisheriges Leben verbracht hat, spricht dafür, dass er starke neue Bindungen geknüpft hat. Dazu zählen sicher auch Freundschaften, aber die stärkste Bindung haben Menschen zu ihrer Familie.« Ich glaube, man sieht mir nicht an, dass ich das nur vom Hörensagen weiß. Trotzdem ist das Thema relativ unsicheres Terrain, also rede ich schnell weiter.

»Das ist natürlich kein Beweis. Aber Lennis hat Flecken auf seiner Uniform, die eine deutliche Sprache sprechen. Sie sind hell, stammen von einer dünnen Flüssigkeit und finden sich nur an seiner linken Schulter.« Ich erinnere mich gut an diese Flecken, ich habe sie oft genug von meiner eigenen Kleidung geputzt. Früher, wenn ich Baja geholfen habe. Und bei meinen Besuchen in der Auffangstation.

»Es ist Milch. Wenn kleine Kinder trinken, schlucken sie eine Menge Luft, von der sie Bauchschmerzen bekommen können. Deshalb nimmt man sie hoch und versucht, sie ein Bäuerchen machen zu lassen. Dabei kommt meistens ein wenig Milch mit hoch und im Allgemeinen landet sie auf der Schulter desjenigen, der das Kind gerade hält. Ich glaube nicht, dass die Männer eures Clans fremde Kinder hüten, und schließe daraus, dass es Lennis' eigener Nachwuchs war, der ihn bespuckt hat.«

Sandor sieht mich nicht mehr an. Er fixiert die Tischplatte, sein Mund bewegt sich, als würde er an etwas kauen.

Ich kann davon ausgehen, dass er niemals Training in Emotionskontrolle bekommen hat, also müssten seine Reaktionen eigentlich unverfälscht sein. Dafür fallen sie spärlich aus. Es ist nicht zu übersehen, dass er nachdenkt, aber welche Richtung seine Gedanken nehmen, ob meine Darbietung mir genützt oder geschadet hat, kann ich kaum abschätzen.

»Prims«, sagt er schließlich. »Ihr verwendet das Wort also immer noch. Und? Zufrieden? Entsprechen wir eurer Vorstellung von primitiven Tieren in Fellen?«

Den Weg, auf den er mich leiten will, werde ich nicht einschlagen. »Im Gegenzug nennt ihr uns Lieblinge«, erwidere ich. »Wieso?«

Sein Kopf zuckt hoch. Die Ungläubigkeit in seiner Miene ist nicht gespielt. »Das weißt du nicht?«

»Woher sollte ich?«

Er antwortet nicht, sieht mich einfach nur an. Lang anhaltender Augenkontakt scheint ihm nicht die geringsten Probleme zu bereiten.

»Ihr folgt mir und ihr tut gut daran«, sagt er. Es klingt wie ein Zitat, und als er weiterspricht, wird mir klar, dass es genau das ist. »Euer Vertrauen macht euch zu Gewinnern, zu Lebenden, zu Lieblingen des Schicksals.«

Das ist es also. Die Rede Melcharts, anlässlich des Einzugs in die Sphären. Es gibt Ton- und Bilddokumente davon; an manchen Feiertagen werden sie uns vorgespielt. Der große alte Mann mit der runden Brille und dem Gehstock. Ich sehe das Denkmal in der Zentralkuppel vor mir, vom Café Agora aus hattte man es gut im Blick. Melchart, wie er sich mit der rechten Hand auf seinen Stock stützt, während die linke auf dem Modell einer Sphäre liegt. Von ihm erdacht, von ihm verwirklicht.

Heimweh schwappt über mich hinweg, so heftig, dass ich das Bedürfnis habe, mich festzuhalten.

»Woher kennst du die Rede?«

Sandors linker Mundwinkel hebt sich belustigt. »Jeder kennt sie, man kann sie nachlesen und die Geschichtenerzähler können sie Wort für Wort wiedergeben. Immerhin betrifft sie uns genauso wie euch. Die einen werden gerettet, die anderen zu Hunger, Krankheit und ewiger Kälte verdammt.«

Das Thema ist mir vertraut wie kein zweites. In unzähligen Lektionen habe ich es mit Grauko durchgearbeitet, jede einzelne Facette beleuchtet.

»Es stand jedem frei, damals«, sage ich. »Allen wurde erklärt, welche Katastrophe auf uns zukommt. Dass so viele die Warnung in den Wind geschlagen haben, ist tragisch, aber man kann es nicht denen anlasten, die die richtige Entscheidung getroffen haben.«

Er hebt das Kinn, und obwohl er sitzt und ich stehe, schafft er es, auf mich herabzublicken.

»Das hast du sehr artig auswendig gelernt. Und du vertrittst deine Position mit viel Überzeugung. Aber was ist mit den Kindern, den Enkeln und Urenkeln der Menschen, die diesen Fehler begangen haben? Keiner von uns hatte die Wahl.« Sandor lehnt sich zurück und schlägt die Beine übereinander. »Doch nur so funktioniert das System, nicht wahr? Die Lieblinge des Schicksals und die Ausgebeuteten.«

»Niemand beutet euch aus«, falle ich ihm ins Wort. »Im Gegenteil, wir arbeiten Tag und Nacht an Lösungen, wie sich die Welt für alle wieder bewohnbar machen lässt, wir bauen neue Sphären, um mehr Menschen aufnehmen zu können, wir –«

»Wer hat dir denn das weisgemacht?« Die Worte brechen mit einem Lachen aus ihm heraus. »Glaubst du das? Tatsächlich?«

»Ich *weiß* es.«

»Du wirst staunen.« Er steht auf, schlägt den grünen Umhang enger um seine Schultern, dann geht er um den Tisch herum und lehnt sich dagegen. Zu nah, aber ich trete nicht zurück. »Oder du spielst nur die Unwissende. Wer beobachtet wie du, der lügt mindestens ebenso gut. Warten wir es ab.«

»Ich lüge nicht!«

Er schnellt auf mich zu, voller Wut. Wieder schafft er es, mich zu überraschen. Unwillkürlich stolpere ich zwei Schritte zurück, stoße gegen die Wand.

»Dann bist du dumm. Das ist genauso schlimm.«

Ich weiß nicht, warum Sandors Worte so sehr an meinem Stolz

kratzen. Er ist nur ein Prim. Wahrscheinlich ist es genau das. Ihm steht kein Urteil über mich zu.

Ich möchte ihm entgegenschleudern, dass er in den Sphären nicht einmal zum Schuheputzen taugen würde. Dass er keine Ahnung hat von dem, was wir dort tun, woran wir forschen. Dass ich zur Elite der Borwin-Akademie gehöre, vielleicht einmal eine Sphäre leiten oder sogar in der Regierung des Bundes sitzen werde. Dass jemand, der mich dumm nennt, sich unendlich lächerlich macht.

Wozu?, meldet sich Grauko in meinem Kopf. *Wem nutzt dieser Ausbruch? Der Sache oder deiner Eitelkeit?*

Ich beiße mir auf die Lippe. »Ich fürchte«, sage ich betont ruhig, »dir fehlt der Überblick, um zu beurteilen, was wahr und was gelogen ist. Soweit es mich betrifft, sehe ich keinen Grund, euch anzulügen.«

Wieder verringert Sandor den Abstand zwischen uns. Die bernsteinfarbenen Sprenkel in seinen Augen glühen wie Funken eines außer Kontrolle geratenen Feuers.

»Natürlich nicht«, flüstert er. »Wir sind ja auch nur … Prims, nicht wahr? Denen der Überblick fehlt, wie du es so treffend formuliert hast. Eine hübsche Umschreibung dafür, dass du uns für dumm hältst, so wie es fast alle Lieblinge tun.« Er beugt sich so weit vor, dass sich unsere Gesichter beinahe berühren. »Das hat den einen oder anderen schon den Kopf gekostet.«

Ich antworte nicht. Lächle nur.

Sandor wendet sich brüsk ab, stürmt zur Tür und reißt sie auf. »Andris!« Er ist mindestens so wütend wie ich, kann es aber viel schlechter verbergen. Ich lächle weiterhin und hoffe, er spürt meine Verachtung.

Dann erscheint Andris in der Tür. »Than?«

»Bring den Liebling zurück zu den anderen. Wir entscheiden später, was mit ihnen passiert.«

»Ist gut.« Andris packt meinen Arm und zerrt mich aus dem Raum, die Gänge entlang, die wir gekommen sind, die Treppen hinunter, bis wir im Keller stehen. Er öffnet die Tür zu unserem Kerker und stößt mich hinein.

Aureljo fängt mich auf, hält mich fest. »Ich bin so froh, dass du wieder da bist«, flüstert er in mein Haar. »Haben sie dir etwas angetan? Geht es dir gut?«

Ich schüttle meinen Kopf bezüglich der ersten Frage und antworte mit einem Nicken auf die zweite. Über seine Schulter hinweg suche ich nach Lennis. Doch der ehemalige Sentinel ist nicht mehr hier. Sie haben ihn wirklich nur in unsere Zelle gesetzt, um mich zu testen.

21

Die Nacht ist kalt und wir drängen uns aneinander, wärmen uns gegenseitig, so gut es geht. Ich liege zwischen Aureljo und Tomma, beide spüre ich manchmal zittern, bei Tomma frage ich mich, ob sie vielleicht weint.

Mein Schlaf ist seicht und voller unruhiger Träume, durch die Sandors weißer Vogel zieht.

Als der nächste Tag anbricht und graues Licht durch das winzige Kellerfenster dringt, fühle ich mich wie durchgekaut und wieder ausgespuckt. Falls gestern noch eine Entscheidung über unser Schicksal getroffen wurde, werden wir wohl bald erfahren, wie sie aussieht. Ich bin nicht sehr optimistisch, und als jemand von außen den Schlüssel ins Türschloss steckt, mache ich mich bereit, mich notfalls zu wehren.

Doch sie beachten mich gar nicht, sie holen Aureljo. Kurz danach Tycho.

Die Abwesenheit der beiden liegt wie ein Gewicht auf uns übrigen vier. Wir versuchen, uns zu beschäftigen, indem wir Dantorians Beinwunde neu verbinden. Fleming, wieder mit Mundschutz und Handschuhen, bittet um sauberes Wasser und Tücher – es dauert eine halbe Stunde, aber dann erhalten wir das Gewünschte. Außerdem ein paar Streifen getrocknetes Fleisch und zwei Plastikflaschen mit Trinkwasser.

Das Fleisch ist zäh und salzig, mehr als drei Bissen bekomme ich nicht hinunter. Mein Salvator schweigt und ich frage mich, ob er nun endgültig defekt ist oder ob er es einfach nur aufgegeben hat, mir meine Kost vorzuschreiben.

Tomma rührt ihre Ration nicht an. »Wer weiß, was das ist. Menschenfleisch wahrscheinlich.«

Ungefähr eine Stunde vergeht, dann kommt Aureljo zurück und sie nehmen Fleming mit.

»Ich will nicht alleine zu den Wilden!« Tomma klammert sich an mich, ihre Augen blicken flehend. »Komm mit, Ria, bitte. Wenn ich dran bin. Ja?«

Mit aller Behutsamkeit, die ich aufbringen kann, löse ich ihre Finger von meinem Arm. »Ich glaube nicht, dass das geht.«

»Ich auch nicht«, pflichtet Aureljo mir bei. Er hat sich neben mich auf den Boden gesetzt und wirkt erschöpft. »Sie sind extrem misstrauisch und ich fürchte, jemand hat die Theorie in die Welt gesetzt, dass wir Spione sind. Von den Sphären ausgeschickt, um die Schwachstellen des Clans zu erkunden. ›Deshalb sind sie bei uns‹, hat Andris gesagt. ›Nicht bei den Schlitzern oder den Scharten, auch nicht bei den Nachläufern. Wir sind zu lasch.‹ Es waren nicht wenige seiner Meinung.«

»Nicht wenige? Wie viele Leute waren denn dort versammelt?«

Aureljo denkt kurz nach. »Ungefähr fünfzehn. In einer Art … Halle mit einer großen Feuerstelle. Ihr Anführer war da, fast so groß wie Andris, mit einem Bart bis zur Brust.«

Ich schüttle auf seine stumme Frage hin den Kopf. Nein, den habe ich gestern nicht gesehen.

»Er hat die meiste Zeit nur zugehört, kaum ein Wort gesagt, aber ich denke, von ihm wird es abhängen, was sie mit uns tun. Ich habe ihnen versichert, dass wir keine Spione sind, dass wir ihnen nicht schaden wollen und ihnen dafür danken, dass sie uns ein Dach über dem Kopf gegeben haben.«

Klug. Er hat es so dargestellt, als wären wir keine Gefangenen, sondern als hätte man uns Asyl gewährt. Ich hoffe, ich werde auch noch einmal geholt und bekomme eine Gelegenheit, mit dem Clanfürsten zu sprechen.

In den schlaflosen Phasen der vergangenen Nacht habe ich mir heftige Vorwürfe gemacht. Eine solche Chance zu vergeben! Ich hätte Sandor auf unsere Seite ziehen können. Noch einmal versuchen müssen, ihm klarzumachen, wie wertvoll wir für seinen Clan sein könnten. Stattdessen habe ich mich auf völlig sinnlose Machtspielchen eingelassen. Solch ein Fehler wird mir kein zweites Mal passieren.

Nach einiger Zeit kommt Fleming zurück. Von Tycho ist nach wie vor nichts zu hören oder zu sehen, ich beginne mir Sorgen zu machen. Er hat ein loses Mundwerk und ist impulsiv. Was, wenn das Yann mit der Keule nicht gefällt?

Sogar Dantorian holen sie kurz darauf, sie tragen ihn zu zweit aus der Tür, bringen ihn aber viel schneller zurück als die anderen.

Dann ist Tomma dran. Sie schreit und wirft sich auf den Boden, greift nach Aureljo. »Bitte! Sie werden mir etwas antun wegen der Sache mit den Stiefeln. Lass das nicht zu, hilf mir!«

In Aureljos Miene zeichnet sich Verzweiflung ab, wie immer, wenn er sich dem Unglück anderer hilflos gegenübersieht. »Sie tun dir nichts. Uns haben sie auch kein Haar gekrümmt. Du wirst sehen …«

Dann ist Tomma fort, von den Prims buchstäblich aus dem Kerker geschleppt. Wir hören ihr Weinen noch durch die geschlossene Tür, dann wird es leiser. Immer leiser. Verhallt.

»Sie wird vor lauter Angst Fehler machen.« Ich habe mich an Aureljo geschmiegt, mir ist beinahe warm. »Sie wird irgendetwas erzählen, von dem sie glaubt, dass der Clanführer es hören will, aber sie lügt so schlecht.«

Aureljos Brust hebt und senkt sich langsam im Takt seiner Atemzüge. Beruhigend. »Sie ist zu einseitig ausgebildet, das ist mir früher schon aufgefallen. Fantastisch in ihrem Fach, aber mit großen Lücken auf anderen Gebieten. Die Akademie muss mehr Wert auf Ausgewogenheit legen, ich werde das mit –« Er unterbricht sich, sagt nicht, mit wem er das Problem besprechen will.

In mir zieht sich etwas schmerzhaft zusammen und ich bin mir sicher, Aureljo geht es ebenso. Die Akademie ist nicht mehr unser Zuhause, dort will man uns töten. Hier wahrscheinlich auch, das werden wir bald wissen. Einmal mehr bäumt sich in mir die fassungslose Wut über so viel Ungerechtigkeit auf. Wenn man uns wenigstens angeklagt hätte, in einem ordentlichen Gerichtsverfahren. Wenn wir die Gelegenheit gehabt hätten, uns zu verteidigen! Dann wüssten wir, wie der Vorwurf lautet. Warum man uns verdächtigt. Aber so verläuft jede Grübelei ins Leere.

»Wir haben immer noch einander«, murmelt Aureljo und hält mich fester. »Und wir sind gut, vergiss das nicht. Für extreme Situationen ausgebildet. Wir überstehen das und dann finden wir die Wahrheit heraus.«

»Dazu müssten wir uns in eine Sphäre wagen.«

Aureljo senkt den Kopf und sieht mich an, voller Zärtlichkeit. »Ria. Das müssen wir so oder so. Wenn wir eine Überlebenschance haben wollen.«

Er hat recht. Ich weiß es und trotzdem sträubt sich alles in mir dagegen. Das Gespräch in der Bibliothek ist immer noch allgegenwärtig, ich könnte lange Passagen daraus wortwörtlich wiedergeben.

Die Betreffenden müssen getötet werden. Schnell und ohne großes Aufheben darum zu machen. Alles andere wäre zu riskant. Je weniger erfahren, wie gefährlich diese Sache für uns hätte werden können, desto besser.

Verschwörung, Verrat – an wen hätten wir den Bund verraten sollen? An die grunzenden, fellumhüllten Halbmenschen, die eben die Tür aufreißen und Tomma in die Zelle stoßen, so heftig, dass sie zu Boden stürzt?

Natürlich. An wen sonst? Innerhalb und außerhalb der Sphären, das sind die beiden sich gegenüberstehenden Lager.

Auf allen vieren kriecht Tomma in eine Ecke und rollt sich dort zusammen. Auf unsere Frage, was die Prims von ihr wollten, bekommen wir keine Antwort.

Dem Lehrbuch zufolge kann das bedeuten, dass sie Schlimmes erlebt hat und nicht darüber reden kann oder dass sie mit ihrem schlechten Gewissen kämpft. So wie ich Tomma in den letzten Tagen erlebt habe – unbeherrscht, angsterfüllt und impulsgetrieben –, tippe ich auf Letzteres. Wer weiß, was sie den Prims über uns erzählt hat, um sich Vorteile zu verschaffen.

Als ich Aureljo meinen Gedanken zuflüstere, schüttelt er den Kopf. »Nicht, Ria. Lass nicht zu, dass sie einen Keil zwischen uns treiben. Im Moment haben wir nur einander, wir müssen uns gegenseitig vertrauen.«

Er hat recht, sage ich mir den Rest des Tages immer wieder. Natürlich hat er recht.

Dann, kurz vor Einbruch der Dunkelheit, vibriert mein Salvator, einmal lang, zweimal kurz.

Ich lese, was die Buchstaben auf dem Display formen, und mit einem Mal ist alles, was ich mir die letzten Stunden über versucht habe einzuschärfen, hinfällig.

Vertrauen könnte Selbstmord sein.

Erst nachdem man uns eine Art Abendessen gebracht hat, merkwürdige harte Fladen, die nach nichts schmecken, kehrt Tycho zurück. Ich kann nichts dagegen tun – ich sehe ihn plötzlich mit anderen Augen.

Das Erste, was ihn interessiert, ist, wie es Dantorian geht, er kniet sich neben ihn. Ein netter Zug. Trotzdem glüht alles in mir vor Misstrauen.

Wo war er so lange? Mit wem hatte er Kontakt? Er ist ein Aufgelesener, wissen das die Prims? Jeder von uns ist zu einem Verhör geholt worden, aber nur Tycho war den ganzen Tag fort.

»Ich habe etwas repariert«, erklärt er. »Stellt euch vor, sie versuchen, ein paar alte Generatoren wieder in Gang zu bekommen. Erinnert ihr euch an den Fluss, den wir überquert haben? Dort möchten sie Strom erzeugen. Ist das nicht großartig?«

Ich lasse ihn keine Sekunde aus den Augen. Seine Begeisterung ist echt und er wirkt völlig unbefangen, scheint nichts zu verbergen. Aber auch das kann man trainieren.

Er will nichts von unserem Essen, behauptet, die Prims hätten ihm bereits ein bisschen Fleisch und eine Art gekochte Knolle gegeben.

»Gut. Dann bleibt für uns mehr«, meint Dantorian mit einem verzerrten Lächeln.

Niemand denkt sich etwas dabei, niemand schöpft Verdacht, außer mir. Aber ich bin auch die Einzige, deren Salvator Nachrichten empfängt.

Ich lege meine rechte Hand über das Display und kämpfe gegen die Versuchung an, die Botschaft noch einmal zu lesen. Wozu auch? Sie hat sich so tief in mein Gedächtnis gegraben, dass ich nur die Augen zu schließen brauche, um sie vor mir zu sehen.

Sie sind euch wieder auf der Spur. Einer von euch ist ein Verräter.

Einer von uns.

Mein erster Gedanke beim Lesen der Nachricht war: Wieso steht hier nicht, wer?

Wer auch immer mich warnen will, er oder sie, weiß es selbst nicht. Anders kann ich es mir nicht erklären. Doch es gibt noch eine zweite Möglichkeit: Es könnte sein, dass die Nachrichten dazu gedacht sind, mich zu verunsichern. Das ist der optimale Weg, um Zwietracht zu säen. Angenommen, der Sphärenbund ahnt nicht, wo wir stecken, und will sicherstellen, dass wir uns zerstreiten und uns dann, auf uns allein gestellt, in der Wildnis verlaufen – dann ist das die beste Methode.

Einer von euch ist ein Verräter.

Ohne dass ich es bewusst steuern kann, sehe ich wieder Grauko vor mir, der es gut meint, der mir helfen will. Ihm vertraue ich, mehr als jedem sonst.

Aber ebenso gut könnte der farblose Sentinel die Botschaft geschickt haben.

Um meine Schultern legt sich ein Arm. Aureljo. Ich drücke meine Stirn gegen seine Schulter und versuche, den roten Faden, der durch das Labyrinth meiner Gedanken führt, nicht zu verlieren. Ich muss mich konzentrieren.

Er drückt mich fester. »Was geht dir durch den Kopf, Ria?«

Am liebsten würde ich es ihm sagen, weil er Aureljo ist und ich ihn liebe, ihn besser kenne als jeden anderen. Weil wir mit der Nachricht zu zweit besser umgehen könnten.

Aber ich tue es nicht.

Einer von euch.

Aureljo ist einer von uns. Und auch wenn nichts in mir daran glaubt, dass er derjenige ist, der uns verraten hat, erinnere ich mich noch daran, wie er anfangs auf meine Warnung reagiert hat, wie er mir einreden wollte, dass ich das Gespräch in der Bibliothek falsch verstanden habe. Wie er noch am gleichen Abend zu Morus gegangen ist.

Ich werde ihm nichts sagen. Noch nicht. Ich drücke ihm einen Kuss auf die Lippen, rücke ein wenig von ihm ab und rolle mich auf dem Boden zusammen. Ein Teil von mir, der viel jünger ist als der Rest, möchte am liebsten weinen.

Den ganzen Abend über sage ich kaum ein Wort, versuche schärfer zu beobachten denn je. Vielleicht verhält sich der Verräter verdächtig. Aber dem ist nicht so oder ich übersehe die Anzeichen, weil es zu dunkel ist.

Es ist noch schlimmer als gestern befürchtet: Wohin wir uns auch wenden, wem wir begegnen, was wir tun. Jeder ist ein Feind.

Jetzt weiß ich, es ist noch einer mehr und er ist hier in diesem Keller.

22

Der nächste Morgen kriecht grau und kalt herein. Tomma hustet und lässt sich von Fleming in den Hals sehen; Dantorian will uns weismachen, dass sein Bein sich besser anfühlt. Keiner, der es ansieht, kann das glauben. Rund um die Bissstellen ist das Fleisch gerötet und angeschwollen; als Fleming dagegendrückt, quillt gelber Eiter hervor.

»Nicht gut«, murmelt er mit zusammengebissenen Zähnen, dann geht er zur Tür und schlägt gegen das Metall, kräftig und ausdauernd.

Nicht lange und vor der Tür geht jemandem die Geduld aus. »Aufhören, sofort!«

»Erst, wenn du öffnest!«, brüllt Fleming.

»Vergiss es«, höhnt der Wachposten.

Doch Fleming hämmert weiter gegen die Tür, bis ihm der Schweiß auf der Stirn steht und ich knapp davor bin, ihm an die Gurgel zu gehen, weil ich den Lärm nicht mehr ertrage.

Dann fliegt die Tür auf und ein großer Mann mit schwarzem Haar, das ihm fast bis zum Gürtel reicht, stürzt herein. Sein Gesicht ist rot und die Spitze seines Speers zeigt auf Fleming. »Was?«, faucht er. In der einen Silbe liegt so viel Mordlust, dass ich gern beschwichtigend einschreiten würde, aber Fleming geht einen Schritt auf den Mann zu, lächelnd.

»Danke, dass du geöffnet hast. Mein Freund hier wurde von einem Wolf gebissen und die Wunde sieht nicht gut aus. Ich brauche etwas, um sie zu desinfizieren, meine eigenen Mittel sind aufgebraucht. Alkohol wäre gut, ein paar saubere Tücher und abgekochtes Wasser.«

Der Mann macht den Eindruck, als wollte er Fleming ins Gesicht spucken und ihm vorschlagen, den Biss doch damit zu desinfizieren, doch stattdessen dreht er sich um und knallt die Tür hinter sich zu.

Wenig später kommt er zurück, eine trübe, kaum halb volle Flasche aus Plastik in der Hand. »Da. Das verwenden wir, wird auch für euch genügen.«

Fleming zieht sich seine Latexhandschuhe über, schraubt den Verschluss der Flasche ab und schnuppert am Inhalt. »Sicher. Danke.«

Der Prim zieht noch ein Bündel fleckige Lappen aus einem Beutel und wirft sie auf den Boden, dann kracht die Tür hinter ihm wieder zu.

»Besser, viel besser als nichts«, höre ich Fleming sagen und dann beginnt Dantorian zu schreien. Er versucht wegzurobben, aber Fleming hält ihn fest.

»Natürlich brennt es, aber das ist alles, was wir haben. Du willst doch wieder gehen können, oder? Halt still! Wann bist du das letzte Mal im Medcenter immunisiert worden?«

Dantorian schluchzt etwas, das Fleming zufrieden nicken lässt. »Gut. Dann haben es die meisten Erreger schwer bei dir, und den Rest erledigen wir hoffentlich jetzt.« Er schüttet noch einmal ein wenig Flüssigkeit über die Wunde, ohne auf Dantorians Geheul zu achten, und verbindet sie dann mit den restlichen Tüchern.

»Angeblich geht es auch mit Salz«, sagt er mehr zu sich selbst. »Und auf jeden Fall mit Hitze.« Es klingt, als würde er Prüfungsstoff wiederholen.

Dantorian schläft wenig später ein, in seinem Gesicht trocknen Tränenspuren. Er ist der Einzige, der nicht zum Arbeitsdienst geholt wird. Uns andere jagen die Prims aus dem Kerker. Andris ist unter ihnen und betrachtet uns mit unverhohlener Freude.

»Jetzt werdet ihr zum ersten Mal in eurem Leben nützlich sein.«

Sie geben uns steife Lederhandschuhe und stinkende, grob zusammengenähte Überwürfe, die wir zusätzlich zu den Thermojacken anziehen, dann teilen sie uns Gruppen zu. Fleming und ich kommen zu den Suchern, keine Ahnung, was das bedeutet. Andris führt die Spitze unseres kleinen Zugs an. Was mit den anderen passiert, bekommen wir nicht mehr mit.

Vor mir laufen zwei Mädchen, die nicht viel jünger sind als ich. Sie kichern, ihre Hände stecken in dicken ledernen Handschuhen. Der Anblick der beiden macht mir Hoffnung – die Arbeit wird nicht allzu schwer sein, wenn sie dafür eingeteilt wurden.

Leichter Wind kommt auf, er ist kühl, aber nicht eisig. Und dann öffnet sich über uns die Wolkendecke.

Ich bleibe stehen, weil ich nicht anders kann. Es ist, als hätte jemand einen trüben Schleier von der Welt gezogen. Das Weiß des Schnees glitzert; da, wo man Erde sieht, ist sie nicht einfach graubraun, sondern weist Hunderte Schattierungen auf, für die ich keine Namen kenne. Dazwischen immer wieder winzige Spuren von Grün. Aus dem Fensterrahmen einer Ruine ragen spitze Glasstücke und reflektieren einen Sonnenstrahl in mehreren Farben.

Auf meinem Gesicht liegt die Sonne wie eine große, warme Hand. Ich schließe die Augen und lasse mich streicheln, dann öffne ich sie wieder, um nichts zu verpassen. Es wird nicht lange dauern, es *kann* nicht lange dauern –

»Nicht direkt hineinsehen!«, herrscht Fleming mich an. »Das schadet deiner Netzhaut!«

Er hat natürlich recht; auch das haben wir irgendwann in Außenkunde gelernt. Aber niemand hat uns von diesem Gefühl erzählt, von dieser Wärme, die so anders ist.

Die wenigen Male, die ich Sonnenschein durch die Hermetoplastkuppeln der Sphären gesehen habe, sind mir noch heute präsent. Als Kinder sind wir zusammengelaufen und auf die hellen Punkte gehüpft – Sonnenspiegelungen auf dem Boden. Wir haben die plötzliche Helligkeit, die alle Leuchten in der Sphäre verblassen ließ, wie ein Wunder bestaunt.

Aber noch nie bin ich der Sonne von Angesicht zu Angesicht begegnet, habe sie gespürt, gerochen, mich von ihr durchdringen lassen.

Etwas Raues wischt über mein Gesicht, Flemings Hand in grobem Leder. »Du solltest nicht vor ihnen weinen«, murmelt er leise.

Er hat recht, die beiden Mädchen haben aufgehört zu kichern und betrachten mich mit einer Mischung aus Scheu und Spott. Dann flüstert die eine der anderen etwas ins Ohr, sie drehen sich um und laufen lachend weiter.

Ich setze mich ebenfalls wieder in Bewegung.

»Warst du schon einmal in der Sonne?«, frage ich Fleming leise. »Es ist so …«

»Ja«, antwortet er. »Wunderschön. Schwer zu beschreiben.« Er lächelt. »Dein Salvator wird einen erfreulichen Anstieg von Vitamin D in deinem Körper verzeichnen.«

Mit der Erwähnung des Salvators kehrt die bleischwere Frage nach dem Verräter zurück. *Falls* es ihn gibt.

Ich erwarte fast, dass sich, passend zu meiner getrübten Stimmung, auch die Sonne zurückzieht, doch das tut sie nicht. Um sie herum hat sich ein wolkenloser Hof aus strahlendem Blau gebildet. Sie bleibt noch, eine Minute vielleicht oder zwei. Ich hoffe, dass Aureljo sie auch sehen kann.

Wir gehen einen breiten, rutschigen Steinweg entlang, neben dem rechts und links Ruinen aufragen. Ich versuche mir vorzustellen, wie diese Stadt wohl einmal ausgesehen hat, vor der Langen Nacht. Ich habe Bilder von Städten gesehen – eins, von einer Stadt namens London, habe ich auf meinem Datenterminal gespeichert. Ein hoher Turm mit einer Uhr, ein großes Rad am Ufer eines Flusses. Brücken und vor allem Häuser, eckige Häuser in allen Größen, so weit das Auge reicht. Ob es hier früher ähnlich war?

Wir bleiben stehen. Andris weist auf ein Gebäude, das einmal höher gewesen sein muss, man kann deutlich sehen, dass oben etwas fehlt.

»Das ist heute dran. Was noch steht, wird nicht einstürzen, wir haben dran gerüttelt.« Er lacht und diesmal kommt es mir nicht bösartig vor, sondern als würde er sich ebenso über die Sonne und die wärmer werdende Luft freuen wie ich.

Wir sind gut zwanzig Leute und Andris stellt diejenigen, die Waffen bei sich tragen, als Wachen auf. Wir anderen bekommen Stöcke und behelfsmäßige Schaufeln, zwei der kräftigeren Jungen werden mit Eisenstangen ausgerüstet.

Bevor wir die Ruine betreten, legt Andris drei verschlissene Säcke auf den Boden. »Ordentlich sortieren. Und niemand steckt etwas ein, verstanden?«

Die beiden Mädchen lachen ihn offen an, es ist klar, dass sie die Warnung nicht ernst nehmen. Fleming hingegen wirft mir einen unbehaglichen Blick zu. Ich nicke. Für uns ist das hier unbekanntes Terrain, auf keinen Fall dürfen wir uns in dem Glauben wiegen, dass wir in die Gruppe aufgenommen werden, nur weil wir aus dem Keller geholt wurden. Würden wir Andris mit der gleichen respektlosen Fröhlichkeit begegnen wie die Mädchen, würde er ganz anders reagieren.

Wir sind Gefangene, die zum Arbeitsdienst verpflichtet wurden. Die Wachen, die jetzt in einigem Abstand um das Gebäude patrouillieren, sind vermutlich auch dafür da, um uns am Fliehen zu hindern.

Innen ist die Ruine grau und auf den ersten Blick sieht es aus, als würden wir hier nichts außer Steinen und Schutt finden, davon allerdings unglaublich viel. Jetzt zeigt sich auch, dass nur der vordere Teil des Hauses stehen geblieben ist; der hintere ist eingedrückt, als hätte ein Riese sich daraufgesetzt.

Die Prims verteilen sich, sie müssen diese Arbeit schon unzählige Male getan haben, jeder Handgriff sitzt. Die Jungen mit den Eisenstangen hebeln schwere Steinbrocken beiseite, die anderen beginnen zu suchen.

Der Stock, den ich in der Hand halte, sieht nicht stabil genug aus, um ihn als Hebel zu verwenden. Aber vielleicht eignet er sich als Sonde. Gemeinsam mit Fleming wähle ich einen locker aussehenden Schutthaufen, an dem noch niemand arbeitet, und wir beginnen, unsere Stöcke hineinzustoßen.

Es ist schwierig und es ist aussichtslos. Ich treffe ununterbrochen auf Hindernisse und alle erweisen sich als Steine. Währenddessen höre ich von den anderen Suchern ständig Jubelrufe: Jemand trägt in einem Tuch Glasscherben hinaus, ein anderer hat etwas entdeckt, das wie eine verbogene Metallschiene aussieht. Fleming und ich sehen uns an. Diese Art von Funden wüssten auch die Sphären zu schätzen; nichts ist so knapp wie Rohstoffe.

Ich knie mich hin und beginne, mit den Händen zu graben. Asche und Staub wirbeln auf, ich huste, grabe weiter. Es ist nicht so sehr der Wunsch, den Prims behilflich zu sein, sondern meine eigene Neugier, die mich antreibt.

Noch nie war ich in einem Haus, in dem sich noch unberührte Überreste aus der Zeit vor der Langen Nacht befinden. Ich weiß so wenig über die Menschen von damals. Natürlich gibt es Bilddokumente, Filme, Bücher. Aber der Sphärenbund geht sehr zurückhaltend damit um. Wozu Sehnsucht nach grünen Wiesen und blauem Himmel wecken, wenn sie für uns verloren sind?

Doch heute habe ich die Sonne gesehen.

Ich grabe weiter, schiebe Schutt beiseite, sehe etwas schimmern. Silbrig. Es sieht zerbrechlich aus und ich arbeite jetzt vorsichtiger, kann bald einen runden Umriss erkennen. Dann habe ich es freigelegt.

Es ist etwa so groß wie meine Handfläche, dünn, zerkratzt und sehr schmutzig, nur an manchen Stellen leuchtet die ursprüngliche Oberfläche durch. Sie bricht das Licht in all seine Farben, so wie das zersprungene Glas, das ich auf dem Weg hierher gesehen habe. In der Mitte der Scheibe ist ein Loch, das zu regelmäßig ist, um zufällig entstanden zu sein.

Ist das Schmuck? Hat man solche Scheiben früher an einem

Band um den Hals getragen oder als Abzeichen auf der Kleidung?

Als ich Fleming meinen Fund zeige, zuckt er mit den Schultern. »Gib es den Prims, vielleicht belohnen sie dich.«

Das sollte ich tun, aber dann werden sie es mir wegnehmen und das möchte ich nicht. Noch nicht. Viel zu gerne würde ich selbst herausfinden, was es mit der Scheibe auf sich hat, wieso sie so verheißungsvoll schimmert.

Die andere Seite ist matt, von dunklem Blau, und früher muss Text daraufgestanden haben. *...rit...* ist alles, was man noch lesen kann, eventuell lässt sich auch ein großes M erahnen. Ein Geheimnis.

Ich wende meinen Fund hin und her, befühle mit dem Zeigefinger vorsichtig die Rundung, hoffe, dass mir das Ding auf irgendeine Weise seinen Zweck offenbart.

»Andris!« Eins der Mädchen ist aufgestanden. Es lässt mich nicht aus den Augen. »Andris, komm!«

Der große, in Wolfsfell gehüllte Körper schiebt sich durch die Tür. »Was gibt es?«

»Der Liebling stiehlt. Sie hat etwas gefunden und nicht abgegeben.« Als wollte sie sich so von mir abgrenzen, reicht das Mädchen Andris eine Plastikflasche, löchrig und eingedrückt.

»Danke.« Andris nimmt die Flasche, dann baut er sich vor mir auf.

Um uns herum wird die Arbeit eingestellt, ich ziehe alle Blicke auf mich.

»Zeig.« Mehr sagt er nicht, streckt nur die Hand aus.

Es fällt mir schwer, mich von meiner Beute zu trennen. Nicht weil ich sie für wertvoll halte, sondern weil ich sie erforschen möchte. Einen zarten Faden in die Vergangenheit spinnen. Verstehen, womit ich es zu tun habe.

Trotzdem lege ich die geheimnisvolle Scheibe in Andris' Pranke. Er umfasst den Rand mit erstaunlicher Vorsicht, dann versetzt er mir einen halbherzigen Tritt. »Du hast die Regeln gehört. Niemand darf etwas behalten!«

»Habe ich auch nicht!« Meine Empörung ist echt, ich ertrage keine weiteren grundlosen Anschuldigungen. »Ich habe es mir nur angesehen.«

»Du bist zum Arbeiten hier!« Noch ein Tritt, fester diesmal. Mein Oberschenkel brennt an der getroffenen Stelle, ich würde sie gerne reiben, aber ich tue es nicht. Schwäche wird bei den Prims nicht mit Mitleid quittiert, jede Wette.

»Was ist das?«, frage ich stattdessen.

Andris gibt mir keine Antwort, er ist schon wieder halb aus der Tür. »Fiore? Ist Fiore in der Nähe?«

Von draußen ruft jemand etwas, das ich nicht verstehen kann.

»Es sieht ganz so aus, als würden wir hier drin jede Menge Material für Quirin finden. Einer soll Fiore holen!«

Mein Italienisch ist zwei Stufen unter Muttersprachniveau, ich weiß, dass Fiore Blume heißt. Das Mädchen, das zehn Minuten später erscheint, hat mit einer Blume allerdings nicht mehr Ähnlichkeit als ein Eiszapfen mit einer Schneeflocke.

Fiore trägt einen Bogen, der länger ist als die der meisten männlichen Prims, in einer Hand hält sie ein fleckiges, aber überaus scharf wirkendes Messer. Ihr Haar ist raspelkurz, trotzdem hat sie keine Mütze auf. Unempfindlich also oder dumm.

Mit wissendem Nicken nimmt Fiore die Scheibe aus Andris' Hand. »Wer hat das gefunden?«

»Die beiden dort links. Lieblinge. Gestern gefangen.«

»Tatsächlich?« Wer oder was wir sind, scheint Fiore überhaupt nicht zu interessieren. Sie kniet sich neben uns und begutachtet den Schutthaufen, den wir bearbeiten. »Wo habt ihr gegraben?«

Ich zeige ihr die Stelle. Ich habe in der Zwischenzeit weitergearbeitet, bin aber auf nichts Bemerkenswertes mehr gestoßen.

Um ihren linken Stiefel hat Fiore ein Werkzeug gebunden, das wie eine Mischung aus Harke und Schaufel aussieht und das sie nun abschnallt. Sie beginnt, das Geröll damit abzutragen. Sehr schnell und sehr gründlich.

»Keiner hat gesagt, dass ihr glotzen sollt!«, schnauzt Andris uns an. »Geht dort rüber und macht weiter!«

Es ist ein kleiner Nebenraum, in den er Fleming und mich schickt. Fleming entspannt sich merklich angesichts des räumlichen Abstands von den Prims und ich werfe ihm einen warnenden Blick zu. Wir dürfen nicht den Fehler machen, uns unbeobachtet zu fühlen.

Er beginnt, mit bloßen Händen lockeres Gestein wegzuheben. Das meiste ist mit einer schwarzgrauen Schicht bedeckt, mit getrocknetem Ascheschlamm. Die Arbeit ist schmutzig und in kürzester Zeit sind wir es auch. Ich frage mich, wie die Prims sich eigentlich waschen. *Ob* sie sich waschen. Wahrscheinlich wälzen sie sich einfach im Schnee.

Unsere Ausbeute ist ein Witz. Eine Art Löffel, eine zerbrochene Kunststoffschüssel und Teile eines Geräts, bei dem wir uns nicht mal im Ansatz vorstellen können, wozu es gut gewesen sein mag.

»Damit wurde früher ein bestimmtes Getränk zubereitet«, mutmaßt Fiore. »Das gibt's heute aber nicht mehr. Versucht, Metall und Plastik zu trennen.«

Ein Schrei unterbricht sie, vor unserer Ausgrabungsstätte bricht Tumult aus.

»Feindclan!«, brüllt eine Stimme, Schnee und Steine knirschen unter hastigen Schritten.

»Wo sind sie?«

»Dort! Dort hinten, siehst du die Barrikade?«

»Wie viele sind es?«

»Duckt euch, sie haben Schleudern!«

»Zehn oder zwölf!«

»Das ist unser Territorium!«

Schon beim ersten Schrei ist Andris aufgesprungen und aus dem Raum gestürmt, jetzt hört man ihn draußen Befehle brüllen. »Geht in Deckung! Die Bogenschützen vor! Achtet auf das Haus mit der Nummer elf, das haben wir für die Suche vorbereitet, das wird ihr Ziel sein!«

Nur zu hören, dass Gefahr droht, ohne sie zu sehen, macht mich nervös. Ich will unseren kleinen, fensterlosen Raum verlassen, um nach draußen zu spähen, aber eine kräftige Hand auf meiner Schulter hält mich zurück.

»Lass das, Fleming«, fauche ich.

»An deiner Stelle würde ich hierbleiben.« Die Stimme ist weiblich, der Unterton belustigt. »An meiner Stelle übrigens auch. Es kann ziemlich unschön werden.«

Ich drehe mich um, nicke und Fiore lässt mich los.

»Was passiert denn da draußen?«

»Nichts Besonderes. Feindclan, wahrscheinlich Scharten.«

Mein Gedächtnis liefert zuverlässig Informationen: Ich habe den Begriff zum ersten Mal gehört, als Milan die Scharten als die Mörder seiner Schwester bezeichnet hat. Das Bild der drei abgesägten Pfeile, die aus ihrem Körper ragten, lässt jede Neugier in mir verpuffen.

Das Geräusch weiterer schneller Schritte. Etwas Schweres wird über den Boden geschoben, dann höre ich ein Sirren.

»Unsere Leute sind die besseren Schützen«, erklärt Fiore seelenruhig. »Die Scharten sind wie Wölfe, aber weniger klug. Sie fühlen sich nur im Rudel wohl, leben von Aas, und wenn es eng wird, fressen sie sich gegenseitig.«

»Aha.« Dass all diese Dinge aus meiner Sicht auf alle Prims zutreffen, behalte ich für mich. »Wieso heißen sie Scharten?«

Fiore vollführt mit der flachen Hand eine sägende Bewegung. »Sie zählen getötete Feinde auf diese Art. Jeder trägt einen Talisman um den Hals und ritzt Kerben hinein. Für jede Leiche eine Scharte.«

Das klingt hässlich. Ich frage mich, ob einer der Angreifer gestern eine frische Kerbe geschnitzt hat, für Maia.

»Es gibt Clans, die zu überleben versuchen, indem sie Rohstoffe suchen, jagen und sogar Pflanzen anbauen«, fährt Fiore fort. »Und es gibt Raubclans. Schmarotzer. Sie kommen über die Runden, indem sie den anderen all das abnehmen, was diese sich hart erarbeitet haben. Meistens nehmen sie ihnen auch gleich das Leben. Die Scharten sind ein Raubclan, aber wenn sie denken, sie könnten uns ausnehmen, haben sie sich geschnitten.« Sie grinst über ihr eigenes Wortspiel und ich lächle mit. Es kann nicht schaden, zu einem der Prims ein besseres Verhältnis aufzubauen.

»Im Prinzip«, sagt sie, während etwas Hartes und Schweres gegen die Wand neben uns knallt, »seid ihr Lieblinge auch ein Raubclan. Ein wirklich, wirklich großer.«

Mir bleibt die Luft weg. Von wegen besseres Verhältnis, das

Mädchen ist völlig irre. Bevor ich die richtigen Worte finden kann, macht Fleming seiner Empörung schon Luft.

»Wir sind kein Clan«, erwidert er eisig. »Wir sind eine Zivilisation, die niemandem etwas nimmt, im Gegenteil. Hast du nie eins unserer Versorgungspakete erhalten? Alles, was wir zum Leben brauchen, stellen wir selbst her und versuchen gleichzeitig, den Ärmeren zu helfen. Wer etwas anderes sagt, lügt.«

»Erzähl das den Minenarbeitern im Osten«, zischt Fiore. »Oder soll ich Minensklaven sagen? Und nein, ich habe noch kein Versorgungspaket bekommen, aber ich habe gehört, dass der Clan der Feuerschläger im Westen reichlich von euch beschenkt worden ist.« Sie verschränkt die Arme vor der Brust. »Seitdem sind es angeblich nur noch halb so viele. Die blutige Ruhr, sagt Quirin.«

Fleming ist so weiß im Gesicht geworden, dass ich fürchte, er wird gleich umkippen. »Du willst damit andeuten, dass wir sie vergiftet haben? Ja?«

»Nein, viel wahrscheinlicher ist, dass die Freude über eure Almosen so groß war, dass die Hälfte der Feuerschläger sich vor Begeisterung zu Tode geschissen hat.«

Ich schnappe nach Luft. Der gelassene Umgang mit Ungerechtigkeit fällt mir immer noch schwer, trotz allen Trainings. Aber ich werde Grauko keine Schande machen.

»Warum hätten wir so etwas tun sollen?« Aus meinem Ton sind lediglich Mitgefühl und Verständnis herauszuhören. Für die Benachteiligten, die es nicht besser wissen. »Um in ihre kalten Ruinen ziehen zu können? Wir bekämpfen Krankheiten und verbreiten sie nicht.«

Fiore sieht mich an, dann schüttelt sie langsam, sehr langsam den Kopf. »In ihrem Territorium beginnt es zu tauen. Und überall dort, wo es taut, sind die Lieblinge sofort zur Stelle. Mit Waffen oder mit Essenspaketen. Quirin hat Meldungen von fünf verschiedenen Clans erhalten, die alle das Gleiche aussagen.«

Es werden also Lügen über uns verbreitet und es ist nicht schwer, sich den Grund dafür vorzustellen: Jemand will einen Aufstand. Immer wieder werden Sphären angegriffen und die Attacken scheitern meist daran, dass die Angreifer zu wenige und ihre Waffen zu schwach sind.

Aber Gerüchte wie dieses, über vergiftete Essensspenden, könnten die Prims dazu bringen, sich zu Tausenden zusammenzurotten, und dann … Aufstände. Verschwörungen. Flüsterpropaganda – irgendjemand setzt solche Geschichten in die Welt, um dem Sphärenbund zu schaden.

Ein markerschütternder Schrei von draußen, das war kein Warnruf. Jemand ist verwundet oder tot. Ich kauere mich in einer Ecke zusammen und schlinge meine Arme um die Knie.

»Zieht ihn dort weg!«, höre ich Andris brüllen. »Zwei Mann nach links! Die Speerträger zum Angriff!«

Wieder ein Schrei, ein Aufheulen.

»Worum geht es da draußen eigentlich?«, fragt Fleming. »Um eine kleine, flache Scheibe und ein paar Plastikflaschen?«

Fiore schüttelt den Kopf. »In den letzten Tagen haben wir ein großes Haus für die Suche vorbereitet. Wir haben zwei Eingänge frei gemacht und geprüft, in welche Räume man gehen kann, ohne zu riskieren, dass die Decke einstürzt. Die Scharten haben in der Nähe auf der Lauer gelegen und jetzt, nachdem die Vorarbeit geleistet ist, wollen sie das Haus einnehmen.« Sie streicht sich mit der flachen Hand über ihr kurzes Haar. »So machen sie es meistens und manchmal schaffen sie es. Leider.«

Wieder ein paar gebrüllte Befehle. Schritte, Keuchen. Dann ein vielstimmiger Schrei, in dem sich Wut und Mordlust entladen.

»Jetzt wird es gleich vorbei sein«, meint Fiore.

Der Klang von Metall auf Metall, dann ein dumpfer Schlag, Schreie, Befehle, Klirren.

Mein Herz schlägt viel zu schnell und zu stark, es hat den Salvator dazu gebracht, wieder Lebenszeichen von sich zu geben. Erst ein Vibrieren, nun Alarm, das Signal wird lauter und lauter.

»Weißt du, wie man das abstellt?« Verzweifelt halte ich Fleming meinen Arm vors Gesicht. »Bitte, ich will nicht riskieren, dass der Ton die Scharten anlockt!«

»Nein. Leider.« Behutsam streicht er über das zerkratzte Display, die leuchtend blauen Zahlen. »Dafür müsste ich Techniker sein. Aber lass dir doch die Lautsprechereinheit von Tycho zerstören.«

Das hätte ich bereits getan, wäre da nicht das Erlebnis mit den Wölfen gewesen, die der Alarm vertrieben hat. Wenn der Ton eine Waffe sein kann, will ich ihn nicht missen.

Also lieber auf das Atmen konzentrieren. Ein. Aus. Ganz. Ruhig. Den Schlachtlärm ausblenden. Ich denke an Schneeflocken, die auf eine Sphärenkuppel herabsinken, langsam und lautlos.

Es funktioniert, der Alarm verstummt. Für den Moment.

Auch draußen hat sich der größte Kampflärm gelegt, jemand ruft »Sie fliehen!«, ein paar Mal noch werden Bogensehnen gespannt und sirrend losgelassen, dann höre ich nur noch leises Ächzen und Andris' Befehl, verschossene Pfeile zu suchen und einzusammeln.

Wir wagen uns aus dem Gebäude, Fleming als einer der Ersten, ich halte mich hinter den beiden Mädchen, die verächtliche Blicke über die Schulter werfen. Ich weiß nicht, ob das mir gilt oder Fiore.

Draußen liegt roter Schnee. Nicht überall, aber vor dem Haus ist ein großer Fleck, ein langer Streifen Rot zieht sich über die Straße, Sprenkel übersäen auch noch den Boden vor dem nächsten Gebäude.

Dort liegen drei Männer, regungslos und mit verdrehten Gliedern. Man könnte meinen, etwas würde aus ihnen herauswachsen, aber natürlich ist es umgekehrt. Aus ihren Körpern ragen Speer- und Pfeilschäfte.

Im Unterschied zum weißen Schnee schmilzt der rote.

Wie sehr mich der Anblick gelähmt hat, bemerke ich erst, als Fleming mich aus meiner Starre reißt.

»Komm mit, ich brauche Hilfe!« Er zerrt mich zu den verletzten Prims aus unserer Suchtruppe, doch drei Bewaffnete blocken uns ab. »Ihr habt hier nichts zu suchen.«

Ich will gerade anfangen, ihnen zu erklären, dass sie einen Fehler machen, da zieht Fleming mich schon weiter, zu den drei durchbohrten Männern, weist auf einen davon.

»Fühl seinen Puls. Nein, nicht hier, am Hals.«

Ich tue es, obwohl ich weiß, dass es keinen Sinn hat. Die Augen des Mannes stehen offen, er sieht an mir vorbei. Atmet nicht. Ich ziehe mir den Handschuh von der rechten Hand und überwinde mich. Berühre seinen Hals, die Stelle, wo die Schlagader verläuft. Kein Puls.

Knapp neben meinen Fingern liegt eine braune, gedrehte Schnur, eine Art Halskette. Ich muss etwas fester ziehen, um das zutage zu fördern, was daran hängt: ein vergilbter Knochen mit zahlreichen, parallel liegenden Einkerbungen. Scharten.

Ich zähle sie, es sind vierundzwanzig. Die letzten drei sehen frisch aus.

Warum ich den Knochen mitnehme, weiß ich nicht. Vielleicht, weil ich an Lu denken muss und daran, dass der Mann eine der Kerben für sie geschnitzt haben könnte.

»Lebt deiner noch?« Fleming steht hinter mir.

»Nein.«

»Dann lass es uns noch mal bei Andris' Leuten versuchen.«

Erst drängen sie uns wieder fort. Die Prims haben eine Art Kreis um die Stelle gebildet, wo ihre Verwundeten liegen und sitzen, Milan kniet bei ihnen, er kramt in einer ledernen Tasche, die an seiner Schulter hängt, und zieht eine Flasche heraus.

»Ich kann euch helfen«, ruft Fleming über den menschlichen Schutzwall. »Ich habe Erfahrung in der Behandlung von Verwundeten!«

Wenn seine Worte überhaupt einen Effekt haben, dann den, dass der Kreis sich noch enger schließt.

»Wirklich.« So leicht lässt Fleming sich nicht abwimmeln. Er nimmt seinen Medpack, mit dem er sonst wie verwachsen ist, vom Rücken und hält ihn hoch. »Ich würde euch sehr gerne helfen.«

Jetzt dreht sich einer um, ein Mann um die vierzig, sein rötlicher Bart reicht ihm bis zur Brust. »Bleib weg. Wir wissen, was wir tun.«

Ich gestehe, die Verletzungen der Prims sind mir herzlich egal. Ich kenne keinen von ihnen und es ist offensichtlich, dass sie uns als Feinde betrachten. Aber gerade deshalb wäre es gut, wenn sie endlich begreifen würden, welchen Wert wir für sie darstellen.

»Ihr solltet ihn helfen lassen«, unterstütze ich Fleming. Ernsthaft, aber ohne zu drängen. »Er hat sich in den letzten Jahren mit nichts anderem als Medizin beschäftigt. Außerdem hat er einen Eid geleistet, dass er nie Hand an jemanden legen wird, um ihm zu schaden.«

Das Wort lässt Andris aufhorchen. »Einen Eid?«

»Ja. Wer das nicht tut, darf bei uns keine Kranken behandeln.«

»Wer sagt, dass dieser Eid auch gilt, wenn es um … *Prims* geht?« Er betont das Wort ganz bewusst, will meine Reaktion testen. Ich zucke nicht mit der Wimper.

»Das macht keinen Unterschied. Überleg es dir schnell, der blonde Junge dort hinten blutet sich sonst zu Tode.«

»Dann soll der Liebling es versuchen«, sagt Andris und zieht eine lange Klinge aus seinem Gürtel. Es ist eine unausgesprochene Drohung. Wir sollen nicht glauben, dass er uns vertraut.

Fleming hält sich nicht mit Worten auf. Blitzschnell nimmt er eine Triage vor, so wie wir es in den grundlegenden Medizinseminaren gelernt haben. Bestandsaufnahme: Wer braucht am dringendsten Hilfe? Wer kann warten? Bei wem ist es ohnehin schon zu spät?

Den Jungen mit der blutenden Beinwunde nimmt er sich als Erstes vor. Druckverband oberhalb der Wunde, desinfizieren, verbinden. Fleming bedient sich abwechselnd aus dem Medpack und aus Milans Tasche, er arbeitet mit sparsamen Bewegungen, schnell und präzise.

Er entfernt einen oberflächlich sitzenden Pfeil aus einer Schulter, näht eine Platzwunde und schient einen gebrochenen Arm.

Ich beobachte weniger ihn als die Prims, die ihm bei jedem Handgriff auf die Finger sehen. Er nötigt ihnen Respekt ab, das ist gut für uns alle.

»Glotzt du Löcher in die Luft?« Es ist eine der Sucherinnen, sie versetzt mir einen Stoß in die Seite, der mich wieder auf das Haus zutaumeln lässt, wo wir gegraben haben. »Es wird weitergearbeitet! Los!«

Minuten später finde ich mich auf den Knien wieder, einen neuen Haufen vor mir, der nur zum Teil aus Stein besteht. Ich befühle das, was daraus hervorragt – es ist Holz. Ein langer, dunkler Balken.

In den Sphären gab es fast nichts, das aus Holz gemacht war. Ein paar alte Schränke, geschnitzte Schachfiguren, die antiken Schreibtische der ranghöheren Mentoren. Das war alles.

Ich lege den Balken fast zärtlich frei. Darunter ist noch einer. Er ist morsch und schimmelig, trotzdem ist er etwas Besonderes.

Zuunterst finde ich Gefäße. Sie sind aus gräulich trübem Metall. Ein wenig kratzen und schon stoße ich auf eine glänzende Schicht. Vier Stück sind es, alle unterschiedlich groß.

»Andris!«, rufe ich. Die Behälter sind ein guter Fund, da bin ich sicher, und ein bisschen Anerkennung kann ich gut gebrauchen. Aber Andris hat mich entweder nicht gehört oder er ignoriert mich.

»Er springt nicht, wenn ein Liebling pfeift«, erklärt eins der Mädchen. Es ist das gleiche, das mich vorhin beschuldigt hat, gestohlen zu haben.

»Ja, bei Andris kannst du das vergessen«, fügt das zweite zufrieden hinzu.

Dann eben nicht. Ich spare mir jede Antwort und versuche, mehr von dem glänzenden Metall freizulegen. Erst als ich hinter mir eine Bewegung spüre, drehe ich mich um.

»Kochtöpfe«, sagt Fiore. »Hast du auch Deckel dazu gefunden?«

Ich wühle ein Stück tiefer, finde jedoch nur Holz, das aussieht, als hätte es jemand mit einer weißen Schicht überzogen.

»Lass es«, meint Fiore. »Es ist schon mehr zusammengekommen, als ihr schleppen könnt. Mindestens einen der Verwundeten werdet ihr nämlich tragen müssen.«

»Ihr? Du hältst dich raus, verstehe ich das richtig?«

Sie wirft mir einen verächtlichen Blick zu. »Ich habe nicht den gleichen Heimweg.«

»Aha. Anderer Clan, ja?«

»Nein. Anderes Heim.«

Weiterfragen hat keinen Zweck, Fiore hat sich von mir abgewandt, sie durchforstet einen der Säcke, in dem die Funde gesammelt werden. Ist das ein Buch, das sie da in der Hand hält?

»Sie glaubt, sie sei etwas Besseres.« Das Mädchen, das mir schon über Andris' Eigenheiten so bereitwillig Auskunft erteilt hat, will anscheinend auch seine Meinung zu Fiore loswerden. Sie spricht mit niemandem direkt, schon gar nicht mit mir, aber es ist klar, dass wir ihre Worte mitbekommen sollen. »Sie ist wie die meisten von Quirins Leuten. Machen sich nicht die Hände schmutzig, aber lassen sich von uns durchfüttern. So ist das!«

Fiore hebt leicht den Kopf, in ihren grünen Augen liegt die Kälte von hundertjährigem Eis. »Besser, du bist still, Paulin. Du kannst mir glauben, was Quirin tut, ist wertvoller als das bisschen Plastik, das du sammelst.«

Paulin schnaubt und wendet sich ab.

In die entstehende Pause hinein stelle ich die Frage, die mir schon seit Stunden auf der Zunge brennt: »Wer ist dieser Quirin? Ist er auch ein Clanfürst?«

In Fiores Lächeln lese ich Stolz und eine ähnliche Zuneigung, wie ich sie Grauko gegenüber fühle. »Er ist viel mehr als das. Quirin ist einer der Bewahrer.«

Bevor ich fragen kann, was das genau bedeutet, ist sie schon aufgestanden und aus dem Haus getreten. Innerlich seufzend wende ich mich wieder meinem Schutthaufen zu.

Als es draußen zu dämmern beginnt, sind meine Hände wund vom Graben. Die Ausbeute des heutigen Tages wird in rucksackartige Beutel gepackt, die wir uns auf den Rücken und vor die Brust schnallen. Die unverletzten Männer packen das Holz auf eine Art Schlitten, dann treten wir den Heimweg an. Nur Fiore macht sich in die entgegengesetzte Richtung davon.

Mit dem herannahenden Abend wird auch die Kälte wieder schneidender. Ich stecke meine Hände unter den stinkenden Fellüberwurf und sehe zum Himmel. Keine Spur mehr von der Sonne, aber über uns kreist ein Vogel.

Ich glaube, ich kenne ihn.

23

Fleming und ich sind die beiden Letzten, die zurückkommen, die anderen sitzen schon wieder in der Zelle, ein lebhaftes Gespräch ist im Gang.

Aureljo und Tycho waren heute den Jägern zugeteilt und am Erlegen eines Wildschweins und dreier Kaninchen beteiligt.

»Sie haben uns als Treiber eingesetzt«, erklärt Tycho. »Das heißt, wir mussten das Wild suchen und auf die Jäger zutreiben. Mach das mal bei einem Wildschwein – ich habe noch nie so ein riesiges Tier gesehen, mit Hauern rechts und links.« Zur Demonstration legt Tycho die gekrümmten Zeigefinger neben seine Mundwinkel. »Aber die Prims beherrschen ihre Waffen. Ihr hättet das sehen müssen. Ich will kein Sentinel sein, der ihnen in die Quere kommt.«

Habt ihr einen Fahnder gesehen?, würde ich gern fragen. *Habt ihr Nachrichten auf eure Salvatoren bekommen?*

Den ganzen Tag über war ich zu abgelenkt, zu beschäftigt oder zu verängstigt, um an die Warnung zu denken. *Einer von euch ist ein Verräter.* Erst jetzt stellt sich das dumpfe Gefühl wieder ein. Misstrauen. Ich kann niemanden fragen, weil jeder der Falsche sein könnte. Außer Aureljo – und sogar das widerspricht den Lektionen, die ich erhalten habe. Wäre dies eine Simulation an der Akademie, würde ich dafür Punkte abgezogen bekommen.

Tomma ist so müde, dass ihr immer wieder die Augen zufallen, während Tycho berichtet. Ihr Kopf sinkt auf die Brust, bevor sie ihn mit einem Ruck wieder hochreißt. Doch als Aureljo sie auffordert, von ihrem Tag zu erzählen, wird sie munterer.

»Wir haben Boden freigelegt«, verkündet sie. »Die Prims sind weniger dumm, als ich dachte. Sie schaufeln einfach den Schnee weg, besonders an den Stellen, die von der Sonne beschienen werden könnten. Sie sagen, dort wird bald etwas wachsen, und an manchen Plätzen ist das schon jetzt der Fall. Sie halten sogar Ziegen und ein paar Schafe. Wenn es wärmer wird, wollen sie etwas anbauen, wie schon die letzten Jahre. Ich habe sie gefragt, was, aber sie wollten es mir nicht verraten. Etwas Essbares jedenfalls.« Sie rutscht tiefer, legt sich seitlich auf den Boden, die Hände unter der Wange gefaltet wie ein Kissen.

»Habt ihr die Bäume gesehen? Fichten. Birken. Ich war in einem richtigen kleinen Wald, so wunderschön ...« Damit schläft sie ein. Fleming deckt sie mit einem Fellmantel zu.

Ich kuschle mich an Aureljo. Ja, er könnte der Verräter sein, ich glaube es zwar nicht, trotzdem darf ich es nicht ausschließen. Aber er hat mir so gefehlt.

»Hast du die Sonne gesehen?«, frage ich ihn leise.

»Ja. Oh ja.«

»Ich hätte nie gedacht, dass sie so ... warm ist.«

»Die Jäger sagen, sie zeigt sich immer öfter. Im letzten Sommer war der Schnee angeblich eine Zeit lang ganz verschwunden. Kannst du dir das vorstellen? Je weiter man nach Süden geht, desto wärmer wird es.« Aureljos Worte sind ebenfalls warm und klingen sehnsüchtig. Er drückt mich fest an sich. »Vielleicht ...«

Ich warte auf den Rest des Satzes, doch er kommt nicht und ich will nicht nachfragen. Ich glaube, ich weiß ohnehin, was Aureljo sagen wollte: Vielleicht können wir hier leben. Überleben. Draußen. Wir müssen nicht in die Sphäre zurück, wir müssen uns nicht töten lassen. Die Prims schaffen es auch. Wir könnten lernen, in der Außenwelt zurechtzukommen.

»Ja, vielleicht«, murmele ich.

Obwohl ich nach den körperlichen Anstrengungen des Tages so erschöpft bin, dass jeder Muskel schmerzt, schaffe ich es nicht einzuschlafen.

Die anderen atmen ruhig und gleichmäßig, Aureljo schnarcht ein wenig. Als würde ein schnurrender Motor seine Lungen antreiben. Wir sind satt, jeder hat ein Stück Wildschwein bekommen, dazu wieder die harten Fladen, die hier das Hauptnahrungsmittel zu sein scheinen.

Jetzt ist es still im und um das Haus. Nur manchmal heulen draußen Wölfe, weit entfernt. Aber sie sind ebenso ausgesperrt, wie wir eingesperrt sind. Ich versuche, eine bequemere Liegeposition zu finden, ohne Aureljo zu wecken, der seinen linken Arm um mich geschlungen hat.

Er kann uns nicht an die Exekutoren verraten haben. Ich habe ihn den ganzen Abend über beobachtet und nichts als Sorge um jeden Einzelnen von uns in seinem Gesicht gesehen. Ohne dass es jemand von ihm verlangt hätte, übernimmt Aureljo die Verantwortung für uns, er wollte Tomma sogar die Hälfte seines Essens geben, weil sie so dünn ist.

Ich kann nicht glauben, dass er uns ausliefern will, ich wüsste keinen Grund dafür.

Außer, er glaubt, es sei zu unserem Besten. Dass er uns damit rettet. Dann würde er es wohl schaffen, sich über Tage oder Wochen hinweg zu verstellen. Vor den anderen. Aber auch vor mir?

Und wenn es Tomma ist? Sie hat ein Talent dafür, sich so unbemerkt auf die Seite der Gewinner zu schlagen, dass man später glaubt, sie hätte dort schon immer gestanden. Nein, für sie würde ich meine Hand nicht ins Feuer legen.

Dann ist da Fleming. Gemessen daran, wie ich ihn heute erlebt habe, tut er alles, um Kranken zu helfen, um sie zu retten. Ist ihm zuzutrauen, dass er uns sehenden Auges den Exekutoren ausliefert? Wäre das nicht gegen seinen Eid? Ich weiß es nicht.

Tycho und Dantorian sind mir noch fremd, besonders Dantorian, der selten spricht und hauptsächlich mit seiner Bisswunde beschäftigt ist. Was, wenn der Sphärenbund ihm eine Nachricht geschickt hat? Ich bin nicht die Einzige mit einem Salvator und seiner hat kürzlich noch geflackert und Werte ausgespuckt. Es ist denkbar, dass man Dantorian versprochen hat, ihn zu retten, falls er uns verrät.

Ein Schauer überläuft mich und ich presse mich fester an Aureljo.

Der Schlüssel heißt Beobachtung. Sehen und verstehen, das war die erste Lektion, die Grauko mich gelehrt hat. Ich werde jeden aus unserer Gruppe im Auge behalten, so gut es mir möglich ist. Schlechtes Gewissen verrät sich immer, auf die eine oder andere Art.

Der Gedanke beruhigt mich und treibt mich langsam dem Schlaf in die Arme.

Am nächsten Tag werde ich den Jägern zugeteilt.

24

»Sie leben in Gruppen, und wenn sie sich in die Enge getrieben fühlen, werden sie unangenehm.« Sandor steht neben mir, die Hand, auf der sein Vogel sitzt, erhoben. »Wir wissen, wo sie ihre Futterplätze haben. Wahrscheinlich wird es nicht nötig sein, sie aufzuschrecken.«

Er spricht von Wildschweinen, den riesigen Biestern, die Tycho uns beschrieben hat.

»Was fressen sie?« Ich weiß nichts über diese Tiere, ich will sichergehen, dass sie mich nicht als Beute betrachten.

»Alles. Sie reißen den Boden auf und holen sich, was sie finden.«

»Ist der Boden nicht gefroren?«

»Nein. Nicht mehr.« Damit lässt er mich stehen.

Ich hätte gerne eine Waffe – am liebsten einen Speer, wie die vier Mädchen rechts von mir. Aber die Prims trauen mir nicht, ich soll nur tragen helfen und Köder auslegen.

»Wenn wir einen Keiler sehen, wie gestern«, ruft Sandor uns zu, »verhaltet euch ruhig und hofft, dass er weiterzieht.«

»Keiler, sind die so ähnlich wie Scharten?«, frage ich das Mädchen neben mir. Ich setze mein freundlichstes Gesicht auf, ernte aber nur Gelächter.

»Ich sage doch, die Lieblinge sind dumm«, tut eine der vier ihren Freundinnen kund. Sie drehen mir den Rücken zu und setzen ihre Unterhaltung leiser fort. Dabei lassen sie Sandor keinen Moment unbeobachtet.

Ein schlechter Start, ich hätte vorbereitet sein müssen. Der Tag hat schon frühmorgens die falsche Richtung genommen. Ich wurde als Einzige zu den Jägern geschickt, während Fleming und Tycho heute Boden freilegen. Aureljo und Tomma sind den Suchern zugeteilt. Ich bin also nicht nur allein unter Fremden, sondern kann auch niemanden aus unserer Gruppe beobachten.

Der Marsch zieht sich länger hin als gestern. Wenn mein Gefühl mich nicht trügt, bewegen wir uns in Richtung der Ruine, wo wir die tote Maia gefunden haben, und sofort fallen mir die Wölfe wieder ein. Über sie hat Sandor nichts gesagt.

Ich frage mich, ob die Kinder der Clans auch Jäger und Wolf spielen, so wie wir früher. Wahrscheinlich nicht. Hier sind die Jäger echt und die Wölfe gefährlich.

Niemand geht neben mir, niemand lässt sich auf ein Gespräch mit mir ein. Vorneweg marschieren schweigende Jäger mit Bögen und Speeren; sie suchen die Umgebung und den Himmel ab. Einer von ihnen dreht sich manchmal zu mir um, in den Augen Hass. Wäre er der Clanfürst, hätte man uns sicher längst getötet, jede Wette. Und er ist nicht der Einzige, immer wieder begegnen mir Prims, die sich flüsternd unterhalten, den Kopf schütteln, mich finster betrachten – sie verstehen nicht, warum wir noch leben. Durchgefüttert werden. Mittlerweile verstehe ich es selbst nicht mehr, nach allem, was Fiore mir gestern erzählt hat. Sie müssen uns für das Böse schlechthin halten.

Die Jägerinnen hinter mir beschäftigt hingegen etwas ganz anderes. Ich höre sie lachen und miteinander wispern.

»… ein Gesicht wie ein König …«, sagt eine.

»… meint, das sei merkwürdig, er hat früher …«, fügt eine zweite hinzu.

Mehr verstehe ich nicht. Ich habe große Lust, mich umzudrehen und nachzufragen, über wen sie sprechen, aber eigentlich ist klar, dass es um Sandor geht. Noch einmal lasse ich mich nicht als dumm beschimpfen.

»… sind hochnäsig. Als ob sie etwas Besseres …«

»Wie es in den Schriften steht. Aber bald wird es …«

Jetzt sprechen sie über uns, keine Frage. Die Lieblinge. Die Glaswarzenbewohner. Leider mit gedämpfter Stimme, gerade den letzten Satz hätte ich gerne ganz gehört.

Aber bald wird es … anders sein?

Aber bald wird es … mit ihnen vorbei sein?

Mit einem Mal wünsche ich mir Fiore her. Ich hatte gestern immer wieder das Gefühl, sie könnte eine von uns sein. Clever, für Außenverhältnisse äußerst gebildet, schlagfertig. Jemand, mit dem man ein Gespräch auf Augenhöhe führen kann. Die Mädchen hinter mir beunruhigen mich hingegen: jung, albern – und bewaffnet. Vielleicht kann ich mich morgen freiwillig als Sucher melden.

»So sieht man sich wieder.«

Ich mache vor Schreck einen Satz zur Seite. Neben mir läuft Lennis, heute nicht in seiner Sentinel-Uniform, sondern in echter Prim-Kleidung. Leder, Fell und ein bisschen Wolle.

Ich nicke ihm zu. »Wie geht es den Kindern?«

»Oh. Gut.« Seine blassblauen Augen lächeln, sein Mund nicht. »Ich habe gehört, du hast mich durchschaut. Sandor war beeindruckt.«

Ja, denke ich bitter. Das habe ich gemerkt. »Habe ich mit meiner Schätzung richtiggelegen? Du bist seit fünf Jahren hier, oder?«

»Seit sechs.«

Das verbuche ich als Treffer. »Wie hältst du das aus?«

Jetzt lacht er. »Bestens. Sieh mal, da ist eine Sache, die du nicht durchschaut hast. Sie haben mich nicht gefangen genommen. Ich bin zu ihnen übergelaufen.«

Zuerst denke ich, ich hätte ihn falsch verstanden. Übergelaufen, was für ein Witz. Aus der Wärme in die Kälte? Aus der Sicherheit in eine Existenz als potenzielles Wolfsfutter?

Aber Lennis' Gesicht wirkt völlig ernst, nein, sogar stolz.

»Warum?«

Er lässt sich Zeit für seine Antwort. Wendet sich zu den Mädchen hinter uns, überzeugt sich davon, dass sie völlig in ihr Gespräch vertieft sind.

»Du hast die Exekutoren kennengelernt?«

»Ja.«

»Vor ungefähr sechs Jahren wurde ich mit zwanzig anderen Männern der Außenwache zu einem Spezialeinsatz abkommandiert. Die Exekutoren haben einen Clan ausgelöscht und wir waren dafür zuständig, dass keiner entkommt.«

Es ist, als hätte jemand ein Metallband um meinen Oberkörper gelegt, das nun zugezogen wird.

Es ist nicht wahr, tobt in mir Ria, die Nummer 7 der Akademie.

Sie wollen auch uns töten, entgegnet Ria, die aus der Magnetbahn geflohen ist.

Die Ria, die gerade mit einem stinkenden Tierpelz um die Schultern durch schwindenden Schnee läuft, bekommt nur ein Wort heraus. Das gleiche wie eben: »Warum?«

Lennis hebt eine Hand und lässt sie wieder fallen. »Weil der Clan zu stark geworden ist. Zu viel Land freigelegt, zu viele Tiere gezüchtet, zu hohe Überlebensraten.« Er sieht mich von der Seite an. »Nicht dass du glaubst, sie wären eine echte Gefahr gewesen. Es waren immer noch hungernde Menschen, bei denen jedes dritte Kind während des ersten Lebensjahres gestorben ist. Aber sie waren auf dem richtigen Weg. So etwas sieht der Sphärenbund nicht gern.«

Es ist, als würde alles um mich herum verschwinden. In meinen Ohren pocht der Puls so laut, dass ich meine Schritte nicht mehr hören kann.

Das ist eine Lüge. Muss es sein. Meine Güte, es ist in den Sphären sogar verpönt, die Clans und Stämme als Prims zu bezeichnen, wir werden geschult, sie zu achten, sie zu schützen, ihnen zu helfen.

»Das stimmt nicht«, flüstere ich.

»Ich war dabei. Ich schwöre, dass ich die Wahrheit sage. Als Sentinel hat man viele Übungseinsätze, aber das war echt. Das Blut war echt, die Schreie, die Toten.«

Mir ist so übel, dass ich es kaum schaffe weiterzugehen. Ich versuche, in Lennis' Miene zu lesen. Er ist blasser als vorhin und sein Blick geht nach innen, wie es bei Menschen, die tief in vergangene Erlebnisse eintauchen, oft der Fall ist.

Falls er sich verstellt, ist er wirklich gut. Besser als Grauko.

Der Gedanke an meinen alten Mentor versetzt mir einen Stich, der mir den Atem nimmt. »Wer weiß davon?«

Lennis schüttelt den Kopf, zuckt mit den Schultern. »Keine Ahnung. Ich war bloß Sentinel, natürlich gezeugt, von einer Familie aufgezogen.« Er zieht die Stirn kraus. »Die Exekutoren wissen davon, das ist klar. Und dann wohl die hohen Tiere, die Leute, die die Entscheidungen treffen. Die Sphärenmeister und so.«

Die Mentoren, was ist mit den Mentoren?, möchte ich fragen, aber Lennis ist dafür die falsche Adresse. Kann ich mit Aureljo darüber reden? Mit Fleming?

Es ist, als würde sich alles, was ich mit meinen Gedanken zu fassen versuche, in Wasser verwandeln und einfach davonrinnen. Ich weiß nichts mehr. Ich kenne niemanden mehr. Jeder, dem ich je vertraut habe, könnte mich angelogen haben.

Offenbar verberge ich meine Verstörung schlecht.

»Es tut mir leid«, sagt Lennis.

»Ja. Danke.«

Ich richte mich innerlich auf. Auch Lennis könnte ein Lügner sein, ebenso wie der Unbekannte, der mir Nachrichten schickt. Der Sphärenbund hat unsere Spur wieder aufgenommen – oder auch nicht. Es gibt einen Verräter in unseren Reihen – oder auch nicht.

Ich spreche aus, was mir als Erstes in den Sinn kommt: »Ich war eine der Besten an unserer Akademie. Nummer 7. Ich hätte auf jeden Fall eine Stelle an der Spitze bekommen, da müsste ich doch von diesen Dingen wissen?«

Lennis erwägt das. »Vielleicht hätten sie es dir irgendwann gesagt? Wenn du deinen Posten bekommen hättest. Oder eben nicht, wenn es nicht notwendig gewesen wäre. Innerhalb der Sphären bekommt man doch von dem, was sich draußen tut, nichts mit.«

Damit hat er recht und ich begreife erst zwei Atemzüge später, warum mich das so erleichtert. Wegen Grauko, wegen Baja. Es gibt so viele gute Menschen in den Sphären. Ich will einfach nicht aufhören, daran zu glauben.

»War es anfangs nicht schwierig für dich, das Leben mit den Pri… mit den Außenbewohnern?«

Lennis überlegt. »Die Kälte war schwierig, die unregelmäßigen Mahlzeiten.« Er grinst. »Das selbstständige Denken.«

»Und die Angriffe der …« Wie war noch mal das Wort? »… der Feindclans?«

»Doch, das war natürlich auch –« Er erstarrt mitten im Wort und auch die anderen Jäger bleiben plötzlich stehen, wie auf einen unhörbaren Befehl hin.

Ich bin langsamer, ich bemerke die Sentinel erst jetzt, als ich nach der Quelle der Irritation Ausschau halte.

Man kann aus der Entfernung nicht sehen, ob es rote oder farblose sind, aber es müssen etwa zehn sein. Die übliche Größe eines Suchtrupps.

Ich handle instinktiv. Ducke mich. Ein Stück rechts von uns wachsen Bäume, in enger Formation. Ein kleiner Wald. Ich wünschte, ich wäre dort, hinter dieser dunkelgrünen Mauer.

Sandor hat sich zu uns umgewendet. Seine Hände bewegen sich schnell, malen große Muster in die Luft. Wieder Zeichensprache. Die anderen setzen ihren Marsch fort, schlagen einen scharfen Bogen nach rechts.

Als Einzige nicht imstande zu sein, dem, was gesagt wird, folgen zu können, ist so ungewohnt für mich, dass ich wie gelähmt in meiner Hockposition verharre. So lange, bis ich Sandors Blick bemerke. Er ist wachsam, ruhig und abschätzend.

Ein Ruck mit dem Kopf. *Da hinüber.*

Ich nicke und richte mich langsam auf. Die Sentinel sind noch nicht näher gekommen. Haben sie uns überhaupt gesehen? Sie sind üblicherweise mit Wärmesuchgeräten ausgerüstet, mit Feldstechern und anderen Vorrichtungen, deren Namen Tycho sicher besser kennt als ich.

Schritt für Schritt bewegen wir uns weiter auf den Wald zu. Sandor hat seinen Bogen von der Schulter genommen und einen Pfeil eingelegt. Doch es sieht nicht so aus, als würden die Sentinel uns folgen, sie sind auf etwas konzentriert, das in der entgegengesetzten Richtung liegt.

Hoffentlich nicht der Trupp, der Boden freilegt. Wenn sie auch nur einen aus unserer Gruppe finden, wissen sie, wo sie den Rest suchen müssen.

Als wir die Bäume erreichen, ist mir heiß. Erst jetzt gestehe ich mir ein, dass ich fast damit gerechnet habe, von hinten erschossen zu werden. Den Vorschriften nach müssen mindestens zwei Sentinel pro Einheit ein Zielfernrohr auf ihrem Gewehr tragen.

Der Wald ist wie ein dunkler Raum und überwältigt mich fast so sehr wie der direkte Sonnenschein gestern. Ich fühle mich, als hätte mich ein großes Tier verschluckt, das atmet und sich bewegt. Alle Gerüche sind fremd und es liegt kaum Schnee. Die goldenen Tropfen auf dem Baumstamm neben mir kleben. Duften.

Wieder eine Handbewegung von Sandor. Alle nicken, ich ebenfalls. Diesmal glaube ich die Geste verstanden zu haben. *Wir warten.*

Zwei Jäger beziehen Position an den äußersten Bäumen. Wachposten. Ich frage mich, was wir tun sollen, wenn die Sentinel beschließen, uns anzugreifen. Die Bewaffneten werden zurückschießen, aber die anderen? Fortlaufen, sich verstecken?

Ich erinnere mich an die vielen Male, wenn verletzte oder tote Sentinel in die Sphäre zurückgebracht wurden: *Angriff der Außenbewohner. Hinterhalt. In eine Falle gelockt.*

Hier wäre es umgekehrt, aber wer würde das erfahren?

»Eher ein Spähtrupp als ein Kampftrupp«, flüstert Lennis.

Sandor nickt. »Trotzdem«, sagt er, mit einem Blick auf mich.

Ich atme tief durch. Bedeutet das, er hat mir abgenommen, was ich ihm bei unserer ersten Begegnung erzählt habe? Dass wir von unseren eigenen Leuten gejagt werden? Wahrscheinlicher ist, dass ihn meine Reaktion eben überzeugt hat. Meine Angst vor den eigenen Leuten.

Wir warten. Die Kälte ist erträglich und immer wieder tropft Wasser von den Bäumen. Fiores Worte kommen mir in den Sinn: *Überall dort, wo es taut, sind die Lieblinge sofort zur Stelle. Mit Waffen oder mit Essenspaketen.*

Sind die Sentinel deshalb hier? Wenn sie wissenschaftliche Messungen vornehmen, müssten es blaue sein, die sind ungefährlich.

Ich behalte unsere Späher im Auge, ich will das Zeichen der Entwarnung nicht verpassen.

Es dauert lange. Oder es kommt mir zumindest so vor, denn keiner aus der Jägergruppe sagt ein Wort. Das muss zu den Verhaltensregeln gehören und wahrscheinlich ist es sehr vernünftig. Aber mich würden ein paar erklärende Worte – Was kann passieren? Und was soll ich tun, wenn es passiert? – sehr beruhigen.

Dann, eine halbe oder eine Stunde später, ich habe jegliches Zeitgefühl verloren, hebt einer der Späher die Hand, die Finger in rechtem Winkel zur Handfläche geneigt. Damit beschreibt er in der Luft einen kleinen Halbkreis von rechts nach links, bevor er die Hand zur Faust ballt.

Keine Ahnung, was es bedeutet, aber die Prims um mich herum entspannen sich.

Ich versuche, mir die Geste zu merken. Rechter Winkel, Halbkreis, Faust. Ich probiere es selbst, ahme nicht nur die Bewegung, sondern auch die Geschwindigkeit nach.

»Nicht schlecht«, flüstert jemand neben mir. Lennis.

»Was bedeutet es?«, flüstere ich zurück.

Er macht es vor. »Die Finger abgeknickt und aneinandergelegt heißt: Der ganze Trupp bewegt sich gemeinsam, sie teilen sich nicht auf, es bleibt auch keine Wache zurück. Die Drehung mit der Hand zeigt die Richtung an, in die der Trupp marschiert. Und die Faust schließt die Nachricht ab, sie steht am Ende jeder Geste.«

Nun, da ich die Bedeutung kenne, merke ich mir den Ablauf leichter. Ich versuche zu variieren, eine andere Richtung anzuzeigen. Wie würde die Geste aussehen, wenn die Sentinel geradeaus gehen?

»Sehr lernfreudig.«

Ich bin so konzentriert, dass ich Sandor, der plötzlich nur noch wenige Schritte neben mir steht, nicht bemerkt habe. Schnell senke ich meine Hand.

»Ja«, komme ich einer weiteren spöttischen Bemerkung zuvor. »Lernfreudig. Spricht etwas dagegen?«

Er verzieht den Mund zu einer Art Lächeln. Hebt die Hand und antwortet in Zeichensprache.

»Sehr witzig.« Ich wende mich ab.

»Die Sentinel sind fort«, höre ich ihn sagen. Dafür haben wir Wildschweinspuren gefunden.« Aus den Augenwinkeln sehe ich, wie Sandor die Spitzen des Daumens, des Mittelfingers und des kleinen Fingers aneinanderlegt, Zeige- und Ringfinger streckt er gerade nach vorne. »Das ist das Zeichen für Wildschwein. Schadet nichts, es zu kennen.«

Wir treten aus dem Wald. Lennis zeigt mir die Spuren, die meisten sehen aus wie Croissants – gebogen und spitz an den Enden. Darunter, wie Blätter unter einer Blüte, verlaufen rechts und links Striche. Ich versuche mich zu erinnern, wie die Füße eines Schweins aussehen.

»Wenn wir eins stellen, halte dich im Hintergrund«, rät Lennis mir. »Bleib nah bei einem Jäger mit einer starken Waffe.«

Ich befolge seinen Rat insofern, als ich mich an ihn halte. Auch wenn er nur mit einem Bogen und einer Schleuder ausgerüstet ist, in seiner Gegenwart fühle ich mich am sichersten.

Wir folgen den Spuren langsam und vorsichtig. Es müssen mehrere Tiere sein, aber das ist auch schon alles, was ich erkennen kann. Nicht lange, und wir stoßen auf einen schneefreien Fleck. Aufgerissene Erde, Matsch, Steine.

Und dann kann ich eins der Wildschweine sehen. Es steht ruhig im Schatten einer kleinen Baumgruppe und hat den Kopf in unsere Richtung gedreht.

Die Jäger sind stehen geblieben. Sie unterhalten sich in ihrer stummen Sprache, ich sehe mehrmals das Zeichen für Wildschwein, beginne allmählich, mir das eine oder andere Wort zusammenzureimen. Ein schnell nach vorn stoßender Zeigefinger für Angreifen? Oder für Schießen? Wieder die abgeknickte Hand, doch diesmal liegen die Finger nicht aneinander, sondern sind gespreizt. Das könnte bedeuten, dass die Jäger sich aufteilen und von unterschiedlichen Seiten losschlagen wollen.

Dann geht alles plötzlich sehr schnell. Zwei der Männer und eine der Jägerinnen legen Pfeile auf und schießen auf das Tier am Waldrand; im gleichen Moment taucht ein weiteres Schwein auf, schwarz wie die Lange Nacht und riesig groß. Es stößt ein Geräusch aus, wie ich es noch nie zuvor gehört habe, und rennt mit gesenktem Kopf auf uns zu.

Die Schützen springen zur Seite, das angreifende Wildschwein schlägt Haken, während das getroffene am Waldrand zusammenbricht.

Im ersten Augenblick habe ich keine Angst, sondern stehe nur da, als wäre das, was sich vor mir abspielt, der Filmbeitrag einer Fortbildungsveranstaltung. So lange, bis mich jemand schmerzhaft am linken Arm packt und zur Seite zerrt.

Zwei Jäger springen in mein Sichtfeld, die Arme, in denen sie ihre Speere halten, hoch erhoben.

Das Wildschwein rennt genau auf uns zu. Schnee und Erde spritzen hinter ihm hoch auf, sein Kopf ist gesenkt und es gibt Geräusche von sich, wie ich sie noch nie gehört habe. Es ist jetzt so nah, dass ich die langen Zähne seitlich seines Mauls sehen kann.

Mit einem Schlag ist die Angst da. Ich werde nicht rechtzeitig fliehen können und Tiere, habe ich gelernt, erkennen mühelos das schwächste Glied einer Gruppe.

Ich stolpere mehr, als dass ich laufe. Immer noch graben sich Finger in meinen Arm, Sandors Finger, er zerrt mich zu einem Felsen, stößt mich dahinter und eilt den beiden Speerträgern zu Hilfe.

Das Tier gibt wieder diesen Laut von sich, es ist höchstens noch zwanzig Schritte entfernt. Unfassbar, wie groß es ist.

Der erste Speer rutscht ab und das Schwein ändert mit einem wütenden Brüllen die Richtung, rammt seinen Angreifer, wirft ihn zu Boden. Der Mann schreit auf.

Der zweite Speer trifft das Tier zwischen die Rippen, ein Jäger mit einer schwertartigen Klinge stürzt hinzu. Ich drehe den Kopf zur Seite. Es ist ein blutiges Schauspiel und ich spüre, wie mein Magen sich verkrampft. Nicht aus Angst, sondern aus Ekel.

Als ich wieder hinsehe, ist alles vorbei. Das eben erlegte Wildschwein liegt in Matsch und zerwühlter Erde, das andere Tier wird bereits zerteilt. Die Stimmung unter den Jägern könnte nicht besser sein.

»Macht schnell«, befiehlt Sandor. »Die Wölfe wittern das Blut.«

»Dann hole ich mir heute noch zwei Wolfspelze!«, grölt einer der anderen. Er stößt mit seinem Speer spielerisch nach imaginären Tieren und in diesem Moment sehe ich es.

Ein Aufblitzen, nicht mehr.

Diesmal muss ich Sandor nicht darauf aufmerksam machen, er hat den Fahnder ebenfalls entdeckt. Nicht weit entfernt von dem ersten toten Schwein rollt er in unsere Richtung.

»Bleib hinter dem Felsen.« Sandor zieht sich sein Halstuch über Mund und Nase, hebt einen Stein auf, der größer ist als sein Kopf, und geht auf den Fahnder zu. Einen kurzen, nachdenklichen Moment bleibt er vor dem Gerät stehen, dann lässt er den Stein darauffallen. Das Knirschen ist unangenehm laut.

»Rohstoffe einsammeln«, ordnet er an und zieht sich das Tuch vom Gesicht.

Ich wünschte, ich hätte auch etwas, um mein Gesicht zu verbergen, wenn ich draußen unterwegs bin. Es genügt ein einziger Schwenk der eingebauten Kamera und wir sind entdeckt. Dieser Fahnder wird nicht der letzte sein, den die Sphären uns hinterherschicken.

War das der Auftrag des Sentinel-Trupps gewesen? Suchgeräte auszusetzen?

»Sie sind ja wirklich scharf darauf, euch zu finden.« Sandor verschränkt die Arme vor der Brust. »Ich frage mich, was ihr verbrochen habt.«

In meinem Kopf herrscht völliges Durcheinander. Ich kann keinem meiner Freunde mehr vertrauen, selbst Aureljo gegenüber bin ich nicht mehr so offen wie früher, aber bei diesem Prim weiß ich, dass er meinem Leben im Moment kein Ende setzen will, sonst hätte er mich wohl kaum vor der Attacke des Wildschweins gerettet.

Sandor hat etwas an sich, das mir das Gefühl vermittelt, alles könnte wieder gut werden. Das ist so abwegig, dass ich mir an den Kopf greifen möchte. Und nicht nur das: Er hat noch nie ein freundliches Wort an mich gerichtet, trotzdem glaube ich, dass wir die relativ gute Behandlung, die uns zuteilwird, vor allem ihm verdanken. Hinzu kommt etwas, das mir zutiefst unangenehm ist. Ich sehe ihn gerne an. Seine Haltung, seine Bewegungen, seine Schnelligkeit, sein sparsames Mienenspiel. Es ist wirklich albern, ich weiß. Er ist ein … Außenbewohner, ich gehöre zur Elite der besten Akademie des Sphärenbundes.

Gehörte, korrigiere ich mich.

Sandor hebt die Augenbrauen, die gespaltene ein wenig höher. Er wartet immer noch auf eine Antwort. Nur mit Mühe entsinne ich mich, dass es um unsere angeblichen Verbrechen ging.

»Niemand hat uns erklärt, was uns vorgeworfen wird. Aber es scheint so schlimm zu sein, dass wir deshalb sterben sollen.«

Er späht nach oben, als würde er Ausschau nach seinem Vogel halten. »Seit wann genügt es euch Lieblingen nicht mehr, uns Außenbewohner zu töten?«

Der Moment, in dem ich Sandor sympathisch und beinahe anziehend gefunden habe, ist vorbei. Zum Glück.

»Es gefällt euch, uns als Mörder darzustellen, nicht wahr? Es ist immer einfacher, andere für die eigenen Schwierigkeiten verantwortlich zu machen.«

»Natürlich. Hass wärmt.« Sandor wirkt nicht im Mindesten beleidigt. »Aber ich verstehe, wieso du aufgebracht bist. Du denkst, wir werden mit euch genauso umspringen. Euch erst für die Arbeit einspannen und dann töten.«

Nein, das habe ich nicht gedacht, jedenfalls nicht von ihm. Ich kann mich nur nicht von der Vorstellung verabschieden, dass die Sphären ein guter Ort sind, voller Geborgenheit und friedliebender Menschen. Auch wenn wir immer wieder das Gegenteil erfahren, dringt das Erlebte der letzten Tage nur bis zu meinem Hirn durch und noch nicht bis zu meinem Herzen. Ich ertrage es nur schwer, dass ein Prim uns als Barbaren darstellt, also kratze ich alles zusammen, was ich über Sandors Clan weiß. »Immerhin«, zische ich, »werfen wir keine kleinen Kinder in Dornenbüsche, um die schwächsten auszusieben.«

Ich lasse Sandor nicht aus den Augen, kann aber keine Reaktion in seinem Gesicht erkennen. Kein Zucken, kein schmerzliches Verziehen der Miene.

»Die eigenen Kinder. Streitest du das ab?«

»Nein.«

Ich wusste es. Sie sind Wilde. Bedauernswerte Menschen, das natürlich auch, aber vor allem sind sie unzivilisiert und brutal.

Offenbar sieht man mir meine Verachtung an, denn Sandor schüttelt den Kopf, als wüsste er, was ich denke. »Ich würde es allerdings anders ausdrücken. Wir werfen sie nicht in die Dornen, sie gehen hindurch. Die meisten sehen es als Abenteuer und nur wenige verletzen sich ernsthaft.«

»Aber ihr zwingt sie. Das ist ebenso schlimm.«

Meine Worte werden von einem flatternden Geräusch begleitet. Ohne dass ich gesehen hätte, woher, fliegt plötzlich Sandors Vogel über uns. Sandor streckt die Hand aus und lässt ihn landen.

Unwillkürlich mache ich einen Schritt zurück. Ich bin es nicht gewohnt, Tieren so nah zu sein. Die ruckartigen Kopfbewegungen des Vogels, seine gelb umrandeten Augen, die mich taxieren, machen mich nervös.

Der Schnabel ist leicht geöffnet und Sandor streicht mit der Rückseite seines kleinen Fingers darüber, dann über die schneeweißen Brustfedern.

Einer der Jäger bringt einen Ledersack, in dem sich die Reste des Fahnders befinden. Sandor wirft einen Blick hinein und nickt.

»Wir sind zum Aufbruch bereit, Than«, sagt der Mann.

»Gut.« Sandor lächelt. »Ich wünschte, wir wären jeden Tag so schnell und so erfolgreich.«

»Hat Kelvin schon Beute geschlagen?«

Sandor streicht dem Vogel über den Kopf. »Noch nicht. Aber wer weiß …« Mit einer schwungvollen Bewegung hebt er den Arm und das Tier stößt sich von seiner Hand ab, steigt mit kräftigen Flügelschlägen über die Wipfel der Bäume.

Ich sehe ihm nach. *Kelvin.* Ist es Zufall, dass Sandor seinen Vogel nach der Basiseinheit der thermodynamischen Temperatur benannt hat? Nach einem Physiker, der sich mit Wärme und Kälte beschäftigt hat?

Muss wohl so sein. Ich glaube nicht, dass es bei den Prims Schulen gibt. Vielleicht habe ich mich auch verhört.

Ich glaube mittlerweile, dass es sich um einen Adler handelt.

Über die haben wir in Außenkunde gesprochen, wenn auch nur flüchtig. Ich erinnere mich zwar, dass das Tier auf dem Bild braune Federn hatte, aber wahrscheinlich gibt es mehr als nur eine Art.

Wie sich später herausstellt, liege ich nur knapp daneben. Kelvin ist ein Falke und, wenn man Lennis Glauben schenken darf, das klügste Tier überhaupt.

25

Wir sind die Ersten, die zurückkehren, und werden überschwänglich begrüßt. Das alte Paar, das für die Küche zuständig ist, reißt den Jägern die zerteilten Schweine regelrecht aus den Händen. Die Wachen erstatten Sandor Report; sie haben in einiger Entfernung einen kleinen Trupp entdeckt, der sich schnell in die Büsche geschlagen hat, und vermuten, es sind die überlebenden Scharten. Sentinel haben sie nicht gesichtet.

Die Sucher und die Gruppe, die Boden freilegt, werden erst in zwei Stunden zurückerwartet. Ich sehe mich die Zeit bis dahin bereits im Kerker verbringen, in Dantorians schweigsamer Gesellschaft, und bin nicht unglücklich darüber. Eine Atempause. Eine Gelegenheit, um nachzudenken.

Doch ich werde nicht zurück in den Keller gebracht, sondern in einen anderen der unzähligen Räume des Hauses, wo fünf Mädchen und drei Jungen sitzen und sich über Stoffteile beugen. Die Stimmung ist aufgeladen, das spüre ich schon beim Eintreten.

»Hier«, sagt der Jäger, der mich hergebracht hat. »Der Liebling wird euch bei der Arbeit helfen. Zeigt ihr, was sie machen soll.«

»Muss das sein?«, will ein Junge mit schmutzig blondem Haar wissen. »Lasst sie doch die Küche putzen.«

»Nein. Anweisung vom Than.«

Aha, also habe ich Sandor diesen Spezialeinsatz zu verdanken.

Wahrscheinlich eine Revanche für meine Bemerkung über die Dornen.

»Da.« Eins der Mädchen ist aufgestanden und weist auf einen schiefen Hocker.

Ich setze mich und sie drückt mir eine Nadel in die Hand. Vor mir auf dem Tisch liegen Stofffetzen und eine schlampig aufgewickelte Garnrolle.

»Kannst du nähen?«

Ja. Aber bisher habe ich nur Wunden genäht während meiner freiwilligen Dienste im Medcenter. Das hier ist etwas anderes und im Zweifel ist es besser, sich dumm zu stellen.

»Nein, eigentlich nicht.«

Sie seufzt. »War ja klar. Also, das ist ein Faden, das eine Nadel. Du fädelst hier ein«, sie zeigt auf das Nadelöhr, »und dann … nähst du eben.«

»Gut.«

Das Mädchen geht an seinen Platz zurück und ich bemerke, dass es hinkt. Auch die anderen tragen Verbände; dem Jungen, der neben mir sitzt, scheint der kleine Finger an der rechten Hand zu fehlen. Ich verkneife mir die Frage, aber er bemerkt meinen Blick.

»Wolf«, erklärt er.

»Oh. Das tut mir leid.« Kranke werden hier also nicht geschont, sondern zu einfacheren Arbeiten abgestellt. Hätte ich mir denken können.

Seit meinem Eintreffen sind jegliche Gespräche verstummt. Ich kann die misstrauischen Blicke spüren, auch wenn ich konzentriert auf meine Nadel starre. Der Faden ist dick und schwer einzufädeln.

»Yann sagt, ihr seid Spione«, platzt schließlich eins der Mädchen heraus.

»Sei still!«, wird sie angeherrscht.

Dann ist wieder Ruhe. Ich kann das Blut in meinem Kopf pochen hören. *Spione.* Dann ist diese Theorie also noch immer nicht aus der Welt.

»Wir sind keine Spione«, sage ich lahm. »Yann irrt sich.«

»Wie meistens«, murmelt der Junge neben mir.

»Halt deinen Mund!« Eins der Mädchen ist aufgesprungen und hebt die Hand, als wollte es den Jungen schlagen. Ihr Haar sieht angesengt aus. An einer Seite viel kürzer als auf der anderen und rußgrau. Ich frage mich, welchem Feuer sie wohl zu nahe gekommen ist.

Endlich habe ich den Faden in der Nadel, nun betrachte ich ratlos die Stoffteile, die vor mir liegen. Sie sind unregelmäßig geschnitten und unterschiedlich gemustert, das meiste davon ist alt und verschlissen.

»Woher habt ihr das?«

Das Mädchen mit den angesengten Haaren schnellt hoch. »Seht ihr? Spione! Sie sammeln Informationen und dann töten sie uns.«

Ich schüttle nur den Kopf. Es war dumm von mir zu fragen, ich kann mir schließlich denken, dass die Sammler in manchen Häusern auf alte Kleidungsstücke, auf Vorhänge oder Bettüberzüge stoßen. Eigentlich wollte ich nur eine harmlose Plauderei in Gang setzen, aber offensichtlich wird nichts von dem, was ich sage, als harmlos gewertet.

Also spare ich mir auch die Frage, was wir eigentlich nähen sollen, schnappe mir zwei ähnlich große und annähernd gleichfarbige Stoffstücke und beginne, sie an einer Seite zusammenzusticheln.

Es ist eine friedvolle Tätigkeit und nach etwa fünf Minuten fühle ich mich beinahe entspannt, ähnlich wie beim Rohstoffesortieren in den Sphären. Abgesehen von einem gelegentlichen Flüstern ist es ruhig im Raum.

Ich wüsste gern, wie die anderen heißen. Sie sind fast noch Kinder, woher kommen ihre Verletzungen? Fallen die Wölfe nachts über die Siedlung her?

Nach einer halben Stunde schweigsamen Nähens liegt mir schließlich doch eine Frage auf der Zunge, die ich nicht unterdrücken kann.

»Ich weiß, ihr wollt nicht mit mir sprechen, aber es gibt etwas, das ich wirklich gerne wüsste.« In meiner Stimme liegt kein Drängen, nur Ehrlichkeit. Trotzdem gehen zwei der Mädchen und ein Junge sofort in Abwehrhaltung. Die anderen tauschen Blicke. Sie sind möglicherweise neugierig.

»Ich habe ein paar Geschichten über euren Clan gehört, unter anderem die mit den Dornen.« Ich sehe sie an, einen nach dem anderen. »Stimmt es? Seid ihr als Kinder durch Dornbüsche gezogen worden?«

»Geht dich gar nichts an«, schnauzt eins der Mädchen, doch der Junge neben mir schiebt seinen zerschlissenen Ärmel nach oben. Vier zarte weiße Linien zeichnen seinen Unterarm.

»Es gehört dazu«, sagt er stolz. »Mich musste niemand ziehen, ich bin freiwillig gegangen.«

»Und hast geheult«, höhnt das Mädchen mit dem versengten Haar.

»So wie wir alle. Ich war sechs.«

Und jetzt bist du wie alt?, denke ich. Vierzehn? Und dir fehlt ein Finger. Das sollte nicht sein.

Wieder regt sich eine alte Sehnsucht in meinem Innern. Ich hatte mich so darauf gefreut, dass wir, die besten Absolventen der Akademie, die Welt in unsere Hände nehmen und für alle lebenswerter machen würden. Für die Prims, für uns. Aber das ist nun nicht mehr möglich. Keiner von uns wird an den Schalthebeln sitzen, wir müssen uns schon glücklich schätzen, wenn wir die nächsten Tage überleben.

Ein wenig später holt man mich wieder ab. Andris steht in der Tür und winkt mich zu sich.

»Sie war nicht sehr nützlich«, stellt eins der Mädchen fest, kaum dass ich aus der Tür bin.

Ich rechne damit, jetzt wieder in unserem Kellergefängnis zu landen, und hoffe darauf, dass Aureljo oder Fleming schon zurück sind. Aber wir schlagen einen mir unbekannten Weg ein. Hin und wieder versetzt Andris mir einen Stoß zwischen die Schulterblätter, nicht allzu grob, sondern mehr, damit ich mich beeile.

»Sie sagen, du hättest dich fast von einem Wildschwein fressen lassen«, brummt er. »Das wäre ein Spaß gewesen.«

Kaum hat er das Schwein erwähnt, rieche ich es schon. Bratendüfte wabern mir entgegen, wir müssen in der Nähe der Küche sein. Da vorne steht eine Tür offen, ich will einen Blick hineinwerfen, doch Andris schubst mich ungeduldig weiter, den Gang entlang.

»Mach schon«, knurrt er. »Du wirst erwartet.«

Erwartet. Das hört sich nicht bedrohlich an. Trotzdem zieht sich etwas in meinem Innern zusammen. Es war ein anstrengender

Tag und ich möchte nichts weiter als essen und schlafen. Ich hoffe, wer auch immer mich erwartet, macht es kurz.

Eine weitere Treppe abwärts, dann sind wir am Ziel. Vor einer hohen, zweiflügligen Tür bleibt Andris stehen.

»Rede nur, wenn du gefragt wirst«, befiehlt er und drückt die Klinke herunter.

Dahinter liegt ein großer Raum und er ist leer bis auf vier Menschen, die nicht weit von der Tür entfernt stehen. Sandor. Fiore. Und zwei Männer, die ich nicht kenne.

»Das ist eine von ihnen, die anderen bringe ich, wenn sie von der Arbeit zurück sind.« Damit schließt Andris die Tür von außen.

Ein erster Eindruck kann nicht wiederholt und ebenso wenig zurückgenommen werden. Ich bin mir sicher, dass der Eindruck, den ich auf die beiden fremden Männer machen werde, wichtig ist, also lasse ich mir Zeit. Sage nichts, sehe sie nur an und strahle Ruhe aus, so gut es mir möglich ist.

Der eine ist groß und breit; sein Kopf ist oben bereits kahl, hinten wachsen aber noch Haare, die er lang trägt. Sie sind ebenso braun wie der Bart, der ihm bis auf die Brust fällt. Eine lange Narbe zieht sich über seine linke Wange und ihm fehlt ein Stück vom linken Ohr. Auf das abgewetzte Leder seiner Jacke sind vertraute Abzeichen genäht: Sentinel-Ränge in Blau, Rot und sogar in Gold. Dieser hier ist also ein Kämpfer.

Der andere nicht. Er ist um einiges älter, gut sechzig, schätze ich. Sein Haar ist voll und dort, wo es noch nicht weiß ist, blond. Dasselbe gilt für seinen Bart. Im Schnee muss er perfekt getarnt sein, denn auch seine Kleidung ist weiß, bis hin zu dem Fellmantel, der um seine Schultern liegt.

Dieser Mann ist der einzige im Raum, der lächelt. Das erleichtert mich, darf mich aber nicht dazu verleiten, ihm zu vertrauen.

Ebenso wenig werde ich als Erste das Wort ergreifen. Ich bin durch Schweigen nicht in Verlegenheit zu bringen, ich kann stundenlang nur dastehen und Blicke erwidern.

Das geht dem Mann mit dem weißen Bart offenbar genauso. Er betrachtet mich ausgiebig, immer noch mit dem freundlichen Ausdruck im Gesicht, ohne das Misstrauen, mit dem die anderen uns begegnen. Dann geht er auf mich zu und streckt die Hand aus, aber nicht, um meine zu schütteln, sondern um mein Kinn zu berühren und mir eine Haarsträhne aus der Stirn zu streichen. Er betrachtet mich mit geradezu durchdringender Aufmerksamkeit.

Ich sage immer noch nichts, lasse ihn gewähren, ohne zurückzuzucken. Schließlich tritt er einen Schritt zurück und lächelt, als hätte ich ihm etwas geschenkt.

»Man hat mir gesagt, du bist Ria. Mein Name ist Quirin.« Er reicht mir seine Hand.

Das also ist Quirin, der die gelochte Scheibe erhalten sollte, die ich gefunden habe. Einen der Bewahrer hat Fiore ihn genannt.

Ich ergreife seine Hand und erwidere sein Lächeln, wortlos. Es ist viel aufschlussreicher, andere ein Gespräch beginnen zu lassen, diesen Vorteil werde ich nicht aus Höflichkeit verspielen.

»Fiore hat mir von dir erzählt. Du hast gestern interessante Dinge aufgestöbert, ich danke dir.«

Kein Wort darüber, wie die Gegenstände heißen.

»Schön, wenn etwas Nützliches dabei war«, erwidere ich.

Immer noch hält Quirin meine Hand, dreht sie in seiner, betrachtet die vom Graben aufgeschürften Handflächen. »Es muss schwer für euch sein«, murmelt er.

Auf Mitgefühl – echtes Mitgefühl – war ich nicht eingestellt und es wirft mich für einen Moment aus der Bahn. Ich höre mich zitternd einatmen. Zweifellos hat es auch Quirin gehört, aber er übergeht es mit einer Eleganz, die mich an Grauko denken lässt.

»Einfach ist es nicht«, stimme ich zu und bringe tatsächlich ein Lächeln zustande. »Aber das gilt schließlich für alle hier.«

Quirin schmunzelt und deutet auf den Mann mit der Halbglatze und den Sentinel-Trophäen. »Heute Abend sollt ihr es jedenfalls warm haben. Fürst Vilem gestattet, dass du und deine Freunde mit uns in der Halle esst. Ich hoffe, dass wir dann Gelegenheit haben werden, uns ausführlich zu unterhalten. Ich interessiere mich sehr für eure Welt.«

So, wie Quirin das sagt, hätte es auch aus dem Mund einer meiner Mentoren kommen können. Höflich, unter Einhaltung aller Umgangsformen. Er ist der Erste hier, bei dem ich beinahe vergessen könnte, dass er ein Prim ist.

Trotzdem schweift mein Blick unwillkürlich zu dem anderen Mann, der bisher noch kein Wort gesagt hat. Fürst ist ein Titel, den die Clanmitglieder ihrem Anführer verleihen, das weiß ich von Grauko. Aber ich habe mir diese Fürsten immer ganz anders vorgestellt. Einerseits wilder, andererseits prächtiger. Nicht so schweigsam, vernarbt und bedrückt.

Erst als die Stille merkwürdig lange andauert, wird mir klar, dass eine Entgegnung von mir erwartet wird.

»Danke«, sage ich hastig. »Mir geht es genauso, ich interessiere mich sehr für Ihre Welt.«

Quirin deutet eine Verbeugung an. »Dann wird uns der Gesprächsstoff sicherlich nicht ausgehen.«

Ich würde vor diesem Essen gern noch mit den anderen reden – mit Aureljo vor allem. Es wäre gut, wenn wir eine gemeinsame Strategie hätten, vielleicht könnten wir in Quirin einen Verbündeten finden.

Aber sie lassen mich nicht in den Keller, ich werde für den Aufbau der Tafel eingeteilt. Zusammen mit einigen anderen schleppe ich grob zusammengezimmerte Tische in die Halle, sie werden aneinandergereiht, bis ein großes U entsteht.

Zwischendurch habe ich Zeit, den Saal näher zu betrachten. Vor allem den Wandschmuck – lauter merkwürdige Trophäen. Es gibt auch Bilder, ähnlich wie die in Bajas Quartier, die Blumen zeigen. Daneben sind zwei gekreuzte Knochen an die Wand genagelt, rechts davon hängt ein blaues Schild, auf dem ein weißer Pfeil und das Wort Einbahnstraße abgebildet sind. An einer anderen Stelle entdecke ich einen Wolf, mit ungeschickten Strichen direkt auf die Mauer gemalt.

Ohne dass ich es bemerkt habe, hat Tomma die Halle betreten. Nun sitzt sie auf einem der Hocker, die gerade hereingeschleppt wurden, und sieht höchst zufrieden aus. Mein erster Reflex ist es, zu ihr zu laufen – aber das wäre ein Fehler. Sie ist nicht allein. Yann zieht sich ebenfalls einen Hocker heran. Es ist das erste Mal, dass ich ihn ohne seine Keule sehe.

Die beiden sprechen miteinander, er grinst, spielt mit einer Strähne, die sich aus Tommas Zöpfen gelöst hat. Dann legt er einen Arm um ihre Schultern und sie schmiegt ihren Kopf an seine Brust.

Du musst das nicht tun, will ich ihr zurufen. Aber allem Anschein nach ist es genau das, was sie möchte, auch wenn ich es kaum glauben kann. Ausgerechnet diesen Widerling hat sie sich ausgesucht? Erinnert sie sich nicht mehr daran, dass er es war, der am lautesten unseren Tod gefordert hat? Dass er sie barfuß durch den Schnee laufen sehen wollte?

Ich versuche, dicht an den beiden vorbeizugehen, um mitzubekommen, worüber sie sprechen, während ich die Reste von etwas hereintrage, das früher einmal ein Regal gewesen sein mag.

»… eine spezielle Art von Champignons, die gut mit Kälte zurechtkommt«, sagt Tomma gerade.

Aha, sie erzählt ihm etwas über ihre Forschungsprojekte. Ich sehe den Prim nur von hinten, es ist schwer zu sagen, ob ihn das Thema interessiert. Jetzt wickelt er wieder eine von Tommas Haarsträhnen um seinen schmutzigen Zeigefinger und ich drehe mich weg.

Ich bräuchte eine Minute Ruhe, um Tommas Verhalten einzuordnen. Will sie bei Yann gut Wetter machen und für Vertrauen sorgen? Will sie sich persönliche Vorteile verschaffen? Oder mag sie den Kerl? Ausgerechnet ihn?

Dich stört, dass er ein Außenbewohner ist, nicht? Mein Gewissen hat jetzt offenbar Graukos Stimme. *Du findest, sich mit ihm abzugeben ist unter Tommas Würde.*

Nein, protestiere ich innerlich und unterdrücke das Bild von Sandors Gesicht, das in mir aufkeimt. So ist das nicht. Yann ist ein furchtbarer Mensch, das muss Tomma doch sehen. Ich weiß doch, welche Angst sie hatte, vor drei Tagen, in der Ruine.

Irgendwann, während ich eine Art Bank hereinschleppe, bemerkt Tomma mich. Sieht meinen Blick. Sie winkt mir flüchtig, dann wendet sie sich wieder dem Wütenden zu.

»Er heißt Yann«, erklärt sie mir wenig später, als ob ich das noch nicht wüsste.

Die Halle beginnt sich zu füllen, und jedes Mal wenn jemand die Tür öffnet, weht ein Schwall Bratenduft herein. Tommas neuer Freund hat sich gerade aufgemacht, um mit den Jägern zu reden, die am anderen Ende der Halle stehen und ein Feuer in Gang halten.

»Erinnerst du dich nicht mehr? Er wollte mir die Kehle durchschneiden und war ganz scharf darauf zu sehen, wie lange du ohne Stiefel im Schnee durchhältst. Er ist nicht in Ordnung. Halte dich von ihm fern!«

Tomma winkt ab, lässig. »Das war, bevor er wusste, dass wir in Ordnung sind. Er und ich, wir haben heute viel miteinander geredet.« Sie verzieht spöttisch den Mund. »Das findest du doch immer so wichtig. Reden. Ich habe ihm genau erklärt, was passiert ist. Yann hasst die Sphärenbewohner, das ist richtig, aber er sagt, wir sind jetzt auch Opfer.«

Dass sie ihm so viel über uns erzählt hat, gefällt mir nicht. Auch wenn ich die Prims nicht studiert habe, traue ich mir zu, einen mit schlechtem Charakter zu erkennen.

Ich wechsle das Thema. »Wo steckt eigentlich Aureljo? Ihr wart doch heute beide bei den Sammlern.«

Sie nickt. »Die anderen müssten auch bald da sein. Es gibt einiges zu schleppen, wir haben Sachen gefunden, das kannst du dir gar nicht vorstellen. Eine Leiter aus Aluminium, dann eine Art Schrank mit Düsen im Innern – Andris sagt, das muss alles hergebracht werden.«

»Und dich hat er früher gehen lassen?«

Sie lächelt und wirft ihre Zöpfe nach hinten. »Meine Erkältung ist wieder zurückgekehrt. Ich hatte ziemliche Halsschmerzen und meine Augen sind auch schon wieder entzündet, siehst du? Yann hat gemeint, die schwere Arbeit wäre nichts für mich und ich solle lieber mit ihm nach Hause gehen.«

Die Art, wie sie das sagt, wie sie dabei den Kopf schief legt, so sehr mit sich selbst zufrieden, weckt in mir das Bedürfnis, einen ihrer Zöpfe zu packen und kräftig daran zu reißen. Ihre Augen sind kaum gerötet und der Husten, den sie mir jetzt vorführt, war schon mal beeindruckender. Und deswegen lässt sie allen Ernstes Aureljo allein weiterschuften? Nachdem er sie den halben Weg von der Ruine zur Clansiedlung getragen hat, damit sie sich die Füßchen nicht abfriert.

»Siehst du«, sagt Tomma in meine Gedanken hinein. »Ich komme bestens mit schwierigen Situationen klar, besser als ihr anderen. Auf meine Art.«

Daher weht also der Wind. Sie will mir immer noch beweisen, dass ich unrecht hatte, vor drei Tagen, als ich ihre Fähigkeit, mit Krisensituationen umgehen zu können, bezweifelt habe. Ich fluche innerlich. Wenn sie schon nicht ausreichend Lektionen in Emotionskontrolle bekommen hat, warum hat sie dann nicht wenigstens Risikoabwägung belegt? Dann würde sie Yann nicht so nah an sich heranlassen. Ausgerechnet ihn.

»Herzlichen Glückwunsch«, sage ich. »Ich hoffe nur, dass deine Art uns nicht alle den Kopf kostet.«

Dann kommt endlich Aureljo und er wirkt erschöpft. Tycho und Fleming tragen Dantorian in die Halle, der den Tag damit verbracht hat, für die kleineren Kinder mit Kohle auf Steintafeln zu zeichnen und ihnen Lieder auf einer Flöte vorzuspielen. Seine Zuhörer folgen ihm noch immer, hüpfen um ihn herum und wollen nicht wahrhaben, dass das Konzert für heute beendet ist.

»Es war faszinierend«, meint Aureljo.

Wir haben uns in eine Ecke der Halle gesetzt, halb hinter Fellen verborgen, die zum Trocknen aufgespannt sind.

»Diese alten Gebäude ... Ich habe dort Fotos gefunden, auf Papier gedruckt. Sie waren in einer Schatulle, all diese Gesichter, und die Menschen sind schon so lange tot ...«

Ich nehme ihn in den Arm. *Einer von euch ist ein Verräter*, warnt mich mein Verstand, doch ich ignoriere die Mahnung. Sollte es Aureljo sein, sollte er mich, uns alle an die Exekutoren ausliefern wollen, dann soll es so sein. Dann kann ich es nicht ändern, aber ich ertrage es nicht länger, ihm zu misstrauen. Außerdem hat er einen der Sentinel erschlagen, um mich zu retten. Mir fällt kein Grund ein, warum er das tun sollte, wenn er ohnehin meinen Tod will.

Ich kuschle mich an ihn. »Hast du gesehen, mit wem Tomma sich angefreundet hat?«

»Ja. Ich mache mir Sorgen um sie, sie kann nicht abschätzen, worauf sie sich da einlässt.«

»Ich spreche später noch mal mit ihr. Ich fürchte, es ist meine Schuld, dass –«

In diesem Moment öffnen sich die beiden Türflügel und das Essen wird hereingebracht. Ich habe erwartet, dass die Prims sich darauf stürzen und um die besten Stücke kämpfen würden, doch sie verhalten sich erstaunlich gesittet. Jeder sucht sich einen Platz an der u-förmigen Tafel und Andris winkt uns mit einer herrischen Geste zu den anderen.

Der Teller, auf dem ich meine Portion serviert bekomme, muss in seinem früheren Leben ein Spiegel gewesen sein. Das Glas ist noch heil, wenn auch blind, und der Rahmen ist an zwei Stellen zerbrochen, trotzdem bewahrt er das Fleisch vor dem Herunterrutschen. Jetzt, da es vor mir liegt, begreife ich kaum, wieso ich den Hunger, der in mir tobt, bisher nicht registriert habe. Die Prims um mich herum haben schon zu essen begonnen, also tue ich es ihnen gleich.

Es ist nicht viel, aber es kommt mir unsagbar köstlich vor, jeder Bissen. Niemand hat mir Messer oder Gabel gegeben, also esse ich mit den Händen, reiße mit den Zähnen Stücke aus dem Fleisch, und es stört mich überhaupt nicht.

Nach den ersten Bissen nehme ich mich zusammen, zwinge mich, das Fleisch langsam und gründlich zu kauen, obwohl ich am liebsten alles auf einmal hinunterschlingen möchte. Ich mache Pausen und sehe mich nach den anderen um – Tycho, Fleming, Dantorian. Sie stürzen sich ebenso gierig auf ihr Mahl wie ich.

Urplötzlich lässt mich ihr Anblick erschauern.

Wir verwildern, denke ich, während ich sie beobachte. Die Elite der Akademie, die Hoffnungsträger des Sphärenbundes. Drei Tage sind erst vergangen und wir sind nicht mehr von den Prims zu unterscheiden.

Ich brauche ja nur an mir herunterzusehen. Mein Fellumhang ist verkrustet von getrocknetem Schlamm und auf der Thermojacke, die darunter hervorlugt, hat tropfendes Bratenfett seine Spuren hinterlassen. Wenn jetzt ein Trupp Sentinel hereinstürmen würde, hätten sie es schwer, uns auseinanderzuhalten, die Studenten und die Clanmitglieder.

Möglicherweise ist das sogar gut und ich sollte das aufwallende Gefühl der Scham unterdrücken.

Würde, hat Grauko immer gesagt, *ist nichts, was man äußerlich trägt.*

Trotzdem esse ich die letzten drei Bissen noch bewusster und bemerke, dass Fiore zu mir sieht. Ihr Teller ist noch halb voll, als hätte sie keinen Appetit.

Ich will Aureljo fragen, ob Fiore heute wieder zu den Suchern gestoßen ist und, wenn ja, was er von ihr hält, doch jetzt steht der Mann auf, den Quirin mir als Fürst Vilem vorgestellt hat. Er wartet einige Herzschläge lang, dann schlägt er drei Mal mit der Faust auf den Tisch. Die Gespräche verstummen.

Vilem sieht in die Runde. »Das Jagdglück war heute auf unserer Seite.« Seine Stimme ist so heiser, dass ich ihn kaum verstehe.

Irgendwo rechts von mir schreit ein Kind und wird von der Mutter hinausgebracht.

»Auch die anderen Trupps haben gute Arbeit geleistet. Wir können bald damit beginnen, ein weiteres Feld anzulegen. Die Sammler sind heute mit besonders vielen und wertvollen Rohstoffen zurückgekommen und niemand wurde von Feindclans behelligt. Ein guter Tag.«

Für einen kurzen, irrealen Moment erinnert mich diese Ansprache an Gorgias' Ruhetagsansprachen. Gleich wird Vilem die Jäger mit den höchsten Punktegewinnen nennen. Die Vorstellung lässt mich grinsen, doch genau in diesem Augenblick wechselt der Clanfürst das Thema.

»Seit drei Tagen beherbergen wir Fremde. Die meisten von euch haben sie schon gesehen. Es sind Lieblinge, sie kommen aus einer Sphäre im Norden.«

Geflüster setzt ein. Aus dem Norden, aha, das haben viele noch nicht gewusst. Die Blicke der versammelten Menschen kleben an uns. Ich achte darauf, dass meine Miene die richtigen Signale sendet. Freundlich, vertrauenswürdig, dankbar.

»Sie haben sich bisher friedlich verhalten. Was hätten sie sonst auch tun sollen?«

Gelächter. Mir gegenüber beißt Tycho die Zähne zusammen, Fleming betrachtet seine verschränkten Finger.

Er ist nicht dumm, dieser Fürst. Auch wenn er sicher keine Akademie besucht und keine Lektionen in Menschenführung erhalten hat, macht er instinktiv alles richtig. Jetzt wartet er, bis die Heiterkeit sich legt und ihn alle wieder gespannt ansehen.

»Trotzdem sind es Lieblinge. Wir müssen entscheiden, was mit ihnen geschehen soll.«

Darauf läuft es also hinaus. Meine Kehle wird eng. Habe ich wirklich geglaubt, dass wir hier einfach unterschlüpfen können – halb Gäste, halb Gefangene –, bis uns etwas Besseres einfällt?

»Nehmen wir sie als Köder für die Jagd!«, schreit einer.

»Nein«, brüllt ein anderer. »Hängen wir sie! So wie ihre Leute es mit Bernad, Norman und dem alten Hanno gemacht haben!«

»Ja!«

»Genau!«

»Das ist gerecht!«

Die Zustimmung kommt vor allem von der gegenüberliegenden Seite der Tafel, wo auch Sandor sitzt, doch er beteiligt sich nicht, seine Augen sind starr auf einen Punkt irgendwo oberhalb unserer Köpfe gerichtet.

»Hängen, hm?«, meint Vilem. »Ist eine Möglichkeit, sicher. Die Sentinel würden ganz schön dumm glotzen, wenn sie ein paar ihrer Schützlinge im Wind baumelnd vorfinden würden.«

»Ja!« Es wird lauter im Raum. Es ist klar, die Mehrheit will uns tot sehen, und sei es nur des Spektakels wegen, das eine Hinrichtung mit sich bringt.

Drei der Jäger sind aufgestanden und kommen langsam näher; einer von ihnen ist der, dessen hasserfüllter Blick mich den ganzen Tag über verfolgt hat. Ich unterdrücke das Bedürfnis, nach Aureljos Hand zu greifen, ich will nicht schwach wirken, obwohl ich mich noch nie so hilflos gefühlt habe. Überall lauert der Tod. Durch Exekutoren, Prims, Wölfe. Einen Verräter.

»Nun, sie zu hängen ist Verschwendung und Verschwendung ist gegen die Gesetze des Clans«, wirft Quirin ein. Er spricht leise, trotzdem scheint das Gesagte niemandem zu entgehen. Es wird wieder ruhiger in der Halle. Der Respekt, den der Clan Quirin entgegenbringt, ist fast mit den Händen zu greifen. Die Bewahrer scheinen hohes Ansehen zu genießen.

»Richtig.« Vilem nickt. »Sind sie erst einmal abgehärtet, können sie arbeiten wie jeder von uns. Und ... sie haben vieles gelernt, in den Sphären. Ihr wisst, wie nützlich das sein kann, denkt an Lennis.«

Unwilliges Murmeln.

»Aber es sind Spione.«

»... werden uns in den Rücken fallen.«

»Noch mehr Mäuler zu stopfen ...«

»Ich habe eine bessere Idee!« Yann ist aufgestanden, das ist ein Hoffnungsschimmer. Vielleicht hat Tomma wirklich etwas bei ihm bewirkt, ihm etwas zugeflüstert, das uns hilft. Oft genügt es, nur einen der Gegner auf die eigene Seite zu ziehen, um eine feindliche Front aufzubrechen.

»Wir tauschen sie gegen die Geiseln aus! Zumindest fünf von ihnen. Dieses Mädchen hier«, er deutet auf Tomma, »behalte ich.«

Der Vorschlag löst erst verblüfftes Schweigen aus, dann Jubel.

»Ja, wir geben sie den Sphären zurück.«

»Tauschen! Gegen Marcin, Harro und Eda!«

»Und Rike und Vadim!«

»Das ist keine Verschwendung, oder, Quirin? Das ist nicht gegen das Gesetz!«

Gut die Hälfte der Prims ist aufgesprungen, sie bilden Grüppchen, reden durcheinander, zeigen immer wieder auf uns, einige beginnen, uns einzukreisen. Nun greife ich doch nach Aureljos Hand. Wenn sie uns an die Sphären ausliefern, bedeutet das ebenso unser Ende wie ein Strick um den Hals.

Aureljos Finger umfassen meine. Einer von uns beiden sollte aufstehen und etwas sagen, das die Stimmung zu unsern Gunsten wendet, doch obwohl sich meine Gedanken überschlagen, ist keiner dabei, der mich überzeugt.

Fleming, Tycho und Dantorian beraten sich miteinander, Tycho gestikuliert heftig, aber was sie sagen, kann ich im allgemeinen Tumult nicht verstehen. Tomma sitzt allein neben Yann, der besitzergreifend einen Arm um sie gelegt hat. Sie vermeidet es, in unsere Richtung zu schauen.

Dann wird es mit einem Mal ruhiger. Ich begreife nicht sofort, woran es liegt, eine Mauer aus Prim-Rücken versperrt mir die Sicht. Erst als einer zur Seite geschubst wird, sehe ich Sandor, stehend, beide Hände auf den Tisch gestützt.

»Natürlich können wir die Lieblinge eintauschen«, sagt er. »Sie meinen allerdings, dass sie dann von ihren eigenen Leuten umgebracht würden.«

»Na und?«, ruft ein alter Jäger. Ihm fehlen zwei der oberen Schneidezähne, und das Wolfsfell, in das er sich gewickelt hat, ist so abgewetzt, dass nur noch einzelne Haarbüschel aus dem Leder ragen. »Wenn die Lieblinge sich gegenseitig an die Kehle gehen, umso besser für uns.«

Wieder Jubel. Sie müssen uns wirklich hassen.

»Da hast du recht, Ulris. Ich fürchte nur, wenn wir diese jungen Lieblinge ausliefern, tun wir ihren Herrschern damit einen großen Gefallen. Sie suchen sie und sie geben sich viel Mühe dabei. Eins der Mädchen hat mir berichtet, dass sie deshalb getötet werden sollen, weil sie sich gegen die Sphären verschworen haben.« Sandor sieht seine Leute an, sein Lächeln ist kaum sichtbar, aber man kann es spüren. Grauko wäre begeistert von so viel Talent.

»Wollen wir den Sphärenfürsten diese Freude wirklich machen? Ihnen geben, was sie suchen?«

Keiner antwortet. Da und dort wird gemurrt; ich kann Yanns finsteres Gesicht im Profil sehen, aber seine Wut gilt nicht uns, sondern Sandor, der eben seine Idee zunichtemacht.

»Aber was ist mit den Geiseln?«, wirft er ein. »Eine solche Chance kommt nicht wieder! Kann sein, dass es euch egal ist, aber Vadim ist mein Onkel!«

»Und mein Freund.« Quirin hat sich neben Sandor gestellt. »Wir haben eine halbe Nacht lang gemeinsam nach einer entlaufenen Ziege gesucht, obwohl es so kalt war, dass unsere Münder zugefroren sind. Er hat mir seine Kinder anvertraut und ich ihm meine. Ich vermisse ihn sehr.«

Er schweigt und ich sehe Aureljo an. *Glaubst du, was sie erzählen?*, frage ich ihn stumm. *Haben wir unser ganzes Leben lang unter Schlächtern verbracht?*

Aureljos schönes, verändertes Gesicht ist von Trauer gezeichnet. Für ihn ist der Gedanke, dass den Menschen hier so grausam mitgespielt wurde, ohne Frage noch schlimmer als für mich. Normalerweise ist er niemand, der nach Schuldigen sucht. Aber was, wenn wir zu ihnen gehören? Wenn wir mitschuldig sind? Alles spricht dafür, dass die Sphären Blut vergießen, ohne lange zu zögern: Lennis' Erzählung, Fiores Anklage, einzelne Bemerkungen von Sandor und Andris. Und auch das, was ich aus dem Mund des farblosen Sentinel gehört habe, als er unseren Tod forderte. Es ist noch nicht einmal drei Wochen her, doch es fühlt sich an, als seien seitdem Jahre vergangen.

Es ist jetzt ganz still in der Halle, Quirin zieht alle Blicke auf sich. Die Clanmitglieder wollen keins seiner Worte verpassen.

»Ich glaube nicht, dass die Geiseln noch leben«, fährt er fort. »Sie wurden vor mehr als einem Jahr verschleppt und in all der Zeit hat niemand Forderungen an uns gestellt. Nicht einmal, dass wir uns friedlich verhalten und keine Transporte mehr überfallen sollen. Nichts.« Seine Augen sind traurig, aber seine Stimme ist fest. »Selbst wenn wir einen Austausch versuchen, glaube ich nicht, dass es ihn geben würde.«

Yann hat noch nicht aufgegeben. »Sicher«, höhnt er, »manche von uns können leicht große Töne spucken. Sandor zum Beispiel. Für ihn ist es nicht schwer, freundlich zu den Lieblingen zu sein, ihm hat man nicht die Geschwister geraubt, seine Mutter wurde nicht erschlagen, er hat nicht die ganze Familie verloren.«

»Nein«, entgegenet Sandor knapp. »Er hat nie eine gehabt, wie du sehr wohl weißt.«

Ich bin dem Wortwechsel in einem Zustand merkwürdiger Betäubung gefolgt, als würde mich all das gar nicht betreffen.

»Es ist ganz einfach«, sagt Quirin und sein Blick ruht dabei erst auf mir, dann auf Aureljo. Wieder dieses Lächeln, als würde er sich nichts mehr wünschen, als uns endlich kennenzulernen.

»Wenn ihr sie nicht als Arbeitskräfte wollt, beanspruche ich sie für mich. Sie sind gut ausgebildet, ich bin sicher, sie werden mir hervorragende Dienste leisten.«

Das scheint den anderen auch nicht zu gefallen.

»Es wäre nur gerecht, jeden Liebling zu hängen, den wir in die Finger bekommen!«, ruft eine der älteren Frauen. »Von wegen Verschwendung. Wenn wir sie töten, können sie das Gleiche nicht mit uns tun.«

In Quirins Gesicht tritt ein neuer Zug. Härte. »Nicht diese. Nein. Und wenn es nicht anders geht, dann eben so: Ich beanspruche sie mit dem Recht der Drei, nach dem Gesetz des alten Rates. Sie stehen unter meinem Schutz und dem der Stadt unter der Stadt. Unwiderruflich.«

Es ist mucksmäuschenstill in der Halle. Nicht einmal Blicke werden getauscht, die Menschen starren Quirin an, als hätte er etwas völlig Unerhörtes von sich gegeben.

»So sei es denn«, sagt Sandor schließlich. Es müssen rituelle Worte sein, sie klingen nicht, als kämen sie von ihm.

»Aber selbstverständlich leihe ich sie gern weiterhin an euch aus, wenn ihr Verwendung für sie habt«, erklärt Quirin, nun sichtlich vergnügt. »Die Dienste für mich können warten.«

»Danke«, erwidert Sandor, die Stimme triefend von Sarkasmus. »Ich würde sie gern mit der Arbeit im Freien noch mehr vertraut machen.«

Damit scheint es beschlossene Sache zu sein. Wir werden am Leben gelassen und jeweils demjenigen zugeteilt, der uns gerade braucht.

Quirin wirkt sehr zufrieden, als er die Halle verlässt, Fiore an seiner Seite. In der Tür dreht er sich noch einmal um, fasst mich direkt ins Auge. »Du hast Ausbildung in Sprachen erhalten, stimmt das?«

»Ja, Sprachen waren einer meiner Schwerpunkte. Ich verstehe neunzehn und spreche zwölf, die meisten fließend.«

»Oh.« Quirin strahlt, die Traurigkeit in seinen Augen ist verschwunden. »Dann werde ich bald deine Hilfe in Anspruch nehmen.«

26

Wir werden zurück in den Keller gebracht, alle außer Tomma. Ich weiß nicht, ob meine Wut auf sie stärker ist oder meine Angst um sie.

Während Fleming Dantorians Bein untersucht, das heute von den Prims neu verbunden wurde, starrt Tycho die Wand an. Im schwachen Licht der Laterne wirkt sein Gesicht fast orange. Aureljo setzt sich zu ihm.

»Alles in Ordnung?«

Es dauert untypisch lange für Tycho, bis er antwortet. »Was sie von den Überfällen erzählen … glaubt ihr das?« Er wartet unsere Reaktion nicht ab. »Ich habe heute gemeinsam mit einem Mädchen Boden freigelegt und dabei hat es mir Dinge erzählt … Angeblich entführen wir Prims, um sie in Kohle- und Eisenminen arbeiten zu lassen. Und wer verschleppt wird, kommt nicht wieder, hat sie behauptet. Sie halten ihre Trauerfeiern immer eine Woche nach dem Verschwinden ab, dann ist derjenige für sie tot. Sie wissen, dass er nicht wiederkommt, auch wenn er vielleicht noch jahrelang lebt und schuftet, bis er erfriert oder unter einem einstürzenden Stollen begraben wird.« Er schüttelt den Kopf. »Ich habe ihr nicht geglaubt. Aber nachdem ich eben Yann gehört habe …«

Tychos Gedankengänge könnten meine eigenen sein, trotzdem

bin ich auf der Hut. Als Verräter wäre er eine ideale Besetzung. Er ist der Jüngste von uns, aber sein Verstand ist scharf wie geschliffenes Glas. Außerdem ist er trainiert in Emotionskontrolle und er weiß, wie man sein Gegenüber manipuliert.

»Glaubt ihr das?« Tycho stellt die Frage an uns alle, sieht aber mich dabei an. »Dass der Sphärenbund diese Dinge tut, dass er Außenbewohner versklavt? Habt ihr davon jemals etwas mitbekommen, Anzeichen dafür entdeckt?«

Wir verneinen, einer nach dem anderen. Allerdings muss ich zugeben, dass ich bei vielem auch nicht nachgefragt habe. Wer, zum Beispiel, in den Bergwerken arbeitet. Oder in den Steinbrüchen.

»Heute gab es einen Moment«, sagt Tycho leise, »da war ich froh, ein Aufgelesener zu sein. Dumm, ich weiß.« Er atmet lautstark ein und wieder aus. »Noch etwas Dummes, wenn wir schon dabei sind: Ich wüsste gerne, von welchem Clan ich abstamme. Aber was, wenn es Scharten sind? Oder Schlitzer? Das Mädchen heute beim Bodenfreilegen hat sich kaum getraut, die Namen in den Mund zu nehmen. Sie haben furchtbare Angst vor denen.«

Wir anderen schweigen. Müdigkeit liegt über unserem Keller wie ein trüber Schleier und Tycho, der wohl auf ermunternde Worte gehofft hat, zieht seine löchrige Decke enger um sich.

Die Situation ist günstig für mich, ideal geradezu. Eine bessere Gelegenheit für eine aufschlussreiche Unterhaltung werde ich so schnell nicht wieder bekommen, ärgerlich nur, dass Tomma nicht hier ist. Aber egal. Sie ist ein Kapitel für sich und ich traue ihr die Verräterrolle kaum zu. Dass sie uns spontan im Stich lässt, das schon, aber ein falsches Spiel über Tage oder Wochen hinweg, dafür fehlen ihr die Nerven.

Ich arbeite also mit dem, was ich vor mir habe. Einer von uns spielt nicht mit, sondern gegen uns, und was auch immer er dabei zu gewinnen hofft, ist ihm mehr wert als die Leben von uns fünf anderen. Einer von uns steckt mit dem Sphärenbund unter einer Decke.

Ich muss nicht lange nachdenken, welche Frage ich in die Runde werfe, wichtig ist nur, dass ich den richtigen Ton treffe. Nicht lauernd, sondern mutlos und müde.

»Was sollen wir tun?« Ich schließe kurz die Augen und reibe mit der Hand über meine Stirn. »Wie machen wir weiter? Ich weiß nicht, wie es euch geht, aber ich würde diesen Albtraum gerne überleben.« Kurz die Lippen zusammenpressen, leichtes Kopfschütteln. »Es muss doch einen Ausweg geben. Wir sind die Elite der Akademie, wenn uns nichts einfällt …«

Überraschenderweise ist Dantorian der Erste, der sich meldet. »Ihr könnt ja davonlaufen«, schlägt er kläglich vor, »ich leider nicht. Ich verstehe natürlich, wenn ihr abhaut, aber …« Er bringt seinen Satz nicht zu Ende.

Aber es wäre nicht fair, ergänze ich in Gedanken.

»Aureljo?« Mein Herz schlägt mir bis zum Hals, als ich seinen Namen nenne. Wenn er der Falschspieler ist, weiß ich nicht, was ich tue. »Morus sagt, du bist auch deshalb die Nummer 1, weil du in beschissenen Situationen wie dieser die richtigen Entscheidungen triffst.«

Er legt mir einen Arm um die Schultern. Seufzt. Ich würde mich gern aus seinem Griff befreien, denn so kann ich ihm nicht in die Augen sehen.

»Wenn wir das Verhalten in Notfällen trainiert haben«, sagt er, »waren wir viel besser über die Situation informiert, in der wir steckten. Glaub mir, Ria, ich grüble Tag und Nacht über einen Ausweg nach, aber ich begreife einfach nicht, was passiert. Mir kommt das alles so falsch vor. Es muss sich um ein Missverständnis handeln, jemand hat aufgrund eines technischen Defekts fehlerhafte Daten auf seinem Terminal gehabt – ein großer, schrecklicher Irrtum, das ist alles, was ich mir zusammenreimen kann.« Der Druck seines Arms um meine Schultern wird stärker. »Deshalb wäre mein Vorschlag, dass wir eine Sphäre aufsuchen und uns Klarheit verschaffen. Durch Quirin haben wir eine Atempause erhalten, wir können uns vorbereiten und versuchen, uns heimlich in eine Sphäre zu schleichen. Aber wenn ihr wollt, tue ich das auch alleine und ihr versteckt euch irgendwo.«

Das ist so typisch Aureljo, dass ich ihn am liebsten gleichzeitig küssen und ohrfeigen will. Edel und voller Rücksicht auf die anderen.

Außer natürlich, sein Alleingang dient dazu, die Exekutoren zu unserem Unterschlupf zu führen. Der Gedanke fühlt sich an wie ein Messer im Bauch.

»Was auch immer wir tun, wir sollten zusammenbleiben«, wirft Tycho ein. »Wenn wir uns da draußen einmal verloren haben, finden wir uns nie wieder. Habt ihr übrigens gemerkt, dass sie uns bei jeder Gelegenheit trennen? Außer nachts. Genau deshalb, meint ihr nicht? Sie wollen uns keine Chance geben, gemeinsam abzuhauen.«

»Okay.« Ich hole tief Luft. »Was würdest du vorschlagen?«

Anders als ich dachte, lässt Tycho sich Zeit mit seiner Antwort. »Erst mal hierbleiben. Wir können viel lernen von den Pri… ich meine, von dem Clan. Und wer soll uns hier finden?« Er lacht, wird aber sofort wieder ernst. »Mitten in einer Horde fellbekleideter Wilder muss man sich nur ein Fell umlegen, um unsichtbar zu werden. Ein besseres Versteck gibt es nicht.«

»Also willst du nicht versuchen, eine Sphäre anzulaufen?«, vergewissere ich mich und er schüttelt entschieden den Kopf.

»Dort hätten wir nichts mehr unter Kontrolle. Wenn man uns hier findet, könnten wir immerhin mit Steinen, Schnee und Schlamm werfen.« Wieder lacht er, auch wenn das Ganze ein wenig schief gerät.

Reißen Verräter Witze? Viele Menschen flüchten sich in Humor, wenn sie ihre Angst nicht in den Griff bekommen. Fürchtet Tycho sich vor unseren Verfolgern oder davor aufzufliegen?

»Fleming, was ist dein Vorschlag?« Ich drehe mich ein Stück nach links; er sitzt mit hochgezogenen Knien und verschränkten Armen in der Ecke neben Dantorian. Unsere flackernde Lampe beleuchtet die linke Seite seines Gesichts immerhin so weit, dass ich meine Schlüsse werde ziehen können.

»Ich weiß es nicht«, antwortet er leise. »Für mich ist es hier erträglich, ich mache mir eher Sorgen um Dantorians Bein und um Tomma. Ihre Erkältung könnte sich zu einer Lungenentzündung auswachsen, dafür haben wir keine Medikamente.«

Er schweift vom Thema ab, ist das Absicht?

»Was hältst du von Aureljos Idee, uns in eine Sphäre zu flüchten?«

Fleming verschränkt die Finger. »Gar nichts. Tut mir leid, Aureljo. Aber dein Vorschlag ist zu vertrauensselig. Du hoffst, dass sie uns erklären werden, was los ist. Aber was, wenn nicht? Dann bekommst du eine Betäubungsspritze in den Hals, bevor sie dir Gift injizieren und es entweder wie einen genetischen Fehler oder wie Selbstmord aussehen lassen.«

Ich bin nicht die Einzige, die Fleming fassungslos anstarrt. Hat er das, was er da schildert, schon mal erlebt? Oder will er uns nur Angst machen?

»Heißt das, du schließt dich Tycho an? Abwarten?«

»Ja. Vermutlich. Ich weiß, ich war zu Beginn anderer Meinung, aber ich will auf keinen Fall in die Sphären zurück. Und hier sind wir wenigstens nicht unmittelbar bedroht.« Damit rollt er sich auf dem Boden zusammen und zieht sich die Decke bis fast über den Kopf.

Ich lege mich ebenfalls hin. Mein Plan hat nicht funktioniert, ich sehe kein Stück klarer. Außer Aureljo will uns keiner in die Fänge des Sphärenbundes zurückschicken. Ausgerechnet er, obwohl ihm klar sein muss, dass gerade sein Schicksal an einem haardünnen Faden hängt. Nur er hat einen Sentinel getötet.

Die Nacht schreitet voran, aber Tomma kehrt nicht zu uns zurück, hoffentlich geht es ihr gut. Dennoch muss ich schlafen. Aureljo liegt dicht hinter mir, wärmt meinen Rücken, sein Atem geht beruhigend gleichmäßig. Ich passe meinen eigenen an. Ein. Aus. Ruhig.

Als mein Salvator zu vibrieren beginnt, bin ich gerade eingedöst, und meine erste Reaktion ist Ärger. Warum der Alarm, zum Teufel? Alles ist in Ord–

Dann erkenne ich das Muster. Einmal lang, zweimal kurz.

Mein Herz schlägt hart gegen meine Brust. Vorsichtig, um Aureljo nicht zu wecken, befreie ich meinen Arm Zentimeter für Zentimeter aus der Decke.

Ihr seid tot. Heute haben wir euch begraben. Aber sie suchen trotzdem weiter.

Mit aller Kraft versuche ich, meinen Puls unter Kontrolle zu bekommen. Es hat also eine Trauerfeier gegeben, sechs leere Särge auf dem Podest im Festsaal. Unendlich viele Tränen um Aureljo, da bin ich mir gewiss.

Falls jemand um mich geweint hat, will ich es nicht wissen.

Ich versuche, mir Graukos Gesicht vorzustellen. In dem Moment, als sie ihm die Nachricht überbringen. Dann während der Trauerfeier. Ob er ans Rednerpult getreten ist und etwas gesagt hat?

Wir trauern um Eleria, benannt nach der großen Herrscherin Eleonore von Aquitanien und nach Ariadne, die der Sage nach Theseus half, den Minotaurus zu besiegen. Sie war eine meiner besten Studentinnen.

Hinter meinen geschlossenen Lidern brennen Tränen und ich lasse ihnen lautlos ihren Lauf. Nur einmal, schwöre ich mir, hier und jetzt, in der Dunkelheit. Einmal weinen um meine Vergangenheit, um die Menschen, die ich geliebt habe. Einmal mit denen weinen, denen ich fehle, die um mich trauern, die mich für tot halten.

Aber wenn Grauko zu ihnen zählt, wer schickt mir dann diese Nachrichten? Jemand, der weiß, dass wir noch leben.

Hinter mir regt sich Aureljo im Schlaf, murmelt etwas Unverständliches. Ich halte den Atem an, will ihn jetzt nicht wecken, will denken. In Ruhe.

Wer auch immer mich von unserer Sphäre aus auf dem Laufenden hält, darf sich nicht zu erkennen geben. Bekäme die falsche Person die Botschaften zu Gesicht, würde auch er als Verräter gejagt werden. Oder sie.

Es muss jemand mit technischen Kenntnissen sein – ich weiß zum Beispiel nicht, wie man über die Salvatoren kommuniziert.

Aber wieso kontaktiert die Person dann mich und nicht Tycho? Ich bin mit keinem der Techniker besonders eng bekannt.

Natürlich könnte es auch jemand aus dem Medcenter sein. Fleming wusste von der Nachrichtenfunktion und hat sie auch schon genutzt. Spontan fällt mir der Arzt ein, den ich so abfällig behandelt habe. Dann die drei Chirurgen. Aber keiner von ihnen hätte einen Grund, sich meinetwegen in Gefahr zu begeben.

Bleibt eine letzte Möglichkeit: Die Botschaften sind dazu gedacht, uns in eine Falle zu locken. Uns von der Sphäre aus weiterhin zu dirigieren. Deshalb werden sie an mich geschickt – wenn ich sie für glaubhaft halte, bin ich am besten geeignet, die anderen davon zu überzeugen.

Es lässt mir keine Ruhe. Auch am nächsten Tag nicht, als ich gemeinsam mit Aureljo den Freilegern zugeteilt werde. Während wir ein Stück flaches Land bearbeiten, den Schnee mit Schaufeln zur Seite schieben, bis die nackte Erde vor uns liegt, kommt einmal mehr die Sonne heraus.

Ich glaube nicht, dass ich mich je an dieses Gefühl gewöhnen kann. So viel Wärme, so viel Licht.

»Gut«, stellt Lore fest. Sie ist die Anführerin der Gruppe, eine stämmige Frau um die vierzig mit einem Kopf voller borstiger schwarzer Haare und einer Stimme, die zu hoch ist, um zum Rest zu passen. Sie legt den Kopf in den Nacken und schirmt die Augen ab. »Sieben Tage früher als im letzten Jahr. Es wird wärmer. Lasst uns zusehen, dass die Erde genug von der Wärme abkriegt.«

Wir schaufeln weiter, schieben Schneehaufen an den Rand des Weges, bauen eine weiße Palisade rund um das zukünftige Feld. Irgendwann taut der Schnee von selbst, hat Lore uns erklärt, aber je früher der Boden freiliegt, desto mehr Sonnenwärme kann er aufnehmen und desto größer ist die Chance, dass das, was dort gepflanzt wird, gut wächst.

Nach ungefähr einer halben Stunde ziehe ich den Fellumhang aus, lachend. Niemals zuvor war mir im Freien warm, die Sonne steht noch immer sichtbar am Himmel. Mir ist nach Singen zumute.

»Vorsicht«, warnt Lore. »Eure Haut ist das Licht nicht gewohnt, wenn ihr nicht aufpasst, ist sie heute Abend rot wie rohes Fleisch, und das kann schmerzen, sage ich euch.«

Lore ist eine von denen, die uns freundlich behandeln, und wir folgen ihrem Ratschlag, schon um ihr zu zeigen, wie dankbar wir ihr sind. Ein großer Teil der Männer und Frauen, die auf dem gleichen Feld arbeiten wie wir, betrachtet uns aber ganz klar als Feinde. Einer hat Aureljo heute Morgen angespuckt und mir hat vorhin jemand ein Bein gestellt, als ich nach Sentineln oder Fahndern Ausschau gehalten und nicht auf den Weg geachtet habe.

Es liegt an Yanns gestriger Ansprache, keine Frage. Die Menschen wollten ihre gefangenen Verwandten zurück, stattdessen müssen sie nun den verhassten Lieblingen zeigen, wie sie arbeiten sollen.

Ich würde gern mit ihnen sprechen und sie auf meine Seite ziehen, aber mir fehlen die Argumente. Ich weiß nicht mehr, was wahr ist und was falsch. Ich würde mir selbst nicht glauben.

Wir haben die halbe Wiese vom Schnee befreit, als Lore uns eine Pause machen lässt.

»Seht ihr, da drüben?« Sie zeigt auf einen schneebedeckten Hügel, dessen Kuppe dunkel ist, dunkel wie Erde und Stein. »Dort nimmt uns die Sonne die Arbeit ab.«

Sie drückt Aureljo und mir jeweils ein Stück getrocknetes Fleisch und einen kleinen, harten Fladen in die Hand. »Ihr habt euch nicht schlecht angestellt.« Damit dreht sie sich um und geht zurück zu ihren Leuten.

Wir breiten unsere Mäntel auf einem umgestürzten Baumstamm aus und setzen uns darauf. Für eine Weile wird es gehen – hier sitzen, ohne zu frieren. Ich wische mir den Schweiß von der Stirn, bevor er unangenehm kalt wird.

Neben mir beißt Aureljo in den Fladen, während er bekümmert zu den anderen hinübersieht. »Sie hassen uns so sehr«, sagt er kauend. Es klingt weder traurig noch vorwurfsvoll, er stellt einfach eine Tatsache fest.

»Ginge mir genauso. Du hast ja gehört, was Yann gestern gesagt hat.« Aber nicht, was Lennis mir erzählt hat. Dass er Zeuge war, wie ein ganzer Stamm ausgelöscht wurde. Bei der Erinnerung daran wird mir innerlich kalt.

»Glaubst du es?« Ich sehe Aureljo von der Seite an. Wir hatten so lange keine Gelegenheit, uns ungestört zu unterhalten, wir müssen diese Minuten nutzen. »Stimmt es, was sie sagen? Töten unsere Leute Prims?«

Aureljo lässt sich Zeit mit seiner Antwort. »Ich weiß es nicht. Wenn ja, dann hat man es gut vor mir verborgen.« Er schüttelt den Kopf. »In Menschenführung habe ich oft Sentinel-Protokolle zu lesen bekommen. Du weißt schon, Berichte über Außenmissionen, über Wachgänge, all diese Dinge. Ich sollte Unregelmäßigkeiten finden und nebenbei lernen, wie der Alltag der Sentinel aussieht.« Er hebt das letzte Stück des harten Fladens zum Mund, nur um es wieder sinken zu lassen. »Tagelang habe ich über den Berichten gesessen, habe sie genau studiert. Es war kein einziges

Mal die Rede davon, dass man Außenbewohner angegriffen hätte. Umgekehrt schon, aber das weißt du ja.«

Die ersten Freileger beenden ihre Pause. Schaufeln scharren über Schnee und Erde.

»Was, wenn die Berichte nicht echt waren?« Ich packe meine eigene Schaufel. Ich will nicht die sein, die am längsten pausiert. »Der Gedanke liegt doch nahe, oder? Lügen, in offizielle Dokumente verpackt. Wer von uns hätte das überprüfen können? Dass es nicht die Prims waren, die angegriffen haben, sondern wir?«

»Das habe ich mir auch schon überlegt.«

In einem plötzlichen Entschluss schiebe ich den Ärmel meiner Thermojacke ein Stück hoch, gerade weit genug, dass man den Salvator sehen kann. Dann rufe ich die Nachricht von letzter Nacht auf. »Hier haben wir jedenfalls eine Lüge. Schriftlich sogar. Wir sind tot und wurden begraben, ich wette, ein Clan wütender Prims hat uns um die Ecke gebracht.«

Aureljo nimmt meinen Arm und zieht ihn näher zu sich. Er starrt auf die Botschaft. Sein Griff wird fester, tut weh.

»Lass los, bevor es auffällt«, sage ich leise.

Er tut, worum ich ihn bitte, und eine Sekunde lang denke ich, dass er gleich zu weinen beginnen wird. Wie ich letzte Nacht. Für ihn muss es noch schlimmer sein, er war die Nummer 1, jetzt ist er für die Sphären nur noch Asche.

Wir nehmen unsere Schaufeln und machen uns wieder daran, Boden freizulegen. Ein Quadratmeter, noch ein Quadratmeter. Hier wird etwas wachsen, denke ich bei jedem Stück Erde, das sichtbar wird. Und hier und hier und hier.

»Wenn sie uns verbrannt haben«, murmelt Aureljo nach einer Weile, »und wir wieder auftauchen, können sie uns nicht mehr so leicht beseitigen. Sie müssten sich eine wirklich gute Geschichte einfallen lassen, um nicht als Lügner dazustehen.«

Das, denke ich, wäre wahrscheinlich die Art Aufgabe gewesen, mit der ich später einmal betraut worden wäre, wenn mein Weg wie geplant verlaufen wäre.

»Aber töten müssten sie uns«, sage ich. »Wir wissen zu viel. Die Sentinel in der Magnetbahn lassen sich nicht wegreden, die waren da. Wenn wir wieder auftauchen, muss der Sphärenbund alles tun, um uns daran zu hindern, den Mund aufzumachen.«

Mit mehr Kraft als nötig stößt Aureljo seine Schaufel in den Schnee. »Es wird immer schwieriger für den Bund. In den anderen Sphären hat man sicher von unserem Tod erfahren, dort weiß also niemand, dass wir noch gejagt werden. Ich bleibe dabei, Ria: Wenn wir eine fremde Sphäre erreichen …« Die Idee packt ihn so sehr, dass er aufhört zu schaufeln. »Wir könnten uns in den Generatorenkellern verstecken und einen guten Moment abwarten, um dem Sphärenmeister unsere Geschichte zu erzählen, und am besten nicht nur ihm – je mehr Leute erfahren, was passiert ist, desto eher muss der Sphärenbund Stellung beziehen. Wir hätten eine echte Chance herauszufinden, warum uns das angetan wurde.«

»Unmöglich. Sie fangen dich schon am Eingang ab und identifizieren dich anhand des Salvators. Du könntest ihn natürlich abnehmen, aber dann halten sie dich vermutlich für einen Prim und jagen dich fort.« Oder Schlimmeres.

Aureljo nickt abwesend. Dieses Gesicht kenne ich nur zu gut, jetzt ist er erst mal nicht mehr ansprechbar. Ein *Unmöglich* lässt er nicht gelten.

Weiterschaufeln. Ein Quadratmeter, noch einer.

Irgendwann höre ich einen lang gezogenen, schrillen Schrei über mir. Alarmiert schaue ich zum Himmel, die Sonne leuchtet nun cremig gelb hinter einem zarten Nebelschleier. Davor zieht ein Vogel seine Kreise, mit ausgebreiteten Schwingen, lässt sich von den Luftströmen tragen.

Ein Falke. Kelvin. Ich forme die Worte lautlos und staune, dass sie mich zum Lächeln bringen.

Am nächsten Tag, kurz nach dem Morgengrauen, steht Fiore in der Tür zu unserer Zelle. Quirin will mich sehen.

Es ist ein weiter Weg, der viel Zeit kostet. Fiore geht schnell und ich habe alle Mühe mitzuhalten. Dass wir nur zu zweit sind, beunruhigt mich, daran ändert auch der Bogen nichts, den sie auf dem Rücken trägt.

Es ist kein Weg übers freie Feld, so wie gestern, sondern er führt zwischen Ruinen hindurch. Und zwischen Häusern, ich entdecke einige wirklich gut erhaltene, mit intakten Glasfenstern und starken Mauern. Vor einem hüpft ein Kind herum, schwer zu sagen, ob Junge oder Mädchen.

»Fiore!«, juchzt es. »Wann lesen wir wieder?«

»Bald.« Fiore bleibt stehen und legt eine Hand ans Kinn, als müsste sie sorgfältig überlegen. »Allerdings«, sagt sie in gespieltem Ernst, »habe ich leider vergessen, wie es geht. Diese Buchstaben, du weißt ja. So viele. Und sie sehen alle gleich aus.«

»Fiore!«, protestiert das Kind. »Stimmt doch gar nicht. Du hast sie nicht vergessen.«

»Woher willst du das wissen?« Mit einem Sprung ist sie an der Tür, hebt das Kind hoch und wirbelt es durch die Luft, bis es vor Vergnügen quietscht.

»Was für ein Buchstabe ist das?«, fragt sie und macht einen runden Mund.

»Ein … ein O!«

»Sooooo ist es!« Sie stellt das Kind wieder auf den Boden und fährt ihm durchs Haar. »Ein andermal. Ich muss jemanden zu Quirin bringen, er wartet.«

Das Kind nickt. »Wenn ich so alt bin wie du, will ich auch zu Quirin.«

»Das wird ihn freuen. Jetzt geh ins Haus, Andris hat heute Morgen Wölfe am Tabor gesehen. Sieben Stück. Sag den anderen, sie sollen vorsichtig sein.«

»Mach ich.« Das Kind hopst über die Schwelle, knallt die Tür hinter sich zu. Schweres, altes Holz, ich wundere mich, dass es noch niemand verbrannt hat.

Wir biegen ab, auf eine breitere Straße. Sie ist praktisch schneefrei. Ich kann nicht anders, ich muss mich bücken und sie berühren. Asphalt nannte man das.

Ein tiefer Riss zieht sich von einer Seite zur anderen, an vielen Stellen sind Schollen aus der Straße herausgebrochen wie Eis aus einem gefrorenen See.

»Komm weiter.« Fiore winkt ungeduldig.

Ich verstehe, dass sie sich beeilen will, und ich habe auch nicht vergessen, was sie über die Wölfe gesagt hat, aber jeder Schritt, den ich tue, wirft neue Fragen auf.

Was zum Beispiel hängt dort oben? Ein schiefer, schmaler Kasten mit drei großen Löchern. Hat er eine Funktion?

Oder hier: Zeichen auf dem Boden. Blass, sehr blass, ich glaube, es sind Pfeile. Und hier Linien, als hätte jemand die Straße der Länge nach auseinanderschneiden wollen und sich angezeichnet, wo er die Schere entlangführen muss. Haben die Menschen sich früher auf diese Weise Botschaften mitgeteilt?

Hier sind noch weitere Markierungen: dicke weiße Streifen, parallel zueinander. Und dort liegt Metall auf dem Asphalt, oder genauer gesagt im Asphalt. Lange Eisenträger mit einer breiten Einkerbung, paarweise folgen sie dem Straßenverlauf.

»Mach gefälligst schneller!«, schnauzt Fiore. Sie steht schon an der nächsten Ecke, späht aufmerksam nach rechts und links und hat den Bogen in die Hand genommen. »Vor ein paar Tagen haben Scharten hier ein Haus besetzt, kann sein, dass wir nicht alle verscheucht haben.«

Das hätte sie auch früher sagen können. Ich beeile mich, zu ihr aufzuschließen.

»Ist es klug, dass wir nur zu zweit unterwegs sind?«, keuche ich. »Wieso hat uns Andris nicht begleitet? Oder einer der anderen?«

»Weil die Wichtigeres zu tun haben, als einen trödeligen Liebling zu eskortieren.«

Hätte ich mir denken können. »Aber du solltest ihnen mehr wert sein, nicht?«

Sie fährt herum, als hätte ich sie beleidigt. »Ich brauche keine Aufpasser. Mir ist noch nie etwas passiert, ich gehe seit Jahren allein durch die Stadt.«

»Na dann.« Ihre Selbstsicherheit wirkt echt, umso besser. Wahrscheinlich hat sie das mit den Scharten nur gesagt, um mich anzutreiben.

»Gerade heute ist es für mich völlig ungefährlich, denn ich habe dich bei mir«, sagt sie wenig später. »Wölfe und Feindclans konzentrieren sich immer auf die leichteste Beute.«

Vor uns liegt wieder der Fluss, doch es ist eine andere Stelle als die, die wir vor ein paar Tagen, auf unserem Weg zum Clanlager, überquert haben. Über dunkles strömendes Wasser führt eine intakte Brücke. Jemand hat ein rotes Tuch an die Reste des Geländers gebunden.

»Was bedeutet das?«, will ich wissen.

»Eine Warnung.« Fiore dreht sich einmal um die eigene Achse. »Wenn du einen Schlitzer siehst, markierst du die Stelle mit etwas Rotem, damit deine Clanbrüder auf der Hut sind.« Sie nimmt den Bogen vom Rücken und legt einen Pfeil ein. »Viele haben rote Tonscherben bei sich, mit denen sie die Zeichen anbringen. Andere nehmen Wolfs- oder Schafdarm. Aber hier hatte jemand ein Tuch zu viel. So viel Wohlstand, man könnte glauben, es war ein Liebling.«

Ich ignoriere den Seitenhieb. »Hier gibt es Schlitzer? Ich dachte –«

»Überall gibt es Schlitzer«, unterbricht mich Fiore. »Sie halten sich nicht an Territorialgrenzen, es sind Nomaden.«

Ich blicke mich um, hektisch. Wie sehen Schlitzer aus? Tarnen sie sich? Ich frage Fiore.

»Du erkennst sie an ihren Zähnen«, antwortet sie knapp. Vorsichtig, als wollte sie prüfen, ob sie hält, setzt sie einen Fuß auf die Brücke. »Es ist nicht mehr weit. Über den Fluss, dann sind wir da.«

Ich spähe zum anderen Ufer hinüber. Kein einziger Mensch zu sehen, aber einige gut erhaltene Häuser. Hoffentlich wohnt Quirin in einem der nahe gelegenen.

Fiore geht los. Mit langen, energischen Schritten. Es bleibt mir nichts anderes übrig, ich muss ihr folgen, obwohl ich mich auf der

Brücke grauenvoll schutzlos fühle. Sie bietet kein einziges Versteck.

Kurz bevor wir die Mitte erreichen, kniet sich Fiore gefährlich nahe an den linken Rand und späht nach unten. »Erfolgreich?«, ruft sie.

Ich kann nicht sehen, wem ihre Frage gilt, aber ich höre die Antwort.

»Kann nicht klagen!« Eine Männerstimme, tief und heiser. »Vier Stück heute schon. Hätte ich bessere Köder, wären es noch mehr.«

Vorsichtig lasse ich mich neben Fiore auf Hände und Knie nieder. Dort unten steht ein Mann, in der Hand hält er eine lange Stange, an der ein dünnes Seil bis ins Wasser hängt. Neben ihm, in einer zerkratzten, verbeulten Plastikwanne, liegen … Fische. Zieht der Mann sie mit seinem Seil aus dem Fluss?

»Hast du Schlitzer gesehen?«, ruft Fiore. »Hier oben hängt ein Warnzeichen.«

»Ich nicht, aber Karol. Zwei, hat er gesagt, und sie machten einen ausgehungerten Eindruck.«

»Wann war das?«

Der Mann dreht seine Hand in einer unbestimmten Geste hin und her. »Vor zwei Stunden, schätze ich. Laut Karol sind sie über die Brücke gelaufen, aber ich habe niemanden gesehen.« Er lacht rau. »Aber vielleicht hat er auch bloß zu viel Schnaps getrunken und Nebelschwaden gesehen. Oder ich hatte Glück.«

»Ja, Glück«, bestätigt Fiore düster. »Besser, du gehst heim. Ich informiere Quirin.«

Der Mann reibt sich erst die Stirn, dann den Nacken. Unsicherheitsgesten.

»Heimgehen? Aber sie beißen gerade so schön …«

Wer beißt? Und wie kann das schön sein?, möchte ich fragen, verkneife es mir aber. Je schneller wir von hier verschwinden, desto besser. Wölfe, Schlitzer – ich habe kein gutes Gefühl. Gestern bin ich mit Mühe und Not und mit Sandors Hilfe gerade so einem wütenden Wildschwein entkommen, aber irgendwann wird meine Unerfahrenheit mir noch mal das Genick brechen. Die Weite der Außenwelt ist mir heute zu viel. Ich will Wände um mich haben, Wände bedeuten Sicherheit.

»Wir informieren dich, wenn die Luft wieder rein ist.« Fiore klingt herrisch und der Mann mit den Fischen hebt resigniert die Schultern.

»Na gut. Aber vergesst es nicht, ich warte.«

Den Rest der Brücke legen wir im Laufschritt zurück, Fiore hat es plötzlich beunruhigend eilig. Ich kann nicht anders, ich sehe mich immer wieder um, mit dem unguten Gefühl, dass jemand hinter uns her ist. Aber da ist niemand, und wenn doch, so zeigt er sich nicht.

Am anderen Ufer angelangt, überqueren wir die Überreste einer weiteren breiten Straße und biegen dann scharf rechts ab. Ich will protestieren, will in der Sicherheit eines Hauses verschwinden, aber Fiore läuft einfach weiter.

Und dann läuft sie plötzlich abwärts.

Da ist ein Loch im Boden. Wie ein riesiger, tiefer Schacht, in den brüchige Treppen führen. Neben uns sehe ich weitere Stufen, aus merkwürdig geriffeltem Metall, doch sie sind nicht vollständig. Da waren sicher Stahlräuber am Werk.

Noch tiefer hinab. Bis wir in einer tunnelförmigen Halle stehen, einer Röhre, die mich an die Verbindungsgänge zwischen den

Sphären erinnert, nur dass diese hier größer ist und unter der Erde liegt. Es ist dunkel, nur der Lichtkegel einer Stablampe huscht über die Tunnelwände, fällt auf steinernen Boden und gekrümmte Wände. Die Lampe befindet sich in Fiores Hand und ist, wie ich auf den zweiten Blick erkenne, ehemaliger Bestandteil einer Sentinel-Ausrüstung.

»Wir müssen da runter.« Fiore zeigt nach rechts.

Wir stehen auf einer Art Betonsteg, etwa eineinhalb Meter hoch, doch er endet an einer Wand. Rechts und links führt der Tunnel weiter, niedriger und enger. Sein Boden ist mit Schutt und Steinen bedeckt, dazwischen liegen ähnliche Eisenträger wie vorhin auf der Straße.

»Was ist das hier?« Der Tunnel verursacht mir Unbehagen.

»Ein Weg, den die Schlitzer nicht nehmen. Sie haben nichts, womit sie leuchten könnten.« Fiore lässt den Strahl ihrer Lampe kreisen. »Früher sind hier Bahnen gefahren, Quirin kann dir Bilder zeigen.«

»Du meinst Züge? Unter der Erde?«

Sie nickt knapp. »Können wir?«

Ich nicke.

Sie stehen unter meinem Schutz und dem der Stadt unter der Stadt, erklingen Quirins Worte in meinem Kopf.

Wenn das hier die Stadt unter der Stadt ist, verströmt sie eher den Geist eines Grabes als den eines Schutzortes.

Die ersten Schritte taste ich mich noch vorsichtig durch den unterirdischen Gang, der unebene Boden ist voller Stolperfallen. Nach ein paar Minuten wird es leichter und wir laufen nicht weit, da tut sich eine weite Halle vor uns auf, wie die vorherige, wieder mit einem höher gelegenen Steg in der Mitte.

»Man nannte das Station«, erklärt Fiore. »Hier haben die Züge angehalten, um Menschen ein- und aussteigen zu lassen.«

Ich versuche, es mir vorzustellen, doch in meinem Kopf erscheinen immer nur die Bilder der Magnetbahn und damit gehen unweigerlich Erinnerungen an die farblosen Sentinel einher. An einen toten Körper im Schnee. An Kälte, die beim Laufen in die Lungen schneidet.

Wieder tauchen wir in einen engen Tunnel ein.

»Gleich«, sagt Fiore.

Als sich unser Weg ein weiteres Mal verbreitert, also an der darauffolgenden Station, trifft das Licht der Taschenlampe auf eine menschliche Silhouette. Jemand wartet auf uns. Ein junger Mann, Mitte zwanzig. Sein blondes Haar ist zu einem Zopf gebunden, der ihm über den Rücken fällt.

»Quirin dachte schon, euch wäre etwas zugestoßen.«

»Nein.« Fiore ignoriert die Hand, die er ihr entgegenstreckt, und schwingt sich auf den Steg hinauf, die Lampe zwischen den Zähnen.

Ich dagegen bin froh über jede freundliche Geste.

»Ria«, stelle ich mich vor, als der Blonde mir die Hand reicht. »Danke, dass du uns begleitest.«

Fiore hat sich abgewandt, ich kann ihr Gesicht nicht sehen, aber ich höre ihr verächtliches Schnauben. Sie hat ganz klar ein Problem damit, Hilfe zu akzeptieren.

»Karol will an der Brücke Schlitzer gesehen haben«, sagt sie. »Angeblich nur zwei, aber … du weißt ja. Schick eine Patrouille los, die sollen das überprüfen.«

»Ich gebe es weiter.«

Wir laufen Treppenstufen nach oben, dem Tageslicht entgegen.

Der Blonde, der Bojan heißt, ist uns immer zwei Schritte voraus, er hat eine Art Schwert gezogen – eine lange Klinge mit Griff.

Doch niemand lauert in den Halbschatten, nur zwei alte Männer schlafen an Säulen gelehnt, bis über die Nase eingewickelt in Felle und Decken.

Unser Weg führt uns einen langen Gang entlang, mit Nischen auf beiden Seiten, und endet in einer kreisrunden Halle, von der sternförmig Treppen nach oben führen. Bojan nimmt die erste links und führt uns zurück ans Tageslicht.

Die verfallenen Gebäude hier sehen anders aus, älter. Aber ich habe keine Zeit, sie näher zu betrachten, ich bin vollauf damit beschäftigt, nicht hinter meinen Begleitern zurückzufallen.

Nicht lange und wir sind am Ziel.

Der riesige Gebäudekomplex, auf den Bojan und Fiore zusteuern, sieht mitgenommen, aber nicht einsturzgefährdet aus. Er wirkt – ich kann es nicht besser beschreiben – irgendwie lebendig. So ähnlich habe ich mir immer die Paläste vorgestellt, in denen die Prinzessinnen aus Bajas Märchen wohnten. Von Säulen flankierte Fenster, Statuen, die auf Simsen stehen, hoch über unseren Köpfen. Ein mehr als lebensgroßes Denkmal muss einmal auf dem Vorplatz gestanden haben; jetzt ist es umgekippt. Der Mann und sein Pferd liegen auf dem Boden, die Schenkel des Reiters schließen sich immer noch fest um den Leib des Tieres.

»Wir sind da.« Fiore deutet auf den Eingang, zu dem ein paar Stufen führen, rechts und links davon stehen Wachen mit abenteuerlich wirkenden Waffen – Klingen an mannshohen Stangen. Die Männer lassen uns passieren, aber nicht, ohne mich von oben bis unten zu mustern. Als wir eintreten, höre ich sie etwas abfällig murmeln. Einer spuckt aus. Ich beeile mich, Fiore zu folgen.

Wir durchqueren eine große Halle, der steinerne Boden ist gemustert und nur von wenig Schutt bedeckt. Ich versuche, vorsichtig zu gehen, trotzdem klingt jeder meiner Schritte in meinen Ohren laut wie ein Schuss.

Ein an der Wand angebrachter Pfeil trägt die Aufschrift *Servicedesk*, aber er zeigt ins Leere. Meine Haut prickelt; Relikte aus der Zeit vor der Langen Nacht erfüllen mich immer mit sehnsüchtiger Unruhe.

Gang folgt auf Gang und Flur auf Flur. Wir laufen schweigend, Fiore und Bojan wechseln gelegentlich Handzeichen, doch es ist keins dabei, das ich kenne.

Treppen führen hinauf, ein Stockwerk, ein zweites. Ich habe völlig die Orientierung verloren; wenn die beiden mich jetzt allein lassen, finde ich hier nie wieder raus.

Durch glaslose Fensteröffnungen weht uns Wind entgegen, doch in den leeren Räumen findet er nichts, was er forttragen könnte. Der Boden knarzt unter unseren Schritten, hier ist er aus Holz, zumindest an einigen Stellen. An anderen ist es herausgebrochen worden. Brennstoff.

Nun führen die Treppen wieder abwärts, wir klettern über zwei Schuttkegel, die wie Barrikaden aufgehäuft sind. Dann öffnet Bojan eine Tür, die doppelt so hoch ist wie er selbst.

»Quirin?«, ruft er. »Alles in Ordnung, sie sind da.«

Ich höre, dass Quirin antwortet, aber ich verstehe kein einziges Wort, denn der Saal, den ich betrete, nimmt alle meine Sinne gefangen.

Weiß glänzende Säulen stützen hoch über uns eine bemalte Decke, der Steinboden schimmert in der Farbe warm geriebener Haut, durchbrochen von braunroten Mustern – Rauten, Rechtecke, Kreise, Blüten. Die Holzwände sind unversehrt und voll mit Büchern. Richtige alte Bücher, mit Seiten aus Papier und Buchstaben aus Druckerschwärze.

Wie Wächter stehen Statuen aus weißem Stein im Raum, Männer mit langem gelocktem Haar in eigenartigen Posen und noch eigenartigeren Gewändern. Als hätte jemand die Figuren aus Bajas Märchen nachgebildet.

Ich drehe mich im Kreis, um kein Detail dieses Palastes zu übersehen, bekomme kaum mit, wie Fiore und Bojan sich verabschieden.

Große, hölzerne Globen, wie durch ein Wunder unversehrt. Goldene Verzierungen an den Wänden. Ich denke an die Geschichte von dem Mädchen, das hundert Jahre lang schlief, umgeben von einer Dornenhecke, und frage mich, ob der Clan mit dem Namen Schwarzdorn sie sich auch erzählt.

Quirin winkt mich zu sich. »Mein Reich«, sagt er. »Ich glaube, du gehörst zu denen, die es zu schätzen wissen.«

Immer noch sprachlos, streiche ich über den Sockel einer der Statuen. Glatt und kühl und alt. »Was ist … das für ein Gebäude?«

»Ein Palast des Wissens. Eine Bibliothek. Hier haben Menschen vor der Langen Nacht Bücher aufbewahrt, sie studiert, sie bewundert. Es ist mein Zuhause.«

Bibliothek. Das Wort jagt mir einen Schauer über den Rücken, es zerrt die Erinnerung an die Stimme des farblosen Sentinel hinter sich her: *Die Betreffenden müssen getötet werden.*

»Es …« Meine Stimme ist ein Krächzen, ich räuspere mich und setze noch einmal an. »Es gibt auch in den Sphären Bibliotheken.«

Mit einem Ruck wendet Quirin mir den Kopf zu. »Tatsächlich? Mit richtigen Büchern?« Er deutet auf die prunkvollen Regale, die uns umgeben.

»Zum Teil. Die Sphäre, aus der ich komme, beherbergt die größte Akademie des Bundes und wir durften die alten Werke studieren. Papierbücher. Das meiste Wissen ist allerdings auf Datenträgern gespeichert, wir laden die Texte auf unsere Terminals.« Ich verstumme. So gebildet Quirin für einen Prim auch sein mag, er wird sich kaum etwas unter einem Datenträger vorstellen können.

»Keine Sorge, ich kann dir folgen«, sagt er mit amüsiertem Lächeln, dann holt er aus der Schublade eines verzierten Tischchens ein Terminal hervor.

Ich hatte eins der gleichen Bauart, als ich zwölf war. Es ist ein altes Modell, aber es liegt mir so vertraut in der Hand, dass ich weinen könnte. Ein Stück Kindheit. Ein Stück Sicherheit.

Bevor mir meine Gesichtszüge entgleiten können, besinne ich mich auf ein anderes Stück Sicherheit in meinem Leben. Graukos Lektionen. Freundliches Interesse. Die Mundwinkel leicht nach oben, die Augenbrauen heben, offener Blick. »Woher haben Sie das?«

Quirin antwortet nicht, lächelt nur, und ich verstehe. Raubzüge, Diebstähle, was sonst?

»Welche Bücher hast du gelesen, Ria?«, fragt er mit einer weit ausholenden Geste, die den halben Raum umfasst.

»Vieles über Geschichte. Ulrichs dreibändiges Werk über die Wasserkriege, zum Beispiel. Churchills Buch über den Zweiten Weltkrieg. Fachliteratur über den Handel zwischen den Sphären, psychologische Studien –«

»Keine Gedichte? Keine Literatur? Goethe, Shakespeare, Brecht?«

Die Namen habe ich schon einmal gehört, aber Dichtung war nicht mein Spezialgebiet. Warum auch? Für jemanden, dessen Aufgabe es sein sollte, gemeinsam mit anderen die Welt neu aufzubauen, sind Gedichte nicht wichtig.

»Nein«, gebe ich zu. »Ich hatte andere Schwerpunkte. Aber Dantorian, der kennt sicher –«

»Keine Geschichten?« Quirin kann es nicht glauben und wieder sehe ich Mitgefühl in seinen Augen.

»Doch.« Wieso habe ich das Gefühl, mich verteidigen zu müssen? »Ich habe Geschichten gelesen, in meiner Freizeit. Krimis, Liebesgeschichten, solche Dinge. Es gibt einige gute Schriftsteller im Sphärenbund. Und früher, als Kind –« Diesmal unterbreche ich mich selbst, denn von Baja zu sprechen ist zu persönlich.

Aber Quirin lässt mir keine Chance für einen Rückzug. »Ja? Als Kind? Hat jemand dir Geschichten erzählt?«

Was soll's. Es ist nicht wichtig, er kann es wissen. »Ja. Märchen. Meine Ziehmutter sagte, sie seien sehr alt. Die Geschichte von den Geschwistern und der Hexe, von dem Mädchen mit dem Glasschuh und den bösen Schwestern, von dem Zwerg mit dem geheimen Namen.« Ich lasse Quirin nicht aus den Augen. Keine Frage, er weiß, wovon ich spreche. Kennt die Erzählungen.

»Besonders mochte ich das von der schlafenden Prinzessin hinter der Dornenhecke.« Ich streiche mir das Haar zurück, lege meinen Hals frei. Ein uraltes Signal dafür, dass man sich ausliefert, dass man die Überlegenheit des anderen akzeptiert. Je harmloser ich wirke, desto größer sind meine Chancen, dass Quirin meine wie nebenbei gestellten Fragen beantwortet.

»Ich fand es nur schlimm, dass so viele der Prinzen in den Dornen sterben mussten. Wieso ist Ihr Clan eigentlich nach etwas benannt, das so spitz und schmerzhaft ist?«

Quirin lächelt auf eine Weise, die mich denken lässt, dass er mein Manöver durchschaut, und wieder erinnert er mich an Grauko. »Spitz, ja, aber sie sind auch ein Schutz. Die Gründer unseres Clans haben in Höhlen überlebt, südlich von hier. Vor den Eingängen wuchsen zähe Dornbüsche und haben nachts die Tiere ferngehalten. Das besagt jedenfalls die Überlieferung.«

Schutz ist das perfekte Stichwort. Wir sind allein in Quirins höchsteigenem Reich. Eine bessere Chance für eine Erklärung werde ich so schnell nicht wieder bekommen.

»Ich möchte mich dafür bedanken, dass Sie uns Ihren Schutz angeboten haben. Auch im Namen der anderen.«

Quirin nickt, wortlos, und ich nehme Anlauf für meinen nächsten Satz. »Ich würde sehr gerne wissen, warum. Sie kennen uns nicht. Sollten Sie bestimmte Erwartungen an uns haben, würde ich das gerne erfahren. Ich möchte Sie auf keinen Fall enttäuschen.«

Quirin lächelt, er lässt seinen Blick über die Regale wandern, über Tausende alte Bücher voller Worte, Sätze und Gedanken, die Menschen niedergeschrieben haben vor langer Zeit.

»Es gibt keine Aufzeichnungen über das Entstehen der Clans und Stämme«, sagt er, als hätte er meine Frage nicht gehört. »Niemand hat unsere Anfänge dokumentiert, alle waren damit beschäftigt, bis zum nächsten Tag zu überleben. Und dann wieder bis zum nächsten. Damals –«

Die Tür wird aufgerissen, Bojan stürzt herein, aus seinem blonden Zopf haben sich einzelne Strähnen gelöst, die ihm nun ins

Gesicht fallen. »Flüchtlinge«, keucht er. »Noraner. Sie sagen, es gab einen Überfall, man hat ihre Häuser angezündet, letzte Nacht.«

»Scharten?«

Bojan schüttelt den Kopf, sein Blick zuckt zu mir, kaum sichtbar, aber ich begreife sofort. Keine Scharten, sondern Sentinel. Exekutoren.

Ich habe nichts damit zu tun und müsste kein schlechtes Gewissen haben, aber ich spüre, wie ich erröte. Das zu unterdrücken schaffe ich trotz allen Trainings nicht immer.

»Es waren vier Trupps, heißt es, schwer bewaffnet. Es gibt Tote und eine Reihe von Gefangennahmen.«

Quirins Lippen sind weiß geworden. »Aber warum? So lange war Ruhe.« Er dreht sich zu mir um, deutet auf einen kleinen Stapel Bücher, der auf einem Tischchen liegt. »Würdest du diese für mich begutachten? Ich kann nicht sagen, in welchen Sprachen sie verfasst sind, und nachdem du ja Spezialistin auf diesem Gebiet bist …« In seiner Stimme liegt nicht der Hauch eines Vorwurfs, weder offen noch versteckt, er ist mir gegenüber so freundlich wie eh und je.

»Natürlich.«

Er zieht seinen weißen Mantel enger um sich und folgt Bojan, der schon an der Tür wartet.

»Es heißt, es sind Kinder darunter.« Mehr höre ich nicht, die Türflügel schlagen mit lautem Krachen zu.

Exekutoren. Was, wenn sie auf der Suche nach uns sind, und was, wenn der Clan der Schwarzdornen das begreift? Es ist sehr einfach, sich auszumalen, was als Nächstes passieren wird. Sie werden uns ausliefern, ohne mit der Wimper zu zucken. Warum auch nicht? Dann werden wir sehen, wie viel Quirins Schutz der Stadt unter der Stadt wert ist.

Besser, ich widme meine Aufmerksamkeit etwas anderem, Quirins Büchern zum Beispiel. Das erste auf dem Stapel ist keine Herausforderung. *Ensaio sobre a Cegueira*, das ist portugiesisch und heißt so viel wie: Abhandlung über die Blindheit.

Das nächste Buch ist schwerer einzuordnen, die Sprache beherrsche ich nicht, aber möglicherweise kann ich sie dennoch identifizieren. *Lidmašīnas krīt okeānā.* Nichts Slawisches, eher aus dem Baltikum. Litauisch? Lettisch? So weit kann ich es eingrenzen, damit muss Quirin sich zufriedengeben.

Danach wird es wieder einfach, ein chinesisches Buch über Fischzucht, ohne Abbildungen, dafür aber mit sehr farbigen Beschreibungen der einzelnen Arten. Die restlichen drei Bücher im Stapel sind in Katalanisch, Finnisch und, vermutlich, Isländisch verfasst. Ich streiche über den Einband des chinesischen Buchs. Quirin wird zufrieden sein, hoffe ich. Nur, dass er sich mit seiner Rückkehr Zeit lässt.

Es heißt, es sind Kinder darunter. Ich nähere mich Bojans Worten wie einem viel zu heißen Ofen.

Haben die Sentinel Kinder getötet? Das kann ich mir nicht vorstellen. Es gibt keinen Grund dafür, sie sind keine Bedrohung. Und selbst wenn Barmherzigkeit bei den Exekutoren nichts zählt, so ist doch Verschwendung gegen das Gesetz, darin gleichen wir den Clans. Töten um des Tötens willen ist die furchtbarste Verschwendung überhaupt.

Aber was weiß ich schon. So wie es aussieht, hat man uns nicht einmal die Hälfte dessen erzählt, was unsere Welt ausmacht. Dass wir die, die es außerhalb der Sphären schaffen, offenbar nicht am

Leben lassen. *Zu viel Land freigelegt, zu viele Tiere gezüchtet, zu hohe Überlebensraten zu verbuchen*, hat Lennis gesagt.

Er ist übergelaufen. Kann ich mir vorstellen, das Gleiche zu tun? Würden sie mich hier überhaupt haben wollen?

Meine Gedanken halten mich so sehr gefangen, dass ich begonnen habe, die kostbaren Wände entlangzulaufen, ohne es zu merken. Meine Fingerspitzen streichen an Buchrücken aus Leder entlang. Altes Wissen, Zeugnisse einer lang vergangenen Zeit. Wunderschön. Wie großartig wäre es, wenn wir das alles hier während einer Exkursion entdeckt hätten und nicht auf der Flucht vor einem blutigen Ende.

Als Quirin zurückkommt, ist meiner Schätzung nach eine Stunde vergangen, und ich bin völlig erschöpft. Die Bilder von kindermordenden Sentineln haben sich in meine Fantasie gefressen, begleitet von Lennis' Worten: *Das Blut war echt, die Schreie, die Toten.*

»Ich will wissen, was passiert ist«, fordere ich, kaum dass Quirin die Tür hinter sich geschlossen hat.

Er antwortet nicht, sondern tritt an das Tischchen mit dem Bücherstapel. »Nicht spanisch, oder?«

Ich atme tief durch. »Wie man es nimmt. Eins von ihnen ist katalanisch, ein anderes portugiesisch. Außerdem finnisch, mandarin, isländisch und vermutlich lettisch.«

Er dreht das chinesische Bändchen in den Händen. »Du bist gut. Mein Kompliment.«

»Danke«, antworte ich verzweifelt. »Sagen Sie mir bitte, was passiert ist?«

Er hebt die Hand zu einer unbestimmten Geste, am Ärmel seiner Jacke entdecke ich Blut. »Ein Überfall, vergangene Nacht. Die,

die fliehen konnten, suchen jetzt Schutz bei uns. Es muss schlimm gewesen sein.«

Ich will fragen, wer es war. Gewissheit haben, wenigstens in einer Sache, doch ich bekomme die Worte nicht über die Lippen.

»Der Beschreibung nach waren es Sphärensoldaten, mindestens hundert. Sehr gut bewaffnet und mit dem Überraschungmoment auf ihrer Seite.« Während er spricht, sieht Quirin mich nicht an, sondern ordnet die Bücher vor ihm immer wieder neu.

In mir wächst der Wunsch, mich zu entschuldigen. Es tut mir so, so leid. Obwohl, wäre es nach mir gegangen, hätte niemand diesen Menschen ein Haar gekrümmt. Aber ich komme nicht dagegen an.

»Wenn es etwas gibt, das ich tun kann …«, presse ich hervor. Es sind leere Worte, das wissen wir beide, aber Quirin ist höflich genug, sich für mein Angebot zu bedanken.

»Es ist nicht der erste Vorfall dieser Art«, sagt er und klingt müde dabei. »Wir werden den Flüchtlingen beistehen, so gut wir können – aber du solltest dich zurückhalten. In deinem eigenen Interesse.«

Bevor ich ihn fragen kann, wie er das meint, fliegt die Tür erneut auf und Sandor stürmt herein, atemlos, als wäre er die ganze Strecke vom Haupthaus gerannt. Er hält ein kurzes Messer in der Hand, sein dunkles Haar klebt an seiner Stirn.

»Ich übernehme zwanzig von ihnen«, ruft er und bleibt wie erstarrt stehen, als er mich sieht. »Was tut sie hier?«

Quirin tritt zwischen uns, als befürchte er, Sandor könnte auf mich losgehen. »Sie hat mir geholfen. Ich habe die Lieblinge für mich beansprucht und du hast im Namen des Clans zugestimmt. Gibt es plötzlich ein Problem?« Unnachgiebige Höflichkeit, hätte

Grauko das genannt. Quirin lächelt, aber er wird keinen Schritt zurückweichen.

»Nein«, erwidert Sandor ungeduldig. »Ein Problem wird es sein, sie von hier wegzubringen. Die Noraner da draußen sind halb tot oder rasen vor Wut. Sie haben gehört, dass du einen Liebling hier versteckst, und einige von ihnen warten schon darauf, ihn zwischen die Finger zu bekommen. Wirst du Ria hierbehalten und auf sie achten?«

Über Quirins Nasenwurzel hat sich eine steile Falte gebildet. »Nein, ich muss mich um die Flüchtlinge kümmern. Nimm sie mit ins Haupthaus, aber stell sicher, dass das Gesetz befolgt wird.«

Sandor nickt kurz, dann zerrt er mich am Ärmel in Richtung Tür. »Ihr bedeutet nichts als Ärger«, murmelt er, ohne mich anzusehen.

Wie zur Bestätigung dringen aufgebrachte Stimmen durch die Fenster herein, jemand weint. Die Laute kommen näher und entfernen sich wieder, zurück bleibt bedrückende Stille.

»Zwanzig«, wiederholt Sandor, bevor wir den Saal verlassen. »Am liebsten Frauen und Kinder, die Männer bring anderswo unter.«

»Und du«, herrscht er mich an, »benimm dich unauffällig. Bleib dicht bei mir und sprich mit niemandem.«

Draußen lässt er mich los und ich folge ihm, halte aber mindestens zehn Schritte Abstand. Ich wünschte, ich wäre nicht auf seine Hilfe angewiesen, umso mehr, da er keinen Zweifel daran lässt, wie widerwillig er sie mir gewährt.

Er sieht sich kein einziges Mal nach mir um. In mir tanzt kurz der Gedanke, einfach stehen zu bleiben oder einen anderen Weg zu nehmen. Vielleicht sogar zu fliehen. Die Idee ist hoffnungslos lächerlich und ich schließe zu Sandor auf.

Das ist mein Glück, wie sich herausstellt, denn kaum treten wir aus der prachtvollen Bibliothek ins Freie, rempelt mich jemand von der Seite an. Eine drahtige Frau mit zu Krallen gekrümmten Fingern wirft sich mit all ihrem Gewicht auf mich.

»Da ist sie! Kommt! Das Mädchen hatte recht, eine von ihnen war da drin!« Sie packt meine Handgelenke und umklammert sie mit aller Kraft. »Helft mir! Wir haben sie!«

»Loslassen.« Energisch, aber ohne grob zu sein, löst Sandor die Finger der Frau von mir, doch sie bekommt meinen Pelzumhang zu fassen und legt die darunterliegende Thermokleidung frei. Noch lauteres Schreien ist die Folge.

»Ein Liebling! Das Dornenmädchen hat die Wahrheit gesagt, sie haben Lieblinge aufgenommen!«

Zwei weitere zerlumpte Gestalten tauchen hinter dem umgestürzten Reiterdenkmal auf.

»Seht euch die Schuhe an!«

»Ja, und die Jacke.«

Sie nähern sich langsam, Vorsicht steht ihnen ins Gesicht geschrieben. Ich gebe mir alle Mühe, ihnen freundlich entgegenzulächeln, ohne dabei ängstlich zu wirken. Der Blick offen, der Körper den Näherkommenden zugewandt.

Ich bin so sehr auf sie und ihre schmutzigen Gesichter konzentriert, dass ich den Angreifer erst bemerke, als er schon zum Sprung angesetzt hat. Er prallt gegen mich, wirft mich um. Brennender Schmerz im Oberarm, Sandors Stimme. »Verdammt, bist du wahnsinnig geworden?«

Das Gewicht wird von mir heruntergezerrt, es ist ein Junge,

höchstens fünfzehn Jahre alt, aber groß gewachsen und durchtrainiert. Sein Gesicht ist spitz, als hätte jemand Nase und Backen nach vorn gezogen.

»Sie ist ein Liebling, ich werde sie töten!«, keucht er in Sandors Griff.

»Kaum.« Sandors Stimme ist bestimmt, aber nicht unfreundlich. »Mein Clan hat sie gefunden und Anspruch auf sie erhoben. Wenn du sie uns streitig machen willst, musst du um sie kämpfen. Das wäre nicht sehr klug.«

»Aber … ihr schützt sie! Ihr verschont die Feinde!«, brüllt der Junge. »Weißt du denn nicht, was sie unseren Leuten letzte Nacht angetan haben? Abgeschlachtet haben sie sie, im Schlaf. Und ihr bewirtet sie wie Gäste!« Er sackt zusammen, als hätte jemand all seine Muskeln gleichzeitig durchtrennt. Sandor hält ihn, drückt ihn an sich wie einen Freund.

»Ich weiß«, sagt er leise. »Ich weiß, wie es ist. Aber sie sind keine Gäste, sie sind Geiseln. Sie nützen uns nur lebend.«

Abgeschlachtet, wieder ein Wort, das haften bleibt, es reiht sich ein neben: *das Blut, die Schreie, die Toten*. Die Erinnerung an Fiores Bericht über die todbringenden Versorgungspakete mischt sich darunter.

Jedes dieser Worte sticht weit heftiger als der Schmerz in meinem Oberarm. Ein flüchtiger Blick zeigt mir, dass ich blute. Der Junge muss eine Waffe gehabt haben und sie ist, am Fellumhang vorbei, durch meine Thermojacke gedrungen.

Wie etwas, das jemand weggeworfen hat, hockt mein Angreifer nun neben dem umgestürzten Denkmal. Er verbirgt sein Gesicht hinter den Armen, seine Schultern beben, aber er gibt kein Geräusch von sich.

Ich war es nicht, möchte ich sagen. *Ich wusste bis vor Kurzem nichts von dem, was hier draußen passiert.*

Wem würde diese Erklärung nützen?, höre ich Grauko in meinem Kopf.

Die Antwort ist ganz einfach: mir, niemandem sonst. Ich würde mich von aller Schuld freisprechen, doch für den Jungen würde sich nichts ändern. Seine Toten bleiben tot.

27

Auf dem Weg zurück zur Clansiedlung sieht mich Sandor mehrmals prüfend von der Seite an. Mir wäre es lieber, er würde nach Schlitzern, Scharten oder Noraner-Flüchtlingen Ausschau halten, so wie ich. Jeder Schatten, jede Bewegung in meinem Blickfeld versetzt mich in Alarmbereitschaft.

»Hier.« Sandor drückt mir einen vergilbten Lappen in die Hand. »Drück das auf deinen Arm, sonst legst du eine bildschöne Blutspur für alle, die auf der Suche nach leichter Beute sind.«

Ich nehme das Tuch entgegen und versuche möglichst unauffällig abzuschätzen, wie viel Schmutz darüber in die Wunde geraten wird. Schon mein kurzer, prüfender Blick reicht, um Sandor verächtlich schnauben zu lassen.

»Tja, keine angemessene Versorgung für einen Liebling, ich weiß, und ich bin untröstlich.«

Ohne zu antworten, presse ich das Tuch gegen die schmerzende Stelle am Oberarm. Was ich von Sandor halte, spielt keine Rolle. Eine Blutspur zu legen ist in jedem Fall ein Fehler.

Die Sonne zwängt sich zwischen hellgrauen Wolken hindurch und berührt mein Gesicht mit ihren Strahlen. Ich glaube nicht, dass ich jemals wieder ohne dieses Gefühl leben möchte.

»Das ist der erste richtige Kratzer deines Lebens, nicht wahr? Muss erschreckend sein.«

Durch Spott bin ich nicht aus der Reserve zu locken. Wenn Sandor mich wütend machen will, muss er sich etwas Besseres einfallen lassen.

»Das Leben in den Sphären ist anders, als du es dir vorstellst«, entgegne ich betont freundlich.

»Oh, da bin ich sicher. Entbehrungsreich, nicht wahr?«

Nein, liegt es mir auf der Zunge, aber anstrengend, mit vollgepackten Tagen und durchstudierten Nächten, mit unangekündigten Kontrollen und wenig Möglichkeit, eigene Entscheidungen zu treffen.

Ein Leben ohne Sonne im Gesicht.

Ich presse das Tuch fester auf die Wunde. »Ich würde es dir beschreiben, wenn du es wirklich hören wollest. Ich würde dir von der Enge innerhalb der Kuppeln erzählen, von den Quartieren ohne Blick nach draußen, von den Kämpfen, die sich die Studenten um die besten Plätze in der Reihung liefern. Fairerweise würde ich auch die Wärme erwähnen, die Technik, das Essen, die gute medizinische Versorgung. Das alles stand uns zur Verfügung, aber es hatte auch seinen Preis.«

Die nächsten Minuten gehen wir weiter, ohne miteinander zu sprechen. Sandor sucht mit gerunzelter Stirn den Himmel ab, die Arme vor der Brust verschränkt. Ich möchte ihn gerne fragen, ob er sich wegen der Schlitzer, die gesichtet wurden, keine Sorgen macht.

Irgendwann, lange nachdem wir die Brücke mit dem roten Tuch überquert haben, wendet er sich mir wieder zu.

»Fehlt es dir?«

Es. Das Leben in Wärme und in Sicherheit – auch wenn Letzteres vielleicht trügerisch ist.

Ich denke ausgiebig über meine Antwort nach. Vermisse ich die Welt, die mich derart verraten hat?

»Ich weiß es nicht«, sage ich wahrheitsgemäß. »Aber ich kann dir sagen, wonach ich große Sehnsucht habe: Ich will wieder daran glauben können, dass die Absichten der Sphären gut sind. Davon war ich mein Leben lang überzeugt.«

Sandor hat den Anstand, das schweigend hinzunehmen, obwohl ich an seinen Augen sehe, wie gerne er meinem Wunsch endgültig den Garaus machen würde.

Wir laufen nun wieder über die verblassten Zeichen auf den alten Straßen. Striche, Pfeile, Balken. Von einem halb eingestürzten Dach fällt ein Klumpen Schnee und klatscht auf den harten Asphaltboden.

Es taut.

Kurz bevor wir das große Clanhaus erreichen, bleibt Sandor stehen. »Es gibt etwas, das du wissen solltest.« Die Art, wie er das sagt, ist alles andere als beruhigend.

»Ja?«

»Andris hat wieder Exekutoren gesichtet. Sie haben nicht angegriffen, sondern etwas gesucht. Nahe der Magnetbahn. Wahrscheinlich ging es um euch und allmählich frage ich mich, warum sie es nicht gut sein lassen.«

»Ich weiß es nicht. Immer noch nicht. Seit Wochen denke ich ständig darüber nach, aber ich komme zu keinem Ergebnis.«

Sind Sie sich der Bedeutung von Jordans Chronik *bewusst?*, höre ich den farblosen Sentinel.

Sandor davon zu erzählen, hat keinen Sinn. Ich verstehe den Zusammenhang zwischen diesem Buch und dem, was uns widerfahren ist, selbst nicht. Wenn wir hätten beweisen können, dass wir *Jordans Chronik* nicht kennen – hätte uns das gerettet? Vermutlich nicht. Vermutlich hat der Sentinel die Chronik nur erwähnt, weil sie eine Art Gesetzbuch ist, in dem steht, was mit Verrätern zu geschehen hat.

Sandor lächelt, ohne dabei die Zähne zu zeigen. »Etwas an euch macht ihnen Angst. Vielleicht etwas, das ihr gehört oder gesehen habt, ohne dass euch die Hintergründe klar sind.« Er stößt einen Pfiff aus und hebt die Hand. Von hoch oben, aus dem Gemisch von Weiß und Grau und Blau, das der Himmel ist, kreiselt Kelvin herab. Er landet auf der behandschuhten Faust und bekommt ein kleines tiefrotes Stück Fleisch.

»Ich will wissen, was es ist«, sagt Sandor mehr zu sich selbst. »Ich will wissen, wovor die Lieblinge solche Angst haben. Deshalb habe ich Quirins Anspruch unterstützt. Solange er euch schützt, wird es niemand aus dem Clan wagen, euch etwas anzutun.«

Tycho balanciert auf einem brüchigen Dach nahe dem Haupthaus und hat etwas in der Hand, das wie ein langes, verzweigtes Stück Draht aussieht, an dem technisches Zeug hängt.

Inzwischen brennt und pocht die Stichwunde, ich würde sie mir gern in Ruhe ansehen, aber Tychos Tun lenkt mich ab, beunruhigt mich.

»Was machst du da?«

Er strauchelt kurz, findet aber mit ausgebreiteten Armen das Gleichgewicht schnell wieder. »Ich versuche, eine Art Wetterstation zu bauen. Ganz simpel natürlich, aber sie könnte helfen, Unwetter und Schneefall vorherzusagen. Wir haben ein altes Digitalthermometer gefunden, das ich zum Laufen gebracht habe, und jede Menge anderes brauchbares Material.«

»Fall nicht runter.«

Er lacht. »Hab ich nicht vor. Bis später!«

Während ich ins Haus gehe, versuche ich herauszufinden, was genau mich an Tychos Aktion beunruhigt. Eine Wetterstation ist eine gute Idee, wenn die Prims lernen, damit umzugehen. Kein Problem also. Woher kommt dann das Kribbeln in meinem Magen?

Als ich im Keller die Thermojacke ablege und die Wunde begutachte, erweist sie sich als ausgefranst und schmutzig, immerhin blutet sie nicht mehr stark.

Mit entsetztem Gesichtsausdruck nimmt mir Fleming das schmutzige Tuch aus der Hand, das in der Mitte völlig durchnässt ist. »Ich hoffe, deine letzte Impfung ist noch wirksam.« Er ist vom Bodenfreilegen zurückgeholt worden, eigentlich soll er sich die verwundeten Noraner ansehen, doch die sind noch nicht eingetroffen. Seine Bewegungen wirken fahrig – ich kann ihn gut verstehen. Ihn werden sie ebenfalls als Liebling erkennen und möglicherweise ist ihnen egal, dass er nur helfen will.

»Ich denke schon. Ich habe mich immer an die Termine gehalten.«

Während er wieder Mundschutz und Handschuhe anlegt, was mich für die Dauer eines Wimpernschlags in die wohlige Ordnung des Medcenters zurückversetzt, ziehe ich eine weitere Kleidungsschicht aus. Nun sitze ich im T-Shirt da. Es ist kalt, aber erträglich. Und als Fleming beginnt, meinen Arm mit einer stechend riechenden Flüssigkeit zu reinigen, verschwinden ohnehin alle Gedanken an die Temperatur. Das Brennen ist kaum auszuhalten.

»Was, zum Teufel, ist das?«

»Alkohol aus Vogelbeeren«, antwortet er. Der Mundschutz dämpft seine Stimme. »Ich kann nur wenig verwenden, sie haben kaum Vorräte. Wenn du Tomma siehst, sag ihr, dass hier Sorbus aucuparia wächst, sie wird begeistert sein.«

Tomma kann mir momentan den Buckel runterrutschen, genauso wie Fleming, Sandor und der ganze Rest. Die Behandlung fühlt sich an, als würde jemand Feuer an meinen Oberarm halten. Ich höre mich winseln.

»Ich wünschte, ich könnte das vernünftig nähen«, murmelt Fleming. »Aber ich muss das Material für wirklich schlimme Verletzungen aufbewahren. Ein Verband wird genügen müssen.« Er tröpfelt Alkohol auf ein kleines Stück Stoff, legt es auf die Wunde und wickelt ein weiteres Stoffstück darüber. Das Ganze sieht nicht sehr vertrauenerweckend aus.

»Das wär's für den Moment. Ruh dich aus, ich gehe den Flüchtlingen entgegen. Andris meinte, es sind schwere Fälle dabei.«

Ausruhen klingt gut. Ich lehne mich zurück und beobachte Fleming, wie er seine Utensilien zurück in sein Medpack steckt. Dann geht er. Ich befühle den Verband, unter dem immer noch ein unsichtbares Feuer tobt. Als ich mich wieder angezogen habe und meinen Kopf nach draußen stecke, ist von Fleming nichts mehr zu sehen.

Am Abend ist es in der Halle voller als sonst. Die Jäger waren einmal mehr erfolgreich, es gibt Kaninchen und Reh. Wir sitzen auf den gleichen Plätzen wie immer und nun sehe ich auch Tomma wieder. Sie beachtet uns kaum, winkt nur einmal flüchtig in unsere Richtung und konzentriert sich ansonsten auf Yann.

»Das ist ihre Überlebenstaktik«, will Aureljo mich beschwichtigen. »Verbündete suchen.« Er war mit den Jägern unterwegs und kann die Augen kaum noch offen halten. Deshalb bemerkt er auch die feindseligen Blicke der Flüchtlinge nicht. Noraner. Sie wirken, als müssten sie all ihre Kraft aufwenden, um den Frieden der Halle einzuhalten, den Fürst Vilem vor wenigen Minuten ausgerufen hat.

Quirin ist mit ihnen angekommen, und nachdem er weinende Frauen umarmt und für angsterstarrte Kinder Grimassen gezogen hat, setzt er sich zu uns. Aureljo rückt ein Stück zur Seite.

Ich fürchte, dass er uns von den Abscheulichkeiten erzählen wird, die die Noraner durchlebt haben, doch zunächst füllt er lediglich seinen Becher mit Schmelzwasser und trinkt ihn in einem Zug leer.

»Euer Fleming weiß, was er tut«, stellt er anschließend fest. »Er hat ein Bein geflickt, von dem ich dachte, dass Andris es mit der Axt behandelt müsste.«

Mit aller Kraft versuche ich, kein Bild davon in meinem Kopf entstehen zu lassen.

»Ja, Fleming ist hervorragend«, stimmt Aureljo zu. »Es ist eine Schande, dass …« Er beendet den Satz nicht. Entweder weil er nicht laut aussprechen will, dass unsere Zukunft zum Teufel ist. Oder weil Quirin ihn so intensiv betrachtet. Sein Blick saugt sich geradezu an Aureljo fest.

»Wiederhole das bitte.«

»Ich … ich sagte, dass Fleming hervorragend ausgebildet ist. Er hätte später sicher eins der Medcenter geleitet, wenn nicht … dieses Missverständnis entstanden wäre.«

Quirin nickt. Eine unbehagliche Pause entsteht.

»Woher haben die Noraner eigentlich ihren Namen?«, werfe ich ein, um die Unterhaltung in eine andere Richtung zu lenken. »Bei den Schwarzdornen, den Schlitzern und den Scharten habe ich den Ursprung begriffen, aber Noraner? Hat das etwas mit dem Norden zu tun?«

Erst denke ich, Quirin hat mich nicht gehört, denn er reagiert nicht. Sein Blick ist nach innen gekehrt, wie es oft bei Menschen ist, die Bilder aus ihrer Vergangenheit oder Fantasie vor sich sehen. Aber nach einigen Sekunden antwortet er doch, leise.

»Die Gründerin ihres Clans hieß Nora. Eine wunderschöne Frau, der die Krieger in Scharen folgten. Vor zehn Jahren ist sie gestorben, da war sie achtundneunzig.« Er versinkt wieder in Schweigen. Schüttelt den Kopf, als wäre etwas darin, das er vertreiben möchte.

Dann kommt das Essen, auf großen Platten, und beansprucht unsere ganze Aufmerksamkeit. Ich versuche, nur wenig zu nehmen, um den Flüchtlingen zu zeigen, dass Lieblinge auch zurückhaltend sein können, aber mein Hunger spricht eine andere Sprache. Als die Platte mit den Kaninchenstücken ein zweites Mal herumgeht, kann ich nicht widerstehen.

Quirin dagegen hat kaum etwas angerührt. »Ich weiß fast nichts über dich«, sagt er zu Aureljo gewandt. »Ria ist ein Sprachtalent und du …« Er greift nach Aureljos Kinn, berührt kurz seine Wangenknochen und die kaum noch sichtbare Narbe neben dem Auge, wo früher das Muttermal saß. »Lass mich meine eigenen Vermutungen anstellen, ja?«

Aureljo nickt, hinter seinem offenen Lächeln entdecke ich Unbehagen.

»Du bist jemand, dem die Menschen folgen wie die Wölfe einer Blutspur. Wer dich kennt, will in deiner Nähe sein, und sogar die,

die dir nur kurz begegnen, erinnern sich jahrelang daran. Du prüfst die Dinge, bevor du dich für sie begeisterst, aber wenn du es tust, ist deine Begeisterung so unwiderstehlich wie die Sonne. Du wurdest ausgebildet, um andere zu führen und sie mit deinem Feuer anzustecken wie mit einer beglückenden Krankheit.«

Ich glaube nicht, dass ich es besser hätte formulieren können, und ich frage mich, woher Quirin dieses Wissen nimmt. Ja, er ist einer der Bewahrer, was auch immer das heißen mag. Aber er hat sich bisher meines Wissens noch nie ausführlicher mit Aureljo unterhalten.

Je länger Quirin spricht, desto weiter wandert Aureljos Blick zur Seite. Er weiß nicht, wie er auf diese Hymne reagieren soll.

»An der Akademie«, beginnt er zögernd, »hieß es immer, meine Stärke sei Vielseitigkeit.«

»Was genau ist damit gemeint?«

Aureljo lächelt dieses unwiderstehlich bescheidene Lächeln, das nur deshalb wirkt, weil es völlig ungekünstelt ist. »Logisches Denken, Taktik, Rhetorik – obwohl Ria mich dabei um Längen schlägt. Wissenschaftliche Fähigkeiten und ein bisschen Musikalität. In allem brauchbar, aber in nichts der Beste.«

»Ja«, murmelt Quirin, wieder völlig in sich gekehrt. »Ein Alleskönner.« Er atmet tief ein, als läge plötzlich eine Last auf ihm. »Es ist wohl lohnend, dich besser kennenzulernen, wir sollten –«

Weiter kommt er nicht, denn die Tür zur Halle fliegt auf, knallt gegen die dahinterliegende Wand. Sandor steht im Eingang, hinter ihm drei seiner Jäger.

»Ich muss mit den Lieblingen sprechen.« Seine Stimme ist heiser, sein Finger zeigt auf mich. »Du! Und der neben dir, mitkommen.«

Es muss etwas mit den Flüchtlingen zu tun haben. Jemand hat uns beschuldigt, bei dem Überfall dabei gewesen zu sein oder den Sentinel einen Tipp gegeben zu haben.

Doch dann ist es schlimmer und gleichzeitig besser als in meiner Vorstellung.

Besser, weil es nicht so aussieht, als würde uns jemand ungerechtfertigte Vorwürfe machen wollen. Schlimmer, weil Sandor uns vor das Gebäude führt und ich die reglose Gestalt mit den verdrehten Gliedern schon von Weitem sehe. Und rieche. Es stinkt nach Moder, Unrat und anderem, das ich mir nicht vorstellen will. Dann stehen wir vor dem Toten und ich versuche, ihm ins Gesicht zu sehen.

Trotz des Lichts von einer der konfiszierten Stablampen aus unseren Notfallsets sind die Züge des Mannes kaum zu erkennen. Was daran liegt, dass sie bemalt sind, mit dunklem, vertrocknetem Rot, dem Ocker alten Schlamms und etwas Weißem, das ich nicht identifizieren kann. Zottiges, verkrustetes Haar umgibt seinen Kopf, die Arme und Hände sind von Narben übersät. Aus Brust und Bauch ragen Pfeile.

»Ein Schlitzer.« Sandor kniet sich neben die Leiche, zieht mit zwei Fingern die Lippen des Toten auseinander und legt spitz gefeilte Zähne frei.

Das also hat Fiore gemeint.

»Eigentlich waren es zwei, aber wir haben nur einen von ihnen erwischt, der andere hat sich zwischen die Bäume geflüchtet.«

Der Tote hält etwas in der Hand, eine lange, dünne Klinge, deren Wirkung auf menschliches Fleisch ich mir nicht vorstellen will. Warum hat Sandor uns geholt? Wieso zeigt er ausgerechnet uns diese Leiche?

»Der zweite Schlitzer hat dem ersten etwas aus der Hand gerissen, bevor er geflohen ist. Aber er hat nicht alles erwischt.«

Einer der Jäger reicht Sandor ein Stück Papier, etwa so groß wie meine Handfläche.

»Seht es euch an.«

Ich trete vor, nehme es entgegen.

Der Strahl der Stablampe fällt auf ein schwarz-weißes Abbild meines Gesichts.

Elcria, 18 Jahre, Vitro Klasse 1b, Akademiereihung Nr. 7, steht da. Daneben mein Geburtsdatum, Größe und Gewicht, meine Quartiernummer und die Seriennummer meines Salvators.

Ich kenne diese Daten. Das ist mein Stammdatenblatt. Die Verwaltung der Akademie erneuert die Blätter jedes halbe Jahr. An den Tag, an dem das Foto gemacht wurde, kann ich mich noch genau erinnern: Draußen herrschte ein Schneesturm, die Heizelemente waren überlastet und pfiffen ununterbrochen.

Allerdings wurde hier mein Datenblatt in ein kleineres Format kopiert; ganz klar, warum: Wir sollten alle sechs auf ein normales Stück Papier passen. Doch nur der Teil, der mich betrifft, ist in der Hand des Schlitzers zurückgeblieben. Und eine Ecke, auf der man einen Bruchteil des nächsten Fotos sehen kann. Dem Haaransatz nach muss es Dantorian sein.

»Du begreifst, was das heißt?« Sandor stellt die Frage an mich, aber Aureljo kommt mir mit einer Antwort zuvor.

»Die Schlitzer sind auf der Suche nach uns. Jemand muss sie beauftragt haben und das kann nur der Sphärenbund gewesen sein. Von niemandem sonst hätten sie diese Informationen bekommen können.«

»Richtig. Die Lieblinge haben scheinbar beschlossen, euch nicht selbst zu töten, sondern Clans zu beauftragen, die für ihren Blutdurst bekannt sind.« Aus einer Art Rucksack befördert Sandor einen Schockstab, wie die Sentinel ihn verwenden, außerdem eine Heizkartusche mit Patronen zum Nachfüllen. Ein absolutes Luxusgut, das selbst wir nur in seltenen Fällen bei Exkursionen verwenden durften.

Den Zettel mit den Fotos und den Schockstab könnten die Schlitzer von Sentineln, die auf der Suche nach uns sind, erbeutet haben. Die Kartusche nicht, die muss ihnen jemand geschenkt haben. Als Vorauszahlung für unseren Tod?

»Sie waren kaum einen Kilometer entfernt von hier unterwegs und sie sind genau in unsere Richtung gelaufen«, fährt Sandor fort. »Als wüssten sie, wo sie euch finden.« Sein Blick wandert von mir zu Aureljo und wieder zurück.

»Habt ihr eine Erklärung dafür? Die Stadt ist riesig und ihr könntet im Prinzip überall Unterschlupf gefunden haben. Ebenso gut könntet ihr tot sein, das wäre sogar wahrscheinlicher. Woher wussten diese Schlitzer, welchen Weg sie einschlagen mussten?«

»Vielleicht von einem eurer Leute. Oder einem der Noraner«, sage ich leise, obwohl ich weiß, wie abwegig das ist.

Sandor hebt seine gespaltene Augenbraue. »Niemand von den zivilisierten Clans spricht mit Schlitzern.«

Nur mit Mühe reißt Aureljo seinen Blick von der Heizkartusche los. »Dann bin ich ratlos«, murmelt er. »Obwohl, die Fahnder … Vielleicht hat einer verwertbare Bilder geliefert.«

Das ist Sandor zumindest eine Überlegung wert. »Kann sein. Allerdings hatte ich Leute ausgesandt, die genau darauf achten sollten. Auf die verspiegelten Geräte. Sie haben zwei zerstört, aber das war weit entfernt von hier.«

Sie sind euch wieder auf der Spur. Einer von euch ist ein Verräter. Erneut habe ich die Worte vor Augen, die mir blau vom Display meines Salvators entgegengeleuchtet haben, und ich frage mich, ob Aureljo das Gleiche denkt wie ich.

Einer von uns will, dass wir gefunden werden. Kann sein, dass der Bund ihm oder ihr Begnadigung versprochen hat. Jedenfalls hat es der Verräter offenbar geschafft, den Exekutoren unseren Standort mitzuteilen.

Aber wer?

Mit einem Mal weiß ich, warum mich Tychos Anblick auf dem Dach so unruhig gemacht hat. Eifrig dabei, etwas zu konstruieren. Eine Wetterstation – vielleicht ist das wahr. Gut möglich allerdings, dass er ganz nebenbei ein Funkmodul eingebaut hat.

28

Die Nacht scheint mir endlos, wie alle Nächte, in denen der Schlaf nicht kommen will. Ich liege mit offenen Augen da, fühle die Wunde an meinem Oberarm pochen und starre auf Tychos hellen Haarschopf, nur wenige Meter von mir entfernt.

Tycho. Er ist so jung und wirkt so unbeschwert. Ein Meister der Verstellung, sollte er wirklich derjenige sein, der uns verraten hat. Ich denke an den Moment zurück, als ich ihm mitgeteilt habe, was uns bevorsteht. Wie gelassen er reagiert hat. Ich habe es seinem Charakter zugeschrieben, aber vielleicht war es etwas anderes: das Wissen, dass er sich aus der Affäre ziehen kann. Indem er uns verrät.

Dann würde er die Hintergründe kennen. Als Einziger hier.

Oder doch Dantorian? Sein Bein lässt immer noch keine schwere Arbeit zu, aber die Prims haben ihm einen großen glatten Stein und eine Art Kreide gegeben, daraufhin hat er sie gezeichnet, ein Gesicht nach dem anderen. Die Kinder waren völlig aus dem Häuschen vor Begeisterung.

Mir sind dagegen ein paar kleinere Steine aufgefallen, auf denen er das Clanhaus skizziert hat. Möglicherweise aus Spaß an der Sache. Oder um einen der Steine weiterzugeben, damit die Schlitzer wissen, wonach sie suchen müssen.

Sogar Fleming käme als Verräter infrage – bei all seinen medizinischen Einsätzen ergeben sich bestimmt immer wieder Gelegenheiten für Alleingänge, bei denen er den Sentinel-Trupps Zeichen hinterlassen kann.

Ich drehe mich zur anderen Seite. Aureljo schlingt im Tiefschlaf seine Arme um mich und ich presse die Lider mit aller Kraft zusammen. Wenn ich sie wieder öffne, möchte ich in meinem Sphärenquartier sein, gemeinsam mit ihm, und nichts von Schlitzern, Verrätern oder Exekutoren wissen. Ich will, dass wir miteinander allein sein können, morgens zusammen in die Akademie gehen und uns nach den Lektionen im Café Agora treffen.

Ich will wieder glauben, dass ich auf der richtigen Seite stehe.

Doch natürlich passiert nichts davon. Als ich die Augen aufschlage, liege ich immer noch in unserem Keller, mit schmerzendem Arm und einem Kopf voller verworrener Gedanken.

Denn da ist noch Tomma, die heute Nacht wieder nicht bei uns schläft. Sie hat die meiste Bewegungsfreiheit, ihre Beziehung zu Yann verleiht ihr eine Sonderstellung unter uns Lieblingen. Hat sie unseren Aufenthaltsort verraten? Immer noch wütend darüber, dass ich sie nicht rechtzeitig eingeweiht habe? Vertraut sie darauf, dass Yann sie schützen wird, wenn die Exekutoren kommen? Oder hat sie einen Handel mit ihnen abgeschlossen?

Draußen ist die Nacht lebendig. Geräusche, ein Schaben an der Mauer. Sind es Wölfe? Ist es der verbliebene Schlitzer? Oder nur der Wind, der sich in Steinritzen fängt?

Ich könnte schwören, die ganze Nacht wach gelegen zu haben, doch als morgens die Tür zum Keller aufspringt, schrecke ich aus tiefem Schlaf auf.

Während ich mich aus der Decke und aus Aureljos Umarmung

schäle, vertreibe ich ein letztes Traumbild: Tomma, wie sie Yann umfängt und sich dann zu mir umwendet, ihre Pupille dunkel, die Iris gelb wie die eines Falken.

Ich soll zu den Sammlern, gemeinsam mit Tycho. Das ist gut, weil ich ihn im Auge behalten will. Doch von Beginn an lenkt mich das Getuschel ab, das rund um uns herum entsteht, egal, wohin wir uns bewegen.

Die Nachricht über die Schlitzer hat die Runde gemacht, aber nicht nur das; es weiß auch jeder, nach wem sie gesucht haben.

»… kommen sicher noch mehr von ihnen.«

»Ja, und denen ist es egal, wen sie erwischen.«

»… müssen wir es wieder ausbaden.«

Gestern, bei Fiore und Quirin, hatte ich kurz das Gefühl, willkommen zu sein. Heute ist alles wieder anders. Ich warte nur darauf, dass eins der Grüppchen, die in beträchtlichem Abstand zu uns die Köpfe zusammenstecken, beginnt, mit Steinen zu werfen.

Wir legen Teile eines Gebäudes frei, von dem Andris behauptet, es sei früher ein Krankenhaus gewesen. Es steht nahe am Fluss, nur wenige Minuten von der Brücke entfernt, über die ich gestern gelaufen bin. Ob das rote Tuch noch am Geländer festgebunden ist?

»… schleichen noch in der Nähe herum.«

»Angeblich haben sie heute früh zwei tote Scharten gefunden, mit durchgebissenem Hals. Halb aufgefressen.«

»… wir sollten sie in den Fluss werfen.«

Immer wieder blickt sich Tycho verunsichert um. »Was haben die denn auf einmal? Gestern waren sie doch noch völlig begeistert von meiner Idee, eine Wetterstation zu bauen.« Er macht einen ehrlich betrübten Eindruck. Aber ich kann ihm nicht sagen, was passiert ist, ihm am wenigsten.

»Komm.« Ich ziehe ihn von den anderen Sammlern fort. »Dort hinten sieht es vielversprechend aus.«

Ein Schuss ins Blaue, aber er erweist sich als richtig. Wir legen ein kastenförmiges Gerät frei, aus dem brüchige Kabel ragen. Es muss früher ein Display gehabt haben, doch davon sind nicht einmal mehr Scherben übrig.

»Ein Ultraschallgerät, 21. Jahrhundert.« Tycho streicht den Staub mit der flachen Hand weg. »Aus der Zeit vor der Langen Nacht. Das möchte ich mir näher ansehen.«

»Andris!«, schreie ich. »Wir haben einen Fund.«

»Jetzt warte doch.« Mit einer Mischung aus Ärger und Besorgnis wirft Tycho einen Blick über die Schulter. »Er weiß doch gar nicht, was er damit anfangen soll.«

»Egal.« Gerade heute will ich nicht riskieren, dass uns jemand das Zurückhalten von Funden vorwirft. Ebenso wenig möchte ich, dass Tycho sich weiteres Material für seine Anlage abzweigt.

Andris kommt, nickt und trägt das Gerät aus dem Gebäude.

»Ihm wird es nichts bringen, ich hätte vielleicht etwas daraus bauen können«, murrt Tycho.

»Mir fällt nichts ein, das wertvoll genug wäre, um Ärger mit den Dornen zu riskieren.«

»Nie Risikoabwägung belegt?«, schnauzt er mich an, bevor er mit den Schultern zuckt und fortfährt, Schutt zur Seite zu schaufeln.

Ich antworte nicht. In Risikoabwägung habe ich mich ein Jahr lang unterrichten lassen, dann wurde mir das Fach zu theoretisch.

Weitergraben. Ich schone meinen verletzten Arm und komme langsamer voran als je zuvor. Das Tuscheln unter den anderen Sammlern hat sich gelegt, jeder ist vollauf mit seiner Arbeit beschäftigt, denn das ehemalige Krankenhaus birgt in seinen Zimmern und Schränken noch unzählige Schätze. Keine Medikamente natürlich, die wären ohnehin längst wirkungslos oder giftig, außerdem wurden damals, als die Versorgung zusammenbrach, schon sehr bald die Krankenhäuser geplündert.

Aber es gibt Injektionssets, eine Art Trichter, altes Papier und sogar eine unberührte Packung Latexhandschuhe. Die würde ich diesmal gern behalten oder Fleming schenken. Ob sich hier irgendwo noch Nahtmaterial findet?

Etwa der halbe Tag ist vergangen, da beginnt es zu regnen. Die Tropfen klatschen auf den Boden vor dem Krankenhaus, spritzen durch die Fensterlöcher zu uns herein. Feiner Staub verwandelt sich in Schlamm.

Diesmal ist mir die Risikoabwägung egal. Ich habe aufgehört zu arbeiten, stehe an einer der Öffnungen in der Wand und bestaune das fallende Wasser, strecke meine schmutzige Hand hinaus und warte, bis sie sauber ist.

Ein Schubs von rechts lässt mich beinahe umfallen. »Wärst heute lieber bei den Freilegern, hm? Denen nimmt der Regen die Arbeit ab.« Andris zieht die Nase hoch und spuckt aus. »Aber hier wird nicht gefaulenzt. Du findest mir noch drei brauchbare Sachen, vorher gehst du nicht zurück.«

Drei! Wir haben schon alle begehbaren Räume des Erdgeschosses durchsucht, da ist nichts mehr zu finden. Und *brauchbar* ist ein dehnbarer Begriff, den Andris nach Lust und Laune auslegen kann.

Aber hinter mir sind Treppen. Sie locken mich schon die ganze Zeit. Risiko. Ich weiß nicht, ob jemand die Stabilität der oberen Stockwerke geprüft hat. Im schlimmsten Fall stürze ich durch brüchigen Fußboden auf die Köpfe der anderen Sucher.

Meine Schritte sind vorsichtig. Einer, noch einer, ein dritter. Bis jetzt hat der Boden unter meinen Füßen weder geknarzt noch nachgegeben, also wage ich mich schneller vorwärts.

Drei Dinge – ich könnte Andris dreißig bringen, wenn ich wollte. Er hat mein Fehlen inzwischen bemerkt, brüllt zu mir herauf: »Ungesichertes Terrain, was soll das?«, aber er folgt mir nicht. Gut so.

Ein graues Kästchen mit Schlauchresten dran. Eine runde Metallwanne, schmutzig, aber kaum verrostet. Eine Art Hocker, rund, oben mit schwarzem Plastik überzogen. Unten sind zwei Rollen befestigt, früher waren es vermutlich vier.

Innerlich triumphierend beschließe ich, auch noch den Nebenraum zu erforschen, doch ich erstarre schon in der Tür. An der gegenüberliegenden Wand, unterhalb dessen, was einmal ein Bücherregal gewesen sein muss, liegen die Überreste eines Menschen.

Es ist nicht wie bei Maia. Von diesem Toten sind nur noch gelbe Knochen und Kleiderfetzen übrig, dünn gewordener Stoff, der früher einmal weiß gewesen sein muss.

Ein Arzt. Oder eine Ärztin. Aus der Zeit davor. Hier gestorben, wer weiß, woran, und einfach liegen gelassen worden. Ich gehe näher heran, bücke mich und puste vorsichtig Staub von der Schädeldecke.

So gerne würde ich einen Zipfel der damaligen Zeit zu fassen kriegen, als die Welt noch warm war und es kein Drinnen oder

Draußen gab. Keine Lieblinge, keine Prims. Es muss ein Fest gewesen sein.

Dann entdecke ich es. Nicht weit von dem Schädel entfernt liegt ein Schatz, zusammengehalten von einer dünnen Drahtspirale. Papier.

Das wird Andris nicht bekommen. Die Vorstellung, dass es mir möglich sein wird, meine Gedanken festzuhalten, mir Dinge zu notieren oder auch nur meine eigene Schrift vor mir zu sehen, berauscht mich. Und hier, hier ist eine Art Stift, nein, mehr als einer.

Ich stopfe alles Schreibmaterial, das ich finde, unter die unterste Schicht meiner Kleidung. Die Kanten pressen sich gegen meine Haut, aber das ist egal. Nur erwischen lassen darf ich mich nicht.

Mit der Wanne, in die ich das graue Kästchen gepackt habe, in der einen Hand und dem Hocker in der anderen, mache ich mich auf den Weg zurück nach unten.

»Drei Dinge«, sage ich und drücke sie Andris in die Hand, dann gehe ich hinaus, froh darüber, dass der Regen nachlässt.

Tycho folgt mir. »Und wenn du durch die Decke gekracht wärst?«

»Dann hätten die Exekutoren einen weniger jagen müssen.«

Er blickt zur Seite, aber mehr unangenehm berührt als vor schlechtem Gewissen. Wieder keine Reaktion, die mir Klarheit verschafft.

»Glaubst du, sie finden uns?«, fragt er wenig später, als wir durch nasse Straßenzüge zum Clanhaus zurückgehen.

Das sollte ich besser dich fragen, denke ich. »Ich rechne jeden Tag damit.«

Er zuckt tatsächlich zusammen. Aber auch das kann viele Bedeutungen haben – vielleicht ahnt er, dass ich ihn verdächtige.

Die Straßen und Pfade sind nach dem Regen so schneelos, so viel freies Land habe ich noch nie gesehen. Eine fahle Sonne spiegelt sich in Wasserpfützen. Kaum noch Weiß um mich herum, alles fortgewaschen.

Beständig ist nur das Chaos in meinem Kopf.

»So geht es nicht weiter.« Aureljo hat mich kurz vor dem Haupthaus abgefangen und zwischen zwei Ruinen gezogen. Seitdem wir unter Quirins Schutz stehen, werden wir vom Clan nicht mehr dauernd bewacht und können uns freier bewegen.

Aureljo sieht mitgenommen aus, blass und bedrückt. Wasser tropft von verbogenen Fensterbrettern auf uns herab.

»Was meinst du?«

»Wir können den Clan nicht länger gefährden. Die Schlitzer waren auf der Suche nach uns und heute, während der Jagd, haben wir drei Sentinel-Trupps gesehen. Drei! Ich glaube, es waren rote. Wenn sie die Umgebung erkunden, um einen Angriff vorzubereiten, und wenn sie über die Siedlung herfallen, werden nicht nur wir getötet, das weißt du.«

Durch den Schlamm laufen vier Kinder, in der Hand einen Ball aus Stofflumpen. Unter ihren Schritten spritzt schmutziges Wasser auf.

Natürlich hat Aureljo recht. Dadurch, dass Quirin uns schützt, gefährdet er seinen eigenen Clan. Auf die Frage, warum er das macht, hat er mir keine Antwort gegeben, doch ich bin mir sicher, dass er es nicht grundlos tut.

Ich kann Aureljos Gedanken nachvollziehen. Wenn wir nur einen Funken Anstand in uns haben, dann gehen wir freiwillig – vorausgesetzt, man lässt uns.

Nur dass es für ein Weiterziehen eigentlich zu früh ist. Dantorian kann keinesfalls größere Strecken bewältigen. Wir brauchen mehr Zeit, wir brauchen einen Plan, wir …

»Wenn wir fortgehen, brauchen wir ein Ziel«, sage ich und in Aureljos Augen leuchtet etwas auf. Er hat sich also schon etwas überlegt.

»Vienna 2.« Er lächelt und nimmt meine Hände zwischen seine. »Eine höchstens mittelgroße Sphäre, neun Kuppeln. Viele natürlich gezeugte Einwohner, es gibt eine Weberei und eine Färberei, ein Arboretum und –«

»Woher weißt du das alles?«, unterbreche ich ihn alarmiert.

Er hält meine Hände fest, lässt nicht zu, dass ich sie zurückziehe. »Nein, ich bin nicht der Verräter«, sagt er ruhig. »Ich glaube auch nicht, dass es ein anderer aus unserer Gruppe ist. Mit dieser Behauptung wollen sie uns in die Irre führen, Ria. Es ist eine Taktik, die Morus ausgebrütet haben könnte. Strategische Wahrheitsbeugung, darin hat er uns unterrichtet.«

Das wusste ich nicht. Morus, ja, ihn kann ich mir als Absender dieser so wohlgemeint klingenden Nachrichten vorstellen.

»Vor ein paar Tagen, als ich mit den Jägern unterwegs war, habe ich mit einem Grenzgänger gesprochen«, fährt Aureljo fort. »So nennen sie diejenigen, die zwischen Clans und Sphären pendeln, ohne zu den einen oder den anderen zu gehören. Sie treiben Handel mit beiden Gruppen, bleiben aber meistens für sich.«

»Aha. Und dieser Grenzgänger weiß, wie es im Innern von Vienna 2 aussieht.«

»Er wusste, was dort hergestellt und erforscht wird; er hat mir erzählt, dass er einige der Bücher, die von den Sammlern gefunden wurden, dorthin verkauft hat.« Aureljo zieht mich an sich.

»Das heißt, Vienna 2 hat eine Bibliothek, Ria. Es wird nicht das Gleiche sein wie bei uns zu Hause, aber wir werden in dieser Sphäre leben können.«

Er nimmt mich auf den Arm. Etwas anderes kann ich mir nicht vorstellen.

Ich mache mich von ihm los. »Du hast eine winzige Kleinigkeit vergessen. Dass sie uns nämlich töten wollen, so ziemlich um jeden Preis. In Vienna 2 werden wir höchstens ein paar Stunden lang überleben.«

»Es muss natürlich alles gut geplant werden.« Mit einer Hand schirmt Aureljo seine Augen ab und betrachtet den rötlichen Schimmer hinter den Wolken. Eine späte Sonne, die im Begriff ist zu sinken. »Sie haben unseren Tod bekannt gegeben, das hast du selbst gesagt. Wenn wir unsere Salvatoren abnehmen und du dir zum Beispiel das Haar abschneidest, könnten wir uns als Reisende aus einer anderen Sphäre ausgeben, die nach einem Überfall Schutz suchen. Natürlich werden sie auf die Täuschung nicht lange hereinfallen, aber wir haben die Chance, den Irrtum aufzuklären, der uns hierhergebracht hat. Du hast es vielleicht vergessen, aber wir sind weder Verschwörer noch Verräter. Im Gegenteil, wir sind die Verratenen!«

Mit jedem Satz ist Aureljo lauter geworden und ich lege einen Finger auf seine Lippen. Ich kann mich nicht erinnern, ihn je so aufgebracht gesehen zu haben, er muss sehr verzweifelt sein, um einen so löchrigen Plan überhaupt in Erwägung zu ziehen.

»Dass wir für tot erklärt wurden, habe ich von der gleichen Quelle wie die Information, dass unter uns jemand ist, der uns ausliefern möchte. Willst du dem Absender nun glauben oder nicht?« Ich verschränke die Arme vor der Brust. Mein Tag war anstrengend, das ist wohl der Grund, warum ich so gereizt klinge. Das Papier an meiner Haut fühlt sich steif und kratzig an.

»Sie werden uns identifizieren und unsere Heimatsphäre informieren. Dann dauert es höchstens einen Tag, bis die Exekutoren zur Stelle sind. An der Akademie war dein Schwerpunkt doch Führung und Strategie«, ich sehe Aureljo scharf an. »Wie würdest du erklären, dass du sechs vielversprechende Studenten begräbst, dass du Särge verbrennst, in denen sich angeblich ihre Leichen befinden – und dann laufen sie quietschlebendig in Sphäre Vienna 2 herum? Das würde deiner Glaubwürdigkeit ziemlich schaden, nicht? Man würde sich fragen, wieso du deinen Leuten solche Lügen auftischst. Unangenehme Situation. Sich da rauszuwinden ist kein Vergnügen, da lässt man doch lieber die sechs Studenten verschwinden, ob schuldig oder nicht.« Ich erzähle Aureljo nichts Neues, er will es nur nicht wahrhaben.

»Wir sind heute noch gefährdeter als am Tag unserer Abreise. Wenn sie uns am Leben lassen, könnten wir in den Sphären berichten, dass die Exekutoren uns töten wollen. Wir wissen zudem von den Massakern an den Clans. Und ich denke, der Sphärenbund wäre nicht begeistert, wenn wir genauer nachfragen oder unser neues Wissen herumerzählen.«

Jetzt bin ich es, die nach seiner Hand greift. »Und das würden wir, oder? Wir könnten nicht so tun, als wären wir den überlebenden Noranern nicht begegnet.«

Die Erwähnung der Noraner lässt Aureljo sofort das Thema wechseln. »Dein Arm! Besser heute?«

»Vergiss meinen Arm!« Allmählich werde ich richtig wütend.

Durchatmen. An fließendes Wasser auf runden Steinen denken. Durch Lautstärke überzeugt man niemanden.

»Allein die Tatsache, dass du einen Sentinel getötet hast, macht es uns unmöglich zurückzukehren. Sie würden einen Grund und einen Weg finden, um uns wieder verschwinden zu lassen, und diesmal endgültig.«

Vor vier Tagen dachte ich noch, Aureljo würde ein Leben außerhalb der Sphären in Betracht ziehen. Als er von den steigenden Temperaturen im Süden gesprochen hat, mit so viel Sehnsucht in der Stimme. Aber wer weiß, vielleicht habe ich sein Verhalten falsch gedeutet.

Die Sonne ist nun fort, geblieben ist nur ein rötlich violetter Streifen am Horizont. Die schwarzen Silhouetten fliegender Vögel heben sich wie Scherenschnitte davon ab. Ich frage mich, ob unter ihnen ein Falke ist.

»Aber es ist unsere einzige Möglichkeit«, sagt Aureljo Minuten später. »Wir können nicht hierbleiben und allein in der Wildnis schaffen wir es nicht. Dass wir sterben, ist also wahrscheinlich, aber wenn wir in eine Sphäre gehen, besteht wenigstens die Chance, dass wir herausfinden, weswegen. Ich will hören, was sie uns vorwerfen, ich ertrage diese Ungewissheit nicht.«

In diesem Punkt sind wir uns zumindest einig. Doch was unser Überleben in der Außenwelt angeht, bin ich optimistischer. Häuser, die sich bewohnen lassen. Sonne, fast jeden Tag. Regen, der den Schnee fortwäscht. Tauwetter. Wir haben eine Chance.

29

In der Halle läuft mir Tomma über den Weg. Gemeinsam mit einem Prim-Mädchen trägt sie eine Plastikwanne voller flacher Klumpen herein, die merkwürdig riechen. Das Mädchen wirkt ihr gegenüber nicht feindselig, im Gegenteil, die beiden lachen und verstehen sich offenbar bestens.

Als Tomma die Halle wieder verlassen will, halte ich sie an der Tür auf. »Wo steckst du die ganze Zeit? Wir haben uns Sorgen gemacht.«

Sie strahlt mich an, ihre Fröhlichkeit ist echt. »Das müsst ihr nicht. Mir geht es gut, wirklich.« Sie will weiter, aber ich halte sie am Arm fest. Die Gelegenheit ist günstig, es sind kaum Leute hier und die wenigen beachten uns nicht.

»Lassen sie dich nicht mehr zu uns? Warum warst du nicht mehr im Keller? Nur wegen Yann?«

Ihr Blick, der auf den Boden gerichtet ist, die verlegene Geste, mit der sie sich die Haare aus der Stirn streicht, das alles sagt mir genug. Es war ihre eigene Entscheidung.

»Ich weiß, es ist schwer zu verstehen«, sagt sie zögernd. »Aber ich fühle mich hier so lebendig. Die Leute sind ganz anders als zu Hause.« Jetzt sieht sie mir in die Augen. »An der Akademie ist es nur um Leistung gegangen, um Punkte, um den Platz in der Reihung. Und weißt du, hier arbeiten auch alle hart, aber sie haben auch wirklich etwas von dem, was sie tun. Fleisch oder Wolle oder Brennstoff. Und wenn sie mit der Arbeit fertig sind, gehört die Zeit ihnen allein.« Ihr Blick bekommt etwas Herausforderndes. »Soll ich dir erzählen, was ich heute gemacht habe? Getrocknete Ziegenscheiße zu Briketts gepresst. Die werden verheizt. Und es war zwar eklig, aber das hat mich keine Sekunde lang gestört. Und die Leute sind so anders als bei uns. Irgendwie … echter. Und nicht nur deshalb, weil sie keine Vitros sind.«

Ich verstehe, was sie meint, trotzdem kann ich mir ein Lächeln nicht verkneifen. »Sagt jemand, der erst wieder einen Fuß aus den Sphären setzen wollte, wenn der letzte Prim tot ist.«

Ihre Augen werden groß und sie wirft einen hektischen Blick über die Schulter. »Sag so etwas nicht. Ich hatte eben Angst und habe sie immer noch, wenn ich an die Schlitzer denke. Oder an die Scharten. Wir haben heute wieder ein paar von ihnen gesehen, mit Schleudern. Yann sagt, wenn sie dich mit einem Stein am Kopf treffen, kannst du tot sein.«

Yann. Der wütende Prim mit der Keule. Er ist mir unter Tommas neu gefundenen Freunden der größte Dorn im Auge. *Trau ihm nicht*, möchte ich sie warnen, aber das hätte keinen Sinn. Wenn sie seinen Namen sagt, leuchten ihre Augen, dagegen habe ich keine Chance.

»Was wäre, wenn wir einen Weg finden würden, in die Sphären zurückzugehen?«, frage ich sie stattdessen. Ich hoffe, dass sie die Idee genauso verrückt findet wie ich, aber so weit denkt Tomma gar nicht mehr.

Erst beißt sie sich auf die Lippe, dann schüttelt sie entschlossen den Kopf. »Dort könnte ich jetzt nicht mehr atmen.«

Bei den anderen stößt die Idee, eine Rückkehr zu versuchen, auf mehr Zustimmung. In der Dunkelheit unseres Kellers erzählt Aureljo, was er über Vienna 2 gehört hat.

Das Essen in der Halle war heute Abend eine bedrückende Erfahrung für uns. Der blanke Hass, den die Noraner uns entgegenbringen, war schwer auszuhalten. Obwohl Fürst Vilem noch einmal den Frieden der Halle beschworen hat, war ihm anzusehen, dass er Verständnis für die Wut der Überlebenden hat. Als einer von ihnen Tycho so heftig anrempelte, dass er zu Boden ging, griff der Clanfürst nur halbherzig ein, im Gegensatz zu Sandor, der den Angreifer vor die Tür setzte.

Sogar Fleming, dessen Fertigkeiten die meisten der Überlebenden ihre gerichteten Knochen und verbundenen Wunden verdanken, wurde von einem kleinen Jungen angespuckt.

»Aureljo hat recht, wir können nicht hierbleiben«, meint Tycho. »Was soll das für ein Leben sein? Von allen verachtet, ohne Perspektive. Gestern habe ich Sandor erzählt, dass ich ein Aufgelesener bin, aber es war ihm völlig egal. Sie hassen uns und ich kann es sogar verstehen.«

»Das muss ja nicht so bleiben«, meldet sich Dantorian zu Wort. »Sieh dir Lennis an, er ist einer von ihnen geworden.«

»Ja, aber er ist übergelaufen. Freiwillig. Uns haben sie gefangen genommen.«

»Wir gehen auf keinen Fall zurück.« Fleming hat den ganzen Abend über kaum gesprochen, man sieht ihm die Erschütterung über das, was er bei den Flüchtlingen gehört und erlebt hat, an. »Egal, was wir tun, wir halten uns von den Sphären fern. Sie werden uns nicht schonen, Aureljo. Siehst du denn nicht, was sie alles tun, um uns zu töten? Sogar jetzt noch, hier draußen?«

Wir sollten auf Fleming hören, denke ich, während mir die Augen zufallen. Er schätzt die Situation richtig ein, er wird Aureljo überzeugen und die anderen sowieso ... Er wird ... Weitere Gedanken bekomme ich nicht mehr zustande, ich bin zu müde.

Irgendwann höre ich jemanden »Salvator« sagen oder »Salvator überprüfen«. Aber vielleicht träume ich das auch nur.

Am nächsten Morgen nimmt Tomma mich mit zu den Ziegen. Sie haben sie als Hirtin eingeteilt, gemeinsam mit anderen Mädchen – eins davon erkenne ich wieder, von meinem kurzen Abstecher in die Nähkammer. Es ist das Mädchen mit den versengten Haaren und sein Name ist Dinah, wie ich jetzt erfahre.

»Verrate ihr nichts«, zischt sie, als Tomma mir die anderen vorstellt. »Yann sagt, sie sind Spione.«

»Sind sie nicht und das hat er längst begriffen. Außerdem bin ich eine von ihnen, hast du das vergessen?«

»Stimmt gar nicht«, protestiert Dinah. Im nächsten Moment ist sie davongesprungen, einem flüchtigen Zicklein hinterher.

»Ist das wahr?«, frage ich. »Ist Yann vernünftig geworden?«

»Natürlich. Er ist klug, aber er hasst die Lieb... die Sphärenbewohner. Uns. Sie haben fast seine ganze Familie getötet.« Sie sieht mich kurz von der Seite an und wischt sich mit der Hand über die Nase. »Dafür hat er schon acht Sentinel erledigt, sagt er. Er unterscheidet genau, verstehst du? Wir sind nur Bewohner, das ist etwas anderes. Wir tragen keine Waffen.«

Leider, denke ich, als kurz darauf eine Gruppe Scharten auf einer Hügelkuppe auftaucht. Sie haben es auf die Ziegen abgesehen, die mit zurückgezogenen Lippen an den zartgrünen Trieben der jungen Fichten knabbern.

»Feindclan!«, kreischt Dinah, doch die vier Jäger, die uns als Beschützer mitgeschickt wurden, haben die Scharten ohnehin schon entdeckt. Sie feuern einige Pfeile auf sie ab und die Eindringlinge ziehen sich hinter die nahe stehenden Ruinen zurück.

»Die kommen wieder«, meint Dinah.

Und nur, weil ich mich zu ihr umwende, sehe ich den Stein. Er fliegt in einem perfekten Bogen auf uns zu, nein, auf sie, und er ist schneller als jede Warnung, die ich ausstoßen könnte.

Ich reiße Dinah um, auf mich zu, sie stolpert und fällt, ohne etwas von dem Geschoss mitzubekommen, das über sie hinwegfliegt. Sie landet direkt auf mir, ihr Gewicht nimmt mir sekundenlang den Atem.

»Bist du verrückt, du Scheißliebling!«, brüllt sie. Ihre Hände schlagen auf mich ein und ich habe große Mühe, ihre Arme zu fassen zu bekommen.

»Sie haben auf dich geschossen«, keuche ich. »Mit einer Schleuder.«

Zunächst glaubt sie mir nicht, wehrt sich gegen meinen Griff, fletscht die Zähne und spuckt, doch dann hebt eine der anderen Hirtinnen den Stein auf, der eine tiefe Spur in die Erde gerissen hat. Er ist keilförmig und an einer Seite so spitz, dass er in Fleisch und Knochen stecken bleiben würde.

Dinahs Entschuldigung besteht aus einem bösen Blick und unverständlichem Gemurmel. Egal. Mir ist schwindelig und mein Herz pumpt wie verrückt. Ich setze mich auf einen kleinen Fels, der wie eine Klippe aus dem matschigen Boden ragt, und atme tief durch. Etwas ist anders. Die flirrenden dunklen Punkte vor meinen Augen zum Beispiel, aber das ist nicht alles. Es ist …

Unbewusst habe ich auf das Signal meines Salvators gewartet.

Wäre er intakt, müsste er längst vibrieren. Eventuell sogar Alarm schlagen, in den letzten Tagen hat er ab und an noch Lebenszeichen von sich gegeben. Ich taste danach, spüre die breite Manschette deutlich am linken Handgelenk. Wenn er bei meiner derzeitigen Pulsfrequenz nicht reagiert, wird er es wohl nie wieder tun.

Durchatmen. Ich beuge mich vor, stecke den Kopf zwischen die Knie, bis das Schwindelgefühl nachlässt. Es ist merkwürdig, ich bin bedrückt und gleichzeitig erleichtert. Von nun an werde ich meine Körpersignale immer selbst deuten müssen. Keine Warnungen mehr – die Empfehlungen, die Essen, Schlaf und Flüssigkeitszufuhr betreffen, haben ohnehin schon vor Tagen aufgehört.

Keine Warnungen mehr, hallt mein eigener Gedanke in meinem Kopf nach.

Werde ich noch Nachrichten empfangen können?

Ich frage Aureljo, was er davon hält, nachdem wir Stunden später die Ziegenherde vollständig und wohlbehalten zurückgebracht haben. Er selbst war mit den Jägern unterwegs und ist besorgt, weil sie so viele Wolfsspuren entdeckt haben.

»Tycho meint, die Geräte seien empfindlich und sollten nicht verschmutzen«, sagt er. »Meinen hat Andris ja zerstört, aber ich glaube, dass auch die von Fleming und Tomma längst aufgehört haben, Signale von sich zu geben.«

»Gestern, kurz bevor ich eingeschlafen bin, hat da nicht irgendjemand über die Salvatoren gesprochen? Worum ging es da?«

Einen Moment lang muss Aureljo nachdenken. »Fleming wollte unsere Werte abfragen, insbesondere die von Dantorian. Sein Salvator hat noch einigermaßen brauchbare Daten geliefert und die gute Nachricht ist, dass wir beruhigt sein können, was sein Bein betrifft. Keine Infektion, kein Fieber.«

Dann wird er bald wieder laufen können. Trotzdem bin ich eher enttäuscht als erleichtert. Eine Botschaft aus den Sphären wäre mir lieber gewesen. Nun ist vermutlich der letzte Faden gerissen, der mich mit meinem früheren Leben verbunden hat.

Vielleicht ist es aber auch gut so.

»Ria, schau nicht so traurig.« Aureljos Arme, die sich um mich legen, sein vertrauter Geruch, sein ruhiger, kräftiger Herzschlag.

»Ich bin nicht traurig«, murmele ich gegen seine Brust. »Das ist ja das Komische. Nur ratlos und wütend. Ich hasse es, nicht zu wissen, warum wir in dieser Lage sind.«

»Erinnere dich«, murmelt Aureljo, den Mund in meinem Haar vergraben. »Du selbst hast zu Beginn von einer Intrige gesprochen. Jemand, der so etwas einfädelt, muss dafür sorgen, dass wir im Dunkeln tappen und keine Chance haben, die Hintergründe aufzudecken.«

Ich habe lange nicht mehr an Tudor gedacht, aber plötzlich sehe ich ihn ganz deutlich vor mir. Das nach hinten gestrichene dunkle Haar, die spöttischen Mundwinkel, der durchdringende Blick. Tudor, die Nummer 2, jetzt vermutlich die Nummer 1. Ob er nachts gut schlafen kann?

»Außerdem«, fügt Aureljo hinzu, und ich kann fühlen, dass er ein Lachen unterdrückt, »stecken wir mittlerweile ja wirklich mit den Außenbewohnern unter einer Decke. Wir sammeln für sie Rohstoffe, befreien ihren Boden von Schnee und du hast heute ihre Ziegen gehütet.« Er hält mich ein Stück von sich weg und ich kann nicht anders, als in sein Lachen einzustimmen, obwohl mir überhaupt nicht danach zumute ist.

Es stimmt, wir haben *nicht genehmigten Kontakt zu sphärenfremden Zivilisationsgruppen*, wie es in der Amtssprache der Sphären heißt. Dafür kann man abgemahnt werden und in schweren Fällen wird man bestraft.

Ich küsse Aureljo auf den Hals, den Mund, die Stelle unter seinem Ohr, wo meine Lippen die dünne weiße Linie einer Operationsnarbe finden. »Endlich ein Vorwurf, der sich greifen lässt.«

Ich sehe Quirin und Fiore auf der freigewaschenen Straße näher kommen, als ich gerade nach einem Versteck für mein Schreibpapier suche. Im Keller ist es nicht sicher. Was ich brauche, ist ein unbewohntes Gebäude, das nicht aussieht, als würde es jede Minute einstürzen, und in dem sich ein trockener, wettergeschützter Fleck findet.

Dass ausgerechnet Quirin und Fiore mich suchend umherstreifen sehen, ist mir unangenehm. Wenn ich das Papier nicht unterschlagen hätte, wäre es vermutlich bei ihnen gelandet.

»Ria.« Quirin reicht mir die Hand und ich erwidere den festen Druck ebenso wie seinen konzentrierten Blick, mit dem er mich mustert. Ein wenig erinnert es mich daran, wie die Chirurgen im Medcenter mich begutachtet haben, bevor sie mir die Schnittlinien für die geplante OP ins Gesicht zeichneten.

»Ich möchte mit Aureljo sprechen«, erklärt Quirin. »Kannst du mir sagen, wo ich ihn finde?«

»Er hilft dabei, Fleisch in der Räucherkammer aufzuhängen.«

»Gut, dann weiß ich, wo ich suchen muss.« Noch hat Quirin meine Hand nicht losgelassen. Wir stehen einander gegenüber und er forscht in meinem Gesicht. Wartet er darauf, dass ich den Blick abwende?

»Wie alt bist du, Ria?«, fragt er, als er endlich seinen Griff um meine Hand löst. »Siebzehn? Achtzehn?«

»Achtzehn. Ich hätte im nächsten Jahr die Akademie beendet.«

»Ich verstehe. Und Tomma?«

»Sechs Monate älter als ich. Wir hätten gleichzeitig unseren Abschluss gemacht.« *Hätten.* Manchmal nimmt mir die Trauer um die verloren gegangenen Möglichkeiten fast den Atem.

»Ein halbes Jahr nur. Kaum zu glauben. Aber Tycho ist jünger als ihr anderen, nicht?«

Wieso interessiert ihn das so? »Ja, noch nicht ganz sechzehn.« Ich überlege, ob ich Quirin mehr anvertrauen soll, und finde die Vorstellung reizvoll. Ich bin neugierig auf seine Reaktion. »Sein genaues Geburtsdatum kennt er selbst nicht. Tycho ist ein Aufgelesener.«

Das leichte Zucken seines Kopfes verrät Quirins Überraschung. »Ein was?«

»Ein Aufgelesener. Das heißt, er wurde von seinen Eltern vor einer der Sphären ausgesetzt. Das passiert oft, und jetzt, nachdem ich selbst erlebt habe, wie schwierig euer Leben ist, verstehe ich es.« Das schreiende Mädchen fällt mir ein, das Mädchen, das ich zu Baja geschickt habe. Es fühlt sich an, als sei das Jahre her.

Bitteres Lachen. Es ist Fiore, die ein Stück hinter Quirin steht, kopfschüttelnd und mit verschränkten Armen. »Aufgelesen«, zischt sie.

»Ruhig, Fiore.« Schwingt da eine Warnung in Quirins Stimme mit?

»Sie glauben wirklich, wir setzen unsere Kinder aus, sie –«

»Ruhig, sagte ich. Das soll ja tatsächlich schon passiert sein, nicht wahr?«

Fiore verstummt.

»Allerdings«, stimme ich zu, froh darüber, endlich etwas Gutes über die Sphären erzählen zu können, von dem ich sicher sein kann, dass es wahr ist. »Wir kümmern uns um diese Kinder, sie wachsen auf wie wir Vitros. Und wenn sie begabt sind, haben sie alle Chancen auf eine Karriere. Tycho ist einer von ihnen.«

Es ist hochinteressant zu beobachten, wie es hinter Quirins Stirn arbeitet. »Weißt du, wo er aufgelesen wurde?«

»Nein. Aber auf jeden Fall nahe einer Sphäre. Das machen die Mütter immer so. Sie sorgen dafür, dass die Kinder nicht erfrieren, bevor sie gefunden werden.«

Eigentlich müsste Quirin das wissen, aber er nickt nicht bestätigend, sondern verschränkt die Arme vor der Brust. »Wie beruhigend. Und ihr anderen, ihr Vitros, ihr nehmt Tycho seine primitive Herkunft nicht übel?«

»Nein.« Ich wähle meine Worte sorgfältig. »Das steht uns nicht zu. Er wurde ja von den Sphären großgezogen. Damit ist er uns gleichgestellt.«

»Euch Elternlosen. Gezeugt im Reagenzglas, herangewachsen in einer künstlichen Gebärmutter.« Ist das Mitleid, was ich da aus Quirins Worten heraushöre?

»Ohne Familie aufgewachsen. Wart ihr sehr einsam?«

»Nein.« Ich denke an mein Zimmer zurück, an das Bild mit der Blume. Sonnenblume.

Die Dämmerung weicht allmählich der Dunkelheit und das Gespräch hat mich in merkwürdig sentimentale Stimmung versetzt. Als ich den Weg zum Clangebäude einschlage, folgen mir Quirin und Fiore.

»Das ist gut«, knüpft Quirin an meine einsilbige Antwort an.

»Kein Kind sollte ohne jemanden aufwachsen müssen, der es liebt.«

Hat Baja mich geliebt? Ja. Natürlich. Hätte sie es nicht getan, wäre ich nicht so glücklich gewesen.

»Familien«, erkläre ich Quirin dennoch, »werden überschätzt. Eltern stehen ihren eigenen Kindern zu nah, um sie optimal fördern zu können. Bei uns war das anders und es war gut.«

Ich erwarte Widerspruch, doch der kommt nicht. Quirin scheint vollauf damit beschäftigt zu sein, einen Fuß vor den anderen zu setzen.

Als wir bei der Halle ankommen, legt er mir eine Hand auf die Schulter. Gleich wird er etwas sagen, etwas Bedeutsames und Wichtiges. Ich kann es in seinem Gesicht sehen, doch es kommt nichts über seine Lippen. Er drückt nur meine Schulter, dann dreht er sich um und geht hinein.

Quirins Anwesenheit mildert den Unwillen, der uns von allen Seiten entgegenschlägt, nur geringfügig, aber niemand bespuckt oder beschimpft uns, solange er zwischen uns an der Tafel sitzt.

Um uns herum brodelt die Gerüchteküche. Weitere Schlitzer sind angeblich gesehen worden und sie sollen Sentinel-Waffen bei sich haben. Schockstäbe. Gewehre.

Ein Clanmitglied ist von einem Stein verletzt worden und man vermutet, dass es Scharten waren. Doch unterschwellig klingt mit, dass wir an den Zwischenfällen schuld sind.

»Sie bringen Unglück«, höre ich einen der Jäger sagen. »Bevor wir sie aufgenommen haben, war es monatelang friedlich.«

»Ein Fehler, ich habe es gleich gesagt«, meint ein zweiter.

Der Rest des Gesprächs wird leiser geführt, ganz offensichtlich sollen wir nichts davon mitbekommen. Die Blicke der beteiligten Männer huschen jedoch wieder und wieder zu uns.

Wie lange werden uns Quirins Worte noch schützen, bevor die Prims doch beschließen, uns im Keller zu besuchen und ihre Knüppel mitzubringen?

»Es wird nicht mehr lange gut gehen.« Quirin spricht aus, was ich denke.

Bisher sind die Dinge glimpflich verlaufen, keiner der Dornen wurde ernstlich verletzt oder gar getötet. Sollte das passieren, glaube ich nicht, dass uns Quirins Recht der Drei oder das Gesetz des alten Rates helfen wird, und schon gar nicht Vilems Frieden der Halle.

Unwillkürlich lasse ich meinen Blick über das Gedränge schweifen und entdecke Sandor. Er sitzt neben dem Fürsten und überragt ihn um einen halben Kopf. Als er bemerkt, dass ich ihn ansehe, hebt er schmunzelnd die Hand und macht das Zeichen für Wildschwein. Vermutlich soll mich das aufheitern und ich fühle tatsächlich so etwas wie Wärme in mir aufsteigen, also lächle ich zurück.

»Wenn ihr zu mir in die Bibliothek kommen würdet«, fährt Quirin fort, »wärt ihr sicher. Niemand aus dem Clan würde euch dort etwas antun. Die Wissenssammlung ist ein Ort des Friedens.«

Ich könnte schwören, da ist Fürsorge in seinen Augen. Wirklich geschickt. Wir mögen ihn schon jetzt und bald werden wir ihm aus der Hand fressen.

»Ihr könntet mir helfen, die Bestände zu sichten und neue Funde zu ordnen«, fährt Quirin fort. Er beugt sich nach vorne, streicht Tycho das Haar aus der Stirn und nickt nachdenklich. »Du wärst sicher ein guter Botenjunge, würdest dich rasch in den unterirdischen Schächten zurechtfinden. Schnell auf den Beinen, oder? Du bist bald sechzehn, sagt Ria?«

»Ja.« Die vertrauliche Berührung irritiert Tycho sichtlich. Niemand in den Sphären würde jemanden, den er kaum kennt, einfach anfassen. Aber er reagiert richtig, zuckt kaum zusammen, trotzdem zieht Quirin seine Hand zurück.

»Und du?«, erkundigt er sich bei Fleming.

»Neunzehn.«

»Aha. Ebenso wie Aureljo, wenn ich recht informiert bin.«

»Ja«, sagt der irritiert. »Darf ich fragen, wieso unser Alter so wichtig ist?«

»Ich möchte euch einschätzen können. Der äußere Anschein ist bei Lieblingen oft trügerisch.« Er deutet lächelnd auf die blasse Operationsnarbe an Aureljos Haaransatz.

Wieder einmal denke ich, dass Quirin einen guten Mentor abgegeben hätte, seine Beobachtungsgabe ist ausgeprägt und sein Wissenshunger gewaltig. Als hätte er selbst einmal in einer Sphäre gelebt. Er ist der untypischste Prim, der mir bislang begegnet ist.

»Ein sehr freundliches Angebot, uns in der Bibliothek arbeiten zu lassen«, meint Aureljo. »Allerdings glaube ich nicht, dass ich es annehmen werde.«

»Ach?« Quirin schmunzelt. »Du hast andere Pläne?«

»Ja.«

Das Wort hängt in der Luft, eine einzige Silbe, vollgepackt mit Entschlossenheit. Quirins Miene wird ernst.

»Wir sollten uns ungestört unterhalten.« Er steht auf, richtet seinen weißen Mantel und führt uns in einen Nebenraum, in dem Felle zum Trocknen aufgespannt sind.

»Und wie sehen diese Pläne aus?«

Aureljo holt tief Luft. »Für den Clan sind wir eine Bürde. Wenn ihr uns gehen lasst, werde ich versuchen, die nächste Sphäre zu erreichen.«

Also hat er eine Entscheidung getroffen. Einfach so, über unsere Köpfe hinweg.

Er sieht niemanden von uns direkt an. Verstehe. Er will weder, dass wir uns verpflichtet fühlen, ihm zu folgen, noch, dass wir versuchen, ihn davon abzubringen.

»Da mache ich auf keinen Fall mit«, platzt Tycho heraus. »Das bisschen Sicherheit aufgeben, das wir uns so hart verdient haben? Wieso willst du das tun?«

»Das wird er nicht.« Fleming ist blass geworden. »Nicht wahr, Aureljo? Du weißt, dass das verrückt wäre.«

Aureljos Blick ruht auf einem hellgrauen Fell, das einmal einem riesigen Wolf gehört haben muss. An den Pfoten ist es so weiß wie Quirins Bart.

»Es ist nicht verrückt, sondern das einzig richtige Vorgehen.« Er hebt den Kopf, und da ist es wieder, sein Charisma, das ihn zur Nummer 1 gemacht hat. Ich kenne ihn schon lange, doch zum ersten Mal sehe ich, wie er es sich förmlich überstülpt. Als er jetzt lächelnd in die Runde sieht, ist es fast unmöglich, an ihm zu zweifeln. Tycho beißt sich auf die Lippe.

»Ich bin doch nicht dumm«, sagt Aureljo. »Ich weiß, dass der Sphärenbund uns jagt. Aber seit ich hier bin, habe ich eins gelernt: Ein Wild, das einem den Rücken zuwendet und flieht, tötet man leichteren Herzens als eins, das stehen bleibt und sich stellt.«

Seine Körperhaltung, seine Stimme, seine Selbstsicherheit – ich weiß, welche Techniken er einsetzt, trotzdem funktionieren sie auch bei mir. Er hat unrecht, aber ich will ihm zustimmen. Ich kneife mir fest in die weiche Seite meines Unterarms.

»Ich will ein Gerichtsverfahren nach den Gesetzen der Sphären, in dem uns erklärt wird, was wir verbrochen haben sollen. Irrtümer sind da, um sie aufzuklären.«

Dantorian ist schon auf seiner Seite, er lächelt, humpelt einen Schritt auf Aureljo zu. Tycho ist zumindest verunsichert.

Nur Fleming protestiert. Er hat seine Hände zu Fäusten geballt, so fest, dass die Knöchel weiß hervortreten. »Du bringst uns damit alle um, ist dir das klar? Auch wenn du ganz allein nach Vienna 2 gehst, edel und aufrecht, ganz die Nummer 1.« Er schließt kurz die Augen. Öffnet sie wieder. »Sobald du die Sphäre betrittst, sperren sie dich ein. Du bekommst kein ordentliches Verfahren oder ein Gespräch, sondern Wahrheitsserum. Und rate mal, was sie dich als Erstes fragen werden?«

Wahrheitsserum. An Aureljos gerunzelter Stirn lese ich ab, dass er daran nicht gedacht hat.

»Sie werden dich fragen, wo wir anderen stecken«, gibt Fleming sich selbst die Antwort. »Und du wirst es ihnen sagen, ob du willst oder nicht. Mit sämtlichen Details, die dir einfallen.«

Damit nimmt er Aureljo den Wind aus den Segeln. »Ich würde nie …«, beginnt er, beendet den Satz aber nicht. Manche Dinge kann man einfach nicht garantieren.

Quirin hat die Diskussion mit hellwachen Augen verfolgt. »Ich finde Aureljos Idee ausgesprochen gut«, sagt er und ein kaum wahrnehmbares Lächeln umspielt seine Lippen. »Vorausgesetzt natürlich, alles ist durchdacht. Dann kann man lange Zeit in einer Sphäre leben, ohne aufzufallen. Ich habe das selbst ein Jahr lang getan.«

Alle Köpfe wenden sich ihm zu.

»Sie haben in einer Sphäre gelebt?« Tycho kann es nicht fassen. »Aber ... ich habe bei uns nie einen Pri... einen Außenbewohner gesehen. Nie!«

Quirin lächelt verschmitzt. »Wie oft warst du bei den Wäschern, den Reinigern, den Entsorgern? Hast dich mit ihnen unterhalten? Es gibt Mittel und Wege, um in eine Sphäre zu gelangen und unbeschadet von dort wieder zu verschwinden. Und es gibt auch Mittel und Wege, für einige Zeit dort zu leben. Unerkannt.«

»Wie?«

Quirin winkt ab. »Es ist nicht allein mein Geheimnis, daher werde ich es nicht verraten. Aber ihr könnt mir glauben: Es ist möglich.«

Damit, dass Aureljos irrwitziger Plan aus dieser Ecke Unterstützung bekommt, habe ich nicht gerechnet.

»Nur, dass Aureljo nicht ungesehen kommen und wieder verschwinden, sondern mit jemandem sprechen will. Ein kleiner Unterschied, nicht?«, werfe ich ein.

Doch meine Einwände werden abgeschmettert. Quirins Erklärung eröffnet Aureljo ganz neue Möglichkeiten. Ich kenne ihn, jetzt wird es fast unmöglich sein, ihn von seinem Vorhaben abzubringen. Allein die Idee, in der Sphäre einen Verbündeten zu finden, sich der Wahrheit zu nähern und uns Gerechtigkeit zu verschaffen, dafür wird er jedes Risiko in Kauf nehmen.

»Wenn ich erst einmal in der Sphäre bin, kann ich mich bei der Wochenversammlung einschleichen und vor zweihundert, dreihundert Menschen unsere Geschichte erzählen.« Er sieht die Szene schon vor sich, die Festhalle, die Zuhörer. Sich selbst, wie er sich zu erkennen gibt. »Danach können sie mich nicht mehr wegsperren, ohne dass es Aufsehen erregt und Fragen gestellt werden.« Er lacht. Endlich gibt es eine Perspektive. Etwas, worauf er hinarbeiten kann, und mit Dantorian hat er zumindest einen begeisterten Unterstützer.

»Leute, ich brauche auf jeden Fall ein gut ausgerüstetes Medcenter, wenn ich will, dass mein Bein wieder richtig in Ordnung kommt. Ich habe die ganze Zeit über stillgehalten, aber in Wahrheit will ich schon lange zurück. Wir sind für hier draußen nicht gemacht, und auch wenn ihr es lächerlich findet, mir fehlen meine Instrumente so sehr, meine Farben und Pinsel …«

Fleming bricht in etwas aus, das Gelächter ähnelt, in dem aber so viel Verzweiflung steckt, dass man ein neues Wort dafür erfinden müsste. »Dir fehlen«, er keucht, »dir fehlen deine Farben? Bald wird dir dein Leben fehlen! Du glaubst doch nicht, dass sie uns einfach zurückkehren lassen, nach allem, was war? Nach allem, was wir jetzt wissen? Dass sie sagen: Oh, tut uns leid, war ein peinlicher Irrtum. Alles wieder gut.«

»Nein, aber –«

Doch Fleming beachtet ihn nicht weiter, er weist mit dem Zeigefinger auf Quirin. »Und Sie! Sie wollen Aureljo unterstützen, das glaube ich gern! Wissen Sie was, ich verstehe sogar, dass Sie uns loswerden wollen und dass es Ihnen egal ist, was mit uns passiert.«

Mit vor der Brust verschränkten Armen lässt Quirin Flemings atemlose Anschuldigungen über sich ergehen. »Du irrst dich. Es ist mir ganz und gar nicht egal, was mit euch passiert. Sonst würde ich euch wohl kaum meine Hilfe anbieten.«

»Hilfe, von wegen!« Fleming wirbelt herum, als hoffte er, hinter sich jemanden zu finden, der ihm zur Seite steht, und wirft dabei einen Tonkrug um, aus dem Reste von Schmelzwasser rinnen. »Ein Todesurteil, das ist es! Die Clans sind uns nicht wohlgesonnen und nach allem, was ich erfahren habe, kann man ihnen daraus auch keinen Vorwurf machen. Aber der Sphärenbund will uns gezielt töten. Daran kann kein Zweifel mehr bestehen, oder?« Er sieht uns, einem nach dem anderen, durchdringend in die Augen, wartet, bis wir nicken.

Die Erinnerung an die farblosen Sentinel in der Magnetbahn wird in meinem Kopf wieder so lebendig, als wäre der Überfall erst gestern passiert.

»Unsere einzige Chance ist es, uns von den Sphären fernzuhalten. Stillzuhalten, als wären wir tot. Direkt in eine Sphäre hineinzumarschieren wäre völlig irre! Du hast einen Sentinel getötet, Aureljo. Gut möglich, dass sie dir auch den Tod der vier vom Kommando in die Schuhe schieben werden. Sie sind nicht dumm. Wenn sie dich erst mal haben, ist es vorbei.«

Neben mir versteift Aureljo sich. »Wie du meinst. Trotzdem werde ich nach Vienna 2 gehen. Wir können nicht ewig davonlaufen und man ist uns Antworten schuldig.«

Heute werde ich es keinesfalls mehr schaffen, ihm diesen Unsinn auszureden, aber wenn er noch mal darüber geschlafen hat, muss ich mein Glück erneut versuchen. Ich werde nach und nach Zweifel in ihm säen, meine Argumente zum richtigen Zeitpunkt und an den richtigen Stellen anbringen. Umstimmung und Überredung. Tycho ist auf meiner Seite, Dantorian ist ohnehin leicht zu beeinflussen und Fleming … wirkt, als wollte er Aureljo schlagen.

»Du wirst uns noch alle umbringen«, stößt er hervor. »Wie hast du es nur jemals zur Nummer 1 gebracht? Bist du lebensmüde?«

Fleming richtet sich zu seiner vollen Größe auf. »Oder bist du gar nicht auf unserer Seite? Willst du, dass sie uns schnappen?« Er dreht sich um und geht, seine Schritte hallen über den Gang, verklingen.

»Ich sollte ihm nachgehen.« Mit zusammengepresstem Mund humpelt Dantorian zur Tür, er kann sein Bein immer noch nicht richtig belasten. Dort bleibt er stehen, zuckt hilflos mit den Schultern. »Ich möchte ihn jetzt ungern allein lassen. Er hat mir so sehr geholfen in den letzten Tagen.«

Tycho nickt verständnisvoll. »Er hat höllische Angst. Fleming, meine ich. Mir geht's ähnlich.« Ein böser Blick zu Aureljo. »Vor allem, seit ich weiß, dass die Nummer 1 unsere Entscheidungen nun allein trifft.« Er ergreift Dantorians Arm und stützt ihn beim Hinausgehen. Zurück bleiben Quirin, Aureljo und ich.

»Wieso?« Meine Frage geht an Quirin, der nachdenklich zur Tür blickt. »Wieso wollen Sie uns gehen lassen? Erst beanspruchen Sie uns für sich, schön, das war zu unserem Schutz und weil wir Ihnen eventuell bei Ihren Studien helfen können. Und auf einmal helfen Sie Aureljo dabei, den schlimmsten Fehler zu begehen, der möglich ist?«

Er sieht mich an. Manchmal liegt in einem Blick so viel, dass es fast unmöglich ist, alles zu erfassen. Ich sehe Verständnis, Traurigkeit, Hoffnung und noch etwas anderes, das so schnell wieder verschwindet, dass ich es nicht deuten kann.

»Ihr seid wertvoll für mich, hier«, antwortet Quirin. »Besonders du, Ria, mit all deinem Wissen um Verständigung und Sprache. Aber in den Sphären seid ihr für uns ein ungeahnter Hoffnungsschimmer, vorausgesetzt, man lässt euch am Leben. Ihr habt selbst erlebt, was der Sphärenbund tut, und ihr könnt von dieser Erfahrung berichten. Ich glaube gern, dass die Menschen in den Sphären nicht wissen, was hier draußen passiert. Ihr könnt das ändern und die gutwilligen Sphärenbewohner aufrütteln, durch euer Wissen und eure Worte. Das wäre eine Revolution.« Er lächelt mich an. »Natürlich ist es gefährlich, aber du wirst verstehen, dass ich vor allem an meine eigenen Leute denken muss. Wenn Aureljo Erfolg hat, wird alles anders.«

30

Wir sprechen nicht viel miteinander, die nächsten Tage. Ebenso wie ich versucht Fleming noch ein paarmal, Aureljo von seinem Vorhaben abzubringen, doch der steckt schon mitten in der Planungsphase und sprüht regelrecht vor Energie. Gemeinsam mit Quirin fertigt er Zeichnungen an – auf altem Papier aus der Bibliothek. Meins halte ich weiterhin versteckt. Ich denke nicht daran, es für einen Plan zu opfern, dessen Ausführung ich um jeden Preis verhindern will.

Obwohl ich auf seiner Seite bin, redet Fleming nicht mehr mit mir. Meine Armwunde versorgt er noch, und sie heilt besser, als ich es zu hoffen gewagt hätte. Doch auch dabei schweigt er mich an.

Schon die Tatsache, dass ich immer noch Aureljos Hand halte und wir nachts einen Schlafplatz teilen, scheint ihn zu verbittern und als Grund für Misstrauen zu genügen.

»Ein Haufen Lieblinge letzte Nacht«, sagt Andris an einem der nächsten Tage zu mir. Er hat mich wieder für die Sucher rekrutiert und uns auf zwei Häuser aufgeteilt, eins davon dürfte früher ein Markt gewesen sein. Eine uralte Blechtafel an der Wand zeigt verblasste Bilder von schokoladenüberzogenem Eis.

»Halte die Augen auf, du. Vielleicht siehst du einen von denen –

du weißt ja angeblich, was sie denken. Und dann erklär mir, warum die sich so drollig verhalten. Bleiben immer in sicherer Entfernung, aber glotzen rüber. Der Than meint, sie warten auf eine gute Gelegenheit zum Angriff.« Andris' schnaubendes Lachen klingt, als würde Luft aus einem sehr großen Blasebalg gepumpt. »Aber Lennis sagt, in dem Fall würden sie sich anders benehmen.« Er stupst gegen meine Schulter und ich vermute, es ist freundschaftlich gemeint, trotzdem stolpere ich drei Schritte zurück.

»Wenn man vom Teufel spricht!« Er nimmt seinen Bogen vom Rücken und deutet mit der anderen Hand die breite Straße entlang, dorthin, wo sie sich zwischen den Ruinen verliert. Ein grauer Schatten huscht von einer Seite zur anderen, gefolgt von drei weiteren.

So schnell ich kann, verberge ich mich im Hauseingang. »Ja, das sind Sentinel.« Die mich hoffentlich nicht gesehen haben. Ich hole tief Luft. Mein Herz pumpt, mein Salvator schweigt.

Nein, es ist ausgeschlossen, dass sie mich erkannt haben. Ich sehe aus wie ein Prim, und wenn ich auch nicht mehr so dick bekleidet bin wie noch vor zwei Wochen, wäre es doch ein Kunststück, mich aus dieser Entfernung zu identifizieren.

»Eigenartig, wie sie sich benehmen«, sinniert Andris. »Sonst greifen sie entweder an oder halten mehr Abstand. Egal. Weiterbuddeln, Mädchen.«

Als ich den anderen am Abend von Andris' Beobachtung erzähle, wird vor allem Tycho hellhörig.

»Bei uns war es genauso!«, ruft er. »Zwölf Rote, immer den Blick auf uns gerichtet, ohne näher zu kommen. Ich habe mich hinter den Bäumen gehalten, mit Sandors Einverständnis.«

Erstmals seit Langem meldet sich Fleming wieder zu Wort. »Wie praktisch. Warum gehst du nicht zu ihnen, Aureljo? Trag ihnen doch dein Problem vor, dann sparst du dir den Marsch zur Sphäre, das Ergebnis wird das gleiche sein. Eine Kugel oder eine Klinge.« Wieder einmal wartet er die Antwort nicht ab, sondern verlässt die Halle, geht in die Dunkelheit hinaus.

Jemand von uns sollte ihm folgen, denke ich, bleibe aber ebenso sitzen wie die andern.

Später an diesem Abend frage ich Lennis, was er über das Verhalten der Sentinel denkt.

»Eigentlich benehmen sie sich wie Späher«, sagt er nach kurzem Überlegen. »Sie kommen nicht nah ran und beschränken sich aufs Beobachten. Aber Spähtrupps bestehen aus höchstens fünf Mann. Das passt nicht zusammen.«

Am nächsten Tag gehen einem der Noraner die Nerven durch, als er eine Gruppe Sentinel vorbeiziehen sieht, keine dreihundert Meter entfernt. Er rennt auf sie zu, hebt im Laufen Steine auf und schleudert sie auf die verhassten Lieblinge, die seinen Clan fast ausgelöscht haben.

Ein paar der Schwarzdornen versuchen ihn zurückzuhalten, doch da ist schon ein Sentinel hinter ihm aufgetaucht, hat sein Gewehr gehoben und den Noraner niedergeschlagen.

Nur niedergeschlagen, mehr nicht. Keiner der Dornen kann es glauben.

»Normalerweise hätten sie ihn sofort getötet«, meint Sandor. Die Verblüffung steht ihm noch immer ins Gesicht geschrieben. »Oder verschleppt und ihn in den Minen arbeiten lassen, bis Erschöpfung und Kälte ihn umbringen.«

Meine erste Reaktion ist Erleichterung. Die Sentinel haben so gehandelt, wie ich es vor ein paar Wochen noch erwartet hätte, als ich ihnen von meinem Quartier aus beim Patrouillieren zugeschaut habe – menschlich, aber mit Bestimmtheit. Sind die Gräueltaten doch Einzelfälle und nicht die Norm?

»Auf keinen Fall«, sagt Tomma erbost.

Wir kehren gemeinsam den Boden der Halle mit Tannenzweigen, was Yann Frauenarbeit nennt und wofür ich ihm beinahe meinen Reisigbesen um die Ohren schlage.

»Es gibt ausreichend Zeugen und Überlebende, die dir genau schildern können, was unsere Leute bei den Clans angerichtet haben.« Ihr Husten und ihre Heiserkeit scheinen in den letzten Tagen etwas besser geworden zu sein, ganz fort ist die Erkältung jedoch noch nicht. Spielt aber ohnehin keine Rolle, Tomma wird sich Aureljo nicht anschließen, wenn er in die Sphären zurückkehrt, egal wie gesund sie ist. Ich bin sicher, sie würde auch bleiben, wenn wir alle fortgingen.

»Verabschiede dich von dem, was sie uns früher erzählt haben, Ria. Es ist einfach nicht wahr.« Tomma reibt sich die Augen, die entzündet aussehen. Vermutlich ist es in Yanns Behausung auch nicht wärmer als in unserem Keller, dafür aber zugiger.

»Aureljo will zurückgehen«, sage ich leise.

Sie lacht. »Ja, das habe ich gehört. Typisch Aureljo, nicht wahr? Er glaubt wirklich, dass er die Nummer 1 war, macht für die einen Unterschied.« Tomma steckt eine lose Haarsträhne zurück in ihren Zopf. »Besser wäre, er würde uns bei der Aussaat helfen. In drei Wochen, meint Lore, ist der Boden so weit. Wir werden es mit Wintergerste versuchen, die verträgt Kälte am besten. Endlich hat das, was ich gelernt habe, einen Nutzen!«

Einen winzigen Moment lang beneide ich sie. Es stimmt, sie

wird tun können, wofür sie ausgebildet wurde, während ich mit all meiner Kunst in Beobachtung und Beeinflussung nicht einmal Aureljo dazu bringe, von seinem Plan abzuweichen.

Die Halle ist nun deutlich sauberer als zuvor. Ich drücke Yann meinen Tannenbesen in die Hand und gehe hinaus ins Freie.

Aus dem Küchentrakt weht der Duft von gebratenem Fleisch zu mir, darunter mischt sich der muffige Geruch der Fladen, die wir jeden Tag essen. Tycho behauptet, sie werden aus Moos gemacht.

Es ist warm genug, um regungslos dazustehen, ohne zu frieren. Ich wünsche mir so sehr, dass Tomma recht behält. Gerste. Ein Getreidefeld unter freiem Himmel würde sich im Wind bewegen, es würde rascheln, wenn die Halme aneinanderreiben, ganz anders als die Felder in den Agrarkuppeln, die so tot wirken.

Von Weitem sehe ich zwei Gestalten näher kommen, eine davon ist Aureljo. Lachend. Gestikulierend. Neben ihm geht Quirin, die Arme vor der Brust verschränkt, ab und zu nickt er. Also geht die Planung für Aureljos Vorhaben gut voran, verdammt.

Noch bevor sie mich entdecken, drehe ich mich um und gehe in die Halle zurück.

Mit gestrecktem Zeige- und Mittelfinger zweimal kurz gegeneinanderklopfen, das ist das Zeichen für Hase. Den Handrücken an die Stirn, die Finger offen: Hirsch. Mit der flachen Hand eine schneidende Bewegung nach unten: Messer.

Sandor zeigt mir eine Geste nach der anderen, während wir am Waldrand auf der Lauer liegen. Heute Morgen hat er mir einen Bogen und drei Pfeile überreicht.

»Man muss jagen können hier draußen. Besser, du lernst es schnell.«

Niemand hat protestiert, als ich meine neuen Errungenschaften mit zur heutigen Jagd genommen habe. Sie alle wissen, dass von mir keine Gefahr ausgeht, dass ich niemanden verletzen kann, höchstens mich selbst, ungeschickt, wie ich bin.

Es sind nur noch wenige Flecken Schnee um uns herum zu sehen. Da, wo die Bäume Schatten werfen, hat er sich gehalten, seine Oberfläche ist hart wie Wundschorf und gesprenkelt von herabgefallenen Fichtennadeln.

Ich übe die Handzeichen. Hase, Hirsch, Messer. Feuer, Feind, Flucht, Tod.

»Euer Anführer will zurück zu den Lieblingen, habe ich gehört.« Sandor spricht leise, kaum hörbar, und ohne mich anzusehen. Er behält das offene Gelände im Auge, eine Fläche aus Matsch und erstem, aufkeimendem Grün. Gras wahrscheinlich.

»Das stimmt.«

»Mutig.« Er verlagert seine Position, lockert ein Knie. »Wirst du mit ihm gehen?«

Ich sehe ihn von der Seite an. Ist es persönliches Interesse, das ihn zu dieser Frage treibt? Oder die erfreuliche Aussicht, bald zwei Lieblinge weniger füttern zu müssen?

»Werde ich nicht. Und ich wünschte, Aureljo würde es sich auch noch mal überlegen.«

Die gespaltene Augenbraue hebt sich. »Dann kann man dich bald nicht mehr als Liebling bezeichnen. Aber für einen Prim fehlen dir noch wesentliche Fähigkeiten. Wir werden eine neue Bezeichnung für dich finden müssen.«

Sandor zu lesen ist kein leichtes Unterfangen. Man könnte meinen, er freut sich darüber, dass ich bleiben will – wenn man nach seiner Miene geht. Sein Tonfall sagt etwas ganz anderes.

Noch immer sieht er mich nicht an, nur mit den Jägern, die auf anderen Positionen lauern, tauscht er Blicke und Gesten.

»Was bedeutet eigentlich Than?« Ich möchte das Gespräch nicht abreißen lassen und würde zudem gern wissen, in welcher Stimmung mir Sandor die nächste Antwort vorsetzen wird. Amüsiert, gelangweilt, wütend?

Erst einmal gar nicht. Er verzieht nur leicht den mir zugewandten Mundwinkel und lockert seine Schultern, so, wie man es uns im Körpertraining gezeigt hat – Muskeln entspannen, bevor man losläuft.

»Es bedeutet, dass ich an Vilems Stelle trete, wenn er stirbt.«

Ein Than ist also der nächste Fürst. So, wie Aureljo vermutlich einer der nächsten Präsidenten geworden wäre.

Sandors Hand schnellt zu seiner Stirn. Gespreizte Finger. Hirsch. Den weiteren Gesten kann ich nicht mehr folgen, aber ich sehe das Tier, das seinen Kopf zwischen einer Baumgruppe hervorstreckt. Zweihundert Meter entfernt. Das ist viel, um sich unbemerkt anzuschleichen, doch einen Hirsch wollen sich die Jäger nicht entgehen lassen.

Auch für mich hat Sandor eine Geste. Langsames Senken der flachen Hand: *Bleib hier.* Dann schleicht er geduckt am Waldrand entlang, der Wind weht ihm lose Haarsträhnen aus dem Gesicht. Die anderen Männer folgen ihm, gleiten lautlos von einem Schatten zum nächsten.

Ich widme ihnen meine volle Konzentration, versuche, durch Zusehen zu lernen, und muss grinsen, als ich merke, dass es sich ähnlich anfühlt wie meine Lektionen an der Akademie. Das Begreifen von Zusammenhängen, das Nachvollziehen von Abläufen, das Erkennen von Mustern.

Der Hirsch ist beschäftigt mit frischem Grün, aber seine blattförmigen Ohren bewegen sich, fangen die Laute der Umgebung ein. Es wird nicht mehr lange dauern, bis er seine Verfolger bemerkt.

Sandor nimmt seinen Bogen vom Rücken, legt in einer langsamen, aber geschmeidigen Bewegung einen Pfeil auf. Er spannt die Sehne, ohne Eile, ohne –

Etwas reißt mich aus meiner Hockposition, ein schneidender, würgender Schmerz am Hals. Meine Hand schnellt nach oben, ertastet etwas Raues, ein Seil …

Kalte Erde unter meinem Körper. Keine Luft. Grau wabert vor meinen Augen vorbei, das Grau einer Sentinel-Uniform. Ich brauche Luft, meine Finger bohren sich unter das Seil, atmen, ich muss atmen!

Einer der Grauen sagt etwas, es klingt wie »schnell«, an seinem Kragen leuchtet keine Farbe.

Dunkle Schlieren vor meinen Augen. Blitze in meinem Kopf.

Nein!, schreit es in mir, ich zerre an dem Seil, das mir das Leben abdrückt.

Die Stimmen der Männer versinken in einem Rauschen, ich trete um mich, spüre Widerstand, weiß nicht, was meine Füße treffen.

Keine Luft mehr. Keine Luft. Die Welt rückt in die Ferne und bald wird es mir egal sein, Gleichgültigkeit legt sich um mich wie ein warmer Mantel. Vorbei, gleich, dunkel …

Ein Versuch noch, nur einer. Meine Hände zerren am Seil, eine winzige Bewegung, ein winziger Atemzug, ein Schrei.

Dann wieder Enge, Schwärze. Dumpfe Laute ohne Bedeutung. Weiche, warme Welt.

Und plötzlich ist der Druck fort, Luft strömt durch meine wunde Kehle – nichts hat sich je so gut angefühlt, trotz der Schmerzen. Ich sauge den Sauerstoff in meine Lungen, bemerke kaum, dass etwas Schweres auf meine Beine niedersackt.

Stimmen, ein Brüllen, das Geräusch laufender Schritte, ein Kampf.

Der Hirsch, denke ich, doch erst als mein Blick wieder klarer wird, begreife ich, was wirklich passiert ist.

Ein Sentinel liegt quer über meinen Beinen, den Blick starr in den Himmel gerichtet, seine rechte Hand umklammert einen blutigen Pfeil, der aus seiner Brust ragt. Links von mir noch ein Sentinel, sein Gesicht in der Erde vergraben, neben ihm ein Seil.

Ich taste nach dem brennenden Ring um meinen Hals. Die Berührung ist kaum zu ertragen, und als ich meine Finger betrachte, sind sie voller Blut. Aber ich atme. Wieder und wieder. Ein und aus.

Der Lärm, den ich die ganze Zeit höre, ohne ihn zuordnen zu können, kommt aus der Richtung, in die die Jäger geschlichen sind. Doch nun stellen sie nicht mehr dem Hirsch, sondern neuem Wild nach: Zwei farblose Sentinel leben noch. Einer hat seinen Schockstab gezückt, der Griff leuchtet blau – er ist also komplett aufgeladen. Sandor umkreist den Mann, in der Hand eine lange Peitsche. Er wirkt ruhig, der Sentinel hektisch, aber keiner von beiden greift an.

Der zweite überlebende Sentinel versucht zu fliehen, doch es ist klar, dass sein Vorhaben zum Scheitern verurteilt ist. Drei Jäger sind ihm auf den Fersen, ein vierter kniet mit gespanntem Bogen am Waldrand und wartet, bis die Gelegenheit für einen Schuss günstig ist.

Ein Knall. Sandors Peitsche hat dem Sentinel den Schockstab aus der Hand gerissen. Der Mann verfügt noch über ein Gewehr, doch das trägt er an einem Gurt auf dem Rücken. Ich halte Ausschau nach Sandors Bogen, doch er muss ihn von sich geworfen haben. Also hat er nur noch die Peitsche. Und das Messer in seinem Gürtel.

Mir ist schwindelig, aber ich versuche, mich aufzurichten. Doch ich schaffe es nicht, die Leiche von meinen Beinen zu schieben.

Pass auf, will ich rufen. *Sie sind gut trainiert, sie zucken nicht einmal mit der Wimper, bevor sie angreifen.* Und das hier sind Exekutoren, die sicher eine Spezialausbildung absolviert haben.

Doch ich bekomme keinen Ton heraus, nur ein stimmloses Flüstern, und allein der Versuch treibt mir Tränen in die Augen.

Der Peitschenstrang schwingt sachte am Stiel hin und her, als wollte Sandor den Sentinel damit hypnotisieren.

»Gib auf, Prim!«, ruft der Mann. »Das hier geht dich nichts an.« Er macht zwei Schritte in meine Richtung und Sandor schnellt vorwärts, versperrt ihm den Weg.

»Na schön.« Schneller, als ich es mir hätte vorstellen können, zieht der Farblose die Waffe von seinem Rücken, Sandor springt zur Seite, der Schuss geht ins Leere und im nächsten Moment stolpert der Sentinel nach hinten. Aus seiner Miene spricht Verblüffung.

Ein weiterer Schuss trifft die Baumkronen, dann lässt der Mann das Gewehr fallen und hustet. Fällt auf die Knie. Etwas Kleines, Dunkles ragt aus seinem Körper, etwa auf Höhe des Magens.

Der Griff des Messers, das Sandor nun nicht mehr am Gürtel trägt.

Als er auf den Sentinel zugeht, drehe ich mich weg. Ich will nicht sehen, was als Nächstes passiert, außerdem werden die Schmerzen an meinem Hals mit jeder Minute schlimmer.

Was, wenn meine Luftröhre zuschwillt? Ich versuche, die aufsteigende Panik zu unterdrücken. Da, da ist Schnee. Ich zwinge mich, ihn zu schlucken – Kälte mindert Schwellungen. Es ist, als würden sich Rasierklingen meine Kehle hinunterzwängen.

Zwei weitere Hände voll Schnee presse ich auf meine wunde Haut. Mir ist übel, aber die Vorstellung, wie unerträglich Erbrechen in der momentanen Situation wäre, lässt mich das Gefühl mit aller Gewalt unterdrücken. Ich esse mehr Schnee, in der Hoffnung, alles, alles zu betäuben.

Als ich das nächste Mal hochsehe, steckt Sandors Messer wieder in seinem Gürtel, er hält den Schockstab in der Hand und untersucht ihn sorgfältig. Vor ihm, auf dem tauenden Boden, liegt der regungslose Sentinel.

Die anderen Jäger sind auf dem Weg zurück zu uns, in ihren Händen sehe ich Uniformteile, ein Gewehr und Stiefel. Sieg auf der ganzen Linie.

Trotzdem erschaudere ich, aber das kann auch am Schmelzwasser liegen, das an meinem Hals hinunterläuft, in den Kragen hinein.

Vier tote Exekutoren. Sie haben mich ganz gezielt angegriffen. Gewartet, bis die Dornen mit ihrer Jagd beschäftigt waren, und erst dann zugeschlagen, lautlos. Mit einem Schuss wäre alles viel schneller erledigt gewesen, aber vermutlich wollten sie sich nicht auf eine Begegnung mit den Jägern einlassen. Oder wieder einmal jeglichen Verdacht auf den Clan lenken.

Das wahre Gewicht des Ereignisses wird mir erst bewusst, als wir uns auf den Heimweg machen.

Es kann natürlich sein, dass die vier Sentinel einen reinen Zufallstreffer gelandet haben. Nicht nur die Schlitzer werden Fotos von uns erhalten haben, sondern auch die Soldaten des Sphärenbundes. Sie könnten mich mit dem Fernrohr, das Milan nun stolz um den Hals trägt, aufgespürt haben und wollten mich daraufhin schnell aus dem Weg räumen. Ein Verschwörer weniger.

Oder, viel schlimmer, sie haben unseren Unterschlupf ausfindig gemacht. Deshalb die vielen Sentinel, die gestern überall gesichtet wurden. Dann wird es bis zum nächsten Angriff nicht mehr lange dauern.

Das Gehen fällt mir schwer, immer wieder habe ich Angst, zu wenig Luft zu bekommen, muss Pausen machen. Einmal fühle ich das zaghafte Vibrieren meines Salvators, setze mich auf einen Haufen alter, nasser Ziegel und schiebe den Ärmel zurück. Das Display flackert blau, eine Acht wird sichtbar, ein Schrägstrich, danach nur noch unleserliche Zeichen. Ein misslungener Versuch, mich auf die geringe Sauerstoffsättigung in meinem Blut aufmerksam zu machen, vermute ich und ziehe den Ärmel wieder über das Gerät.

Das nächste Mal, als ich eine Pause einlegen muss – nur kurze Zeit später –, schickt Sandor drei seiner Leute zurück in den Wald. »Der Hirsch ist über alle Berge, aber vielleicht findet ihr Kaninchen. Oder Schneehühner. Wenn nicht, müssen wir hoffen, dass die andere Jagdgruppe mehr Glück gehabt hat.«

Die drei, unter ihnen Milan mit dem Fernrohr, machen sich auf den Weg, und ich will mich ebenfalls von meinem Baumstumpf hochquälen, damit wir weitergehen können, aber Sandor hält mich zurück.

»Warte. So eilig haben wir es nicht.« Er hebt die Hand und ich denke kurz, er will meinen wunden Hals berühren, doch dann lässt er sie wieder sinken und schüttelt den Kopf. »Kanntest du die Männer?«

Ich will seine Frage verneinen, doch es kommt kein Laut aus meinem Mund, daher beschränkt sich meine Antwort ebenfalls auf ein Kopfschütteln.

»Haben sie etwas zu dir gesagt?«

Erneutes Kopfschütteln. Ich deute auf meine Ohren und zucke mit den Schultern. *Ich habe nichts gehört. Keine Worte, keine Schritte*, soll das heißen.

Sandor versteht, was ich meine, trotzdem fühle ich mich, als hätte mir jemand einen meiner wichtigsten Körperteile amputiert. Man hat mich meiner Sprache beraubt, die für mich gleichzeitig Schild und Waffe ist. Ohne sie bin ich nichts.

»Bekommst du genügend Luft?« Sandor hockt sich neben mich und befühlt nun doch die Würgemale an meinem Hals. Sachte, kaum spürbar.

Ich nicke. *Danke*, würde ich gern sagen. Ich lege das Wort in meinen Blick und hoffe, Sandor versteht mich.

Er zieht mich hoch. »Gib Bescheid, wenn du wieder eine Pause brauchst, nur sollten wir nicht zu lange an einem Ort bleiben. Wölfe können verwundete Tiere kilometerweit wittern.«

Wie ein verwundetes Tier fühle ich mich tatsächlich. Wie ein ängstliches außerdem. Wölfe. Ich kann sie fast jede Nacht heulen hören, aber tagsüber habe ich schon lange keine mehr gesehen. Doch Sandor wird wissen, wovon er spricht.

Ich versuche, mich auf meine Schritte zu konzentrieren, was aber nicht klappt, meine Gedanken machen sich selbstständig. Neue Fragen, ständig neue Fragen.

Halten sich noch mehr Exekutoren in unserer Umgebung auf? Finden sie vielleicht gerade die Leichen ihrer Gefährten und setzen uns nach?

»Nicht so schnell.« Sandor hält mich an der Schulter zurück. »Wenn du zusammenbrichst und ich dich den Rest des Weges tragen muss, sind wir leichte Beute.«

Neue Fragen in meinem Kopf: Warum lässt er mich nicht einfach zurück oder schickt einen seiner Jäger mit mir zum Clanhaus?

Ich werde nicht schlau aus Sandors Verhalten. Viel einfacher ist es, die Noraner zu verstehen, die mir bei unserem Eintreffen vor die Füße spucken, lachend auf meine Wunde deuten und mich anrempeln, bis Sandor sie in ihre Schranken weist.

Sie hassen mich und ich weiß, warum. Damit kann ich umgehen.

31

Am Abend verarztet Fleming mich, wieder schweigend, das Gesicht zur Hälfte hinter dem Mundschutz verborgen, seine Latexhandschuhe sehen mitgenommen aus. Wenn sie kaputtgehen, haben wir keinen Ersatz mehr.

Unter dem frisch angelegten Verband pocht und brennt es und meine Stimme macht keine Anstalten zurückzukehren. Im Gegenteil. Alle Versuche, zu sprechen oder zu schlucken, fühlen sich an, als würde mir jemand Messer in den Hals rammen.

Essen ist unmöglich, aber ich habe ohnehin keinen Hunger. Trinken muss ich allerdings und es ist eine qualvolle Prozedur. Ein halber Becher Schmelzwasser in winzigen Schlucken bedeutet zwanzig Minuten Leiden.

Die anderen sind bestürzt. Ich kann ihnen nicht erzählen, was passiert ist, das hat Sandor für mich erledigt, in knappen, präzisen Worten.

»Woher wussten sie, dass du es bist?«, fragt Tycho fassungslos. »Wir sehen doch aus wie Pri… wie Außenbewohner. Ehrlich. Als die Mädchen heute vom Ziegenhüten zurückgekommen sind, dachte ich, es seien alles Dornen, dabei war Tomma unter ihnen.«

Aureljo, der den Tag wieder bei Quirin verbracht hat, sitzt mir später blass und schweigsam gegenüber.

Als wäre der rote Ring um meinen Hals eine Art Eintrittskarte, haben die Dornen unser Quartier verlegt. In einen großen Raum mit vernagelten Fenstern. Kleine Lücken sind mit transparentem Plastik abgedeckt, dort fällt spärliches Licht herein.

»Trotzdem gehe ich zurück, Ria.« Aureljos Hände, die meine halten, sind warm und trocken. »Jetzt erst recht. Sie müssen uns Rede und Antwort stehen.«

Was ich nicht sagen kann, versuche ich in meinen Blick zu legen: *Gar nichts müssen sie. Sie werden dich fangen und töten, so wie sie es schon die ganze Zeit tun wollen. Verschwörer sind hinzurichten, sagt das Gesetz; wer die Existenz der Sphären aufs Spiel setzt, hat sein Leben verwirkt.*

Doch Aureljos Ausbildung muss wesentlich stärker auf Sphärentreue ausgerichtet gewesen sein als meine. Die viel zitierte »Gerechtigkeit«, von der man uns immer erzählt hat, er glaubt noch daran.

Vielleicht muss er aber auch gar nicht bis nach Vienna 2, um seine Fragen stellen zu können. Ich strecke mich auf dem Boden aus und denke an den toten Sentinel, der auf meinen Beinen lag. Gut möglich, dass auch Aureljo in den nächsten Tagen ein Trupp Exekutoren über den Weg läuft, und dann: viel Vergnügen.

»Schlaf gut, Ria«, sagt er und streicht mir so zärtlich über die Stirn, dass ich meine grausamen Gedanken sofort bereue.

Ich kämpfe lange um Schlaf. Aureljo und die anderen sind in der Halle und essen, wahrscheinlich ist der Überfall der Exekutoren Thema Nummer eins. Ich frage mich, ob die Jäger noch Beute nach Hause gebracht haben.

Irgendwann muss ich doch eingeschlafen sein, tief, denn ich

höre die anderen nicht hereinkommen. Doch als ich aufwache, sind sie da, das Zimmer ist erfüllt von Atemgeräuschen und leisem Schnarchen. Doch das war es nicht, was mich geweckt hat. Und auch nicht die Schmerzen, die sich aber sofort wieder einstellen, kaum dass ich wach bin.

Es war mein Salvator. Ich drehe mich zur Seite und schiebe den linken Ärmel zurück.

Blaues Flackern. Und eine Nachricht, die ich leider nicht entziffern kann. Das Display zeigt bloß Wortfragmente, deren Sinn ich nicht verstehe: *…e…ss…n…o…hr…id…mi…ha…uc…err…e… F…ht!*

Die letzten Buchstaben vor dem Ausrufezeichen könnten *Flucht* bedeuten. Nein … es ist eine Aufforderung: Flieht!

Hektisch schüttle ich meinen linken Arm, in der Hoffnung, der Salvator würde für einen Moment wieder funktionieren und die Textlücken füllen. Aber ich erreiche lediglich, dass die Displaybeleuchtung noch heftiger flackert und dann ganz erlischt. Neben mir regt sich Aureljo im Schlaf.

Flieht. Das kann ein guter Rat sein. Schwer einzuschätzen, wenn man nicht weiß, aus welcher Richtung Gefahr droht.

Auch am nächsten Tag kehrt meine Stimme nicht wieder. Die Schmerzen haben sich verändert, sind weniger scharfkantig, aber an Essen ist immer noch nicht zu denken.

Eine gute Nachricht ist dagegen, dass die Wachen in der Nacht keine Sentinel gesichtet haben. Möglich also, dass mich die vier gestern zufällig entdeckt und daraufhin spontan zugeschlagen haben. Das würde bedeuten, dass unser Versteck weiterhin sicher ist.

Sicher ist ohnehin das falsche Wort. Aus dem Stockwerk unter mir höre ich den ganzen Morgen über Gespräche, die sich alle um uns drehen. In beunruhigender Art und Weise.

»Völlig irre, die Lieblinge hier zu verstecken.«

»Finde ich auch. Aber der Than sagt –«

»Der Than, der Than. Der ist doch noch grün hinter den Ohren. Wir schützen den Feind und dann werden noch mehr Feinde kommen und uns einen Kopf kürzer machen, weil wir uns in ihre Angelegenheiten eingemischt haben.«

»Wir könnten sie in den Fluss werfen. Und Quirin erzählen, sie wären hineingesprungen, um sich zu waschen. Lieblinge sollen ja so reinlich sein.«

»Ja. Wäre aber auch lustig, sie zu den Scharten zu schicken. Mal sehen, ob die sie auch so nett behandeln.«

»Oder einfach schnipp, schnapp, Kopf ab.«

Gelächter.

Mehr bekomme ich von dem Gesagten nicht mit, denn die Männer entfernen sich.

Bevor sie zur Arbeit aufbricht, kommt Lore vorbei, in den Händen ein dampfendes Gefäß, aus dem es duftet, fremd und gleichzeitig vertraut.

Ein Sud aus frischen Tannennadeln, erklärt sie, der wärmen und gegen die Schwellung helfen soll.

Ihre Freundlichkeit tut mir gut. Ich könnte mir vorstellen, dass sie protestieren würde, sollten die Männer Anstalten machen, uns in den Fluss zu werfen.

»Nachdem der meiste Schnee geschmolzen ist, sind die Freileger jetzt Pflücker«, berichtet sie, während ich tropfenweise trinke und versuche, die Tränen zurückzuhalten, die mir der Schmerz beim Schlucken in die Augen treibt. »Du solltest mit uns kommen, sobald du wieder gesund bist. Das wird dir gefallen.« Sie erzählt mir vom Brennholzsammeln und vom Ausgraben essbarer Wurzeln, aber meine Aufmerksamkeit driftet langsam ab.

...e...ss...n...o...hr, das war der Anfang der Botschaft. Mein Kopf macht unweigerlich *essen* und *Ohr* daraus, was natürlich nicht stimmen kann. Aber um mir über die tatsächliche Bedeutung klar zu werden, brauche ich Ruhe.

Und ein Blatt Papier. Mein im Nebengebäude verborgener Schatz fällt mir wieder ein und meine Laune hebt sich ein wenig. Rätsel sind dazu da, gelöst zu werden.

Aber als ich mit dem spiralgebundenen Schreibpapier unter der Jacke und einem der Stifte im Ärmel in unser neues Zimmer zurückkehre, wartet Dantorian dort auf mich – sichtlich glücklich, dass er heute nicht der Einzige ist, der zurückbleibt.

Er ist voller Vorfreude und felsenfest überzeugt, dass Aureljos Plan, in Vienna 2 alle Irrtümer aufzuklären, gelingen wird. Während er versucht, mich in ein Gespräch zu verwickeln, und meine pantomimischen Hinweise auf meine momentane Stummheit ignoriert, macht er Gehübungen.

Er erholt sich, keine Frage. Es wird nicht mehr lange dauern, dann kann er weitere Strecken zurücklegen, Fleming sei Dank.

Endlich, gut zwei Stunden später, klopft das Mädchen mit dem versengten Haar – Dinah, sie heißt Dinah – an die Tür. Mich ignoriert sie völlig, aber von Dantorian möchte sie wissen, ob er für die Näherinnen Flöte spielen würde.

»Mit dem größten Vergnügen!« Dantorian humpelt eilig zur Tür, dreht sich beim Hinausgehen aber noch einmal um. »Ist das für dich in Ordnung? Vielleicht willst du mitkommen? Ich weiß, wie öde und lang die Tage sein können, wenn man allein ist.«

Ich lächle und schüttle den Kopf. Dantorian ist ein netter Kerl, keine Frage, aber einen größeren Gefallen, als zu verschwinden, kann er mir gar nicht tun.

...e...ss...n...o...hr...id...mi...ha...uc...err...e...F...ht!

Jetzt, bei Tageslicht, ist die Botschaft auf dem Display wieder zu erkennen. Blass, aber eindeutig. Ich übertrage die Buchstaben auf das Papier und genieße das Gefühl, mit dem Stift Spuren zu hinterlassen.

...uc..., das könnte ein Teil der Worte *sucht* oder *Suche* sein. Aber ebenso gut könnte es *Ruck* oder auch *Buch* heißen. Mit den anderen Wortfetzen ist es ähnlich. Kein einziger ist eindeutig, trotzdem bin ich bereit, den ganzen restlichen Tag mit dem Rätsel zu verbringen. Doch dann bringen sie Tycho zurück und alles andere tritt in den Hintergrund.

Es hat ihn schlimmer erwischt als mich. Diesmal haben die Exekutoren sich nicht mit Seilen und vergleichbarem Kleinkram aufgehalten. In Tychos Schulter steckt eine Kugel und seine ganze linke Seite ist voller Blut.

Andris hat ihn zurückgetragen und Fiore hat ihn begleitet. Sie ist es auch, die einen ersten notdürftigen Verband angelegt hat.

»Bringt aber nicht viel«, sagt sie, während sie die Binden wieder löst.

Tycho liegt auf dem großen Tisch in der Halle, sein Gesicht ist so weiß, dass die Sommersprossen darauf plötzlich wie Krankheitsmale wirken.

Wie ist das passiert?, will ich fragen und ihnen außerdem klarmachen, dass jemand Fleming samt seinem Medpack holen muss. Doch sosehr ich es auch versuche, ich bekomme kein Wort heraus, nicht einmal ein Krächzen.

Aus der Küche kommt heißes Wasser in einem nicht allzu gut geputzten Topf und ein Haufen löchriger Tücher. Fiore beginnt mit dem Säubern der Wunde. Ich helfe ihr, obwohl niemand mich dazu aufgefordert hat, aber irgendetwas muss ich tun.

Tycho, ausgerechnet. Ihn hatte ich die ganze Zeit über im Verdacht, der Verräter zu sein, aber würden die Exekutoren dann versuchen, ihn zu töten?

Wer weiß. Mittlerweile halte ich alles für möglich.

Die Blutung ist noch nicht gestoppt, aber sie ist schwächer geworden. Gemeinsam legen wir Tycho einen festen Verband an.

Fleming, forme ich mit den Lippen. *Bitte.*

Bei meinem dritten Versuch begreift Fiore, was ich will. »Hol den Großen von der Jagd«, sagt sie zu Andris gewandt. »Du weißt, welchen ich meine. Den, der fast so lang ist wie du. Sandor hat gesagt, sie gehen heute in Richtung Westen.«

»Wozu?«, protestiert Andris. »Der da schafft das auch so. Ich habe mir eine Pause verdient, und überhaupt komme ich mir langsam vor wie der Laufbursche dieser Lieblinge.«

Am Ende geht er doch. »Bin ich froh, wenn die endlich alle abgekratzt sind«, knurrt er, aber es klingt versöhnlich.

Tycho zittert jetzt, seine Zähne klappern. Ich reibe seine Arme, seine Beine, ein Schock durch Blutverlust kann tödlich ausgehen.

Fiore versucht zunächst, meine auffordernden Blicke zu ignorieren, aber ich lasse nicht locker. Und als ich mit einer von Tychos Händen ihre Schulter berühre, seufzt sie schließlich resigniert und tut es mir gleich.

»Sieben Exekutoren, darunter ein Hauptmann, meint Andris. Sie hatten es nur auf Tycho abgesehen. Ich bin erst später dazugekommen, aber Andris sagt, einer der Sentinel hätte ihm zugerufen, sie wollten niemanden aus dem Clan verletzen. Gegenwehr sei also gar nicht nötig und Angst erst recht nicht. ›Wir sind diesmal nicht euretwegen hier, aber keine Sorge, ihr kommt auch wieder dran‹, soll er gesagt haben.«

Und das hat Andris geglaubt?, würde ich gern fragen.

»Er hat natürlich trotzdem Pfeile auf sie abfeuern lassen, deshalb ist Tycho nur einmal getroffen worden, denke ich. Oder weil sie dachten, sie waren erfolgreich. Es hat ihn von den Füßen gerissen und er wurde gegen eine Hauswand geschleudert. Seitdem ist er bewusstlos.«

Es hat keinen Sinn, mir länger etwas vorzumachen. Gestern, mit dem Angriff auf mich, haben die Exekutoren die Jagd auf uns eröffnet. Aber sie geben sich große Mühe, dabei nicht allzu viel Wind zu machen – natürlich, denn wir sind ja offiziell tot. Da ein Schuss, dort eine Schlinge und ganz schnell werden aus sechs Verschwörern fünf, dann vier, bis irgendwann keiner mehr übrig ist.

Vienna 2, wo man Stoffe webt und färbt, muss davon nichts mitbekommen. Auch die Borwin-Akademie nicht, wo die Tränen um uns längst getrocknet sind und es sich die Studenten auf ihren neuen Rängen bequem gemacht haben.

Und letzte Nacht kam die Nachricht, die zu entziffern mir immer noch nicht gelungen ist. Aber ich habe mir die Buchstaben eingeprägt, und als ich sie mir jetzt ins Gedächtnis rufe, findet sich plötzlich ein Zusammenhang, ein möglicher Sinn. Zumindest für den ersten Teil der Buchstaben: *…e…ss…n…o…hr…id…*

Sie wissen, wo ihr seid.

Es gibt keine Garantie, dass ich richtigliege, aber ich würde eine Menge darauf wetten.

Flieht.

Ich sehe auf Tycho hinunter, der stoßweise atmet. Seine Stirn ist schweißnass. Fliehen, das wäre schon vor seiner Verwundung ein halsbrecherisches Unterfangen gewesen. Jetzt ist es ein Ding der Unmöglichkeit.

Wenn doch nur Aureljo, Fleming und Tomma schon zurück wären. Aber vielleicht sind sie auch bereits tot. Sollten uns die Exekutoren schnell und ohne großes Aufsehen erledigen wollen, werden sie versuchen, an mehreren Stellen gleichzeitig zuzuschlagen.

Jede Minute, die Andris fort ist, verstreicht doppelt so langsam wie gewöhnlich. Und ich weiß, dass es viel zu früh ist, um ungeduldig zu sein, denn er braucht für den Weg mindestens eine Stunde, wenn nicht sogar länger, je nachdem, wohin die Arbeitstrupps aufgebrochen sind. Und es ist nicht gesagt, dass er Fleming sofort findet. Ich sollte mich besser auf Tycho konzentrieren.

Fiore hat jemandem ein Fläschchen mit aus Zapfen gebranntem Alkohol abgeschwatzt. Gemeinsam lösen wir noch einmal den Verband und desinfizieren die Wunde. Der Schmerz muss enorm sein, denn er reißt Tycho aus seiner Bewusstlosigkeit. Heulend bäumt er sich auf.

»Ruhig.« Fiore drückt ihn auf den Tisch zurück. »Wir haben es gleich. Zähne zusammenbeißen.«

Immerhin können wir ihm nun Wasser einflößen. Den Flüssigkeitsverlust auszugleichen ist wichtig, erinnere ich mich. Danach wirkt Tycho etwas ruhiger. Sein Atem geht regelmäßiger, und als er die Augen schließt, sieht es so aus, als würde er einschlafen und nicht das Bewusstsein verlieren.

Noch immer kein Lebenszeichen von Aureljo, Fleming oder Tomma. In meiner Fantasie sind sie alle tot – ich sehe eingeschlagene Köpfe, durchtrennte Kehlen, eine durchschossene Brust.

»Du läufst hier rum wie ein Wolf im Käfig«, bemerkt Fiore irritiert. »Hör auf damit, ja?«

Aber ich will nicht. Natürlich könnte ich meine Emotionen kontrollieren, an ruhiges Wasser denken oder an helle Steine. Aber es würde nichts bringen, niemandem helfen. Ich laufe weiter an den Wänden entlang und nach einer Weile gibt Fiore ihren Protest auf.

Eine halbe Stunde später fliegt die Tür auf, aber es ist keiner der Erwarteten, sondern Quirin, der erfahren hat, was passiert ist. Nach der ersten Enttäuschung beruhigt seine Anwesenheit mich auf geradezu lächerliche Art und Weise. Es ist, als hätte ein Arzt den Raum betreten. Oder ein Mentor.

Quirin befühlt Tychos Stirn, kontrolliert seinen Puls. »Er wird es überstehen. Wie viele waren es, Fiore?«

»Acht habe ich gesehen, aber möglicherweise waren noch mehr da. Sie müssen gewusst haben, wo wir heute arbeiten wollten, denn sie haben im Nebengebäude auf der Lauer gelegen.«

Dann wissen sie auch, wo heute gejagt wird und wo die Ziegen weiden … Der Gedanke drückt mir die Luft ab, ich muss raus, durchatmen.

Es ist ein klarer Tag, die Sicht ist gut. Das wird die Sentinel freuen.

Nein, so darf ich nicht denken!

Mit zusammengekniffenen Augen spähe ich in die Richtung, die die Jäger immer einschlagen, zum breiten Strom. Von dort müssten sie auch heute zurückkommen.

Hör auf damit, es ist noch zu früh, du machst dich verrückt. Meine innere Stimme ist vernünftig, aber leider nicht stark genug. Das Gefühl, dass etwas Furchtbares passieren wird, lässt sich nicht vertreiben.

»Komm wieder herein.« Ein Arm legt sich um meine Schultern. Quirin. »So, wie du hier stehst, gibst du ein viel zu gutes Ziel ab.«

Also hegt er die gleichen Befürchtungen wie ich. Dass der Sphärenbund einen schnellen Schlussstrich ziehen will. Ich wünschte, ich könnte wenigstens über meine Gedanken sprechen, aber nach wie vor kommt kein Laut aus meiner Kehle.

Ich habe das Gefühl, dass eine Ewigkeit vergangen ist, als sich die Tür zur Halle erneut öffnet und Tomma hereinkommt. Immerhin.

»Ich habe es eben erst erfahren, wie geht es Tycho?« Sie beugt sich über ihn und berührt zaghaft den blutigen Verband.

»Keiner von euch darf mehr hinaus«, sagt Quirin bestimmt. »Hörst du, Tomma? Es sind mehrere Trupps und sie suchen nach euch, gezielt. Unter den Dornen habt ihr nicht allzu viele Freunde und nur die wenigsten würden ihr Leben riskieren, um eures zu schützen. Sie sind froh, dass die Sentinel es diesmal nicht auf sie abgesehen haben.« Er tritt einen Schritt auf Tomma zu und hebt ihr Kinn, sieht ihr tief in die Augen. »Hast du mich verstanden? Bleib im Haus.«

Sie lächelt. »Sicher. Danke, dass Sie sich so um uns sorgen. Um uns alle.«

Nicht um uns, nur um das, was wir erfahren haben und weitergeben können, denke ich und schäme mich im gleichen Moment. Es ist nicht fair.

Danke, forme ich mit den Lippen und sehe Quirin dabei an.

»Ich wollte ohnehin ein paar Tage ausruhen«, plaudert Tomma weiter, »die viele Zeit im Freien tut meinem Husten und meinem Hals nicht gut.« Im nächsten Moment schlägt sie sich die Hand vor den Mund. »Tut mir leid, Ria. Im Vergleich zu deinen Halsschmerzen ist das natürlich … gar nichts.«

Schon gut, nicke ich. Viel schlimmer als die Schmerzen finde ich den Verlust meiner Stimme. Keine Fragen stellen, keine Gespräche lenken zu können. Ich denke an das kostbare Papier, oben, in unserem Zimmer. Soll ich es opfern, um mich besser verständlich machen zu können? Im Notfall, nehme ich mir vor, werde ich das tun.

Immerhin sind meine Ohren noch intakt und deshalb höre ich die Jäger zurückkommen, noch bevor sie die Halle erreichen. Ihre Gespräche sind laut und aufgeregt, und bevor Quirin mich daran hindern kann, bin ich aus der Tür geschlüpft.

Aureljo. Aufrecht und unverletzt. Ich will vor Erleichterung lachen, aber die Klingen in meinem Hals lassen das nicht zu. Neben ihm geht Sandor, mit gerunzelter Stirn, Peitsche und Messer in den Händen. Hinter ihm Fleming, ebenfalls heil und unversehrt.

»Wo ist Tycho?«, fragt er und ich deute auf die Halle. Er nickt, die dunklen Ringe unter seinen Augen lassen auf eine durchwachte Nacht schließen. Noch im Gehen holt er seine Latexhandschuhe aus dem Medpack und streift sie über, das gibt mir Gelegenheit, einen Blick in den geöffneten Rucksack zu werfen.

Kaum noch etwas drin. Ein kleiner Rest Verbandsstoff, ein paar Ampullen ohne Beschriftung. Fleming hat fast sein ganzes Arbeitsmaterial verbraucht.

Ein paar Minuten später stehen wir alle in einem Halbkreis um Tycho herum und sehen Fleming dabei zu, wie er die Verbände abnimmt und die Wunde darunter mit geübten Fingern untersucht.

»Glück im Unglück«, sagt er. »Durchschuss.«

»Ja. Aber viel länger könnt ihr euer Glück nicht mehr strapazieren«, erwidert Quirin. »Ihr müsst gehen. Der Clan wird euch nicht daran hindern, nachdem ich Anspruch auf euch erhoben habe. Verabschiedet euch von den Dornen, sagt ihnen, ihr zieht den Fluss entlang nach Westen, damit sie alle dasselbe erzählen, wenn die Sentinel wissen wollen, wo ihr abgeblieben seid. Dann verstecke ich euch und wir finden einen Weg, euch in eine der Sphären zu bringen.«

Fleming fährt herum. »Nicht das schon wieder! Wir werden nicht zurückgehen. Wenn Aureljo für kurze Zeit seinen Ehrgeiz beiseitelassen könnte, würde er einsehen, dass es Wahnsinn ist.«

Ich kenne das Lächeln, das Aureljo jetzt aufsetzt. Das hat nichts mit Freundlichkeit zu tun. »Du siehst doch, dass sie uns töten wollen, egal, was wir machen. Da sterbe ich lieber mit einer Erklärung als unwissend in der Wildnis, mit einer Kugel im Kopf.«

Fleming öffnet den Mund zu einer Antwort, schließt ihn aber wieder, bevor er auch nur ein Wort gesagt hat. Er wendet sich Tycho zu und legt seine letzte Mullkompresse auf dessen Wunde, dann verbindet er sie neu. »Wozu mache ich das überhaupt noch«, murmelt er.

Quirins Blick wandert von ihm zu Aureljo und wieder zurück. »Ihr solltet deswegen nicht streiten. Einen sicheren Ausweg gibt es nicht, fürchte ich. Weder hier noch in den Sphären.«

Um Flemings Mund spielt ein spöttisches Lächeln. »In dem Punkt kann ich wohl kaum widersprechen. Unsere Lebenserwartung ist da wie dort ein Witz.« Er legt den Kopf schief. »Hier draußen tippe ich auf vier Monate, sechs vielleicht, wenn wir uns gut halten. Aber ich glaube nicht, dass einer von uns das Ende des nächsten Winters erleben würde.« Er legt den Kopf schief und sucht Quirins Blick. »Allerdings kommt es doch immer auch darauf an, wie man stirbt, nicht? Erfrieren soll sehr friedlich sein. Und gewisse Fieberarten lassen einen sanft ins Nichts hinübergleiten. Ganz anders als Würgeschlingen oder ein Erschießungskommando.«

Quirin betrachtet seine Hände. Es dauert einige Zeit, bis er reagiert. »Ich unterstütze Aureljo, weil sein Plan mit Hoffnung verbunden ist. Darauf kommt es an. Versprichst du dir denn wirklich nicht mehr vom Leben als einen friedvollen Tod?« Damit geht er aus der Halle und wenig später verabschiedet sich auch Fiore.

»Ich muss das tun, verstehst du das nicht?« Aureljo versucht noch einmal, Fleming seine Motive näherzubringen. »Stell dir vor, wir fliehen weiter und weiter, immer voller Angst, immer Sentinel auf unseren Fersen. Das ist doch kein Leben! Zumindest nicht, solange noch die Möglichkeit besteht, die Dinge aufzuklären.« Er macht einen Schritt auf Fleming zu, doch der weicht kopfschüttelnd zurück.

»Dann eben nicht.« Man sieht Aureljo die Verärgerung an, aber seine Stimme klingt freundlich, als er auf Tycho deutet. »Was denkst du, wie oft so etwas noch gut gehen wird? Du hast es eben selbst gesagt – nur dass ich persönlich vier Monate recht optimistisch finde. Wir haben nicht gelernt, draußen zu überleben. Auch wenn der Bund die Suche nach uns aufgeben sollte, verhungern oder erfrieren wir im nächsten Winter, wenn der Schnee wieder meterhoch liegt. Auch das war eins deiner eigenen Argumente.«

In Flemings Gesicht arbeitet es. Als wollte etwas aus ihm herausbrechen. »Hier haben wir wenigstens eine Chance«, presst er hervor. »Die du wegwerfen willst. Und natürlich werden die anderen dir folgen, denn genau darin bist du gut: Leute auf deine Seite zu ziehen.«

Normalerweise würde ich jetzt einschreiten, mit ein paar geschickten Worten die Wogen glätten. Doch stumm, wie ich bin, könnte ich höchstens versuchen, Aureljo aus dem Streit herauszuholen, ihn berühren, seine Aufmerksamkeit gewinnen und ihn aus der Halle führen – was aber ganz klar danach aussehen würde, als wäre ich seiner Meinung und auf seiner Seite.

Wenigstens Tomma könnte etwas sagen, aber sie tut so, als ginge sie das Thema nichts an. Weil sie schon längst beschlossen hat hierzubleiben. Bei Yann und den Bäumen.

»Du wirst erst zufrieden sein, wenn wir alle tot sind«, zischt Fleming, bevor er sich wieder ganz Tycho zuwendet. Von dort, wo ich stehe, sieht es so aus, als würden seine Hände zittern.

»Ich werde erst zufrieden sein, wenn ich alles weiß.« Damit verlässt Aureljo die Halle. Quirin suchen, vermute ich, selbst erstaunt darüber, wie sehr mich der Gedanke stört. Ich wünschte, wir könnten unsere Entscheidungen allein treffen, nur wir sechs. Ohne Einmischung von außen und ohne Streit.

Kaum fünf Minuten später zieht Fleming die Handschuhe aus. »Könnt ihr kurz bei Tycho bleiben? Wenn er aufwacht, werden seine Schmerzen schlimm sein, und ich habe noch einen kleinen Rest Tabletten in unserem Quartier.« Er sagt Quartier, als wären wir noch in der Sphäre.

»Ja«, versichert Tomma. »Ja, geh nur.«

Wir folgen ihm mit unseren Blicken, als er die Halle verlässt. Wie müde er aussieht, denke ich. Aber vielleicht liegt das nur an seiner langen Gestalt, die sofort gekrümmt wirkt, sobald er auch nur die Schultern hängen lässt.

Vor dem Haus kommt Wind auf. Er pfeift durch die Ritzen und wird die, die noch auf der Jagd oder beim Sammeln sind, wahrscheinlich früher zurückkehren lassen.

Tomma summt eine Melodie vor sich hin, die ich nicht kenne. »Hast du gewusst, dass das hier vor der Langen Nacht eine Schule war?«, fragt sie nach einiger Zeit.

Nein, das wusste ich nicht. Aber ich kann es mir gut vorstellen: die vielen Räume, die Flure, die Treppen. Ich wünschte, die Bücher von damals wären noch vorhanden.

»Yann hat es mir erzählt«, fährt Tomma fort. »Er weiß es von Quirin. Merkwürdig, oder? Wir verlassen eine Akademie und landen in einer anderen.«

Solche Zufälle, die nach Schicksal aussehen, gefallen Tomma, das war schon immer so. Ich höre ihr nur noch mit halbem Ohr zu, als sie anfängt, von den Ziegenställen zu erzählen, die sich heute dort befinden, wo früher das Körpertraining stattgefunden hat.

Auf dem Tisch beginnt sich Tycho zu regen, er ist nur halb wach, aber durstig. Ich flöße ihm Wasser ein, bis er schwer atmend zurücksinkt. Tröstende Worte habe ich keine für ihn, nicht nur wegen meiner Stummheit. Unsere Lage ist schwieriger als je zuvor, jede Entscheidung kann die falsche sein.

Ich greife nach seiner Hand. Es ist ein gutes Zeichen, dass sie kalt ist, jedenfalls besser als fieberheiß. Der Puls geht schnell, aber er rast nicht. Trotzdem wünschte ich, Fleming käme allmählich zurück.

»Er lässt sich ganz schön Zeit«, meint Tomma wie ein Echo meiner Gedanken. »Hoffentlich ist er nicht wieder mit Aureljo aneinandergeraten.«

Ja, das hoffe ich allerdings auch. Streit innerhalb der Gruppe macht uns noch schwächer, als wir sowieso schon sind.

Ich werfe einen auffordernden Blick zur Tür und Tomma stutzt einen Moment, dann begreift sie. »Ich soll nachsehen gehen? In Ordnung. Ich hole Fleming zurück, aber dann suche ich Yann, okay? Er wollte mir zeigen, wie man Schuhe näht.« Sie läuft davon, mit hüpfenden Schritten wie ein kleines Mädchen. Ist es wirklich Yann, der sie so glücklich macht? Ich kann es mir einfach nicht vorstellen. Aber irgendetwas muss sie hier draußen gefunden haben, das sie in den Sphären vergeblich gesucht hat.

»Der muss dann weg hier.« Ohne dass ich sie gehört hätte, ist eine der alten Frauen aus der Küche hinter mir aufgetaucht. »Oder soll er noch hier liegen, wenn das Essen kommt, hm? Sollen wir ihm die Platten auf den Bauch stellen?«

Ich schüttle den Kopf. Nein, natürlich nicht. Aber allein kann ich ihn nicht wegtragen.

»Ah. Sprichst nicht mit mir, hm? Verdammte Lieblinge. Arrogant bis über beide Ohren. Hätten sie mich gefragt, wärt ihr schon längst Wolfsfutter. Als Arbeiter taugt ihr nichts.« Damit spricht sie aus, was die meisten hier wahrscheinlich denken.

Ich deute auf meinen Hals und hoffe, sie versteht, dass ich zwar antworten will, aber nicht kann, doch sie zuckt nur mit den Schultern.

»Ja, ja. Und dann auch noch so zarte Pflänzchen. Jeder Kratzer gleich ein Weltunter–«

Ein Schrei unterbricht sie, ein fast unmenschlicher Laut, voller Panik, Schmerz, Entsetzen.

Tomma, das ist Tomma! Mit einem Schlag ist mir kälter als jemals zuvor, ich lasse Tycho bei der alten Frau zurück und renne los, ohne zu wissen, woher der Schrei genau gekommen ist. Aber wenn ein Sentinel seine Schlinge um Tommas Hals gelegt hat, muss ich schnell sein, schnell.

Wider besseres Wissen versuche ich, um Hilfe zu rufen, vielleicht gehorcht mir meine Stimme wenigstens im äußersten Notfall, doch es kommt kein Ton, nicht einmal ein Krächzen heraus.

Egal. Weiter. In unser Zimmer, da wollte Tomma hin.

Treppen hoch, mein Atem geht keuchend, im Laufen greife ich nach einem losen Stein, mit dem ich dem Sentinel den Schädel einschlagen werde. Dass sie bis hierher vordringen würden, hätte ich nicht gedacht.

Zwei Mädchen kommen mir entgegen, ich remple sie zur Seite, noch keine Spur von Tomma und niemand hier, von dem ich Hilfe erwarten könnte.

Eine Treppe noch. Nicht stehen bleiben. Jetzt höre ich ein Schluchzen, jemand wimmert, und obwohl es beängstigend klingt, ist es ein gutes Zeichen, wenigstens bekommt Tomma Luft, vielleicht wird sie nur bedroht, vielleicht ist es noch nicht zu spät …

Da vorne ist die Tür zu unserem Zimmer. Sie steht halb offen, gleich bin ich da, gleich –

Fast wäre der Stein aus meiner schweißnassen Hand geglitten. Das Schluchzen wird lauter, ich höre Tomma etwas stammeln, das gleiche Wort, immer und immer wieder. »Nein.«

Dann bin ich an der Tür, die Hand mit dem Stein zum Schlag erhoben – aber es ist kein Sentinel zu sehen. Auch im toten Winkel neben der Tür lauert niemand, der Raum ist leer, bis auf Tomma natürlich.

Und bis auf denjenigen, neben dem sie kauert.

»Nein«, weint sie noch immer, »nein, nein.«

Mein Herz hämmert so heftig, dass es fast wehtut. Da ist Blut auf dem Boden, viel Blut. Aber ich habe mich um den falschen Freund gesorgt. Die Sentinel haben nicht Tomma erwischt, sondern Fleming.

Er liegt ausgestreckt auf dem Rücken, bewegungslos … tot.

Nein. Nein, vielleicht noch nicht tot, wenn wir uns beeilen, wenn jemand Quirin zurückholt …

Nach Hilfe rufen, schnell. Ich rufe, kann mich aber nicht einmal selbst hören, das Blut, das in meinen Ohren rauscht, ist lauter als jeder Ton aus meiner Kehle.

Niemand kommt.

Ich packe den Stein fester und schlage ihn gegen die Mauer, gegen ein Stück Blech am Fenster. Fester, so fest ich kann. Jemand wird es hören. Aureljo, hoffentlich Aureljo, er kann Fleming helfen …

Erst jetzt, aufgrund des Lärms, den ich produziere, entdeckt Tomma mich. »Er ist … Sie haben … Schau nur, Ria.«

Ich kann nicht, nicht bevor Hilfe kommt.

Tomma … Warum schreit sie nicht das Haus zusammen? Ich möchte sie schütteln. Warum tut sie nichts?

»Du kannst aufhören«, schluchzt sie. »Hör doch auf.«

Sie hat recht. Natürlich. Wichtiger ist, dass ich mich um Fleming kümmere. Herzmassage, Beatmung. Werde ich das können?

Ich durchquere das Zimmer, knie mich hin, es ist, als befände ich mich unter Wasser. Jede meiner Bewegungen ist langsam und mühsam. Jetzt sehe ich Flemings Gesicht, der Mund steht offen, die Augen ebenfalls, wenn auch nur halb …

Es ist nicht mehr nötig, seinen Puls zu fühlen, aber ich tue es trotzdem, taste verzweifelt sein Handgelenk ab, seinen Hals. Doch alles, was ich spüre, ist mein eigener, rasender Herzschlag.

Dass Tränen über mein Gesicht laufen, begreife ich erst, als sie auf Fleming herabtropfen und auf den Boden, wo sie sich mit Blut vermischen.

»Er wo…wollte doch nur … nur Tabletten holen, wieso …«

Ich wünschte, Tomma würde still sein. Ich brauche Zeit, um zu begreifen, was ich sehe. Vor zwanzig Minuten hat Fleming noch in der Halle gestanden, hat Tychos Verband neu angelegt, hat mit Aureljo gestritten.

Alles in mir sträubt sich, wehrt sich gegen die Realität, obwohl mein Kopf es besser weiß. In einem Moment am Leben, im nächsten nicht mehr. So funktioniert der Tod, da gibt es keinen Prolog und keine Vorbereitung.

Jemand sollte Flemings Augen schließen. Ich hebe meine Hand und bin erstaunt, wie sehr sie zittert. Als würde ich unter Schüttellähmung leiden.

Langsam, sage ich mir. Langsam, du kannst das. Ruhig.

Ein Geräusch an der Tür, ich fahre herum, ein lautloser, erschrockener Schrei lässt meine Kehle brennen wie Feuer.

Die Sentinel sind noch da, natürlich! Und nun erledigen sie die nächsten zwei Verschwörer.

Doch in der Tür steht nur Sandor, mit fassungslosem Gesicht. Aber er fängt sich deutlich schneller als ich, sein Blick berührt den Toten nur kurz und prüft dann sofort jede Ecke im Zimmer. »Habt ihr jemanden gesehen?«

»N…n…nein«, stammelt Tomma. »Ich w…war als Erste hier und h…h…habe ihn …«

»Du hast ihn gefunden, ja?« So weich habe ich Sandors Stimme noch nie gehört.

Tomma nickt und wischt sich mit dem Ärmel über die Augen.

»Hast du jemanden weglaufen gesehen? Oder ist dir auf dem Weg jemand entgegengekommen?«

Sie schüttelt den Kopf. »Nur ein paar von den Näherinnen.«

Sandor steckt zwei Finger in den Mund und pfeift. Kurz darauf hallen Laufschritte über den Flur und drei Männer erscheinen in der Tür.

»Than?«

»Sucht das Gebäude und die Häuser rundum ab, die ganze Gegend, achtet auf Sentinel, Schlitzer oder Scharten. Kann sein, dass sie sich versteckt halten und warten, bis es dunkel wird, bevor sie sich aus dem Staub machen. Holt euch weitere Männer zur Unterstützung, ich komme auch gleich. Und nehmt Tomma mit, Yann soll sich um sie kümmern.« Er hilft Tomma hoch und kniet sich neben mich. Die Art, wie er nach Flemings Puls sucht, wie er sich ruhig und ohne Hast ein Bild von der Situation macht, lässt mich vermuten, dass er das schon öfter getan hat.

Ich spüre, dass er mich von der Seite ansieht.

»Du weißt, dass er tot ist, nicht?« Immer noch dieser sanfte Ton, der mich gleich dazu bringen wird, mich an seine Schulter zu lehnen und meinen Tränen vollends freien Lauf zu lassen.

Dann allerdings sehe ich das Messer.

Der Griff ist so kurz, dass ich ihn bisher nicht entdeckt habe, er ragt kaum mehr als fünf Zentimeter zwischen den Falten von Flemings Kleidung hervor. Wie die Waffe eines Sentinel sieht das aber nicht aus, eher wie die, mit der Sandor gestern seinen Gegner getötet hat. Automatisch rücke ich ein Stück von ihm ab und wische mir die Tränen aus den Augen, damit ich besser sehen kann. Steckt sein Messer noch im Gürtel?

»Nein, ich war es nicht.« Das Einfühlsame ist aus Sandors Stimme verschwunden und durch Eis ersetzt worden. »Warum sollte ich?«

Selbst wenn ich eine Antwort hätte, könnte ich sie ihm nicht geben, aber das ist auch gar nicht nötig. Ich will mich nicht von seinen Worten beschwichtigen lassen, sondern werde mich auf die Quelle verlassen, der ich vertraue: das Mienenspiel meines Gegenübers.

Ich dränge alles zurück, die Angst, meinen Unglauben, die Trauer um Fleming, und konzentriere mich auf Sandors Gesicht.

Nach außen hin zeigt er keine Empörung, eher so etwas wie ... Stolz. Aber aufgrund der Art und Weise, wie er seine Lippen zusammenpresst, wirkt er beinahe verletzt.

Unsere Blicke bohren sich ineinander. Gestern hat er mir das Leben gerettet. Warum sollte er heute einen von uns töten?

Sandor wendet sich ab, bevor ich es tun kann. Mit einer schnellen Bewegung packt er den Messergriff und zieht daran.

Angesichts des nassen Geräuschs, das die herausgleitende Klinge macht, dreht sich mir beinahe der Magen um.

»Ein Sentinel-Messer, bei dem jemand den Griff ausgetauscht hat«, stellt er fest. »Gute Wahl. Kann jedem gehören, aber nicht jeder trifft mit nur einem Stich genau zwischen zwei Rippen hindurch ins Herz.«

Natürlich fallen mir sofort die Exekutoren ein, die uns in der Magnetbahn überfallen haben – sie haben Prim-Waffen verwendet. Die gestern ein Seil. Nur Tycho ist von einer Schusswaffe niedergestreckt worden.

Das Ergebnis wird das gleiche sein. Eine Kugel oder eine Klinge, hat Fleming noch vor wenigen Tagen gesagt, um Aureljo von seinem Plan, zu einer Sphäre aufzubrechen, abzubringen. Vorhin hat er von einem friedlichen Tod gesprochen. Jetzt knie ich vor seiner Leiche und seine Worte erscheinen mir wie eine Prophezeiung. Er hatte solche Angst.

Ohne dass ich es verhindern kann, treten mir wieder Tränen in die Augen. Wir hätten besser aufeinander aufpassen müssen.

»Du solltest es deinen Leuten sagen.« Sandor ist aufgestanden und ich sehe, dass er sein Messer am Gürtel trägt. Das andere, blutige, hält er vorsichtig zwischen zwei Fingern.

Ein weiteres Mal deute ich auf meinen Hals. Ich kann nichts sagen.

Er nickt betreten. »Tut mir leid, natürlich. Gut, dann spreche ich mit ihnen.«

An der Tür stößt er wieder einen Pfiff aus. »Du solltest nicht mehr allein unterwegs sein. Und sei gewiss, ich halte es nicht für eine ausgemachte Sache, dass ein Sentinel Fleming auf dem Gewissen hat.« Er wirft dem toten Körper einen letzten, bedauernden Blick zu. »Unter den Dornen, aber noch mehr unter den Noranern, finden sich Dutzende, die euch lieber heute als morgen tot sehen würden. Aber es fällt mir schwer zu glauben, dass sie ausgerechnet Fleming töten, der so vielen von ihnen geholfen hat.« Damit lässt Sandor mich allein.

Zwei seiner Jäger begleiten mich zurück in die Halle, wo die Vorbereitungen für das Abendessen auf Hochtouren laufen. Tycho wurde auf eine Art Matratze gelegt, er hat in der Zwischenzeit die Augen aufgeschlagen und blinzelt benommen zur Decke. Tomma hockt zusammengekauert und weinend an der Wand.

»Ich habe es ihm noch nicht gesagt«, flüstert sie. »Ich kann nicht.«

Ich kann es ebenfalls nicht, selbst wenn ich wollte.

Sobald ich die Augen schließe, sehe ich Flemings totes Gesicht vor mir. Nun sind wir nur noch zu fünft und es fühlt sich so an, als hätte sein Tod einen Bann gebrochen – ab jetzt kann es jeden von uns treffen, jederzeit.

Ich gehe zu Tycho und lege ihm eine Hand auf die Stirn. Kaum heiß, zum Glück. Er lächelt tapfer, aber schmerzerfüllt, und mir fallen die Tabletten in Flemings Hand ein. Ich habe vergessen, sie mitzunehmen, aber ich bringe es nicht über mich, noch einmal zurückzugehen.

32

Keiner von uns isst etwas an diesem Abend. Trotzdem sitzen wir in der Halle, denn in der Menge sind wir sicherer, selbst wenn sich Flemings Mörder im gleichen Raum befinden sollte. Beschützt von unseren Feinden. Sandor hat vier seiner Jäger als Wachen für uns abgestellt und auch er selbst behält uns im Auge.

Am tiefsten hat es Aureljo getroffen, er ist blass, seine Augen wirken entzündet. Ich habe ihn nicht weinen sehen, aber ich vermute, auch er hat die Tränen nicht zurückhalten können. Wenn ich ihn ansehe, ahne ich, was in seinem Kopf vorgeht. Die letzten Worte, die Fleming und er gewechselt haben, klingen plötzlich wie eine unheilvolle Vorahnung.

Du wirst erst zufrieden sein, wenn wir alle tot sind.

Ich werde erst zufrieden sein, wenn ich alles weiß.

Obwohl Fleming fehlt, sind wir zu fünft, wie die Abende zuvor: Wir haben Tychos Krankenlager direkt neben unserem Tisch aufgebaut und auch Tomma sitzt heute wieder bei uns, als wäre es nie anders gewesen. Ihr Gesicht ist verquollen, sie will getröstet und beruhigt werden, doch niemand von uns fühlt sich dazu imstande. Irgendwann nimmt Dantorian ihre Hand und streichelt sie, woraufhin Tommas Tränen sofort wieder zu fließen beginnen.

»Haben sie ihm aufgelauert?«, flüstert Tycho. Er ist immer wieder für kurze Zeit wach und behauptet, schon morgen aufstehen zu können. Dass er sich nach wie vor nicht fiebrig anfühlt, hat er wohl Flemings Wundreinigung zu verdanken. Seiner letzten Tat.

»Das wissen wir nicht«, antwortet Aureljo. »Aber wahrscheinlich hat jemand in unserem Zimmer gewartet, um den Ersten zu töten, der es betritt. Oder der Mörder ist Fleming gefolgt.«

Es hätte also jeden von uns treffen können.

Mit einem tiefen Atemzug lehnt Aureljo sich zurück, er wirkt erschöpft, als wären die wenigen Sätze, die er gesprochen hat, unendlich anstrengend gewesen.

Uns gegenüber unterhalten sich Sandor und Quirin, es ist ein angeregtes Gespräch, in dessen Verlauf sie immer wieder zu uns hersehen.

Sollten sie beschließen, dass es sich nicht mehr lohnt, uns zu beschützen, müssen wir zusehen, dass wir von hier fortkommen. Denn vom Rest des Clans können wir nichts erwarten.

»Ausgerechnet der Nützlichste von ihnen« war der mitfühlendste Kommentar, den ich aufgeschnappt habe, die anderen Äußerungen klangen durchweg feindseliger.

»Jeder tote Liebling macht die Welt besser« habe ich am häufigsten gehört. Keine Frage, dass das für meine Ohren bestimmt war.

Wenig später kommt Quirin zu uns, sieht zuerst nach Tycho und nickt zufrieden. »Du wirst dich erholen, mein Junge. Hast noch ein paar schmerzhafte Tage vor dir, aber du wirst es überstehen, keine Sorge.«

Am linken Ärmel seiner hellen Jacke entdecke ich rote Spuren – wahrscheinlich hat er Flemings Körper ebenfalls untersucht.

»Wir haben euren Freund in ein anderes Zimmer gebracht und werden morgen bei Anbruch der Dunkelheit das Totenfeuer entzünden. Wenn ihr etwas von seinen Sachen haben wollt, solltet ihr es euch vorher nehmen, denn das Feuer wird nichts übrig lassen.«

Tomma schluchzt auf, Aureljo dreht sich zur Seite und wischt sich übers Gesicht. »Wir würden uns gern in Ruhe von ihm verabschieden, vor der Verbrennung. Kann uns morgen jemand zu ihm bringen?«

»Sicher. Ein ehrenhafter Wunsch.« Quirin verstummt, aber er scheint noch etwas sagen zu wollen, sein Blick ruht auf seinen verschränkten Fingern und der zerschrammten Tischplatte, auf der sie liegen.

»Ich habe ein langes Gespräch mit dem Than geführt«, spricht er schließlich weiter. »Fürst Vilem ist nicht mehr bereit, euch Unterschlupf zu gewähren. Er befürchtet, dass es sonst zu einem Streit innerhalb des Clans kommen würde.« Quirin streckt und beugt seine Finger. »Sandor hat versucht, ihn umzustimmen, aber es ist ihm nicht gelungen. Und nach dem, was heute passiert ist … Vilem meint, ihr lockt ihm Sentinel in sein Territorium, seit Jahren sind nicht mehr so viele hier gesichtet worden. Und heute muss mindestens einer von ihnen hier im Haus gewesen sein, um Fleming zu töten.« In einer beschwichtigenden Geste hebt Quirin die Hände, noch bevor jemand von uns protestieren kann. »Ich weiß, ich weiß, es könnte auch einer der Dornen gewesen sein oder ein Noraner. Aber wenn wir uns ansehen, was Ria und Tycho widerfahren ist, wenn wir uns daran erinnern, was der Sphärenbund mit euch vorhatte, dann können wir Vilems Befürchtungen nicht einfach vom Tisch wischen.«

Nein, das können wir nicht.

Ein Sentinel-Messer, bei dem jemand den Griff ausgetauscht hat.

Jeder könnte es gewesen sein. Sogar einer von uns. Der Verräter, wenn es ihn gibt.

Ein verrückter Gedanke formt sich in meinem Kopf. Tomma ist Fleming suchen gegangen, fand ihn in unserem Zimmer. Wer sagt, dass sie nicht die Gelegenheit ergriffen hat, dem Sphärenbund einen Gefallen zu tun? Ein gut gezielter Stich, Fleming, der von ihr nichts Böses erwartet hat, und dann ihr Zusammenbruch, als er wirklich tot vor ihr lag. Möglich wäre es.

»Dann werden wir euch nach dem Totenfeuer verlassen«, höre ich Aureljo sagen. »Ihr habt uns lange Gastfreundschaft und Schutz gewährt, wir sind euch sehr dankbar.«

Quirin nickt, als hätte er nichts anderes erwartet, und lächelt. »Ich dachte mir, dass du das vorschlagen würdest. Aber ich habe unseren Plan nicht vergessen. Nur weil Vilem euch fallen lässt, heißt das noch lange nicht, dass ich es auch tue.« Er sieht uns an, einen nach dem anderen. »Von dieser Stadt ist weit mehr übrig geblieben, als es auf den ersten Blick scheinen mag. An der Oberfläche sind die Ruinen in der Überzahl, aber es gibt hier auch die Stadt unter der Stadt. Ria kennt bereits einen Teil davon. Gänge, Kanäle, Schächte, Katakomben – ein vernetztes System, das fast unbeschädigt ist.« Sein Lächeln vertieft sich. »Dort bin ich der Fürst und dort seid ihr herzlich willkommen.«

Es ist ein düsteres Reich und ich bin mir nicht sicher, ob ich dort längere Zeit verbringen will. Aber das ist Nebensache, Quirins Angebot ist ein Geschenk, das wir keinesfalls ausschlagen dürfen. Allein schon, weil wir jetzt zwei Verletzte unter uns haben, die noch Wochen brauchen werden, um wieder lange Märsche durchhalten zu können.

Quirin beugt sich vor, er spricht nun so leise, dass er bei all dem

Lärm in der Halle kaum zu verstehen ist. »Packt eure Sachen und verabschiedet euch von denen, die ihr besser kennengelernt habt. Achtet darauf, dass ein paar Geschwätzige darunter sind. Erzählt ihnen, dass ihr den großen Fluss entlangwandern, eine verlassene Siedlung suchen wollt, die ihr wieder aufbauen könnt.«

Ich nicke, obwohl ich nicht viel dazu werde beitragen können, diese falsche Fährte aus Worten zu legen. Sollte meine Stimme nicht unverhofft früh zurückkehren, wird Aureljo das meiste übernehmen müssen, denn Dantorian spricht generell nicht viel und Tomma wird man die Lüge vermutlich an den Augen ablesen können.

»Nach dem Feuer macht ihr euch nach Norden auf, für Tycho stellen wir eine Trage bereit. Ich und Sandor werden euch das Stück bis zum Eintritt unter die Erde begleiten und wir werden die Einzigen sein, die wissen, wo ihr seid.«

Erstaunlich, wie sehr es mich beruhigt, dass Sandor in den Plan eingeweiht ist. Er würde nicht zustimmen, wenn es eine Falle wäre.

Im Moment führt er ein intensives Gespräch mit Fürst Vilem und ich müsste mich sehr täuschen, wenn sie nicht über uns sprächen.

Er spürt meinen Blick sofort, wendet blitzschnell den Kopf zu mir. Jägerinstinkt. Ich deute ein Lächeln an, das als Entschuldigung gedacht ist für meinen unausgesprochenen Verdacht.

Beinahe erwidert er es. Beinahe.

Viel ist es nicht, was wir am nächsten Tag an Habseligkeiten zusammenzupacken haben. Ein paar Kleidungsstücke und Gebrauchsgegenstände, die wir von den Dornen bekommen haben.

Ich werde den Jagdbogen behalten und jede Möglichkeit ergreifen, damit zu üben.

Ein kleiner Teil meiner Stimme ist zurückgekehrt, ich kann einzelne Worte krächzen, unter Schmerzen, aber immerhin.

Lennis schüttelt meine Hand und wünscht mir Glück. »Schade, dass ihr nicht bleiben könnt. Wenn man sich eingewöhnt hat, lebt man gut hier. Welche Richtung werdet ihr einschlagen?«

»… Fluss entlang«, presse ich hervor.

»Ah. Ja, das ist sicher vernünftig. Aber keine Sorge, wenn mich jemand fragt, sage ich, ihr seid nach Osten gezogen.«

Lore gehört zu den wenigen, denen unser Abschied leidtut. Dinah hingegen ist sichtlich froh.

»Wurde auch Zeit«, erklärt sie. »Ihr zieht das Unglück an wie das Blut die Wölfe. Geht zurück zu den anderen Lieblingen. Jeder zu seinem Clan, sagt Mutter immer.«

Andris sieht beinahe gerührt aus, als er unser Gepäck kontrolliert, um sicherzugehen, dass wir den Dornen nichts Wertvolles gestohlen haben.

»Warst eine brauchbare Sammlerin«, sagt er und legt mir seine Pranke auf die Schulter. »Für einen Liebling.«

Noch bevor die Dämmerung rötliche Schlieren durch die Wolken am Horizont zieht, führen sie uns zu Fleming. Es ist eine kleine, kühle Kammer nahe dem Keller, in dem wir bis vor Kurzem gewohnt haben.

Quirin ist nicht mitgekommen, aber Sandor und Fiore begleiten uns bis zur Tür, ebenso die zwei Jäger, die Tycho tragen.

»Ich will aufstehen«, verlangt er.

Bei den Schwarzdornen respektiert man offenbar auch Wünsche, die dem gesunden Menschenverstand widersprechen, denn Sandor greift, ohne zu zögern, nach Tychos Arm und stützt ihn.

Schon bevor wir eintreten, ist mir zum Weinen zumute. Es ist das letzte Mal, dass wir Fleming sehen werden, für ihn gibt es keine Chance mehr auf einen Neuanfang. Keine Chance auf irgendetwas.

Fleming, so hochgewachsen, wirkt im Tod kleiner. Sie haben ihn auf eine Art Liege gebettet, sein Kopf ist ein wenig zur Seite gedreht, als würde er lieber die Wand betrachten als uns. Seine Haut hat seit gestern ihre Farbe geändert, sie ist gelblich und fahl wie das Wachs alter Kerzen.

Ich bemühe mich um Haltung, Tomma dagegen schluchzt haltlos und klammert sich an Dantorian, der kaum zu Fleming hinsehen kann, immer wieder den Blick abwendet. Seine Unterlippe bebt.

»In einer halben Stunde kommen wir zurück«, sagt Sandor leise. Er tritt in die Mitte der Kammer, neigt den Kopf vor dem Toten, dann dreht er sich um und geht. Fiore und die Jäger folgen ihm.

Die Stille, die sich nach dem Verhallen ihrer Schritte über uns legt, ist schwer wie nasser Schnee. Jemand wird etwas sagen müssen, Aureljo wahrscheinlich, doch es ist Tycho, der als Erster das Wort ergreift.

»Fleming hat mich versorgt, als ich verletzt war. Er ist getötet worden, weil er mir Medikamente holen wollte.« An dieser Stelle schwankt seine Stimme, doch er fängt sich schnell. »Ich werde ihn nicht vergessen und alles tun, um seinen Ruf in den Sphären wiederherzustellen. Er war kein Verschwörer, ebenso wenig wie ich. Er hätte nicht sterben dürfen.« Das Stehen fällt Tycho noch schwer, durch den Blutverlust ist sein Kreislauf geschwächt. Er schwankt, stützt sich an der Wand ab und lässt sich dann langsam zu Boden sinken.

Ich würde auch gern etwas sagen, über Flemings großes Talent als angehender Arzt, über seine Geschicklichkeit, sein Einfühlungsvermögen und seine bedingungslose Hilfsbereitschaft. Was für eine Verschwendung sein Tod ist. Wie ungerecht ich es finde, dass es ihn getroffen hat. Aber mein Hals spielt noch nicht mit, mehr als »Leb wohl« bringe ich nicht heraus. Aber immerhin kann ich zu ihm gehen und einen Kuss auf seine Stirn drücken, die kalt ist wie ein glatter Stein.

Was ich sagen wollte, sagt am Ende Aureljo, und es ist nicht zu übersehen, wie bewegt er ist. Er weiß mehr über Fleming als ich, erzählt von seiner Forschungsarbeit und den Plänen, die er hatte.

»Es hätte jeden von uns treffen können«, schließt er. »Jeden, der das Zimmer betreten hätte. Aber so trauern wir nun um Fleming, benannt nach dem weltberühmten Arzt und Entdecker, dem er an Einsatz und Forschungsdrang nicht nachstand.«

Dass Aureljo die Trauerformeln der Sphären übernimmt, dass er Fleming die ganze Wertschätzung zukommen lassen will, die er dort erhalten hätte, macht all meine Selbstbeherrschung zunichte. Tränen brennen in meinen Augen und ich lasse sie fließen.

In gewisser Weise ist es schlimmer als bei Lu, weil ich so nah war, als es passiert ist. Weil ich den Gedanken nicht abstreifen kann, dass ich es hätte verhindern können.

»Will noch jemand etwas sagen?«, fragt Aureljo mit belegter Stimme. Wir schütteln die Köpfe.

Dantorian wendet sich als Erster zum Gehen, an seinem Arm hängt immer noch Tomma, mit rot geschwollenen Augen.

»Wartet!«, ruft Tycho. »Wir sollten seinen Salvator mitnehmen.

Ich weiß, der ist so kaputt wie bei uns allen, aber vielleicht hat er ja doch etwas aufgezeichnet, während … also, als Fleming gestorben ist. Dann wüssten wir wenigstens ein bisschen mehr.«

»Gut.« Aureljo tritt noch einmal an die Liege heran. Mit vorsichtigen Bewegungen, als wollte er Fleming nicht wecken, löst er den Verschluss und zieht den Salvator von seinem Handgelenk.

Tycho streckt die Hand danach aus. »Danke.« Er streicht über das Display und drückt zwei der seitlichen Tasten. Schüttelt den Kopf, versucht es noch einmal. »Sieht schlecht aus«, murmelt er.

Um ehrlich zu sein, habe ich nichts anderes erwartet. Alle unsere Salvatoren haben Schaden genommen, sie sind ebenso wenig für das Leben außerhalb der Sphären gemacht wie wir.

»Lasst uns nach oben gehen.« Ich will Tycho aufhelfen, wir müssen ja nicht warten, bis Sandor uns holen kommt. Wenn wir die Kammer verlassen haben, wird Tomma vielleicht aufhören zu weinen.

Aber Tycho sieht die Hand nicht einmal, die ich ihm entgegenstrecke. Er hat den Salvator umgedreht und betrachtet die Rückseite, die sonst auf der Haut aufliegt. Die Seite mit den Sensoren.

»Das hier kenne ich gar nicht. Schaut mal, da ist ein Schalter.«

Ich sehe erst nach einigem Suchen, was er meint. Eine versenkte runde Taste, so klein, dass man sie kaum mit den Fingern drücken kann. Tycho schafft es trotzdem und das Display erwacht zum Leben. Zeigt Text, strahlend blau. Es sind kryptische Zeichen, sinnlose Buchstabenfolgen. Ganz klar eine Fehlfunktion.

Doch Tychos Augen weichen nicht von der Schrift. Mit spitzen Fingern zieht er den verborgenen Schalter aus seiner Versenkung und dreht daran, sachte. Die Zeichen verändern sich, ändern sich wieder und wieder – und ergeben plötzlich einen Sinn.

Tycho keucht leise auf, er hat zu weit gedreht und bemüht sich nun, die Einstellung wiederzufinden, in der der Text lesbar gewesen ist.

Dann hat er es. Mein Blick fliegt über die Zeilen und meine Knie geben nach, bis ich schließlich neben Tycho auf dem Boden sitze.

Auch er liest, was da steht, scrollt hin und her, schüttelt den Kopf. »Das gibt es doch nicht.«

»Anfang«, krächze ich. Meine Stimme ist mir fremder denn je. »Geh zum … Anfang.«

Erst denke ich, er hat nicht verstanden, was ich gesagt habe, doch dann schiebt Tycho den Text nach unten, weiter und weiter, bis es nicht mehr geht.

Es ist ein Dialog. Fragen und Antworten. Anweisungen und Rückmeldungen. Ich war nicht die Einzige, die Nachrichten erhalten hat, aber ich konnte nie zurückschreiben.

Fleming schon.

> *Es ist schiefgegangen, was soll ich tun?*, lautet die erste Meldung.
>
> *Bei ihnen bleiben. Entfernt euch nicht zu weit von der Magnetbahn. Alle am Leben?*
>
> *Ja. 7 ist verletzt, aber nicht schwer.*
>
> *Wissen wir. Nimm sie als Vorwand, um die Gruppe zu bremsen. Wir brauchen Zeit, schaffen es nicht, euch zu orten.*

Verstehe. 89 hat die Salvatoren manipuliert. Ich überrede sie, die nächste Sphäre anzulaufen.

Gute Idee. Wir fangen euch dort ab.

Danach folgt ein Abstand, wahrscheinlich sind die Konversationen tagweise aufgezeichnet.

»Was ist denn?«, erkundigt sich Aureljo leise. »Funktioniert Flemings Salvator doch noch?«

Ich schüttle stumm den Kopf. Keine Kraft für Worte, sie reicht ja kaum zum Weiterlesen.

Ziehen weiter. Nicht zur Sphäre. Kann die Richtung nicht bestimmen, Kompass des Salvators ist defekt.

Vor mir sehe ich die Szene in dem Ruinenkeller, unsere erste Nacht in der Außenwelt. Fleming, der versucht, uns klarzumachen, dass wir nur in einer Sphäre Überlebenschancen haben, und Tycho, der ihn fragt, ob er verrückt ist.

Zuletzt hat Fleming sich aber gegen Aureljos Idee, sich nach Vienna 2 zu schleichen, vehement gewehrt. Warum?

Tycho scrollt zur nächsten Botschaft, die Fleming erhalten hat. Als Absender sehe ich vor meinem inneren Auge immer den farblosen Sentinel. Aber wer weiß.

Brauchen Anhaltspunkte über eure Position. Möglichst genaue Beschreibungen der Landschaft wären hilfreich.

Die allerdings scheint Fleming nicht verschickt zu haben. Es muss schwierig für ihn gewesen sein, den Kontakt zu unseren Verfolgern zu halten, denn meistens waren wir ja zusammen, alle sechs.

Einer von euch ist ein Verräter. Irgendjemand wollte mich tatsächlich warnen und ich habe immer noch keine Ahnung, wer es war.

Unwillkürlich sehe ich zu Flemings Totenlager. Der Anblick ist der gleiche wie vorhin, trotzdem ist nun alles anders. Meine Trauer ist fort, aber weder Wut noch Hass sind an ihre Stelle getreten. Da ist nichts mehr, nur noch Leere.

Tycho dagegen ist so blass geworden, dass ich Angst bekomme, er könnte umkippen. Für ihn – für alle außer Aureljo und mich – muss der Schlag noch viel härter sein. Wir zwei wurden wenigstens darauf vorbereitet, dass einer von uns ein falsches Spiel spielt.

Die nächsten Nachrichten zeugen von Ungeduld, der Absender wartet dringend auf Flemings Antwort.

> *Haben keine Rückmeldung erhalten. Ist etwas passiert?*
>
> *Bitten dringend um Lagebericht. Brauchen Hinweise auf euren Verbleib.*
>
> *Was ist los? Haben Fahnder ausgeschickt. Wenn du lebst, melde dich schnellstens.*

Kurz darauf muss Fleming geantwortet haben.

> *Wurden von einem Clan aufgegriffen und verschleppt.*

Bin unter Beobachtung, Gerätebenutzung schwierig.

Das ist schlecht. Fahnder scheinen zerstört worden zu sein, wir haben euch nicht gefunden. Welcher Clan?

Darauf dürfte Fleming wieder einige Zeit nicht reagiert haben, denn die folgenden Zeilen stammen alle von seinem Kontaktmann, der auf Antwort drängt, eine Liste mit Clannamen schickt und zusehends ungeduldiger wird.

Als Fleming endlich zurückschreibt, muss seine Nachricht den Mann ebenso überrascht haben wie jetzt mich. Es ist ein Versuch, uns zu retten.

Gebt die Jagd auf, die Verschwörung ist zum Scheitern verurteilt. Lasst sie hier draußen sterben.

Das ist nicht vorgesehen. Wo seid ihr?

Diesmal gibt Fleming eine Antwort, allerdings eine, aus der der Empfänger kaum schlau geworden sein kann – und abgesehen davon, dass kein Wort wahr ist.

Wildnis. Etwas hügelig. Kaum Ruinen. Keine markanten Punkte in der Landschaft.

Wie heißt der Clan?

Ich weiß es nicht. Sie sprechen nicht mit uns. Halten uns versteckt und gefangen.

Kein Wort über den Fluss und die Gebäude, von denen einige sich sehr gut beschreiben lassen. Und was den Clannamen angeht, eine glatte Lüge. Fleming war dabei, als Lennis uns schon am ersten Abend ins Bild setzte. *Schwarzdorn, östliche Linie.* Er muss beschlossen haben, die Zusammenarbeit mit den Exekutoren zu beenden.

Tycho hebt den Kopf und sieht mich an. »Warum?«, fragt er.

Ich weiß es auch nicht. Aber ich vermute, dass es Fleming ähnlich gegangen ist wie mir – dass er festgestellt hat, wie sehr sich das, was wir über den Sphärenbund zu wissen glaubten, von der Wirklichkeit unterscheidet.

Aureljo, inzwischen ungeduldig geworden, hockt sich neben uns und beugt sich vor, um ebenfalls auf den Salvator sehen zu können. Ich drücke ihn sanft zur Seite. Erst will ich bis zum Ende lesen, ungestört.

Die folgende Botschaft des Kontaktmanns raubt mir einige Sekunden lang den Atem. Flemings vermutlich gut gemeinte Lüge hat eine Katastrophe ausgelöst.

> *Haben nach deiner Beschreibung den Clan geortet, bei dem wir euch vermuteten, und ausgelöscht. Fehleinschätzung. Eigene Verluste: 19. Genauere Ortsangabe nötig.*

Ich habe keine Beweise, aber ich bezweifle trotzdem keinen Moment, dass hier in knappen Worten das Schicksal der Noraner beschrieben wird. Fleming hat sich in jeder freien Minute um die Überlebenden gekümmert. Wie muss er sich dabei gefühlt haben? Unvorstellbar.

Und wie zermürbend muss es gewesen sein, uns die ganze Zeit

über etwas vorzumachen. Irgendwann scheint Fleming begriffen zu haben, dass es gar keine Verschwörung gibt, dass wir unschuldig sind und er belogen wurde.

Darauf lassen auch die weiteren vagen und zudem falschen Mitteilungen schließen, die er seinem Kontaktmann kurz darauf gesendet hat.

> *Bessere Eingrenzung des Aufenthaltsortes nicht möglich, aber auch nicht nötig. 114 wurde von Wölfen angefallen und liegt im Sterben. Sieben wurde von Prim niedergestochen, Wunde eitert. Abwarten ist die beste Taktik, vermeidet weitere Verluste in den eigenen Reihen. Das Problem wird sich von selbst lösen.*

Sein Plan scheint aufgegangen zu sein. Zum Teil jedenfalls.

> *Wenn nötig, hilf nach. Wir haben Schlitzer ausgeschickt. Bei veränderter Situation erwarten wir einen sofortigen Bericht. Informiere uns sofort über Tote und sorge dafür, dass wir die Leichen abholen können.*

Schlitzer. Ausgerüstet mit den Fotos derjenigen, die sie töten sollen. Was haben die Exekutoren ihnen dafür versprochen? Heizkartuschen und Schockstäbe, wie der Tote mit den spitz gefeilten Zähnen sie bei sich hatte? Es spielt keine Rolle, wahrscheinlich hätten sie uns auch für eine warme Mahlzeit abgeschlachtet.

Gelungen ist es ihnen nicht. Darüber schreibt Fleming seinem Kontaktmann aber kein Wort, er meldet sich überhaupt nicht mehr, und vielleicht hätte es dabei bleiben können. Wenn wir einhellig beschlossen hätten, uns den Dornen anzuschließen. Dass Aureljos Pläne anders aussehen, lässt Fleming sein Schweigen brechen.

1 will die nächste Sphäre ansteuern. Ich versuche, ihn davon abzubringen.

Zu riskant. Wir ziehen jetzt einen Schlussstrich. Haben neue Informationen zu eurem Aufenthaltsort. 65 wurde von Außentrupp gesichtet.

Tomma beim Ziegenhüten.

Damit dürfte Fleming nicht gerechnet haben, er muss gedacht haben, dass wir nach wie vor als verschollen gelten. Entsprechend angsterfüllt fällt seine Antwort aus.

Nein! Keine weiteren Opfer auf Seite der Sphären. Clan ist zu gut bewaffnet.

Der Sentinel erwidert genau das, was ich an seiner Stelle auch gesagt hätte.

Schwaches Argument. Lässt uns darüber nachdenken, ob du für unsere Organisation geeignet bist. Fragen uns, auf welcher Seite du stehst.

Aus Flemings nächsten Worten spricht eine Art von Trotz, die mich daran erinnert, wie sehr ich ihn mochte.

Auf der Seite des Lebens. Ich will nicht, dass mehr Menschen sterben müssen als unbedingt nötig.

Darauf reagiert der Kontaktmann eisig.

Dann achte gut auf dein eigenes Leben und befolge unsere Befehle. Neuer Auftrag: Es gibt Hinweise darauf, dass sich ein Buch in den Händen des Clans befindet, das für uns von Bedeutung ist. Der Titel lautet Jordans Chronik. *Finde es, dann betrachten wir deinen Einsatz als Erfolg.*

Ich schließe kurz die Augen. *Jordans Chronik.*

Gorgias wusste, was es mit diesem Buch auf sich hat, Morus ebenso. Wie war es bei Fleming?

Ich erfahre es nicht, denn in seiner Antwort reagiert er überhaupt nicht auf den neuen Auftrag, er muss noch einmal all seinen Mut zusammengenommen haben, um sich für uns einzusetzen.

Lasst sie am Leben, sie werden niemandem schaden.

Die Entgegnung ist kalt und hart.

Sei froh, wenn wir dich am Leben lassen. Kümmere dich um das Buch. Du erkennst es an einem roten Umschlag mit Sphärenwappen. Es ist von größter Wichtigkeit! Um alles Weitere kümmern wir uns, Einmischung wird nicht toleriert.

Tut es nicht.

Das ist die letzte Nachricht.

»Einmischung wird nicht toleriert«, flüstert Tycho und berührt die Wunde an seiner Schulter. Den Durchschuss, um den Fleming sich noch gekümmert hat, bevor er starb.

Ich verberge den Kopf zwischen den Armen. *Jordans Chronik. Es ist von größter Wichtigkeit!*

Vielleicht kann ich mir zusammenreimen, worin die angebliche Verschwörung bestanden haben könnte. Jemand hat dem Sphärenbund das Buch entwendet und es den Clans übergeben. Gut möglich, dass darin Dinge stehen, die die Sphären in Gefahr bringen könnten. Und aus unerfindlichen Gründen glaubt man, dass wir die Diebe sind.

Aber etwas stört mich noch. Ich brauche ein wenig, bis ich es verstehe, die Betäubung, in die das Gelesene mich versetzt hat, ist so mächtig, dass sie meine Gedanken lähmt.

Dann habe ich es: ein Zufall, der keiner sein kann. Die Schwarzdornen nehmen uns gefangen und die Schwarzdornen haben auch die Chronik? Dafür muss es eine Erklärung geben.

Schritte auf der Treppe lassen mich vermuten, dass Sandor und seine Leute auf dem Weg zu uns sind. Ich nehme Flemings Salvator und lege ihn Aureljo in die Hand, dann gehe ich noch einmal zu Fleming.

Es sind fünf. Nein, sechs, waren die Worte des farblosen Sentinel gewesen, damals in der Bibliothek, die Entgegnung auf Gorgias' Frage nach den Verschwörern. Er hatte von Anfang an geplant, jemanden mit uns zu schicken. Aber warum? Nur, um einen Informanten zu haben, für den Fall, dass der Mord in der Magnetbahn schiefgeht? Oder sollte es ein erster Einsatz sein, eine Bewährungsprobe vor der Aufnahme in die *Organisation*, wie Flemings Kontaktmann es formuliert hat? In den alten Kriminalromanen, die ich gelesen habe, kamen oft Geheimdienste vor. Vielleicht gibt es so etwas Ähnliches auch beim Sphärenbund? Eine verborgene Organisation und Exekutoren?

Ich versuche mich zu erinnern, wie Fleming sich während der Fahrt in der Magnetbahn verhalten hat. Er hat mit keinem von uns gesprochen, glaube ich. Auf jeden Fall hat er niemanden gewarnt. Uns aber später medizinisch versorgt. Und an irgendeinem Punkt muss er beschlossen haben, uns zu schützen.

Ist er deshalb getötet worden? Hat er sich den Sentineln in den Weg gestellt? Oder haben sie gedacht, er hätte sich uns angeschlossen, wäre Teil der Verschwörung geworden?

Aber wenn es Sentinel waren, die Fleming das Messer zwischen die Rippen gestoßen haben – hätten sie dann nicht den Salvator mitgenommen, der uns so viel von dem verrät, was vorgefallen ist?

Ja. Aber vielleicht sind sie durch Tommas Eintreffen gestört worden. Beinahe hätten sie zwei von uns auf einen Streich erwischt.

Ein ersticktes Geräusch hinter mir. Auch Aureljo hat mit dem, was der Salvator enthüllt, nicht rechnen können. Dass die Sphären bereit sind, alles zu tun, um uns an einer Rückkehr zu hindern. Das wirft auf seinen Plan, sich in Vienna 2 zu schleichen, ein ganz neues Licht.

Am liebsten würde ich Fleming schütteln. Hätte er doch mit uns gesprochen. Uns erklärt, was die Sphären uns vorwerfen. Keinen einzigen Hinweis hat er uns gegeben. In puncto Emotionskontrolle hat er mich spielend in die Tasche gesteckt.

Und plötzlich ergibt auch die zweite Zeile der Nachricht auf meinem Salvator einen Sinn:

…e…ss…n…o…hr…id…mi…ha…uc…err…e…

Sie wissen, wo ihr seid. Fleming hat euch verraten.

»Es ist Zeit.« Sandor steht neben mir, ich habe das Gefühl, er beobachtet jede meiner Regungen. Wenn er die aufeinandergepressten Zähne und die geballten Fäuste für einen Versuch hält, trotz Trauer Haltung zu bewahren, soll es mir nur recht sein.

»Er war ein guter Mann«, höre ich ihn sagen. »Sogar einige der Noraner wollen am Feuer von ihm Abschied nehmen.«

Beinahe hätte ich losgelacht. Kein guter Zeitpunkt, um mein Training zu vergessen. »Das hätte ihn gefreut, denke ich.«

Sandor gibt seinen Männern ein Zeichen. Sie treten zu viert an die Bahre, heben sie hoch und tragen Fleming aus der Tür.

Ich sehe ihnen nach, bis sie außer Sichtweite sind. Sie tragen einen Fremden.

33

Das Feuer lodert hoch in den nächtlichen Himmel, streut Funken wie kleine Sternschnuppen in die Dunkelheit. Ich frage mich kurz, was für die Dornen wohl so wertlos ist, dass sie es für einen Liebling verbrennen, anstatt ihre Öfen damit zu füttern. Aber in Wahrheit interessiert es mich nicht.

Unser Gepäck steht, verpackt in unsere Notfallsets, neben uns. In meinem ist nur ein wenig Kleidung, mein Papier und ein bisschen Proviant, den wir nicht brauchen werden. Der Weg, der vor uns liegt, ist kurz und er führt nach unten. Wieder an einen Ort ohne Sonne.

Seit wir den Raum verlassen haben, in dem Fleming aufgebahrt war, rattern die Nachrichten seines Salvators durch meinen Kopf, immer und immer wieder. Vielleicht versteckt sich noch irgendeine Botschaft zwischen den Zeilen, die ich übersehen habe.

Sollte Fleming nach dem Buch gesucht haben, dann habe ich davon nichts mitbekommen. Aber wer weiß, möglicherweise war ich ja selbst ganz in der Nähe der Chronik. Geschriebenes verwahrt man üblicherweise in Bibliotheken. In der von Quirin, zum Beispiel.

Aureljo greift nach meiner Hand. Wir haben noch kein Wort miteinander gesprochen, seit ich ihm Flemings Salvator in die Hand gedrückt habe. Nachdem wir aus dem Keller gestiegen waren, hat er sich, ein ganzes Stück vom Haupthaus entfernt, auf einen Haufen Steine gesetzt und ins Leere gestarrt. Er kam erst zurück, als das Feuer schon brannte.

»Wir sind in diesem Spiel nicht die Verräter, sondern die Verratenen«, sagt er, seine Stimme klingt hart. »Aber ich könnte mir vorstellen, jetzt ein Verräter zu werden. Das alles ist die Schuld des Sphärenbundes, Ria, nicht Flemings.«

»Ich weiß.« Zwei Worte am Stück kann ich sagen, immerhin.

Er lässt meine Hand los und legt mir stattdessen den Arm um die Schultern. »Ich gehe zurück in die Sphären. Jetzt erst recht.«

»Du denkst … sie … ?«

»Dass sie Fleming getötet haben? Natürlich. Wer denn sonst?« Aureljos Tonfall ist kaum wiederzuerkennen; keine Spur mehr von Verständnis, kein Bemühen um eine versöhnliche Erklärung. »Er hat sich umentschieden und versucht, unser Leben zu retten. Begreifst du nicht, wie mutig das von ihm war? Deshalb haben sie ihn aus dem Weg geschafft, aber das hätten sie ohnehin getan, wenn sie mit uns fertig gewesen wären. Mit all dem Wissen war er eine viel zu große Gefahr.«

Daran habe ich noch nicht gedacht.

»Wir sind gut ausgebildet«, zischt Aureljo. Auch der harte Zug um seinen Mund ist neu. »Wir sind mit den Sphären vertraut, mit ihren Stärken und ihren Schwachstellen. Das werden sie jetzt zu spüren bekommen. Es wird eine Verschwörung geben, und was für eine.«

Der aufkommende Wind treibt den Rauch des Feuers in unsere Richtung. Er brennt in den Augen und ich wende mich ab. Dabei fällt mein Blick auf Sandor, der wartet.

Es ist nur ein kleiner Tross, der, unbeachtet vom Clan Schwarzdorn, nach Westen zieht. Außer uns verbliebenen fünf nur Quirin, Sandor und zwei von Quirins Leuten, die Tycho tragen.

Schnell sind wir nicht – Dantorians Bein lässt kein hohes Tempo zu und Tomma bleibt immer wieder stehen und schaut zurück. Ich weiß, sie hält Ausschau nach Yann, doch der lässt sich nicht blicken.

Wolfsgeheul begleitet uns, aber es ist weit entfernt. Irgendwann fliegt etwas auf weiten Schwingen knapp über uns hinweg, lautlos wie eine böse Ahnung.

Erst als wir außer Sichtweite sind, schlägt Quirin einen scharfen Haken nach links. Auch hier hat eine Brücke die Zeit überstanden, an ihr weht kein rotes Tuch im Wind. Trotzdem überqueren wir sie vorsichtig, wir geben ein viel zu gutes Ziel ab – einzelne Silhouetten, hoch über dem Fluss.

Auf der anderen Seite bleibt Sandor stehen. Er hält eine Sentinel-Lampe in der Hand, mit der er uns den Weg zu unserem Ziel leuchtet. Ein Loch in der Erde, ein Schlund zur Stadt unter der Stadt. Hier werden wir Zeit finden, um zur Ruhe zu kommen. Zeit zum Nachdenken.

Zeit, um eine Verschwörung anzuzetteln.

»Viel Glück«, sagt Sandor und deutet eine Verbeugung an. Mit der linken Hand formt er wie zufällig das Zeichen für Wildschwein. Mit der rechten berührt er meine Schulter, als würde er überlegen, mich zu umarmen.

»Auch dir … viel Glück«, presse ich leise hervor und kann mir ein Lächeln nicht verkneifen. Das einzige Lächeln des Tages.

Dann folgen wir Quirin in das Reich, dessen Fürst er ist. Ich lasse alle anderen vorangehen und sehe noch einmal zum Himmel hinauf. Wer weiß, wann ich ihn wieder über mir haben werde.

Sandor steht noch immer am Fuß der Brücke, allein, eine hohe Silhouette, dunkel in der Dunkelheit. Er hebt eine Hand und winkt, dann macht er kehrt.

Über mir gleiten die Wolken zur Seite und enthüllen einen perfekten, scharfkantigen Mond.

Das Finale:

ISBN 978-3-7855-7922-0

SEI SCHNELL UND SCHAU NICHT ZURÜCK, DENN DEIN GEGNER IST DER TOD UND DIE ZEIT DEIN FEIND. SIE LÄUFT AB – NICHT NUR FÜR DICH.

Vertrieben aus der Stadt unter der Stadt, gejagt und dem Tode nah, zwingt ihr Wissen zwei Studenten dazu, Verantwortung zu übernehmen. Doch mit einem Mal überschattet ein vernichtendes Geheimnis alle unternommenen Anstrengungen.

Loewe
Das will ich lesen!